Leyla'nın Evi

LEYLA'NIN EVİ

Yazan: Zülfü Livaneli

1-59. baskı / Remzi Kitabevi, 2006-2010
Doğan Kitap'ta 1. baskı / Mayıs 2012 / ISBN 978-605-09-0648-6
Sertifika no: 11940

Kapaktaki tablo: *Oturan Kör Genç Kadın* (1918), Amedeo Modigliani
© Francis G. Mayer / CORBIS
Kapak tasarımı: Geray Gençer
Baskı: Görsel Dizayn Ofset Matbaacılık Tic. Ltd. Şti.
Atatürk Bulvarı Deposite Alışveriş Merkezi A5 Blok
4. Kat No: 405 İkitelli OSB - Başakşehir / İSTANBUL
Tel: (212) 671 91 00
Sertifika no: 16269

Doğan Egmont Yayıncılık ve Yapımcılık Tic. A.Ş.
19 Mayıs Cad. Golden Plaza No. 1 Kat 10, 34360 Şişli - İSTANBUL
Tel. (212) 373 77 00 / Faks (212) 355 83 16
www.dogankitap.com.tr / editor@dogankitap.com.tr / satis@dogankitap.com.tr

Leyla'nın Evi

Zülfü Livaneli

DOĞAN KİTAP

Leyla, Roxy ve Ali Yekta Bey'in Hayatıma Girişi

Çoğu kişi İstanbul Boğazı'nı yazın sever, ben kışına vurgunum. Kar yağarken camgöbeğine dönüşen akıntılarını, kıyıya çekilmiş sarı, kırmızı, mavi boyalı sandalların üzerinde biriken beyaz karı, yiyecek arayan martıları sık sık seyrederim.

Bir de iki yaka arasında mekik dokuyan motorlarını.

Bir kış günü hiçbir işim yokken bu motorlardan birine binip karşı kıyıya gittim, sonra geri döndüm.

O gün sis, İstanbul'u beyaz bir bürümcük tülbentle sarıp sarmalamıştı. Hayal meyal seçilebilen tekneler, çırpınan denizin üstünde beşik gibi sallanıyordu. Motorları iskeledeki babaya bağlayan, denizden ağırlaşmış kalın urganın kokusunu içime çektim, tekne hareket ettikçe gıcırdayan sesini dinledim. Halat gerildikçe su damlacıkları fışkırtıyordu.

Bazı yolcular iskelede sarı, kırmızı, yeşil plastik leğenlerdeki suyun içinde oynaşan balıklardan alıyordu. Bir motorda balık kızartılıyor ve adam durmadan "Balık ekmek, balık ekmek!" diye bağırıyordu. Balıkçı leğenlerinin yanından bir yeşillik fışkırıyordu: marullar, kıvırcıklar, rokalar, ayrıca limonlar, turplar...

Hava soğuk mu soğuk; rüzgârlı.

Erken gelen yolcular kendilerine birer yer bulmuş. Bıyıklı, çökük avurtlu bir adam, avcunun içinde rüzgârdan korumaya çalışarak sigarasını içiyor; bir günahı gizler gibi. Yanında ona sokulmuş iri kara gözlü, yıpranmış bir kadın; vaktiyle hayli güzel olduğu belli; başını, yumuşacık, adamın omzuna yaslamış. Bu küçük hareket bile onların hayatını özetliyor: Bu sert toplumda himaye edilen bir kadın ve koruyucu erkek.

İri elli üç delikanlı soğuktan birbirlerine sokulmuş, fısıldaşıp duruyorlar. Ağır işlerde çalıştıkları, geniş omuzlarını çökerten yorgunluktan belli oluyor; Doğulu çocuklar bunlar.

Birdenbire yolcu kalabalığı sökün ediyor. İşten çıkan, yorgun argın kendilerini motora atan insan kalabalığı iskele ile motor arasında uzatılmış ıslak tahtadan geçerken, alesta bekleyen motorun kâhyası düşen olursa kurtarmak üzere elini kolunu hareket ettiriyor. Motorcu "Kalmasın, kalmasın!" diye bağırıyor. Derken motor kalkıyor. İnsanlar soğuktan yakalarını kapatıyorlar; üstlerinde eprimiş pardesüler, kabanlar, kolları kısalmış ceketler... Eklem yerleri kızarmış ellerini hohlayarak ısıtmaya çalışıyorlar.

Sonra tıklım tıklım dolmuş olan motor kalkıyor, kavis çizerek iskeleden uzaklaşıyor; Şehir Hatları vapurlarının, diğer motorların ve lüfer avına çıkmış sandalların arasından maharetle geçerek Üsküdar'a yöneliyor. Gürültücü deniz taşıtları kalabalığı sanki bir rüyada uçar gibi. Martılar denize dalıp çıkıyor, motorların arkasında bir parlayıp bir yok oluyor. Akşam karanlığı çökerken beyazlıkları daha da göz alıyor, çığlıkları daha da keskinleşiyor.

Motorcular bu kadar maharetli olmasa, yolcuların son anda gördüğü ve yüreklerini ağızlarına getiren bir büyük kütleye çarpmaları işten bile değil. Bu büyük gemi, yavaş davranan ve kimseye aldırmayan bir dev gibi suları yara yara önlerinden geçiyor, uskurunun çıkardığı dalga bir süre sallıyor motoru, sonra yine yola devam ediyorlar.

Yolcuların ellerindeki filelerden sebzeler, meyveler sarkıyor. Kucaklarına sıcak ekmekleri bastırmış olan aç yolcular, bunları ucundan kıyısından kemirmeye başlamışlar bile.

Anadolu yakasının ışıkları yanıyor; minarelerden insanda

ağlama isteği uyandıran bir akşam ezanı yükseliyor. Şehrin üzerinde yankılanan, gaipten gelir gibi olan yakıcı bir ses...

Balıklar naylonlarda hâlâ canlı, ama sohbete dalmış yolcular bunun farkında değil. Avurtları çökük adam, omzuna yaslanmış olan kadına bir şeyler anlatıyor.

Kıyıdan iştah kabartıcı kızarmış balık kokusu geliyor.

Asma köprüler tıkalı, binlerce otomobil adım adım ilerliyor. Akşam karanlığı İstanbul'u kalın bir battaniye gibi sarıp sarmalıyor.

Hem bu insanları seyrediyor hem de hepsinin göçmen olduğunu düşünüyorum. Her birinin tipi ayrı; kimi esmer, kimi sarışın; kimi Balkan tipli, kimi Orta Asyalı... Bilmese, hiç kimse bu insanların aynı ülkenin vatandaşı olduğunu söyleyemez.

Kimi Balkanlar'dan, kimi Kafkasya'dan, kimi Orta Asya'dan, kimi Ortadoğu'dan, Hicaz'dan, Yemen'den, Kudüs'ten, Rusya'dan, Gürcistan'dan, Bosna'dan, Bulgaristan'dan kaçıp gelmiş. Burası bir sığınak. Kaçtıkları ülkelerde evlerini barklarını, bahçelerini, tarlalarını hatta arkalarından acı acı ağlayan kedi ve köpeklerini bırakmışlar. Geldikleri bu ülkede de kaçanların mülküne yerleşmişler. Rumların ve Ermenilerin evleri, bu evsiz barksız kalmış, ölümden zor kurtulmuş insanlara verilmiş. Yabancı evlere yerleşip tanımadıkları tarlaları sürmeye başlamışlar.

Dünyanın bu bölgesinin tarihi, birbirinin mülküne konma tarihi. Mücadelelerin, savaşların çoğunun altında mülk kavgası var. Boşalan evler, dolan evler, mülk davaları, insanoğlunun barınma ihtiyacı, başının üstünde bir çatı bulunması temel gereksinimi, tarih boyunca birçok trajediye yol açmış.

Aynen bu romandaki gibi.

Leyla'nın Evi'ni yazma ve hepimizin hayatına bir biçimde damgasını vuran bu mülk trajedisini anlatma fikri o gün, o motorda doğuyor.

Bir de bakıyorum, karşımda halden düşmüş Osmanlı soylusu bir kadın oturuyor:

Zarif mi zarif!

Karşısında, saçının bir bölümü maviye boyalı bir kız:

Asi mi asi!

Yanımda ise iyi giyimli, kravatını boynuna özenle oturtmuş, saçlarını briyantinle geriye taramış yaşlı bir adam:

Mağrur mu mağrur!

Birbirlerini tanımıyorlar, herkes kendi iç dünyasına dalmış.

İşte Leyla Hanım, Roxy ve Ali Yekta Bey o gün hayatıma giriyorlar.

Bir daha hiç çıkmamacasına!

1

Yaşlı kadın ulu bir çınarın altına oturmuş, iki gündür yerinden pek kıpırdamamıştı. Kim bilir kaç asırlık dev ağacın altında, kahverengi deriden yapılmış sert valizinin üstüne tünemiş durumda, öylece bekliyordu. Derisi yer yer yıpranmış valizin köşebentleri, ortasından geçen kalın palaska ve kenarlarını koruyan kabaralar, çok eskilerde kalan bir seyyahlar dönemini hatırlatıyordu.

Çınar, durmadan otomobillerin geçtiği dar bir caddenin kenarında, yalı duvarının tam dibindeki dar kaldırımdaydı. Yakındaki bakkalın, manavın ve kurukahvecinin gözleri kadının üstündeydi. Arada sırada ona çay, su gibi içecek ve elma, leblebi, kek gibi yiyecekler gönderiyorlardı. Daha sonra da ara ara gelip kadına yalvarmaya başlıyorlardı.

"Büyük Hanım, bırak n'olursun bu inadı! Biz de evladın sayılırız senin. Hadi kalk, bizim eve gidelim."

Yaşlı kadın inatçı bir ifadeyle hayır diyordu.

Posbıyıklı manav Cemal, ellerini mavi önlüğüne kurulayarak "Beni çocukluğumdan beri bilirsin; kurban olayım, evim hemen şuracıkta biliyorsun; hadi gel gidelim" diye üsteliyordu.

"Teşekkür ederim ama gidemem."

"Büyük Hanım, Allah aşkına, direnme artık! Niye gidemeyecekmişsin?"

Kasap söze giriyordu:

"Hiç böyle sokak ortasında yaşanır mı? Hadi, diyelim iki

gün dayandınız, üç dört gün sonrası ne olacak bu işin?"

Yaşlı kadın arkasındaki yalıyı göstererek "Ben burada doğdum, hayatım boyunca burada yaşadım" diyordu. "Gidecek başka yerim yok benim."

Esnaf bunun üzerine duygulanıyor ve içlerinden biri, "Biliyoruz Büyük Hanım, hiç bilmez miyiz! Hepimiz sizin eteklerinizde büyüdük. Ama yalıyı çiğ süt emmişler aldı, ne yapalım" diye homurdanıyordu.

"Elimizden ne gelir?"

"Bu mahallede hiç bu kadar kötü insanlar görmemiştik doğrusu."

Kimi elindeki bezi ovuşturuyor, kimi sıkıntıdan sigara yakıyor ama hepsi söz birliği etmiş gibi yalının yeni sahiplerine alçak sesle beddualar ediyordu.

Bakkalın genç kızı, elinde bir demet yaseminle geldi, demeti yaşlı kadına verdi. Kadın gülümseyerek aldı çiçekleri. Genç kız, "Leyla Teyze, siz bize bahçenizden her gün bir yasemin verirdiniz, hatırladınız mı?" dedi.

"Evet" dedi yaşlı kadın, yine gülümsedi. Yasemini burnuna götürüp koklarken ela gözleri ışıklanır gibi oldu. Kendisine teyze denmesini yasaklamış olmasına ve sadece Leyla denmesini istemesine rağmen genç kıza sesini çıkarmadı.

Yanlarından gelip geçen otomobillerin sürücüleri yavaşlıyor ve başına insanların üşüştüğü bu kadına kimi şaşırarak, kimi acıyarak, kimi kızarak bakıyordu. Kimdi bu? Belki de evinden kaçmış ve buralarda kaybolmuş bir bunaktı.

Kadını daha önceden tanıyan mahalleli ise işin aslını bildiği için, "Tüh, tüh! Kadıncağızın haline bak" diyerek hayıflanıyor, yalının yeni sahiplerine lanetler yağdırıyordu.

Leyla'nın iki gündür oturduğu yer, İstanbul Boğazı'nın Anadolu yakasındaki "sahil yolu"ndaydı. Gerçi bu ismi taşıyan bir yolda denizin görünmesi gerekirdi ama burada bütün kıyı yalılarla kaplıydı. Ancak eski alışkanlıkla, yalı bahçelerinin arka tarafından geçen yol böyle anılıyordu.

Yalılar yüksek duvarların arkasına gizlendiği için sahil yolundan görünmezdi. Bu yalıları ancak denizden görebilmek mümkündü. Boğaz'ın mavi sularına dikilen sedir direklere yaslanmış, altlarında loş kayıkhaneleri olan bu nazlı yapıları görebilmek, ancak Boğaziçi'nde gidip gelen beyaz Şehir Hatları vapurlarının yolcularına, balıkçılara, gezinti tekneleriyle dolaşanlara nasip olurdu. Tabii bir de Boğaz'dan geçiş yapan gemilerin mürettebatına.

Esnaf "Büyük Hanım"ı ikna etmeyi başaramayacağını anlayınca, bu sefer mahallenin kadınları işin içine girdi. Kırmızı yanaklı, akça pakça gelinler sırayla gelip elini öptüler. "Büyük Hanım, Allah aşkına inat etmeyin, gelin, size taze çay demledim, yemek yaptım..." diyenlere yaşlı kadın hep aynı cevabı veriyordu.

"Ben bu yalıda doğdum, ömrüm boyunca hep burada yaşadım, burada da öleceğim. Başka bir yere gidemem."

Bunun üzerine yeni gelinler acıklı gözlerle birbirlerine bakıyor ve yalının yeni sahiplerine söyleniyorlardı.

"İnşallah rahat gün görmezler bu yalıda!"

"Allah bunu çıkarsın onlardan!"

"Bunca yıllık Büyük Hanım evinden atılır mı hiç? Çok vicdansız insanlarmış."

Bütün bunlar konuşulurken yalıdan sürekli inşaat sesleri ve mimarlara, ustalara bağıran tiz bir kadın sesi duyuluyordu.

"Dekarasyon!" diyerek yanlış bir telaffuzla bağırıyordu kadın. "Bunlar dekarasyona göre yapılacak; öyle senin kafana göre değil, anladın mı? Amerikalı mimar ne derse o olacak. Dekarasyon aynen uygulanacak. Sen de salak salak bakınacağına, içeri gir de tavan süslerini sök."

İki gün önce yalının yeni sahipleri, Amerikalı mimarları ve ustalarıyla birlikte yalıya gelmiş ve yaşlı kadından evi boşaltmasını istemişlerdi. Yalının büyük bahçesinin ucunda, sahil yoluna bitişen duvarın dibinde orta büyüklükte, beyaz, tek katlı bir ev vardı. Yaşlı kadın, ömrünü o evde geçirmişti. Hiç kimse de onu oradan çıkarmayı düşünmemişti ama şimdi bu yeni sahipler çıkarıyorlardı işte. Yaşlı kadının, "Siz beni evimden ne hakla çıkarırsınız?" diyerek itiraz etmesi, evin müstakil tapusunu çıkarıp göstermesi de işe yaramamıştı. "Memlekette kanun var, nizam var!" diyordu. "Bir insanı nasıl kendi mülkünden çıkarmayı göze alabiliyorsunuz, anlamıyorum."

Bu arada yeni ev sahibinin iki adamı, yaşlı kadının kendi eşyalarını toplamasına bile fırsat vermeden valizini dolduruyordu. Şifoniyerinin açıldığını ve orada bin bir itinayla ütülenmiş dantelli eldivenlerinin, bluzlarının, eteklerinin, hele hele iç çamaşırlarının o hoyrat eller tarafından karıştırıldığını gördüğü anda müthiş siniri bozulmuştu Leyla'nın. Kırk yıl düşünse mahremiyetine kimi adamların kıllı ellerinin dokunacağına ihtimal veremezdi. Bu sırada yalının yeni hanımı öteki mahalleden duyulacak bir sesle bağırıyor ve "Müştemilatmış!" diyordu, "Ben orayı *guest house* yapacağım, anlıyor musunuz? O küçük evin dekarasyonu için mimara dünyanın parasını ödüyorum. Hem kendi bahçemde niçin bir fosil yaşasın canım! Nereye giderse gitsin."

Yaşlı kadın bu sözleri duyuyor ve kendisine fosil denmesinden çok, müstakil tapulu evinden çıkarılmasına şaşırıyordu. Yeni gelenler kanunu, nizamı nasıl çiğneyebilirlerdi! Gerçi müstakil ev yalının geniş bahçesine yapılmıştı ama ayrı bir parsel ve ayrı bir tapuya sahipti. Yalı bundan önce satıldığında yeni gelenler bu tapuya saygı göstermişler ve onu hiç rahatsız etmemişlerdi. Şimdi durmadan "dekarasyon" diye bağıran bu kadın, onu nasıl evinden çıkarabilirdi!

Ama çıkardılar. Hizmetliler iki koluna girip sürükleye sürükleye bahçe kapısına götürdüler ve demir kapının önüne valiziyle birlikte bıraktılar. Esnaf toplanmış, olan biteni seyrediyordu.

Büyük Hanım bir süre öylece durarak biraz önce önüne konulduğu demir kapıya baktı, sonra yoruldu ve valizinin üstüne oturdu. O günden beri de yerinden pek kıpırdamadı dense yeridir. Bazen doğal ihtiyaçları için utana sıkıla, başını yerden kaldırıp kimselerle göz göze gelmemeye özen göstererek bakkalın arkasındaki bölmeye gidiyor, sonra yine gelip yerine oturuyordu. Bir iki kere ayağa kalkıp jimnastik hareketleri yaptı. Bunlar, esnafın gördüğü bildiği jimnastik hareketlerine benzemiyordu hiç. Çok ağır, adaleler gerilerek ve bir düzen içinde yapılan hareketlerdi. Büyük Hanım'ın yaptığı her şey gibi bu jimnastiğin de özel bir bilgiye ve eğitime dayandığı belliydi.

Bu Büyük Hanım ne çok şey bilirdi böyle. Mahallelinin çocuklarının derslerine yardım eder, zaman zaman onlarla konuşur, onlara, hayatta hiç kimseden duyamayacakları öğütler verir, hikâyeler anlatırdı. Bahçesinde yetiştirdiği nadide çiçekler de yol üstünde satış yapan çingenelerin renkli plastik kovalara doldurduğu kesilmiş çiçeklere benzemezdi. Sanki Büyük Hanım o çiçeklere başka bir koku katar, onun elinin değdiği çiçeklerin görünümü bile bir başka olurdu. Mahallede Büyük Hanım'dan yasemin almamış hiç kimse yoktu. Mahallelinin ona "Küçük Hanım" diyen yaşlıları dünya değiştirdikçe, Küçük Hanım zamanla Büyük Hanım oluvermişti.

İçeriden gelen çekiç, testere vs. sesleri, yalıda büyük bir çalışma yapıldığını anlatıyordu. Büyük Hanım bu sesleri duydukça meraklı bir ifadeyle yalıya doğru bakıyor, ela gözleri kaygılandığını saklayamıyordu. Tavan mı duvar mı her neyse, bir şeyler paldır küldür yıkılıyordu.

Oradaki esnafın bayram günleri el öpme bahanesiyle ya da çocukların ilkokul karnelerindeki "Pekiyi"leri gösterip bahşiş almak amacıyla girdikleri yalıdaki o muazzam tavan süslemelerini, duvarlardaki Osmanlı tezyinatını, zarif revakları unutması mümkün müydü? Yeni sahipler belli ki bu süslerden hoşlanmıyor, yüz yıllık el işi, göz nuru süslemeleri hurda yığını halinde bahçeye döküyorlardı. Arada bir yalı kapısına dayanıp moloz taşıyan kamyonlar da bunun kanıtıydı zaten. Kamyonlar hurdaları götürüp uzak bir yere döküyor ve kasalarını doldurmak için bir daha geliyordu.

Gece bastırdığında el ayak çekildi; geç saatlere kadar direnen ve kendisini evine götürmek isteyen esnafın yalvarıp yakarmasına aldırmayan Büyük Hanım, ilk geceyi İstanbul Boğazı'nın nemini yiyerek bavulunun üstünde geçirdi. Sabah olduğunda bakkal ona çay ve fırından taze çıkmış simit getirdi. Rengi iyice solmuş olan Büyük Hanım, bunları memnuniyetle kabul etti.

Boğaziçi insanın içini yaşama sevinciyle dolduran bir haziran sabahını yaşıyordu. Yolun hemen yanından yükselmeye başlayan korulukta, çeşit çeşit kuşlar o güzel sesleriyle cıvıldaşıyor, havayı bir yasemin, taflan, manolya kokusu dolduruyordu.

Büyük Hanım'ın, yetmiş altı yıldır yaşadığı, bir gün bile ayrılmadığı evinden atıldığına inanması mümkün değildi. Bu işte bir yanlışlık olmalıydı ve o da valizinin üstünde oturmuş, bunun düzelmesini bekliyordu. Çünkü dağ başı değildi ya burası, kanun ve nizam devletiydi. Kimse gelip de ev sahibini tapulu evinden çıkaramazdı. Bu yanlışlığın düzeleceğinden emin olduğu için de direnişini sürdürüyor, evinin önünden ayrılmıyordu.

Bu arada esnaf ve mahalleli birkaç kişi, yalının yeni sahipleriyle konuşmayı düşündü. Evet, yeni sahipler çok zengindi, çok güçlüydü; adam büyük bir bankanın sahibiydi ve emrinde binlerce kişi çalışıyordu. Peki, böyle bir insanın, yaşlı bir kadını tapulu evinden çıkarması yakışık alır mıydı? Önce herkes bu fikre dört elle sarıldı. "Olmaz ki canım! Kim kimi mülkünden edebilirmiş!" diye söylendiler. Kendi mülklerine duydukları tutku derecesindeki bağlılık heyecanlarını daha da artırdı ama, sıra yalı kapısından içeri girip de yeni sahiplerle konuşmaya gelince sesler biraz kısıldı. Hele o sırada siyah camlı bir Mercedes, büyük bir müessese gibi gelip yalı bahçesinden içeri girince kararlarının doğru olup olmadığını tartışmaya başladılar.

"Canım bunlar da çocuk değil ya! Koskoca banka sahipleri. Kim bilir kaç avukat çalışır yanlarında. Böyle bir hata yaparlar mı?"

"Hele bir anlayıp dinleyelim, acele işe şeytan karışır."

"Hem yarın bu insanlarla da yüz yüze bakacağız, evlerine servis yapacağız..."

Büyük Hanım bunların hiçbirine aldırmıyordu, çünkü Paşa Dede'sinden kalan evin tapusu cebindeydi. Dedesinin ölümünden sonra anneannesi yalıyı devretmek zorunda kalmıştı, orada hiçbir hakkı kalmamıştı, buna bir itirazı yoktu ama bahçe duvarının dibindeki o küçük ev tamamen kendisine aitti.

Başına toplanmış olan esnafın çoğunu daha el kadar çocukken tanımıştı. Bayramlarda el öpmeye gelen, kimi kafası üç numara tıraşlı, kimi sümüğü burnunda kurumuş bıcır bıcır çocuklardı bunlar. Eski günlerin hatırına Büyük Hanım'a kıyamıyor ve çevresinden ayrılmıyorlardı ama, ne zaman yalının büyük kapısı açılıp da, siyah camlı, pırıl pırıl parlayan bir araba çıksa hemen oradan uzaklaşıyorlardı. Herkes kendine bir iş uyduruyor, müşteri gelmiş gibi dükkâna doğru seğirtiyor, daha sonra tehlike kalmayınca yine Büyük Hanım'ın başında toplanıyorlardı. Ne olur ne olmaz; evin yeni sahipleri o siyah camların arkasından kendilerini gözlüyor, hatta kimlerin orada olduğuna bakıp onları mimliyor olabilirdi. Otomobil çıktığı sırada ortalık tenhalaşıyordu.

"Ne olur Büyük Hanım, ısrar etme de bize gidelim. Burada hasta olacaksın."

"Kim kimin malına el koyabilirmiş canım! Memlekette kanun nizam var."

"Dağ başı mı burası!"

Büyük Hanım mahallelinin onu yerinden kaldırmak, evlerine götürmek için ısrarlarını dudaklarının kıyısında acı bir gülümsemeyle dinliyor ve hiçbir öneriyi kabul etmeyeceğini belirten kararlı bir ifadeyle başını iki yana sallıyordu.

Kim bilir hangi sürücünün ya da mahalle sakininin haber vermesiyle, yaşlı bir kadının Boğaz yolunda iki gündür bir çınar ağacının altında oturduğu haberi gazetelerin ilgisini çekti. Kadın acaba deli miydi, yoksa bir şeyi protesto etmek için mi oraya oturmuştu? Ailesi tarafından sokağa mı atılmıştı? Eğer böyleyse iyi bir haber olabilir, insani boyutu işleyen ve okuyucuların duygularını gıdıklayan küçük bir yazı çıkabilirdi. *Human interest* bölümleri önemliydi.

Bu yüzden *Gün* gazetesinin şehir sorumlusu, günlük toplantı notlarına yaşlı kadını eklemeyi de ihmal etmedi. Bir muhabir, iki saatte gidip işi bitirir gelirdi nasıl olsa. Toplantı gündeminde sıra gelince böyle bir haber olduğunu söyledi. Nedense "deli kadın" sözü kaçtı ağzından.

"Bosnalılar Yalısı'nın bahçe kapısının önünde deli bir kadın..."

Gazeteye altı ay önce girmiş olan Yusuf, bu sözleri duyunca ayağa kalktı, "Bu habere ben gidebilir miyim?" diye sordu.

"Çok mu ilgini çekti?" diye sordu yazı işleri müdürü.

Yusuf, "O kadını tanıyorum" dedi, "deli falan değildir."

"İyi, git bakalım öyleyse" dedi yazı işleri müdürü. "Oyalanıp geç kalma ama, daha çok iş var."

Arkasından bağırdı: "Resim çekmeyi unutma!"

Yusuf, "Beni hâlâ çaylak sanıyor" diye söylendi içinden.

2

Yusuf, gazetenin araçlarından biriyle Boğaziçi Köprüsü'nü geçip yalıya doğru giderken Büyük Hanım'ı düşündü. Başına ne gelmişti de kadıncağız sokaklarda gecelemeye başlamıştı? Onun tanıdığı Büyük Hanım delirecek biri değildi hiç.

Çocukluğu onun yanında geçti denebilirdi. Daha önce kendi dedeleri de yalının bahçesindeki hizmetli bölümünde otururur ve Paşa Dede'nin bahçıvanlığını yaparlarmış. Sonra babasının zamanında yolun ötesine, tepeye doğru kendi gecekondularını yapıp taşınmışlar. Yusuf'un dünyaya gözünü açıp büyüdüğü daire, o gecekondunun yerine yapılan dört katlı basit apartmandaydı. Artık yalının bahçesinde değil, tepelerdeki koruluğun içindeydiler ama bir zamanlar çok sık olan ağaçlar ne yazık ki giderek seyrelmişti. Yusuf'un dedesi ilk evi yaptıktan sonra, bütün akrabaları ve tanıdıkları Kastamonu'dan gelip birer ev dikmişlerdi. Bir zamanlar içine girilmez bir orman olduğunu duydukları tepede şimdi bir sürü ev vardı. Sahil yolunda da manav, bakkal, kasap dükkânları açmışlardı. Bakkalı Yusuf'un amcası oğullarıyla birlikte çalıştırıyor, manavı ise eskiden yalıya zerzevat taşıyan bir adamın torunları işletiyordu.

Turistler İstanbul'un iki yakasını ısrarla Avrupa ve Asya olarak tanımlardı. Yusuf Boğaziçi Köprüsü'nden, İstanbulluların hiç de Asya olarak düşünmediği Anadolu yakasına geçti. Üniversiteyi bitirene kadar oturduğu yerdi burası ama artık

Cihangir'e taşınmış, o eski yalılar semtiyle ilişkisini kesmişti. Arada bir baba evini ziyaret ediyordu, o kadar. Son gidişlerinde Büyük Hanım'a hiç uğramamıştı. Oysa çocukluğu boyunca büyükler içinde en çok sevdiği insandı o. Bayram sabahlarında yalının bahçesine koşup elini öptüğü ilk kişi Büyük Hanım olurdu. Çünkü onun yanında rahat ederdi. Bosnalılar Yalısı'nı satın alan tüccar Salih Bey ve ailesi de iyi insanlardı ama onların yanında nedense bir çekingenlik duyardı.

O aile de ona iyi davranır, başını okşar, para verir, okul başlarken önlük, pantolon, ayakkabı, defter, kitap alırlardı ama galiba bütün bunlar Yusuf'un biraz ağırına giderdi. Çünkü bu hediyeleri, kendi torunlarına verdikleri gibi vermezlerdi ona. Her sözleriyle sevap işlediklerini, yardım ettiklerini vurgulama ihtiyacı hissederlerdi. "Al bakayım evladım. Hadi giy bakalım şunları. Oldu mu? Hadi uslu çocuk ol. Hadi bi de şu çikolatalardan al. Çekinme, çekinme bi tane daha al!" deyip başına pat pat vururlardı. Dede, babaanne, baba, anne ve torunlardan oluşan bu ailenin gözleri önünde o çikolataları birbiri ardına ağzına tıkıştırmak zorunda kalırken kendini şişmiş yanaklarıyla tuhaf hissederdi Yusuf.

Oysa Büyük Hanım hiç zorlamazdı onu. Diğer insanlara nasıl davranıyorsa, Yusuf'a da öyle davranırdı. Meşhur yaseminlerinden verir, sonra da önemsemez bir tavırla, "Ben biraz incir yiyeceğim. İstersen sen de bana katıl!" der ve çocuğun cevabını beklemeden iki küçük tabağa, sabah bahçeden topladığı mor incirleri koyardı. Bayram ve okul harçlıklarını ya mis gibi kokan bir yasemin demetiyle ya da üstüne ad ve soyadının baş harflerinin işlenmiş olduğu güzel bir mendille birlikte verirdi.

Büyük Hanım'ın evi dikiş atölyesi gibiydi. Renk renk ibrişimler, makaralar, parlak göz alıcı kumaşlar ve dantellerle doluydu. Duvarlarda da birçok resim vardı. En büyük resimde, sırmalı üniformasıyla pek heybetli görünen Paşa Dede, ela gözleriyle ortalığı süzer gibiydi. Kendi dedesi ve babasının paşayı sık sık yad ettiklerini, "Nur içinde yatsın. Çok iyiliğini gördük!" dediklerini hatırladı Yusuf.

Evdeki bölük pörçük konuşmalardan aklında kalan yargılar, Büyük Hanım'ın paşa torunu olduğu, tüccar Salih Beylerin ise iyi insanlar olmalarına rağmen böyle bir asilzadenin yerini tutamayacağı yolundaydı.

Yusuf'un dedesinin babası, hangisi olduğunu pek çıkaramadığı bir savaşta (çünkü öyle çok savaş vardı ki Yusuf'un hangisinin hangisi olduğunu bilmesi mümkün değildi) paşanın emirerliğini yaptığı sırada bacağından yaralanmış ve daha sonra da ömrünün sonuna kadar topal bacağıyla yalının bahçesinde bahçıvanlık yapmıştı. Kastamonu'dan getirdiği ailesiyle birlikte yalının uçsuz bucaksız bahçesindeki bir küçük eve yerleşmişti. Anlattıklarına göre o zamanlar bahçe bir cenneti andırırmış: Dev manolyalar, incir ve nar ağaçları, erguvanlar, limon, portakal gibi turunçgiller, en nadide güller, krizantemler, ortancalar... Dalları küçük evin üstüne uzanan ve neredeyse çatısını çiçekleriyle kaplayan güzelim manolya ağacı da Leyla Hanım doğduğu zaman dedesi tarafından onun adına dikilmiş. Öyle görkemli, öyle ulu bir manolya ki yapraklarının yeşil parlaklığını, çiçeklerinin büyüklüğünü gören ve kokusunu duyan bayılır. Bir zamanlar köşede küçük bir çağlayan köpürerek akarmış. Gerçi yerlere döşenmiş olan desenli rengârenk taşlar, kameriyeler, manolyalar, erguvanlar ve yediveren gülleri şimdi de duruyordu ama yalının selamlık bölümü satılınca araya yanlış bir biçimde bir duvar çekmişler ve sert Boğaz rüzgârlarının bahçeye girmesi sonucu limonları, portakalları öldürmüşlerdi. Eski yalıları yapan Ermeni ve Rum ustalar Boğaz akıntılarını ve rüzgârları hesaplar, her şeyi ona göre yaparlarmış ama şimdilerde artık bu özeni gösteren kalmamıştı.

Yusuf yalıya yaklaştığında, ulu çınarın altında oturan Büyük Hanım'ı ve onunla konuşan bir polis gördü. Eğilip elini öptüğü Büyük Hanım onu gördüğüne sevindi mi, sevinmedi mi anlayamadı. Kadın belki de küçük Yusuf'un onun o perişan haline tanık olmasını istemiyordu. En azından o böyle yorumladı.

Polis, "Burada daha fazla oturmanıza izin veremeyiz hanımefendi!" diyordu. "Yalı sahiplerinden şikâyet var. Rahatsız oluyorlarmış."

Büyük Hanım sabırlı bir sesle, "Evladım" dedi, "bu yalıyı benim dedem yaptı. Bütün ailem burada oturdu."

"İyi ama satılmış, mülkiyeti... (elindeki kâğıda bakıp okudu) Ömer Cevheroğlu Beylere geçmiş."

"Yalı kısmı öyle ama evladım, benim oturduğum küçük ev ayrı bir parsele ve müstakil bir tapuya sahip. Dedemden bana geçti. İsterseniz bakın!"

Aslında Paşa Dedesi, nüfus kaydında babası olarak görünüyordu ama polisin bu ayrıntıyı fark etmeyeceğini umarak bu konuda bir açıklama yapmamıştı. Kayıtlarda dedesinin kızı olarak görünmesi ise paşa ailesinin yaşadığı büyük bir trajediyle ilgiliydi. Bu trajedi, yalnız kayıtları değil ailenin hayatını da kökten değiştirmişti.

Büyük Hanım, çantasından özenle katlanmış bir tapu senedi çıkardı ve polise gösterdi. Polis tapuyu alarak gözlerine yaklaştırdı; yazılanları yüksek sesle okudu. Pafta numarası, ada, parsel, isimler; her şey tamam gibi görünüyordu. Bunun üzerine ne yapacağını şaşırdı.

"Yine de siz şimdi buradan kalkın!" dedi. "Hakkınızı ararsınız ama amirim bana kesin emir verdi. Yalı sahipleri rahatsız oluyormuş. Sizi mutlaka buradan götürmem istendi."

"Memur bey evladım, bu tapu senedini amirinize de gösteriniz."

Genç polis bunun üzerine "hanımefendi" hitabını bıraktı ve "Ne diyorsun teyzecim be!" dedi. "Amirimin de amiri var.

Emniyet Müdürlüğü'nden aradılar. Bu insanlarla başa çıkamazsınız, iyisi mi kalkıp gidin. Yoksa sizi karakola götürme talimatı aldım, hadi teyze, söz dinle biraz."

"Leyla" dedi kadın.

"Ne?"

"Leyla, adım Leyla!"

Sabırsızlık belirtileri gösteren polis, "Peki Leyla Hanım Teyze!" dedi.

"Hayır, bana sadece Leyla de!"

Bunun üzerine Yusuf söze karıştı. Kendisi Büyük Hanım'ın bu garip huyunu bildiği için şaşırmamıştı ama polisin bu yaşta bir kadının kendisine ismiyle hitap edilmesi isteğini anlaması mümkün değildi. Mahalleliyi çok zorlayan bir konuydu bu. Hepsine, çocukluktan itibaren kendisine Leyla demeyi öğretiyordu. Bunu beceremeyen ya da yaşına hürmeten söylemek istemeyen de "Büyük Hanım" diye sesleniyordu.

Yusuf tartışmaya bir son vermek için kartını gösterdi. "Ben gazeteciyim memur bey!" dedi. Henüz sarı basın kartı yoktu ama gazetenin verdiği resimli kimlik kartı vardı. "Bu hanımı tapulu evinden çıkarmaya kimsenin hakkı olamaz. İşte, görüyorsunuz."

Polis, Yusuf'u biraz kenara çekti. Sesini alçaltarak "Yalının yeni sahibini biliyorsunuz, değil mi!" dedi. "Ömer Bey, Ömer Cevheroğlu. Sabahtan beri telefonlar susmuyor. Bir İçişleri Bakanı'nın aramadığı kaldı. Vali Bey bile bu işin üstünde. Bu kadının burada oturması, Ömer Bey'in hanımının sinirlerini bozuyormuş. Kadın da biraz tuhaf ha?"

Bu arada mahalleli, bakkal, manav ve çıraklar da başlarına toplanmış, onları dinliyordu.

Yusuf baktı ki olmayacak, son çare olarak yalıya girip yeni sahiplerle bu tapu işini konuşmaya karar verdi. Bahçe kapısının zilini çaldı. Biraz bekledikten sonra kapı açıldı ve topluca, bıyıklı bir adam ne istediğini sordu. Yusuf adama gazeteci olduğunu, Ömer Bey'le bir konuda görüşmek istediğini söyledi. "Bekle!" dedi adam ve gitti. Biraz sonra geldi, Yusuf'u içeri götürdü. Çocukluğunun geçtiği bahçede bir yabancı tarafından yönlendirilmek çok garip bir şeydi. Yusuf o bahçenin her taşını, her ağacını, her dalını ezbere biliyordu.

Pencerelerden, yalıda her şeyin söküldüğünü, duvarların ve tavanın neredeyse tamamen kazınmış olduğunu gördü.

Bekçi, Yusuf'u yalının ön terasına götürdü. Boğaz'ın suları yalının mermer terasını yalıyor, insanın gözlerini alan bir ışık yansıtıyordu. Yusuf, oldum olası bu parlak ışığa bakamazdı. Bu yüzden arka bahçenin kuytu serinliğini tercih ederdi. Her zaman olduğu gibi yine gözleri yaşardı. O sırada, televizyonda ve gazetelerde sık sık resimlerini gördüğü Ömer Bey, ona yaklaşarak ne istediğini sordu. Sırım gibi ve yakışıklı bir adamdı. Kısa düzgün kesilmiş saçları, kırmızı çerçeveli gözlükleri vardı. Kollarını dirseğine kadar sıvadığı beyaz, tiril tiril bir gömlek giymişti.

Yusuf, "Yalınızın önünde yaşlı bir kadın oturuyor" dedi. "Bu konuda bir iki soru soracaktım."

Ömer Bey anlayışlı bir tavırla, "Biz o kadıncağıza çok süre verdik" dedi. "Yalıyı aldığımız günden beri oturduğu yeri tahliye etmesini rica ettik ama dinlemedi. Biz de çıkarmak zorunda kaldık."

"Ama arka bahçedeki evin kendisine ait olduğunu söylüyor."

Ömer Bey gülümseyerek "Yalan söylüyor zavallıcık!" dedi.

"Ama elinde tapusu var."

Bu sırada Yusuf'un parlak ışıktan daha önce fark etmediği genç bir kadın söze karıştı; doğrudan Yusuf'un üstüne gelerek, "Siz kiminle konuştuğunuzun farkında mısınız?" diye bağırdı.

Zayıf, saçlarını sarıya boyamış, güzel bir kadındı. Güneş gözlükleri takmıştı. Ayağında kısa bir şort vardı. Ömer Bey kibar bir el hareketiyle susturdu onu. Kadın sinirli sinirli yalıya doğru gitti ve orada ustalara talimat yağdırmaya devam etti.

Ömer Bey, "Bir dakikanızı rica edeyim" dedi. O da yalıya girdi.

Yusuf, terasta yalnız kaldığında yalıya bir de ön cepheden baktı. Burada henüz bir değişiklik yoktu. Zaten imar yasalarına göre çok büyük bir değişiklik yapılması da mümkün değildi. Yusuf, Boğaziçi'ne bir mücevher gibi oturtulmuş yalıyı, mavi denizin içine dikilen sedir direklerin taşıdığını biliyordu. 19. yüzyıl sonları ve 20. yüzyıl başlarında yapılan bütün yalılar gibi bir zenginliği ve görkemi değil, su kenarında geçirilen rahat bir aile hayatını çağrıştıran, bir parça alçakgönüllü bir yapıydı: 19. yüzyılın Osmanlısında moda olan barok yapılara hiç benzemeyen, daha çok Doğu zevkini yansıtan ahşap bir yalı.

Deniz bugün laciverde çalıyordu. Nedense Boğaz'ın suları her gün bir başka renk alır ve açık yeşilden bakır çalığına kadar renkten renge girerdi.

Yusuf, önünden Karadeniz'e doğru geçmekte olan büyük Rus şilebini seyrederken cep telefonu çaldı. Açtı ve karşısında gazetenin yazı işleri müdürünü buldu. Biraz endişeli bir sesle "Hemen geri gel!" diyordu.

"Ne?"

"Hemen geri gel. Patron çok kızdı."

"Ama tapulu evinden atılan yaşlı bir kadın var burada" dedi Yusuf.

"Kadının aklı başında değil."

"Hayır, ben şimdi gördüm. Gayet akıllı."

"Ama" dedi yazı işleri müdürü, "doktor raporu var ellerinde. Kadının akli melekeleri yerinde değilmiş. Bu yüzden vesayet altına alınmış, mahkeme bir vasi tayin etmiş, o vasi de evi Ömer Bey'e satmış."

Yusuf bunu duyar duymaz durumu anladı. Demek birçok

köşk ve yalı sahibi ihtiyara yaptıkları gibi, Leyla için de böyle bir rapor almışlardı.

Kendisine kapıyı açan bekçinin alaycı bakışları altında yalıyı terk etti. Ömer Bey dışarı çıkmış ama bu sefer onunla ilgilenmeye tenezzül etmemişti.

Yalıdan çıktığında, polisin telsizle konuşmakta olduğunu gördü. "Başüstüne komiserim!" diyordu. Konuşması bittikten sonra Leyla'yı kaba bir şekilde kolundan kavradı ve kaldırmaya yeltendi. Esnaf homurdanmaya başlayınca da "Söz anlamıyor ki kardeşim" dedi. "Kesin emir aldım, eğer kalkıp gitmezse karakola götürmekten başka çarem kalmayacak. Ben de emir kuluyum."

Yusuf, polisten ve mahalleliden biraz uzaklaşmalarını istedi. Bir iki metre açıldılar. Büyük Hanım'a doğru eğildi ve "Efendim" dedi, "galiba başka çaremiz yok. Sizin akli melekelerinizin yerinde olmadığına dair rapor almışlar. Vasi tayin etmişler. Bu durumda tapunuz üzerinde hiçbir söz hakkınız kalmıyor."

Büyük Hanım gözlerini hayretle açtı. "Ama ben hiç doktora görünmedim ki!" dedi. "Nasıl rapor verebilirler?"

"Ah!" dedi Yusuf. "Bu adamlar için sahte rapor almanın zor olduğunu mu sanıyorsunuz?"

Sonra Büyük Hanım'a, artık orada kalamayacağını anlattı. Karakola gidip geceyi nezarette geçirmesi ise koskoca Bosnalı Abdullah Avni Paşa'nın torununa hiç yakışmazdı. Bu yüzden Yusuf, Cihangir'deki kendi evine gitmelerini rica ediyordu. Bir iki gün kalır, sonra çaresini düşünürlerdi.

Büyük Hanım'ın ince, zarif çehresi hüzünle gölgelendi, gözlerinin elası koyulaştı. Bir süre öylece kaldı.

Yusuf, "Buradan ayrılmanız, bu işin peşini bıraktığınız anlamına gelmiyor efendim" diyordu. "Sahte raporun iptal edilmesi için her şeyi yaparız. Ama bunun için sağlıklı kalmanız gerekiyor. Büyük bir mücadele bekliyor sizi."

Bu sözler Büyük Hanım'ın aklına yatmış olacak ki "Peki Yusuf" dedi, "mademki başka çare yok, hiç olmazsa torunum yerine koyduğum senin evine gidelim."

Ve iki günü aşkın süredir üzerinde oturmakta olduğu bavuldan kalktı. Önce tehlikeli bir biçimde sendeledi, düşecek gibi oldu, sonra herkesin şahit olduğu bir gayretle dimdik durmayı başardı. Vakur bir tavırla, kendisine yardım etmek istemiş olan esnafa, "Hepinize teşekkür ederim komşularım. Hakkınızı helal edin" dedi. "Allahaısmarladık."

Küçük beyaz otomobile binmeden önce yalıya son bir kez baktı. Dudakları kasılmış, gözlerine nefret dolu bir bakış oturmuştu.

Kendi kendine, "Şimdi gidiyorum ama mutlaka geri geleceğim" diye tekrarlıyordu. "Yemin ederim geleceğim ve Bosnalı ailesinin hatırasına leke sürmenize izin vermeyeceğim!"

3

Yusuf, tekrar Avrupa yakasına geçip evine doğru giderken çaktırmadan yanında oturan Büyük Hanım'ı izliyor ve onun bu kendinden emin tavrına hayran oluyordu. Hayatı boyunca çok büyük acılar görmüş olan bu kadının huyu böyleydi işte. Dertlerini kimseyle paylaşmaz, dış görünüşüne ve davranışlarına da yansıtmazdı. Şimdi de evini barkını kaybettiği ve belki de ömründe ilk kez yabancı bir eve gittiği halde, ne şikâyet ediyor ne de gittiği yerle ilgili bir soru soruyordu, iki gün bavul üzerinde kalmıştı ama yorgunluğunu, sadece aşırı solmuş teni ve gözlerinin altındaki mor halkalar ele veriyordu.

Büyük Hanım gittikleri yeri sormuyordu sormasına ama Yusuf yol boyunca adamakıllı kaygılanmaya başlamıştı. Gördüğü durum karşısında üzüntü duymuş, ani bir kahramanlıkla kadını evine davet etmişti ama gittikleri zaman kadın kım bilir ne düşünecekti. Çünkü Cihangir semti Büyük Hanım'ın ömrü boyunca gördüğü hiçbir yere benzemezdi. O daracık sokakları, köhne apartmanları, travestileri, eşcinselleri, uzun saçlı ve küpeli rock müzisyenleri, takkeli bereli hip-hop'çıları, uzun tırnaklı fahişeleri, *piercing*'li kızları gördüğü zaman ne tepki verecekti acaba? Cihangir semtinde oturanlar bunlardan ibaret değildi elbette. Aydınlar, gazeteciler, üniversite mensupları, yabancı diplomatlar da oturuyordu bu eğlenceli mahallede ama onlar göze batmazdı, ötekiler ise hemen görülürdü.

Büyük Hanım'ı Roxy'yle tanıştırmak ise hiç kolay olmayacaktı doğrusu. Düşündükçe içini fenalıklar basıyordu. Kendisi böyleydi işte; düşünmeden atılır, bir işe karışır, sonra da nasıl kurtulacağını bilemezdi. Bu sefer de öyle olmuştu. Yusuf bu huyundan nefret ediyordu ama önüne de geçemiyordu.

Beş aydır, hip-hop şarkıcısı olarak ün yapmaya ve para kazanmaya çalışan Roxy'yle birlikte yaşıyorlardı. Zaten tanışmaları da yine böyle ani bir biçimde olmuş ve son zamanlarda Beyoğlu'nun çok ilgi çeken bir hip-hop kulübüne gittiğinde gördüğü bu kız önce içini gıcıklamış, sonra da ona olan ilgisi, gittikçe artan bir sevdaya dönüşmüştü.

Asıl adı Rukiye'ydi. Ailesi Kayseriliydi ama Almanya'da yaşıyorlardı. Ergenlik çağında bir sürü tuhaf rastlantı sonucunda yolu Duisburg'dan İstanbul'a düşen Rukiye, zamanla bu şehrin olağandışı enerjisine, çarpık büyüsüne kapılmış, kılığını kıyafetini değiştirmiş, Almanya'da benimsediği isimle Roxy olarak yaşamaya başlamıştı.

Son yıllarda Beyoğlu'nda kulüp üstüne kulüp açılıyor, hepsi de tıklım tıklım doluyordu. Osmanlı döneminin bu şık levanten semti, şimdi caz kulüpleri, rock müzik yapılan kahveler, hip-hop ve türkü barlarıyla dolmuştu. Gazeteler bıkıp usanmadan her gün, bu kulüplerde İstanbul'un "nabzının attığı"nı yazıyordu.

Yusuf da biraz bu yeni âleme yakın olma isteği, biraz da Roxy'den kopamaması yüzünden Cihangir'de bir ev kiralamıştı. Aslına bakarsanız ucuzdu da buraları. Gazeteden eline çok az para geçtiği için birkaç aylığına Ankara'daki amca oğlu Hüseyin'den borç alıyordu. Bu küçük para da ancak bu semte yetiyordu. Yine de Anadolu yakasındaki baba evinden kurtulup buralara gelebildiğine çok memnundu Yusuf. Hayat onun için yeni başlamıştı.

İstanbul yollarının çukurlarına düşe kalka ilerleyen küçük yerli araba, bir süre sonra Cihangir'in kargacık burgacık sokaklarına girdi ve beş katlı, eski, dökülen bir apartmanın önünde durdu.

Binaya girerken kapının yanında duran çöp bidonunun dolmuş taşmış olduğunu ve iki arsız kedi tarafından kurcalanan çöplerin girişe dağıldığını gördü. Böyle şeyleri daha önce fark etmezdi ama şimdi Büyük Hanım'ın yanında, girişin pisliğinden, apartmana girer girmez genizlerine dolan havagazı, nem ve yemek karışımı kokudan, yer yer boyaları dökülmüş, kelleşmiş duvarlardan utanıyordu; elinden gelse çöpleri karıştıran kirli kedileri, sokaklarda başıboş gezen ve yiyecek arayan köpekleri Büyük Hanım'ın gözünden saklayacaktı. Çünkü böyle şeyleri, çocukluğu boyunca kendisine yasemin veren, bembeyaz giysiler içinde görmeye alıştığı Büyük Hanım'la hiç bağdaştırmıyordu. Büyük Hanım ayrı bir dünyaya, geçmişe aitti; kendisi ise Roxy'yle birlikte şimdiki zamanda yaşıyordu. Daha pis, daha karmaşık, daha kaba da olsa kendi zamanlarıydı bu. Kanlarını kaynatan, kasıklarına ateş salan kendi zamanları.

Yusuf, yorgunluktan neredeyse yere yığılmak üzere olan yaşlı kadını, beş kat yukarıdaki daireye götürmek üzere loş, dik ve pis merdivene doğru âdeta sürükledi.

Büyük Hanım merdivenleri çıkabilecek mi diye düşünüyordu bir yandan da. Allah korusun, kalp hastası yaşlı kadının bu merdivenlerde ölmesi, hayatı boyunca atlatamayacağı bir vicdan azabının kaynağı olurdu.

Leyla kalp hastalığını önemsemediği için mahalledeki insanlar da pek üstünde durmazlardı. Kendini kötü hissettiğinde mahalledeki genç doktorun verdiği bir hapı dilinin altına koyar, uzanarak sıkıntının geçmesini beklerdi. Yusuf bir seferinde babasından, paşa ailesinde herkesin kalp sorunu olduğunu duymuştu.

Gençler bile bu dik merdiveni tırmanırken nefes nefese kalıyor ve İstanbul'un bu asansörsüz apartmanlarına kalayı basıyorlardı. Zavallı kadıncağız, hasta ve yorgun haliyle nasıl tırmanacaktı bu kuleye; hem de bavul üstünde geçen iki uykusuz geceden sonra. Olmazsa merdiven sahanlıklarında biraz dinlendirir ve soluk almasını sağlardı.

Beyoğlu'nun, Cihangir'in o kışkırtıcı kalabalığında, tarif edilemeyen bir çekicilik vardı: Caddede birbirlerine çarpa çarpa yürüyen kızlı erkekli öğrenci kalabalığı, iki yana sıralanmış müzik dükkânlarından yükselen etnik müzik karmaşası, köftecilerden, hamburgercilerden yayılan kokular, genç kız kahkahaları, sinema afişleri, genç yüzleri parlatan ışıklar, sanat galerileri, çevreyi şaşkın şaşkın süzen turistler, rock, caz, hip-hop kulüpleri, türkü barlar, pos bıyıklı erkekler, travestiler, uzun saçlı küpeli oğlanlar, pavyonlardan çıkan yıpranmış, ağır makyajlı konsomatrisler, Balık Pazarı'nın çıldırtıcı yeme içme şehveti, çıplak ampuller altında pırıl pırıl pırıldayan balıklar, renk renk meyve, sebze yığınları, peynir, pastırma dükkânlarından yayılan çemen kokusuna karışan ağır anason...

Bütün bunlar, Yusuf'un kanını kaynatıyor ve Boğaz kıyısında geçen sakin çocukluğundan sonra, dünyanın bütün serüvenlerini birden yaşamaya başladığı duygusuna kapılmasına yol açıyordu. Eski yaşamına geleneklerden oluşan bir sükûnet, yeni yaşamına ise şehvet egemendi. Birbirine sokulmuş insan kalabalığından yayılan kan, ter ve şehvet kokusu, içinde yaşadığı ortamın pisliği, geceleri çöp bidonlarını deviren köpek sürüleri, lokantaların önüne atılan çöp yığınları, yürürken üstüne basmamaya dikkat ettiği sarhoş kusmukları, duvar diplerindeki çişler, rock kulüplerinde koltuk altları terlemiş kızlar, bu şehvetin olmazsa olmaz öğeleriydi sanki. Şehvet, insan teriyle, insan kanıyla gelen bir şeydi.

Ama şimdi, geçmişinden çıkıp gelen, daha doğrusu kendi isteğiyle getirdiği bir sevgili hayalet bu yeni yaşama nasıl uyum gösterecek diye kara kara düşünüyor, işin içinden pek çıkamıyordu Yusuf.

Valizi eline aldı, öbür eliyle yavaşça Büyük Hanım'ın koluna girdi ve usulca merdivenleri tırmanmasına yardım etti.

4

Aslında Yusuf boşuna üzülüyordu. Çünkü "geçmişten gelen sevgili hayalet" ne çevresindeki pisliğin farkındaydı, ne köhne apartmanın, ne de gürültünün ve kokuların.

İki gün önce evinden kovulmuş olmanın acısı ve böyle akıl almaz bir olayın başına gelmesinin şaşkınlığı gölgelemişti yüzünü; yoldaki görünüşünün tersine. Bunun dışında hiçbir şey düşünemiyordu. Uyuşturulmuş gibiydi. Galiba korkuyordu da biraz. Yıllardır çevresinde güvenli bir kale gibi yükselen ve sadece ailesinin anılarıyla baş başa kaldığı yalı duvarlarının dışına çıkarıldığından beri korkuyordu. Bu insanları, bu binaları, bu otomobilleri, bu sesleri, bu kokuları tanımıyordu ki...

Yusuf'un kolunda merdivenleri yavaş yavaş tırmanırken başı dönüyor, uykusuz gecelerin acısı şimdi çıkmaya başlıyor, bulanık zihninde yalıyı yaptıran Paşa Dede'sini, anneannesini, annesinin ve dayısı İzzet Kemal'in siyah beyaz, kenarı tırtıklı fotoğraflarda kalan soluk hayalini görüyordu. Sanki biraz önce evi değil de onları terk etmişti.

Zaten bütün aileyi yitirip de yalnız kaldığı günden beri bu dünyada yaşamıyor o. Çocukluğundan beri uzanıp hayaller kurmayı sevdiği hamağının güven verici rahatlığına sığınıyor. Kendi dışındaki olaylarla ilgilenmiyor; zamanın geçişi ve yenilenen dünya, her gün üzerine eğilerek ibrişimle desenler işlediği mısır keteni, muslin kumaşların yanında sönük kalıyor.

"Anneanne" diyor içinden, "benim evden isteyerek ayrılmadığımı biliyorsun. Onlar beni dışarı attı. Yoksa ben hiç sizleri bırakıp ayrılır mıydım evimden?"

Dedesi ela gözleriyle gülümsüyor, onu teselli etmek istermiş gibi bakıyor; arkasında anneannesinin yuvarlak, sevecen yüzü beliriyor. Her halleriyle, "Üzülme kızım! Biz her şeyi biliyoruz!" der gibiler. Ama sessiz, sadece bakışlarıyla...

Nefes nefese kaldığı için bir sahanlıkta duvara dayanıp dinlenirken başı dönüyor.

Boğaz'ın suları yüzüne çarpıyor, çünkü Karadeniz'den Marmara'ya doğru büyük bir şilep geçmekte. Şilebin yarattığı dalgalar kıyıya vuruyor, suya eğilmiş küçük kızın yüzüne serin damlalar püskürtüyor. Balık ağlarının kokusu, yalıyı taşıyan sedir direklerin yüz yıldır suda kalmasının yarattığı ağır tatlımsı kokuya karışıyor. O sırada bir yelkovan sürüsü geçiyor, denize değer gibi uçuyorlar. Küçük kızın denize eğildiği yerde suyun rengi daha açık, sonra koyulaşıyor, gemilerin geçtiği yerde koyu laciverde dönüşüyor. Arka bahçeden yayılan yasemin kokusu kaplıyor ortalığı. Yaseminler, dedesinin kendi doğumu şerefine diktiği sevgili manolyasının hemen yanında; beyaz Kıbrıs yasemini. Dedesinin en sevdiği koku olduğu için bahçıvanın bol bol diktiği yaseminler, yüreğini bir kadife gibi sarıp sarmalıyor.

Yasemin aklına gelince yanındaki Yusuf'u hatırlıyor birden. Bahçıvanın torunu, o terbiyeli, mahzun çocuk. Ama hemen unutuyor onu çünkü burnuna gelen Kıbrıs yasemini kokusunu ve dedesinin ela gözlerini yitirmek istemiyor.

Dedesi konuşmuyor, hiçbir şey söylemiyor, ama bunda bir gariplik yok. Çünkü Paşa Dede'sinin konuştuğunu hiçbir zaman duymamıştı ki o. Oğlu İzzet Kemal'in şehit düştüğü haberi geldiği gün paşayı vuran inme, konuşma yeteneğini de alıp götürmüştü ondan. Leyla Hanım dedesini hep nemli ela gözleriyle kendisine bakan bir ihtiyar olarak hatırlardı. Yaz günleri, yıpranmış hasır koltuğuyla birlikte taşınarak arka bahçeye çıkarılır, orada akşama kadar oturup ses çıkarmadan torununun oyunlarını ve o güzelim manolyaları, yaseminleri, erguvanları, taflanları, ortancaları, hercai menekşeleri seyrederdi.

Küçük Leyla onun kucağına tırmanır, sakalıyla oynar, burnunu sıkar, dedesinin ela gözlerinden taşan sevecenliği hissederdi. Ama bir gün o ela gözlerin iki sıralı yaş döktüğünü görmüş, koskoca dedenin niye böyle çocuk gibi ağladığını anlayamamıştı. Paşa, hiç değişmeyen yüz ifadesiyle gözyaşı döküyordu. Buruşuk yanakları ıslanıyor, yaşlar kır bıyığına kadar iniyordu. Şaşıran Leyla anneannesini çağırmış ve onun, hep elbisesinin koluna sıkıştırdığı ipek mendilini çıkararak paşanın gözlerini kuruladığını görmüştü. Yıllar sonra bu olayı düşündüğünde resmi tamamlayan müziği de hatırlamıştı Leyla. Salondaki radyodan yayılan Rumeli türküsü bahçeye kadar geliyordu. İçli ve tiz bir kadın sesi, "Çıkayım gideyim Urumeli'ne / Arzıhal vereyim beylerbeyine" türküsünü söylüyordu. Leyla büyüdüğü yıllarda bu türküyü ne zaman duysa, dedesinin döktüğü gözyaşı gelirdi aklına. Hiçbir yerini kıpırdatamayan Bosnalı Abdullah Avni Paşa'yı ağlatan içli Rumeli türküsü onun da yüreğini kabartır, gözlerini nemlendirirdi.

Paşanın, doğduğu topraklara duyduğu hasretten mi, yoksa uğruna onca savaştığı Rumeli toprağının kaybedilişine duyduğu acıdan mı ağladığını o yaşlarda hiç anlayamamıştı Leyla. İmparatorluğun Avrupa'daki topraklarının kaybedilmesi, çok sevilen ve yası hiçbir zaman bitmeyen bir aile büyüğünün ölümü gibi algılanırdı o evde. Leyla daha çocukluğunda, bunun kapanmayan ve hiçbir zaman da kapanmayacak bir yara olduğunu fark etmişti.

Dedesi Bosnalı Abdullah Avni Paşa'nın at sırtında savaşan ve Rumeli topraklarını yitirmemek için her şeyi yapan subaylardan biri olduğunu öğrenmişti. Ama çabalar hiçbir işe yaramamış, dedesinin de doğduğu Rumeli toprakları peyderpey elden çıkmıştı.

Rumeli bozgununda yollara düşen yüz binlerce muhacirin çektiği acı, hep gözyaşı dökülerek anlatılırdı evde. "Düşman geliyor!" feryadı duyulduğunda ocaktaki tenceresini bırakarak fırlayan insanlar, yollarda çekilen açlık, merhametli Çingenelerden ekmek dilenen beyzadeler, bebeğini yollarda terk etmek zorunda kalan anneler, birbirini kaybeden kardeşler; hemen her gün anlatılan konulardı.

Paşanın akrabaları da aynı kaderi paylaşmış, bir gün Nevrokop'tan yollara düşmüşlerdi. Önlerinde yürünecek yüzlerce kilometre vardı. Yeni doğum yapmış analar uzun yola bir çare düşünmüş ve bebeklerini sırtlarına bağlamışlardı. Bunu yapamayan bazı kadınlar ise yollarda bebekleriyle çaresiz kalmışlardı; çünkü saatlerce taşınınca bebek çok ağırlaşıyordu. Çaresizlikten bebeklerini yol kenarında terk eden analar görülmüştü.

Nevrokop'tan yola çıkan paşanın akrabaları, anası babası öldürülmüş iki yaşında bir oğlan çocuğunu da yanlarında taşıyorlardı. Bulgar çetecilerin baskınından önce ana baba çocuğu yatak odasındaki ceviz dolaba saklamışlardı. Karanlıkta kalan çocuğun bir süre dolapta uyuduğu, birkaç saat sonra açlıktan ağlayarak uyandığı, ciğerleri sökülene kadar ağlamasına rağmen gelen giden olmaması üzerine dolabın kapısını iterek açtığı tahmin ediliyordu. Çünkü dolabın kapısı açıktı ve çocuğun saklanmadan sağ kalması mümkün değildi. Ana babayla birlikte, onu da diğer binlerce çocuk gibi öldürürlerdi. Çocuk emekleyerek oturma odasına kadar gitmişti. Annesi ve babası yerde yatıyorlardı. Annesi çıplaktı, memeleri açıktaydı. Çocuk annesinin yanına emekledi, onun süt vermesini bekledi ama annesi hiç kıpırdamıyordu. Bunun üstüne bebek annesinin kan sızan memesini ağzına aldı ve emmeye başladı. Akrabaları, bu halde buldukları çocuğu, annesinin memesinden ayırmakta zorluk çektiler. Çocuğun dudaklarına kan bulaşmıştı. Annesi ve babası Bulgar çeteciler tarafından öldürülmüş olan bu çocuk, Bosnalı Abdullah Avni Paşa'nın yeğeniydi. Leyla'nın annesinin amcasının çocuğu oluyordu. Yaya olarak yollara dökülen Balkan Harbi göçmenleri, bu talihsiz oğlanı da sırtlarına sarmışlar ve İstanbul'a kadar getirmeyi başarmışlardı.

Aile, yollara dökülen yüz binlerce insanla birlikte günlerce yürümüştü ve bir gün yanlarına aldıkları sınırlı erzak tükenince açlık çekmeye başlamışlardı. Tam o sırada Nevrokop'un fedakâr Çingeneleri imdatlarına yetişti. Eskiden her cuma gelir ekmek dilenirlerdi ve kararmış torbalarına ekmek doldurulurdu. Şimdi ise onlar, o torbalardan çıkardıkları ekmekleri en gerekli anda yardımseverlere geri veriyorlardı.

Bu maceralı yolculukta yardım meselesi bir kez daha ortaya çıkacak ve bu kez aileyi kesinkes bir ölümden kurtaracaktı. Haftalarca yürüdükten sonra, parçalanmış ayaklarıyla Kavala limanına varabilmişlerdi; oradan gemiye binerek İzmir'e gidecek, güvenliğe kavuşacaklardı. Ama o günlerde ana baba günü olan Kavala, Bulgar çetecileri tarafından kontrol ediliyordu. Bu çeteler göçmenleri acımasızca katlediyordu. Yakalanmaları halinde, o paşanın akrabalarının öldürüleceği de kesindi. Aile, vapura binmek için gayret ederken çetelerin eline geçti. Kurşuna dizilmek üzere uzaklaştırıldıkları sırada, çeteler arasında sözü çok geçen bir reis öne çıktı. Bu insanları bırakmalarını emretti. Anlattıklarına göre bu çetecinin adı Lademir'di.

Ailenin büyüklerinin yaptığı hayırlardan biri de Hıristiyan çocukları eve alıp yetiştirmek, tahsillerini tamamlamalarını sağlamaktı. Lademir de o konakta büyüyen çocuklardan biriydi ve şimdi kendisini yetiştiren ailenin yok olmasına gönlü razı olmamış, vapura bindirilmeleri talimatını vermişti.

Dalgalı denizde vapur onları beşik gibi sallar ve içlerini dışlarına çıkarırken, güvertede yer bulmanın hoşnutluğu içinde Lademir'e dua etmişlerdi.

Bu hikâye, yalıya gelen göçmen akrabaları tarafından anlatılmış ve büyükleri yoluyla Leyla'ya geçmişti. Ve bir gün bu acıklı hikâyeyi düşünürken aklı Lademir'e takılmıştı. Onun kaderi ne olmuştu acaba? Makedonya'nın tehlikeli tuzaklarından birinde bir kurşunla göçüp gitmiş miydi bu dünyadan, yoksa daha sonra Bulgaristan'ın kurtuluşunda rol oynamış Vladimir'lerden biri olarak tarihe mi geçmişti? Kim bilir? Leyla, ailenin hep Lademir diye bahsettiği kişinin gerçek adının Vladimir olduğunu tahmin ediyordu.

Bütün İstanbullular gibi paşa ailesi de 1912'deki Balkan Harbi bozgununun acılarını birebir yaşamış ve günlerce yol yürüyerek canlarını kurtaran bu perişan insanlara yardım etmeye çalışmıştı. İstanbul'a varan yüz binlerce Rumeli Türkü'nü yatıracak, besleyecek, yaralarını saracak yer yoktu. Bu yüzden gelenler cami avlularına, hastane bahçelerine, hükümet binalarına, hayırseverlerin evlerine sığınmışlardı. İstanbul'un her köşesinden bir feryat yükseliyor, yolda yakınlarını yitirmiş, evinden, yurdundan, ocağından, tarlasından olmuş aç, hasta, yaralı, soluk benizli insanların çığlıkları yürek paralıyordu.

Abdullah Avni Paşa, yakınlarını yalıda ağırlamakla kalmamış, yüz kadar hemşerisini yalının bahçesine almış, çadırlar, kazanlar kurdurmuş ve birçok İstanbul ailesi gibi onların acısına merhem olmaya çalışmıştı. Erkekler ile kadınlar iki büyük çadıra ayrılmıştı. Geceleri kadınlarla yatan çocuklar, aradan bir iki gün geçip de karınları doyunca bahçenin kuytu köşelerini keşfe çıkmışlar ve türlü maskaralıklarla ev sahiplerini gülümsetir olmuşlardı.

İstanbul kan ağlıyordu ama hayat da devam ediyordu bir yandan. Çok merhametli bir insan olan paşa, gür kaşları altından çocukları büyük bir sevecenlikle seyrediyordu. Leyla'nın annesi Handan çocuklara kol kanat geriyor, onların bir dediklerini iki etmiyordu. Yalının haremi ile selamlık bölümü arasında, eski kaç göç zamanlarında yemek aktarılmasını sağlayan yatay bir dönme dolap vardı. Haremde pişen yemekler şimdi kullanılmayan bu dolabın gözlerine konur, sonra dolap döndürülerek yemek kaplarının selamlığa geçmesi sağlanırdı. Özellikle selamlıkta misafir bulunduğu zamanlarda işe yarayan bir dolaptı bu ve muhacir çocuklar iki günde bu heyecan verici oyuncağın varlığını keşfetmişlerdi. Eğilip dertop olarak bir taraftan dolaba giriyor, öte taraftan çıkıyorlardı. Bu son derece zevkli oyun dolap bozulana kadar devam etti ve Leyla'nın anneannesi Üftade Hanım'ın ancak bundan sonra oyundan haberi oldu. Handan çocuklara acımış ve dolabın bozulması pahasına bu küçük sırlarını annesinden saklamıştı. Şefkate ve oyuna o kadar muhtaçlardı ki...

Bir süre sonra hükümet Rumeli muhacirlerine Adapazarı'nda, Bergama'da, İstanbul'da, Bursa'da araziler ve evler vermiş ve oralara yerleşip hayata tekrar başlamalarını sağlamıştı. Ama Rumeli bozgunu ve muzaffer Osmanlı ordularının üst üste yenilgiler alması, Çatalca gibi İstanbul'un burnunun dibindeki bir mevkide bile perişan olması, imparatorluğun sonunu getiren uğursuz bir işaret gibi algılanmış, okullarda ders başlamadan önce her sabah Rumeli için ağıtlar söylenip gözyaşı dökülmüştü.

Bütün bunlar anlatılmıştı Leyla'ya. O yalıda kendisi doğmadan önce yaşanan her şey belleğindeydi. Anneannesinin anlattıklarını defterlere geçirmiş, soluk aile fotoğraflarını saklamıştı. Zaten anneanneden başka olayları kendisine anlatacak kimse de yoktu ortalıkta. Paşa Dede'sinin konuştuğu zamanlara yetişememiş, onu hep susan bir ihtiyar olarak görmüştü. Annesi ise onu doğururken ölmüştü. Dayısı İzzet Kemal, işgal İstanbulunda İngilizler tarafından şehit edilmişti. Bu yakışıklı, kumral dalgalı saçlı dayıyı sadece resimlerinden tanıyordu. Bu yüzden yalıda baş başa kaldığı anneannesi Üftade Hanım'dan başka, ona aile hikâyelerini aktaracak kimse yoktu. Leyla belki de bu yüzden kendisine anlatılanları kutsal bir aile emaneti olarak kabul etmiş, hiç unutmamıştı. Sanki bu olaylardan birini unutsa, yanlış hatırlasa ya da bir gün aklından geçirmese bütün aile yok olacaktı. Leyla'nın belleği, Bosnalı Abdullah Avni Paşa ailesinin yaşadığının tek kanıtı, onların görkemli geçmişinin tek yuvasıydı. Kendisi bu aileyi düşünmediği gün gerçekten ölmüş olacaklardı.

Gerçi Paşa Dede'sinin ölümünden sonra yalı satılmış, ellerinden gitmişti ama yine de o evi görmek, bahçedeki ağaçlara eliyle dokunmak, yaseminlerin kokusunu duymak bu hatıraları bin bir ayrıntıyla zenginleştiriyor, Leyla'nın zihninde oluşan bir şehrayin gibi hayatını geçmişin ışıltılarıyla dolduruyordu.

Çekmecelerdeki lavanta kokan muslin çamaşırlarını karıştıran hoyrat kıllı eller onu sadece evinden, yuvasından değil ailesinden de koparıp sokağa atmıştı.

Leyla korkuyordu.

Şimdi Cihangir'deki evin dik merdivenlerinden başı dönerek soluk soluğa yukarı çıkarken panik içinde ailesini, dedesini, anneannesini, annesini düşünmesi bu yüzdendi işte.

Yusuf, hakiki deriden yapılmış sert ve epeyce ağır valizi taşırken, göğsü tıkanarak, soluğu kesilerek, kat aralarında dinlenmeye ve kendini toplamaya çalışarak merdivenleri tırmanan kadın için kaygılanıyordu.

Beşinci kata vardıklarında Büyük Hanım'ın kolunu, bacağını kıpırdatacak hali kalmamıştı; göğsü sızlıyor, başı dönüyordu. Yusuf bir kapının önünde durdu, elindeki valizi, kirden beyaz rengi görünmez olmuş mermer zemine bıraktı.

Leyla, hayal meyal, taşların da kendisi gibi ihtiyarlamış ve yıpranmış olduğunu gördü. Sonra içeri girdiler.

Biraz soluklanan Leyla artık anılardan sıyrılmış, adım attığı bu yeni ortamı gözden geçiriyordu. Loş dairede ilk gördüğü şey, müthiş bir perişanlık, dağınıklıktı. Toz içinde rengi akmış kahverengi kadife bir divan, üstünde kirli tabaklar duran küçük formika bir masa, yıpranmış sandalyeler, küçük bir kitaplıktaki kitaplar gözüne çarptı. Yerde, alacalı bulacalı bir kilim. İç geçirdi, çevresinin farkına vardıkça yüreği daraldı. Yıllardan beri böyle bir yer görmemişti Leyla; belki eskiden de görmemişti, hiç görmemişti. Ceviz ağacı kasalı eski Philips radyonun üstüne bile sakız gibi dantel örtüler yerleştirilen bir evde büyümüş olmanın alışkanlığıyla hiçbir şeye değmemeye çalışarak içeri girdi. Duvarlar öylesine nem çekmiş ve lekelenmişti ki bir zamanlar koyu sarıya boyandığını anlamak için çok dikkatli bakmak gerekiyordu. Odanın bir köşesinde duran küçük bir elektronik org ve kırmızı bir elektro gitar dikkatini çekti Leyla'nın. Bu müzik aletlerine de aşina değildi.

Durumun farkında olan Yusuf, ezilip büzülerek onu kadife divana oturttu, valizi özenle divanın arkasına yerleştirdi.

"Pek uygun değil sanırım ama..." diye bir şeyler mırıldandı ama ne dediği de pek anlaşılmıyordu. Yusuf'un oldum olası Leyla karşısında eli ayağı dolaşırdı böyle. Hele bu durumda...

Yusuf hemen mutfağa koştu, Leyla'nın kulağına tıngır mıngır kap kacak sesleri geliyordu. Biraz sonra elinde iki fincan çayla boy gösterdi Yusuf, Leyla'ya çay sundu. Tam o sırada çok yakın bir yerden okunan ikindi ezanı duyulmaya başladı. Sonuna kadar açılmış hoparlörler müezzini sanki evin içine getirmiş gibiydi. Eskiden saba, uşşak, hüzzam, eviç, rast makamlarında okunan ezanlardan bihaber, makam bilmeyen bir adam bas bas bağırıyordu.

Leyla'nın çay fincanını tutan elinde küçük bir titreme gördü Yusuf, "Demek ki yorgunluk bu demir iradeyi bile alt etti" diye düşündü. Yüreği bu solgun yüzlü, zayıf, yorgun ve gözlerinin altı mosmor halkalarla dolmaya başlayan yaşlı kadına karşı sonsuz bir acıma hissiyle doldu.

Onu usulca kaldırdı ve bir odaya götürdü. Küçük bir odaydı bu; köşede tek kişilik bir yataktan başka hiçbir eşya yoktu. Yusuf Leyla'ya yatağı gösterdi ve biraz uzanması için ısrar etti. Valizini de getirip yanına koyduktan sonra, akşama görüşeceklerini söyleyip çıktı...

Leyla'nın canına minnetti; o da bir yere uzanmak için karşı konulmaz bir ihtiyaç duyuyordu ama yatağın üstündeki tozlu battaniye, baş izleriyle rengi koyulaşmış yastık dikkatini çekti. Valizini açtı, oradan krem rengi ipek bir kombinezon çıkardı, yastığın üzerine yerleştirdi. Ancak ondan sonra koydu başını yastığa. İpek çamaşır Boğaziçi'nin nemini taşıyordu: serin, temiz ve lavanta kokulu.

Uykuya dalmadan önce, yalının bahçesinde fokur fokur kaynayan çamaşır kazanlarından yükselen mis gibi kokular geldi burnuna. Bahçenin ucuna dört kazan kurulmuş, altlarında harlı ateşler yanıyor, çamaşırcılar kaynar sulardaki çamaşırları ellerindeki sopalarla karıştırıyorlar. Buhar gökyüzüne yükseliyor. Daha sonra çivit atılmış suda durulanacak, güneşte kurutulacak bu çamaşırlar, kömür ütüsüyle ütülenecek ve Boğaziçi'nin serpintili rüzgârlarının kokusunu taşıyarak dolaplara yerleştirilecek. Zamanla, dolaptaki lavanta ve yalının kendine özgü nemli kokusu sinecek bunlara; insan kokladığında, aynen Leyla'nın onlarca yıldır yaptığı gibi Boğaziçi'ni içine çekiyormuş duygusuna kapılacak.

5

Leyla ayrıldıktan sonra, yalının yeni sahibi Ömer Cevheroğlu'nun babası Ali Yekta Bey, oğlunu ziyarete geldi. Briyantinle parlatılmış ak saçlarını sıkı sıkı tarayıp arkaya doğru yapıştırmış, kalın kahverengi bağa bir gözlük takmış, sinekkaydı tıraş olmuş, bej bir takım elbise giyip kolalı gömleğinin yakasına şal desenli kravat oturtmuş, iriyarı bir adamdı Ali Yekta. Hani eskiden yalı ahalisinin *comme-il-faut* dediği ve pek beğendiği kerli ferli cinsten. Elmacık kemikleri çıkık, kemikli ve yakışıklı bir yüzü vardı.

Ayaklarında, artık pek rastlanmayan iki renkli pabuçlar dikkat çekiyordu: Beyaz ve kahverengi.

Yalıda neler olup bittiğini meraklı gözlerle izleyen esnaf, mahallelerini teşrif eden bu kalantor beyefendinin kim olduğu konusunda tahminler yapmaya girişti.

Manav Cemal, "Cumhurbaşkanı gibi adam yahu!" diyordu.

Bakkal Hasan, "Tam İstanbul beyefendisi dedikleri cinsten" diye lügat paralıyordu. Ne de olsa kendileri de İstanbullu sayılırdı.

Yalnız bu saygıdeğer beyefendinin gelişinde merak uyandıran tuhaf bir ayrıntı vardı; bunu bir türlü çözemiyorlardı.

Beyefendi yalıya gösterişli bir otomobil yerine belediye otobüsünden inerek gelmişti ki bu otobüslerde böyle kalantor bir adama rastlamak pek mümkün değildi. Birazdan kokusu çıkar diyerek yalıyı gözlemeye devam ettiler.

Ali Yekta Bey, cümle kapısını açan bekçiye otoriter bir sesle, "Evladım, beyefendi burada mı?" dedi ve cevabını beklemeden bahçeye doğru yürüdü. Geniş ve bakımlı bahçe, bir inşaat alanı görüntüsü almıştı. Oraya buraya öbek öbek yığılmış eski mermer kurnalar, musluklar, alaturka tuvalet taşları, sedef sehpalar, mangallar, tavan ve duvar süslemesi parçaları, cam fanuslar, lambalar dikkatini çekti. Birkaç halı dürülerek yere uzatılmıştı.

Ali Yekta Bey, kendisini karşılayan ve eğilerek elini öpen oğluna sordu: "Bunlar ne?" Kalın ama yumuşak bir sesi vardı.

Ömer, "Yalıdan çıkan ıvır zıvır" dedi. "Köhne şeyler. Necla da bunları istemiyor. Bu yüzden kamyonlarla gönderiyoruz."

"Çöpe mi gidiyor yani?"

"Artık nereye götürüyorlar bilemem. Büyük bir ihtimalle bit pazarına satıyorlar. Aslında antika değeri yok bunların. Gündelik eşya."

Ali Yekta Bey bir süre düşündü ve "Bak oğlum" dedi, "bunları kamyonla gönderme, dağlılara ver."

"Dağlılara mı?"

"Evet, çünkü buraya yerleşiyorsun, daha doğrusu yerleşiyoruz. Dağlıları, emektarları, eski hizmetlileri, esnafı hoşnut etmek, kendine bağlamak ve onlara yeni efendinin kim olduğunu göstermek çok önemli. Ağalık vermekle olur. Şimdi sen bu ıvır zıvırı dağlılara verirsen elini öper ve ömür boyu sadakat gösterirler."

"Hiç aklıma gelmemişti doğrusu."

"Sana hep söyledim. Para mühimdir ama her şey demek değildir. O parayı asaletle, yerli yerinde, bir bey gibi kullanmayı bilmek ve girdiğin her yerde hürmet telkin etmek şarttır."

Ömer babasının buyurgan sözleri karşısında "Peki baba" dedi, "çağırır veririm."

Bu konuşmadan sonra baba oğul yalıyı gezmeye, yapılan işleri gözden geçirmeye giriştiler. Necla ortalarda yoktu, sesi de çıkmıyordu.

Yalı sahiplerinin diline "dağlılar" sözü ne zaman yerleşmişti, kim bilir. Belki de yalıların eskisi kadar personel beslemeye güçlerinin yetmediği ve bu insanların teker teker ayrılarak arka tepelere yerleştiği zamana rastlıyordu.

Şimdi kullanılan asfalt sahil yolu yapılmadan önce, yalıların arkasından incecik bir yol geçiyordu, ancak bir at arabasının geçebileceği genişlikteydi bu yol ve oradan da hemen koruluk tepeler yükseliyordu. Bu tepeler yalı sahiplerine aitti. Asırlık ceviz ağaçlarının, devasa çınarların bulunduğu, pınarların kaynadığı, baharda erguvanların insanı sarhoş ettiği bu cennet tepelerde yalılara ait mandıra, depo, çamaşırhane gibi küçük yapılar, fışkıran doğa içinde kaybolur giderdi. Daha sonra yalılarda çalışanlar teker teker izin isteyip oralara küçük evler kondurmaya başladılar. Bu evler giderek büyüdü, Anadolu'dan gelen akrabalarla, artan nüfusla mahalle halini aldı, dükkân sayısı arttı. Ve o günlerde yalı sahipleri bu yeni nüfustan "dağlılar" diye söz etmeye başladı.

Ali Yekta Bey'in oğluna sözünü ettiği dağlılar, bu mahallede oturan insanlardı.

Akşamüstü dağlılar, çekingen bir tavırla birer ikişer yalının cümle kapısından içeri girmeye başladılar. Her bir taşını, yaprağını, çiçeğini, böceğini tanıdıkları bahçede yabancı gibi duruyorlardı artık, çünkü bu yeni sahiplerden ürküyorlardı. Bir bekçinin birden gelip de "yalıdaki antikaları" alabileceklerini söylemesi, onları şaşırtmıştı doğrusu. Ne cömert insanlarmış meğer bu yeni ev sahipleri. Nasıl oluyordu da paşalara ait o kıymetli eşyayı kendilerine verebiliyorlardı.

Bahçeye girenler bir süre sonra çekingenliklerini yendiler, öbek öbek yığılmış eski eşyaya hırsla atıldılar. Kimi halıyı koltuğunun altına kıstırmaya çalışıyor, kimi belinin incinebileceğini bile hesaba katmadan, insanüstü bir güçle mermer kurnayı kucaklamaya çabalıyordu. Büyük halıları iki kişi birden taşıyordu. Herkes en kıymetli parçayı kapıp evine götürme telaşındaydı. Kolay değil, kuşaktan kuşağa bir efsane gibi aktarıldığını duydukları Abdullah Avni Paşa'nın eşyasına sahip olunacak, mermer alaturka tuvalet taşı kendi evlerine yerleştirilecek, cezve sürülüp üzerinde kahve pişirilen kallavi mangal, oturma odalarının orta yerinde duracaktı.

Kısa bir süre sonra kadınlar da girdi bahçeye, sessiz bir itiş kakışla eşyayı toparlayıp gittiler. Öyle ki kısa bir süre sonra, neredeyse ortada bir kırıntı bile kalmadı.

Bütün bunları oğluyla birlikte pencereden izleyen Ali Yekta Bey, "İşte böyle Ömer" dedi. "Hizmetli ruhunu iyi bileceksin. Patronluğun, beyliğin ilk şartı budur. Yoksa iyi hizmet alamazsın. Servet sahipleri arasındaki en mühim rekabet alanlarından biri, malları mülkleri kadar, hizmetlilerinden gördükleri saygıdır. Gerçi bunlar hizmetlin değil, yalı emektarlarının çocukları, torunları ama yine de içlerinde bir hizmet etme hissi kalır. Bir gün senden daha zengin olsalar bile eziklikten kurtulamazlar."

Ömer, hayatı boyunca kim bilir kaç yüz kere dinlediği bu söylevlerden sıkılmış bir halde "Peki baba" dedi, "gerekeni yaparım. Merak etme!"

"Sert olacaksın, otoriteyi elden bırakmayacaksın ama zalim olmayacaksın. Zinhar zulüm yapmayacaksın. O zaman uşak efendisine bağlanır ve ömür boyu bu hürmet hissini terk edemez."

Ömer içinden, "Peki sen nasıl kurtuldun o zaman?" diye geçirdi; hiçbir şey söylemedi tabii. Babasıydı, severdi sayardı ama çocukluğundan beri aynı konu çevresinde, efendi-uşak ilişkileri konusunda verdiği derslerden sıkılmış, neredeyse canından bezmişti. Ali Yekta Bey'in ilgilendiği, sözünü ettiği başka hiçbir konu yoktu.

Babasının asık bir yüzle "Necla nerede?" diye sorduğunu duydu.

"Başı ağrıyormuş baba" dedi. "Biliyorsun, migreni var. Özür

diledi, kusura bakmasın, dedi. Sakin bir köşeye çekildi." Ali Yekta Bey, "Ben zaten bu kadının başının ağrımadığı bir ana rastlamadım" dedi. "Ne zaman gelsem, başı ağrıyor."

Sıkılmış dişlerinin arasından, nefretle, hınçla konuşuyordu. O susunca Ömer sessizliği bozma ve bir şeyler söyleme gereği hissetti: "Yok baba!" dedi, "Yanılıyorsunuz, Necla size hürmette kusur etmez ama sahiden başı ağrıyor."

Oysa biraz önce adamın geldiğini duyar duymaz, "Aman çekemeyeceğim vallahi! Ben bir yerlere gidiyorum. Sen de çabuk sav adamı Allah aşkına!" diyerek ortadan kaybolan Necla, kayınpederini hemen hemen hiç görmezdi.

Ali Yekta Bey, "Neyse!" diyerek iç geçirdi. "Allah sonumuzu hayretsin."

Sonra baba oğul yalının üst katına çıktılar.

Ömer ile Necla Amerikalı mimarla uzun uzun görüşüp yalının dekorasyonu konusunda acele edince, ne kadar çabuk istediklerini anlatınca, mimar iç duvarları yıkmaya ve odaların şeklini değiştirmeye gerek görmemişti. Zaten yalı çok kullanışlıydı ve oda, salon, divanhane, mutfak, personel bölümleri mükemmel bir biçimde yapılmıştı. Bu yüzden yapısal değişikliklere gidilmemiş, alt katta olduğu gibi üst katta da, Boğaziçi'nin, insanın ciğerini söken, kemiklerine sızı salan neminden nasibini alarak yer yer lekelenmiş ve kararmış olan yaldızlı duvar tezyinatı sökülmüş, duvarlar soyulmuş, ithal kâğıtlarla kaplanmaya hazır hale gelmişti. Hatta İngiltere'den getirttikleri ve ipekli bir kumaşı andıran duvar kâğıtları, yalının en büyük odası olan, bir zamanlar Avni Paşa ile eşi Üftade Hanım'ın kullandığı odaya döşenmeye başlamıştı bile. Denizi neredeyse evin içine sokan pencereleriyle salon büyüklüğündeki bu odada, Üftade Hanım çocuklarını doğurmuştu. Leyla'nın annesi Handan ve dayısı İzzet Kemal burada dünyaya gelmişlerdi.

Ali Yekta Bey odaya alıcı gözüyle baktı, iyice inceledi. "Yatak şuraya konsa daha iyi olur. Böylelikle insan yattığı yerden de deniz manzarasını, gelip geçen gemileri seyredebilir" dedi ve böylece Ömer'in korktuğu önemli bir noktaya dokunmuş oldu.

Ömer babasının onlarla birlikte oturmak ve bu odaya yerleşmek istediğini biliyordu. Aksi gibi Necla da kendileri için aynı odayı seçmiş, mimara bu yönde talimatlar yağdırmıştı. Duvar kâğıtlarını bile Londra'da günler süren koşuşturmadan sonra seçmişti. Babası ile Necla arasındaki görünmeyen savaşın bu oda yüzünden açığa çıkacağından ve önüne geçilemeyecek gerginlikler, kavgalar yaşanacağından emindi.

Aslında Necla, Ali Yekta Bey'in, bırakın o odaya yerleşmesi, kendileriyle birlikte oturması fikrine bile tahammül edemiyor, bu sözü her duyduğunda sinir krizleri geçiriyordu.

"Otursun oturduğu yerde!" diyordu. "Bunca yıldır yaşadığı Kadızade Konağı'nı terk edip de bize gelmesinin ne manası var?"

Ama Necla, Ali Yekta Bey'in içinde yıllardır alevlenen ve Ömer'in çok iyi bildiği o yakıcı tutkunun farkında değildi. Yalının en büyük odasının onun için neler ifade ettiğinden haberi yoktu. Bilse daha ihtiyatlı davranır, yaşlı adamın damarına fazla basmazdı.

Necla, emekli olduktan sonra İstanbul'a yerleşip Bahçelievler'de küçük bir daire alarak başını sokmuş orta halli bir memurun kızıydı. Gözü yükseklerdeydi ve kendi ihtiraslarından başka bir şeyi pek gözü görmüyordu. Genç kızlık dönemlerini babasının görev yaptığı Malatya, Manisa ve Uşak gibi Anadolu şehirlerinde geçiren, onun emekli olmasından sonra geldiği İstanbul'da Ömer'le tanışan ve hayatı değişen Necla, kayınpederine zavallı bir meczup gözüyle bakıyor, onunla görüşmüyordu. Hele birlikte oturma fikri onu çıldırtmaya yetiyordu. Bu konu açıldığı zaman Ömer'e, "İyi ama hayatım" diyordu, "babandır, bir şey demiyorum ama ne de olsa bir uşak. Hayatı uşaklıkla geçmiş. Şimdi nasıl olur da burada, senin yeni yalının en büyük odasında oturur. Hem misafirlerine nasıl tanıtacaksın babanı? Eskiden uşaktı ama şimdi patron oldu mu diyeceksin? Zaten çok düşmanın, çekemeyenin var. Babanın kim olduğunu, ne iş yaptığını öğrenirlerse gazetelerde yayın yapıp seni rezil ederler."

"Sevgilim" diyordu Ömer, "öz babamı kovamam ki. Ne diyeyim?"

O zaman Necla kestirme bir çözüm öneriyordu: "Bırak ben konuşayım. Söylerim; beyefendi, sizin şimdiye kadar oturduğunuz yerde yaşamanız daha münasip, derim. O da yalıda olmasa bile konakta oturuyor nasıl olsa, hem de doğduğundan beri. Alt katta falan ama olsun."

"Aynı şey değil ki; burada paşa odasına yerleşmek istiyor, onun hayali, tutkusu bu. Yoksa alt kattaki uşak bölümünde yaşamak değil."

Ali Yekta Bey'in bu tartışmalardan haberi yoktu tabii. Oğluna hiç layık görmediği, evlenmesine engel olmak için elinden gelen her şeyi yaptığı bu "basit kız"dan hiç hoşlanmıyor, onu zerre kadar sevmiyordu. Ayrıca onun kendisine karşı bu kadar küstahlaşabileceğini tahmin de edemezdi. Çünkü arada ne de olsa oğlu vardı. Kendisine karşı saygıda hiçbir zaman kusur etmemiş, gözünün bebeği, hayatının amacı oğlu, canı ciğeri...

Ali Yekta Bey yalıda üst kattaki paşa odasına yerleşecek, eski paşalar gibi bir hayat sürecekti. Bayram günleri torunları odasına gelip elini öpecekler, heyecanla onun vereceği hediyeleri bekleyeceklerdi. Uşaklar onun çayını, kahvesini getirecek, oda kapısını hafifçe tıklattıktan sonra içeri girecek, sonra da kendisine sırtlarını dönmeden geri geri çıkıp gideceklerdi. Onlara, eski paşalar gibi, "Teşekkür ederim evladım" diyecekti. Maun dolaptan elbiselerini çıkarıp havalandıracaklar, ayakkabılarını parlatacaklardı. İhtiyaç duyduğu zaman bir çıngırağı çalarak çağıracaktı onları. Modern zamanlardı artık; belki de çıngırak yerine bir zil koydururdu buraya. Uşaklar kendisine korkuyla karışık bir saygı besleyecekler, gözlerini kaldırıp yüzüne bakamayacak, başlarını hafifçe eğerek emirlerini bekleyeceklerdi.

Ali Yekta Bey, uşakların nasıl hizmet etmesi gerektiğini çok iyi bilirdi; çünkü kendisi ömrü boyunca bu işleri yapmıştı. Paşaların, beylerin, onların oğullarının, torunlarının elbiselerini fırçalamış, pabuçlarını parlatmış, sofrada yemeklerini tabaklarına koymuş, onlar ellerini yıkadıktan sonra havlu tutmuştu. Hastalandıklarında hatmi çayı kaynatıp içiren, sırtlarına kupa çeken, çocukların çıbanlarına keten tohumu lapası hazırlayıp koyan oydu.

Yalnız kendisi değil babası da beylere, paşalara hizmet etmişti, hatta dedesi de. Ailenin efsanesi olarak anlatılan büyük dedeleri Halepli Cevher Ağa, meşhur Dürrizade Konağı'nda uşaklık yapmış, hatta bizzat Sultan Mahmut'a hizmet etme şerefine nail olmuştu. Babası, ona ve kardeşlerine bıkmadan bu hikâyeyi anlatır ve gözleri gururla parlayarak Halepli Cevher Ağa'nın ne büyük bir adam olduğundan söz açardı.

Paşakapısı'nda bulunan Dürrizade Konağı'nın dillere destan zenginliğini, ev sahibinin ince zevkini duyan Sultan Mahmut, bir ramazan günü aniden, namazı Üsküdar'daki Yeni Cami'de kılacağını irade buyurmuş. Padişah bu, kolay değil, maiyetinde en az yüz elli adam var, sadrazam, vezirler, beyler, paşalar... Saltanat kayıklarıyla Üsküdar'a geçmişler; top atılmasına yarım saat kala camiye vasıl olmuşlar. Burada padişah, "Gidip söyleyin, iftarımı Dürrizade'de açacağım" demiş. Derhal yetiştirmişler. Dürrizade hemen Ali Yekta Bey'in dedesi Halepli Cevher Ağa'yı çağırmış, durumu anlatmış. Ağa, "Hiç merak buyurmayın efendim!" dedikten sonra hareme, yemekleri selamlığa gönderip kendilerine ayrı yemek yapmalarını buyurmuş, sonra altı al moru mor koşturup

Yeni Cami'ye gelmiş, el etek öpüp saygılarını bildirmiş, namazı padişahla birlikte kılmış.

Namazdan sonra padişah atının üstünde, kendisi yayan, kafileyle birlikte yola çıkıp konağa gelmişler. Padişahı ipeklerle kaplı odaya buyur etmişler. Sonra yüz elli kişiyi ayrı ayrı mükellef sofralarda oturtmuş Dürrizade. Padişahın buyur edildiği odanın iki kanatlı kapısı açılmış, içeri ipek kaftanlı uşaklar girmiş. Kırmızı kadife kaplı ve üstü gümüş kabartmalarla süslenmiş bir sehpayı padişahın önüne sürmüşler. Mübarek ellerini silmesi için padişaha inci ve altın tellerle işlenmiş makramayı Dürrizade bizzat vermiş. Sonra üç dört uşağın taşıdığı büyük gümüş tepsi getirilerek bu sehpanın üstüne konmuş. İçinde neler yokmuş ki bu tepsinin; altın tabaklarda türlü türlü iftariye: reçeller, peynirler, sucuklar, balık yumurtaları. Altın kadehler içinde oruç bozmak için zemzem-i şerif. Fildişi sap üzerine firuze, yakut ve zümrütler işlenmiş tatlı kaşıkları, sapı mercanlı çorba kaşığı, sedef saplı, kâğıt gibi ince abanoz pilav kaşıkları, mineli altın üzerine incilerle bezenmiş küçük hoşaf kaşıkları görenleri hayrete düşürmüş. Daha sonra birbirinden nefis çorba, et, tavuk, tatlı, börek, pilav sunulmuş. En sonunda da büyük, kristal görünüşlü bir kâsede vişne hoşafı getirilmiş. Sultan Mahmut hoşaftan bir kaşık almış ve "Bu hoşaf ne kadar soğuk" buyurunca Dürrizade, "Kudretli Hünkârım, hoşafın kâsesi buzdandır. Afiyetler olsun şevketlim" demiş.

Meğer Halepli Cevher Ağa her gün Çamlıca suyunu kâse biçimli kalıpta dondurur, içine hoşafını koyar, efendisine öyle takdim edermiş.

Ali Yekta'nın çocukluğundan beri bu hikâye konakta belki yüzlerce kez anlatılmış ve kendi uşaklarının ne kadar mahir bir soydan geldiğini belirtmek için, belli belirsiz bir övünme payıyla konuklara aktarılmıştı. Hatta konağa misafir gelen yabancı sefirlere de bu hikâye anlatılır ve Avrupa'yı saran "sorbet" modasının, ağanın hazırladığı bu "şerbet"ten geldiği de kibarca ima olunurdu. Ali Yekta, daha sonra bu hikâyeyi Musahipzade Celal'in eski İstanbul hayatını anlatan kitabında okumuştu. Orada dedesinin adının geçmediğini gördüğü halde babasının anlattıklarından hiç kuşku duymadı, bu aile efsanesini olduğu gibi çocuklarına aktardı.

Çocukları; yani Ece, Melike ve Ömer: iki kız, bir oğlan. Evlatlarını birbirinden ayırmazdı ama oğlana düşkünlüğü fazlaydı. Çünkü ne de olsa kızlarını eloğlu alıp gidecekti ama en küçükleri olan Ömer, geleceğe dair bütün düşlerinin, bütün planlarının ve umutlarının kaynağı, neredeyse varlık sebebi haline gelen en önemli tutkusuydu. Karısı onu bırakıp Almanya'ya gittiğinde Ece ile Melike'yi almasına ses çıkarmamış ama Ömer'den asla vazgeçmemiş, onu vermemişti.

Ali Yekta Bey, bu sevimli ve güzel çocuğu yıllarca gözünden bile sakındı, gerektiğinde anasına karşı bile savundu, ona bir fiske vurdurmadı, yetişme çağında en iyi okullarda okumasına, her şeyi öğrenmesine, özel hocalardan ders almasına ve bir prens gibi yetişmesine özen gösterdi.

Ali Yekta Bey ömrü boyunca Kadızade Konağı'nda çalışmıştı. Babası on sekiz odalı bu muhteşem konağın kilercibaşıydı. Kendisi de bu konakta doğmuştu zaten ve zamanı gelince babasının yerine kilercibaşı olmuştu. Ne günler geçirmişti o konakta, ne günler.

Daha önceleri kadı hazretlerinin kaldığı üst kattaki büyük oda zamanla oğluna geçmiş, dolayısıyla "beyefendi"nin odası olmuştu.

Yıllarca beyefendiye hizmet etmişti, onun elbiselerini fırçalamış, pabuçlarını parlatmış, yaşı ilerleyince konakta çalışan çok sayıda hizmetçinin, uşağın idaresini üstlenmiş, konakta verilen dillere destan ziyafetlerin mükemmel olması için elinden geleni yapmıştı.

Kimler geçmemişti ki o sofralardan... Kadızade zamanında Osmanlı'nın görkemini yansıtan yemek salonunda Cumhuriyet döneminin en ünlü şairleri, edipleri, diplomatları, işadamları yemek yemiş, kadeh kaldırmıştı. Ali Yekta Bey'in muhterem babası, Kadızade'nin kilercibaşısı Süleyman Efendi, o meşhur sofrada Yahya Kemal, Cenap Şahabettin, İbnülemin Mahmut Kemal, Abdülhak Hamit gibi ediplerin cinaslı söz kavgalarına, birbirlerini hicvetmelerine tanıklık ettiğini anlatırdı. Hamit, devlete yakın duruşu, sefirlik görevi ve asilzade tavırlarıyla diğer şair ve ediplerin eleştirisine uğrayan biriydi. Hamit ile Muallim Naci arasında geçen meşhur tartışmaları Süleyman Efendi bizzat kulaklarıyla duymuştu.

Tam bu tartışmalardan biri sırasında, yemek masasının üstünde asılı duran orta boy kristal avize düşüp parçalanmasın mı! Allahtan hiç kimseye bir şey olmamıştı ama ilk heyecanı atlatan ve kafaları da iyice parlatmış bulunan edip takımı yine rahat durmamış ve yeni cinaslar, nazireler üretmeye koyulmuştu.

Padişah huzurunda Nefi'nin *Siham-ı Kaza*'sı okunurken yakınlara bir yere yıldırım düşmesi üzerine şair idam edilmiş ve ölüm tarihini belirtmek için "Gökten nazire indi siham-ı kazasına" şeklinde tarih düşülmüş. Bunu bilen ve içlerine katılalı pek de fazla zaman geçmemiş olan yeniyetme bir şair bu olayı ima ederek "Gökten avize indi kafiyesine" deyince yaşlılardan biri hemen atılıp "Hele bakın şu çaylağın bet sesine" diyerek taşı gediğine koymuş, ustalığını da bir kez daha kanıtlamıştı.

Konak hayatı bu çeşit şakaların, nüktelerin olduğu ve anıların bolca anlatıldığı, kuşaktan kuşağa devredildiği bir ortamdı. Konak sahibi olmak sadece zenginlik değil, aynı zamanda görgü, bilgi, şairlere, ediplere yakın olmak anlamına da geliyordu. 19. yüzyıl Avrupasının yeni yeni para kazanmış burjuva aileleri gibi İstanbul'daki konak sahipleri de evlerinde edebiyat matineleri yerine geçen yemekler düzenler, çocuklarına piyano ve yabancı dil dersi aldırır ve onları yabancı mürebbiyelerin gözetiminde yetiştirirdi. Son iki yüzyıldır müthiş bir Avrupalılaşma modası sarmıştı konakları. Kültürel ve siyasal olaylarda da Fransa baskın olduğu için örnek aldıkları yaşam ve eğitim biçimi, Fransa'dan ithal edilirdi.

Ali Yekta Bey, dört nesil İstanbullu olmakla övünürdü. Beyzadeler arasında kaç kişi bulabilirdiniz ki böyle. Kimi Anadolu'dan gelmişti, kimi Rumeli'nden, kimi Arabistan'dan. Kendi dedesinin dedesi de Halep'ten gelmişti ama hiç değilse dört nesildir İstanbul'da oturuyorlardı, hem de yalılarda, konaklarda. Şairlerin dediği gibi, "Paris güzel bir salon, Londra güzel bir park, Berlin güzel bir kışla ama İstanbul güzel bir şehir"di. İşte Cevheroğlu ailesi, dört nesildir bu altın şehrin mukaddes kubbelerini, zarif minarelerini seyrediyor ve konaklardaki ve Boğaziçi'nin efsunlu güzelliğini bir mücevher gibi süsleyen yalılardaki eşsiz hayatı paylaşıyordu. Yahya Kemal'e göre Bizans zamanında bulunmayan, tamamen Türk hayat tarzına sahip olan bu yalılar, tıpkı konaklar gibi, çocuklara verilen Avrupai eğitime rağmen üslup bakımından Türk kültürünü yansıtan başlıca unsurlar arasında yer alıyordu.

Konağın tarihindeki en unutulmaz ve şeref defterine altın harflerle yazılan gün ise onun çocukluğuna rastlıyordu. Gazi Mustafa Kemal Hazretleri konağı teşrif etmişler, maiyetiyle birlikte orada yemek yemişler ve babasının akıllı, işbilir hazırlıkları sayesinde, bu yemekten çok da memnun kalmışlardı. Ali Yekta Bey bir ara kapıdan bakmış, yüreği çarparak Gazi'nin sarışın başını görme onuruna erişmişti. Herkes, rakı içen ve masadakilere bir şeyler anlatan bu büyük adamı hürmetle dinlemekteydi. Bu sırada mahalle halkı da konağın arka bahçesine toplanmış, Gazi'yi hiç olmazsa çıkarken görebilmek için saatlerce beklemişti.

Yemekten sonra sigaraların ve kahvelerin içildiği salonda, bir saz heyeti memleket havaları çalmaya başlamıştı. Konağa coşkulu bir tef, kanun, ud, keman, klarnet sesi yayılmış,

Gazi'nin her zaman mavi gözleri nemlenerek dinlediği Rumeli havalarından sonra neşeli bir çiftetellinin kıvrak nağmeleri duyulmaya başlamıştı. Herkesin kanını kaynatan bu neşeli oyun havası bile insanları kıpırdatmaya yetmemişti. Çünkü Gazi'nin huzurundaydılar. Sonunda Gazi Hazretleri dayanamamış ve bizzat kendisi çiftetelli oynamak üzere ayağa kalkmış, ceketini çıkardıktan sonra kıvrak figürlerle müziğin hakkını vermişti. Ali Yekta Bey bu tarihi sahneyi kaçırmamak için odanın aralık kapısına sinmiş, olanı biteni gözlemişti. Çünkü Gazi'nin çiftetelli oynadığını görmek her kula nasip olacak bir iş değildi. Oyun bittiğinde alkışlar patlamış, Gazi Hazretleri nefes nefese yerine oturduğunda beyaz gömleğinin terden sırılsıklam kesildiği görülmüştü. İşte tam bu sırada Ali Yekta Bey'in babası Süleyman Efendi, elinde tertemiz, gıcır gıcır ütülü ve kolalı bir gömlekle odaya girmiş, ev sahibinin kulağına eğilerek bir şeyler söylemişti. Bunun üzerine ev sahibi yerinden kalkmış, beyaz gömleği Gazi'ye takdim ederek "Gazi Hazretleri, terlediniz. Allah muhafaza buyursun, hasta olmamak için gömleğinizi değiştirseniz..." diyerek onun bir paravana arkasında gömlek değiştirmesini sağlamıştı. İşte Halepli Cevher Ağa'nın oğullarına ve torunlarına geçen terbiyesi, tedbiri, işbilirliği böyle bir şeydi. En gerekli zamanlarda ortaya çıkar ve ev sahibinin yüzünü ak edecek önemli davranışlar ortaya koyardı. Gazi Hazretleri'nin çıkarıp paravananın kenarına koyduğu terden sırılsıklam olmuş gömlek ise maiyeti tarafından oradan alınmış ve elden ele gezdirilmişti. Bakanlar, yaverler, maiyet memurları o gömleğe yüzlerini sürüyor, Gazi Hazretleri'nin mübarek terini koklamak için birbirleriyle yarış ediyorlardı. Gömleği öpenler, koklayanlar birbirlerinin elinden çekiştiriyorlardı ama Allahtan bunları Mustafa Kemal Paşa görmüyordu, yoksa böyle şeylere çok kızardı.

Ali Yekta Bey, dedesinden babasına, ondan da kendisine

geçen kilercibaşılık, vekilharçlık görevleriyle övünürdü övünmesine ama oğlu Ömer'i bu yönde yetiştirmemişti. Çünkü ailenin mesleğinin ve dolayısıyla da kaderinin Ömer'den itibaren değişmesini arzuluyordu. Ömer'den sonra Cevheroğlu ailesi, uşak değil, yalı sahibi bir efendi ailesi olacaktı. Oğlunu öyle yetiştirecekti ki tahsili, serveti ve bilgisiyle İstanbul'un en göz kamaştırıcı beyefendisi olsun. Bu tutkunun içinde hiçbir intikam duygusu ya da efendilerine karşı bir hoşnutsuzluk tavrı yoktu. Onları çok severdi, kendi ailesi gibi bağlı olduğu efendisine içtenlikle hizmet ederdi. Çok da iyiliklerini görmüştü. Ama kendisi de yaşlılığında bir yalının efendisi olmak, hürmet görmek istiyordu.

Bu amaçla yemedi içmedi, parasını hiçbir mala mülke yatırmadı, oğlunu yetiştirdi. Konakta çalışanlar arkadaki tepeden araziler kapatır ve kendilerine kaçak evler yaparken Ali Yekta Bey bunlarla ilgilenmedi bile. Babasından kalan ufak serveti ve konakta hiçbir harcama yapmamasının sonucu olarak biriktirdiği parayı Ömer'e harcadı. Zaten ev sahipleri de bu zeki ve sevimli çocuğu benimsemiş, onu kendi evlatlarından ayırmaz olmuşlardı. Böylece Ömer, çocukluğunda konaktaki diğer çocuklarla birlikte İngilizce, Fransızca dersleri aldı; tenis oynamayı, ata binmeyi öğrendi; en iyi okullarda okudu, iktisat fakültesini iyi dereceyle bitirdi. Ardından da babası onu Brown Üniversitesi'ne mastır yapmaya gönderdi. Elindeki avcundaki para büyük bir süratle tükeniyordu ama Ali Yekta Bey bu durumdan şikâyetçi değildi. Çünkü oğlu, Brown gibi önemli bir üniversitede işletme mastırı yapıyordu. Bütün serveti ve geleceği Ömer'di artık. Cevheroğlu sülalesinin adını yüceltecek ve kendisine hayırlı torunlar verecek olan biricik oğlu, göz bebeği, her şeyi. Baktıkça yakışıklılığı, terbiyesi, bilgisi, azameti ve gururuyla Ali Yekta'nın göğsünü kabartan, "İşte benim evladım bu!" dedirten müthiş çocuk.

6

Leyla Hanım'ın uykusu pek hafiftir, hep tavşan uykusuna yatar ama bunca günün yorgunluğundan olsa gerek, bu sefer mışıl mışıl, kendini bilmeden uykunun derinliklerinde yitip gitti. Akşama kadar hiç düş görmeden, yattığı şekli hiç değiştirmeden, taş gibi, uyudu kaldı. Ama karanlık bastığı saatlerde yalının bahçesindeki konuşmaları duydu. Uzaktan, tartışan insanların sesi geliyordu. Önce mırıl mırıl başlayan konuşmalar giderek yükseldi. Kulak kabartıp konuşulanları anlamak istiyordu. Bir kadın sesi, "İstemiyorum!" diye bağırıyordu. Galiba yalının bahçesine gelen Balkan Harbi felaketzedeleri nedeniyle oluyordu bu tartışma. Kimileri bu insanların yalıda konaklamalarını istiyor, kimi karşı çıkıyordu. "Zorla değil ya, evimde böyle birini istemiyorum!" dedi sinirli bir kadın sesi.

O sırada uyandı. Ağzında tuhaf ve acı bir tat oluşmuştu. Önce bir süre etrafa şaşkın şaşkın bakındı, nerede olduğunu anlamaya çalıştı; sonra tartışma seslerinin kapının ardından, salondan geldiğini fark etti.

Yusuf'un sesini duydu; yalvarır gibi konuşuyor, sert sesli bir kadınla tartışıyordu. O yalvardıkça daha da hırçınlaşan kadın, "Mecbur muyum canım!" diye bağırıyordu.

"Sus, yavaş konuş, duyacak" diyordu Yusuf.

"Duyarsa duysun. Hem o fosilde kulak mı var ki konuşulanları duyup anlayabilsin. Ben böyle aile numaralarından hiç hazzetmem. Bunların hepsi aynı mal. Sana söylüyorum

Yusuf, bu fosili hemen bu evden def et! Def et diyorum, anladın mı?"

"Sokağa mı bırakayım?"

"Bırak! Nasıl olsa bir sürü kadın sokakta ya da sığınma evlerinde değil mi? Seninkinin onlardan ne farkı var ki ihtiyar bir kedi gibi bu eve sığınıyor. Yok kardeşim, yok! Ben bu ikiyüzlü ahlak budalalarını, kendini bir bok zannedip senin hayatını yönlendirmeye kalkan salakları çoktan terk ettim. Şimdi senin aptal duygusallıkların yüzünden yeniden yaşayamam aynı günleri. *Scheisse, scheisse!*"

Sözlerin hepsi kızgın yağ oluyor, Leyla Hanım'ın yüreğine akıyordu. Ömrü boyunca kendisi için böyle konuşulduğunu duymamış, bu hakaretleri işitmemişti. Şimdi yüzünü bile görmediği bir kız tarafından böylesine aşağılanmak olacak şey miydi! Duyduğu zehirli sözler çok gücüne gitmiş, onu ağlayacak hale getirmişti. Kalkıp hemen oradan uzaklaşmak, yine duvarının dibine dönmek istiyordu ama o sözlerden sonra o kızla yüz yüze gelmekten de çekiniyordu. Acaba kız onun yüzüne nasıl bakacaktı, hiç utanmayacak mıydı? Bu çekinceler içinde bir süre daha yatakta kaldı, sonra hiçbir çarenin kalmadığını ve tartışmanın kesilmeyeceğini anladı, kalkıp kapıyı açtı.

Salonda Yusuf ayakta duruyor, esmer bir kız ise eski kanepede ayaklarını altına almış oturuyordu. Leyla Hanım'ın gözleri, hemen kızın mavi perçemler sallanan siyah saçını, siyah deri pantolonunu, çizmelerini ve kulaklarına taktığı iri küpeleri gördü. Kız yüzüne öfkeyle baktı onun.

Yusuf telaşla atıldı, "Kalktınız mı efendim?" dedi. "Bakın, bu da benim arkadaşım."

Büyük Hanıma kızı Roxy diye tanıştırmak çok tuhafına gittiği için düşünmeden, "Rukiye" dedi ve bu söz ağzından çıktığı anda da müthiş pişman oldu. Çünkü Roxy, kendisine öldürecek gibi bakıyordu.

Leyla Hanım sallanarak salona girdi, Yusuf'un kendisine gösterdiği eski koltuğa oturdu. Roxy hiç durumunu bozmamış, kırık bir tırnağına dalıp gitmiş gibi yaparak kadının yüzüne bakmamıştı bile. Zaten biraz sonra da altına topladığı ayaklarını ileri uzatarak kanepenin kenarına koydu.

Leyla Hanım, Yusuf'un bu kızdan çekindiğini fark etti.

Bu arada Yusuf onun halini hatırını soruyor, eğilip bükülüyor, ona çay getirmek istiyor, her haliyle onu rahatlatmaya çalışıyordu. Allahtan Roxy kadını görünce susmuş, deminki sözleri yüzüne tekrarlamamıştı.

Leyla, o sözleri duyduğunu belli etse mi etmese mi, karar veremiyordu. Onca hakareti işittikten sonra orada kalmaması gerekirdi ama akşam saatinde, bu yabancı ve acayip semtte ne yapacağını bilemiyordu doğrusu. Belki de en iyisi, hiçbir şey olmamış gibi davranıp duymazlıktan gelmekti. Böylesi hepsi için daha kolay olacak, Yusuf'u da rahatlatacaktı. Geçici ve olgun bir çözüm.

Leyla, "Rahatsızlık verdiğim için ikinizden de özür dilerim" dedi. Kadının ses tonu ve düzgün telaffuzu üzerine Roxy, elinde olmadan başını kaldırıp onun yüzüne kısa bir bakış attı, sonra yine kırık tırnağına döndü. Elini bir o yana bir bu yana çevirerek sonu gelmez bir merakla siyah oje sürülmüş tırnaklarını inceliyordu.

Leyla, Yusuf'un başı sonu belli olmayan özür sözlerine aldırmadan, "Bazen insan elinde olmadan, hiç istemediği durumlara sürüklenebiliyor" dedi. "Daha önce aklından bile geçirmediği hadiselerin tam ortasında buluyor kendini. Benimki de böyle oldu ve aniden, hususi hayatınıza müdahale eden bir insan haline geldim. Oysa daha bu sabah ne kadar değişik..."

Leyla Hanım'ın sözlerinin bu noktasında Roxy kalktı ve mutfağa doğru gitti. Kadın orada yokmuş gibi davranıyor, sanki o sözleri duymuyordu. Davranışları meydan okumayla ve gizli bir tehditle yüklüydü; üstüme geleni parçalarım demek isteyen bir tavır, bir serkeşlik, bir isyan.

Kız çıktıktan sonra Leyla Yusuf'a, "Bu kız senin nişanlın mı?" diye sordu.

Yusuf, yer yarılsa da içine girsem, diye düşündü ve "Hayır!" dedi.

"Yavuklun mu?"

"Evet, öyle denebilir."

"Nereli?

"Ailesi Almanya'da oturuyor ama..."

"Peki mesleği ne?"

"Hip-hop yapıyor."

"Ne?"

"Hip-hop?"

"Nedir hip-hop?"

"Yani nasıl anlatsam; yeni bir şey..."

"Cambaz gibi bir şey mi?"

"Hayır, bir müzik türü. Konuşur gibi şarkı soylüyorlar. Roxy de..."

"Roxy kim?"

"İşte, Rukiye."

"Kızın adı Roxy mi, Rukiye mi?"

"Asıl adı Rukiye ama bundan hoşlanmıyor, sahnede Roxy adıyla şarkı söylediği için bu ismi almış kendisine. Rukiye ismine kızıyor."

"Biraz önce sana çok kızdı o zaman?"

"Niçin?"

"Çünkü onu bana Rukiye diye tanıştırdın."

"Evet, bunun için benden nefret ediyor olmalı. Ama tek kızgınlık konusu bu değil."

"Bir de benim durumum var, değil mi?"

"Hayır hayır, sakın yanlış anlamayın. Sizinle ne alakası var!"

"Yusuf, bu ev senin mi, Rukiye'nin mi?"

"Kirayı çoğunlukla ben ödüyorum ama geçime herkes yardım ediyor."

"Herkes kim?"

"Roxy'nin müzik grubundaki arkadaşları. Buraya geliyor, yemek yiyorlar. Herkes bir şey getiriyor. Sonra müzik provalarını da burada yapıyorlar, iyi çocuklar. Onlar da Almanya'da büyümüş."

Yaşlı kadın ile bahçıvanın torunu, akşam karanlığının çöktüğü o harap dairede sanki birer suç ortağı imişler gibi alçak sesle konuşuyorlardı. Leyla Hanım hem aniden içine düştüğü bu duruma inanamıyor hem de kendisini günlük hayatın ayrıntılarına savuran bu değişiklikten, tuhaf, belki de marazi bir zevk alıyordu.

Bütün aksiliğine rağmen o sinirli mahluk, Roxy-Rukiye kendisine çok ilginç gelmişti. Çocukluğundan bu yana tanıdığı kadınların hiçbirine benzemiyordu bu kız. Boğaziçi'ndeki durgun yaşamın nazlı kadınları seslerini hiç yükseltmez, başlarına ne gelirse gelsin tevekkül ve sabırla dayanır, gözlerindeki acı ve sitem dayanılamayacak kadar artınca da süblime içer ve intihara teşebbüs ederlerdi. Süblime o zamanlar Avrupa'dan gelen ve kadınların çok kullandığı bir pudra idi; bunu sürerek yüzlerini No maskelerindeki gibi bembeyaz yapan kadınlar, pudranın zehirli olduğunu keşfederek yeni bir kullanım yolunu da bulmuşlardı.

Leyla Hanım kedi gözleriyle o evdeki yaşamın ayrıntılarını gözlüyor ve kendince birtakım yorumlar yapıyordu.

Yusuf'un iyi niyeti kendisine anlaşılabilir geliyordu; aslına bakarsanız bunda bir olağanüstülük de görmüyordu. Kibar, hatırbilir bir çocuktu, işte o kadar. Leyla severdi onu. Ama Rukiye-Roxy, bugüne kadar hiç görmediği, tanımadığı, varlığını aklından bile geçirmediği bir insan tipiydi.

Bu sırada kızın sesi duyuldu; Yusuf'u mutfağa çağırıyordu.

Leyla salonda yalnız kaldı. Mutfakta yine büyük bir tartışma koptuğunu duyabiliyordu ama bu kez musluktan su sesi geldiği ve kız alçak sesle konuştuğu için sözleri rahatça anlayamıyordu. Yine de duyduğu seste, kızın bastırmaya çalıştığı büyük ve sınırsız bir öfke vardı.

Birden, çok büyük bir yorgunluk hissetti. Taşıyamayacağı kadar ağır bir yüktü bu. Bütün olup bitenlerden sonra bir de istenmemek ve bir sığıntı gibi bu evde kalmak zorunda bırakılmak çekilecek şey değildi. Öte yandan valizini alıp o merdivenlerden aşağı inmek kendisini müthiş korkutuyordu. Gelirken hayal meyal gördüğü bu pis sokaklar, kalabalıklar, varilleri deviren köpek sürüleri, dışarıdan gelen garip haykırışlar, siren sesleri, birbirine karışan ve bir cehennem gürültüsünü hatırlatan onca müzik, sarhoşlar... Hayır, gece vakti oraya gidemezdi; mümkün değildi.

Leyla eğer biraz daha zayıf biri olsaydı o anda ağlardı. İçinden ağlamak geliyor, boğazına yumrular tıkanıyordu ama o her zaman kendine hâkim olmayı bilirdi. Boğaziçi'nin çıtkırıldım nazeninlerinden biri değildi; mantıklı bir insandı. Duygularını belli etmemek üzere eğitilmişti, içi deniz gibi kabardığı anlarda bile ince yüzünün hiçbir adalesi oynamaz, ela gözleri karşısındakine dimdik bakardı.

Bu sıkıntılı durumda da kendi kendine soğukkanlı olma uyarısı yapıyor ve sorunu başka bir yönden ele almaya çalışıyordu: Bir kere, içine düştüğü durumun, çıkış noktası olmayan bazı yönleri vardı. Neydi bunlar? Birincisi, o saatte dışarı çıkmak. Bunu göze alamayacağına göre, geceyi bu evde geçirmeye mecburdu. Bahçelerine sığınan perişan Balkan göçmenleri gibi bir sığıntıydı ama buna katlanacaktı çaresiz.

İkincisi, ertesi gün o evde kalamazdı. Dolayısıyla kendine bir yer arayacak, hiçbir akrabası olmadığına göre ucuz bir otele yerleşecekti. Ömrü boyunca hiç otelde kalmamıştı ama otellerde geçen o kadar çok İngiliz, Fransız, Alman romanı okumuştu ki bir yabancılık çekeceğini hiç sanmıyordu. Hatta Zauberberg gibi bir sanatoryuma bile razıydı. Yusuf gazetecilik yaptığına göre böyle yerleri biliyor olmalıydı. Ama tabii ona Thomas Mann'ın romanından söz edemezdi, anlayacağı gibi söylerdi. Bunun en büyük sakıncası ise para durumu idi. Acaba kaç paraydı oteller?

Tam bunları düşündüğü sırada daire kapısında bir anahtar sesi duydu, kapı açıldı ve içeriye üç ince delikanlı girdi.

7

Acı duman, acı koku ve acı renk, sanki çocukluğundan beri Rukiye'nin genzine yerleşmişti, hiç çıkmayacakmış gibi. Sarımtırak zehirli dumanın mı, yoksa çevresindeki bakışların mı daha öldürücü olduğunu bilemediği ergenlik yıllarının aşağılanmaları, içini oyan yaralanmaları ve Duisburg'un kapalı dükkânlarıyla daha da yalnızlaşan tenha caddelerinde geçmek bilmeyen pazar sıkıntıları...

Krupp ve Thyssen fabrikalarının bacalarından yükselen koyu dumanlar... Kurşuni gökyüzü altında her şeyin dertop olup boğazına tıkıldığı duygusu uyandıran ve her an infilak etmeye hazır bir boğulma çırpınması...

Rukiye, Rukiye, Rukiye... Nefret ettiği bu isim, sanki kendi değersizliğinin, insanlar arasında beş para etmez bir Türk kızı olarak dolaşmasının simgesi gibi: Rukiye çay suyu koy, Rukiye evi temizle, Rukiye sofrayı kur, Rukiye yakanı kapat, Rukiye Alman oğlanlarla konuşma, Rukiye babana karşı gelme; Rukiye, Rukiye, Rukiye...

Sanki bu ad daha o doğmadan önce kaderini belirlemiş ve Duisburg nüfusuna kayıtlı bebeği o gün hastanede doğan diğer bebeklerden ayrı kılmış, daha aşağı bir yere yerleştirmiş hatta en alta koymuş.

Bu dünyadan nefret ede ede yaşamaya devam etmenin nasıl bir şey olduğunu biliyor Rukiye. İşin en kötü yanı da dünyanın herkes için cehennem olmadığını, daha iyi, daha mutlu bir yaşamın varlığını bile bile buna katlanmak...

Kendisine durmadan Rukiye diye seslenenlerin yarattığı bir aptallar cehennemi bu. Daha iyi bir yaşamı özlemeyenlerin, belki de bilmeyenlerin sağır rahatlığı, kör aldırmazlığı.

Bunları bilmenin kendisine bir faydası yok, hatta zararı var; bunun da bilincinde Rukiye ama bu bilinç işine yaramıyor, çünkü ne kadar zorlarsa zorlasın koşulları değiştiremiyor. Bu yüzden de adı deli kıza çıkıyor zaten. Kendi de böyle diyor: Ben deliyim! Deliyim ben!

İlk erkek arkadaşı Joachim'in ilk öpüşünde onu itip *"Ich bin verrückt!* Ben deliyim!" diye bağırarak ağlamaya ve kaçmaya başlamasının bundan başka hiçbir açıklaması yok.

Deliyim demekten gizli bir gurur duyuyor sanki; böyle davrandığında içine bir rahatlık yayıldığını hissediyor. Ailesine karşı tek kalkanı da bu: "Bu kız delidir" yargısının arkasındaki özgürlük duygusu.

Ailem ve Öteki Hayvanlar. İşte bu kitap, sadece isminden dolayı bile onun dünyasındaki en önemli yere sahipti: Kitabın yazarı Gerald Durrell'in de kendisi gibi ailesinden çok çekmiş ve onları bundan başka bir yolla anlatamayacak kadar duyarlı bir kişi olduğunu tahmin ediyordu. Semt kütüphanesinde rastladığı bu İngilizce kitabın Almanca çevirisini eve götürmüş, gelen bütün uyarı mektuplarına rağmen bir daha da iade etmemişti. Çünkü sehpasının üzerinde duran kitaba gözü her takıldığında içi rahatlıyordu: Ailem ve diğer hayvanlar, diye tekrarlıyordu içinden, ailem ve diğer sürüngenler, ailem ve diğer yarasalar, ailem ve diğer domuzlar...

Babası içinden geçenleri bilse en çok bu son benzetmeye sinirlenir ve kendisini dövmeye kalkışırdı herhalde. Çünkü her türlü mahluka benzetilmek fazla dokunmazdı da domuza benzetilmek onu çıldırtabilirdi. Eve alınan her yiyecekten kuşkulanıyor, kıymaları kokluyor, kuzu etinin daha önce domuz kesen bir bıçakla kesilip kesilmediği gibi hiçbir zaman cevabını öğrenemeyeceği sorularla dünyayı kendine zindan ediyor, çocuklarının dışarıda domuz yeme günahını işleyip işlemeyeceklerini bilemiyor, kısacası domuzlar yüzünden kendini yiyip bitiriyor.

Oysa Almanya'daki sağlıklı her çocuk gibi Rukiye de bir *imbiss*'ten aldığı, üzerine tatlı ketçap ve hardal sürülmüş *bratwurst*'ları büyük bir iştahla yiyor. Hatta bitirdikten sonra parmaklarını da yalıyor.

Babasının bütün düşünceleri gibi bu düşüncesi de saçma. Çünkü kendisini eğitmekten umudunu kesmediği günlerde kızına İslamiyet'teki domuz yasağını anlatıyor. "Domuz mekruhtur!" diyor.

"O zaman" diyor Rukiye, "domuzların en çok Müslümanları sevmesi gerekir."

Babası aptallaşıyor, suratı asılıyor.

"Öyle değil mi *vater,* bütün dünya Müslüman olsa hiçbir domuz kesilmez, öldürülmez, dünyanın bütün domuzları rahat rahat yaşar. Ben domuz olarak doğsaydım, dünyada herkesin Müslüman olmasını isterdim."

Bu konuşmanın kaçınılmaz sonucu, yüzüne yediği iki tokat ve otururken canının yanmasına neden olacak bir kıç dövme faslı oluyor.

Ama yine de dediğinin mantıklı olduğunu düşünüyor Rukiye.

Bir gün Alman öğretmenlerinden biri sınıfta ona seslenirken Roxy diyor. İçi aydınlanıveriyor birden. Roxy, Roxy, Roxy Ne hoş bir isim. Böyle bir şeyi daha önce niye akıl edemediğine şaşıyor. O günden sonra, zorla Roxy dedirtiyor kendine. Bu uğurda babasına bile kafa tutuyor. Okuldan öyle istiyorlar, diye yalan söylüyor ve sonunda da Roxy olup çıkıyor. Asi kafalı Roxy, kafayı yemiş Roxy, öpüştüğü okul arkadaşlarından ya kaçan ya da onların dillerini ısıran Roxy, sincap gibi çabuk hareket eden Roxy, ailesinden ve diğer hayvanlardan nefret eden Roxy...

Böyle bir aileye düşmek zorunda mıydım, diye düşünüyor. Hem kel hem fodullar. Kırk yıl önce köylerinde, Almanya'ya işçi gönderiliyormuş, diye duyarak yollara düşecek kadar salak insanlar bunlar. Salaklar, çünkü dişsiz dedesinin anlattıklarına göre giden işçilerle ilgili şöyle bir söylenti varmış: "Almanlar gelenleri kesip sabun yapıyor." Buna inandıkları halde, yani sabun yapılmayı göze alarak Almanya'ya gelen insan topluluğu: Amcalar, halalar, teyzeler, dayılar, enişteler, büyük enişteler... Yani aile sınıfına giren hayvanlar. Öf ki öf! *Scheisse, scheisse!* Bunların kimi bir *imbiss*'te çalışıyor, kimi babası gibi bir maden ocağında, kimi temizlikte, kimi elektronik eşya satan bir mağazada... Amcası gibi bazı saf hayvanlar ise cehaletlerinin kurbanı olup çalıştıkları şantiyede kafalarına vinç çarparak ölüyor. Alınan tazminat da hiçbir işe yaramıyor. Para, ailenin memleket diye aklını oynattığı, Anadolu'nun bir köyüne diktirdiği dört katlı betonarme çirkin binaya harcanıyor; tuğlaları sıvanmamış, balkonları eğri büğrü, köydeki evlere benzemeyen saçma sapan bir bina. Roxy babasının o evi, Almanya'ya gidememiş olan köylülerini ezmek ve onlara artık mühim ve zengin adam olduğunu anlatmak için diktiğini biliyor.

İşte, Roxy'nin ailesi ve diğer hayvanları böyle!

Erkekler kötü, kadınlar daha da kötü. Rukiye insanların zehirli olduğuna inanıyor ama dişileri daha zehirli. Kadınlar, sözlerini bir yakınlık, bir halden bilirlik zehrine bulayarak olmadık şeyler söylüyorlar küçük Rukiye'ye: Orana hiç dokunma, sonra kurtlar çıkar. Okulda Almanlara yaklaşma, sonra cehennemde yanarsın...

Daha ilk sözü edildiği günden beri Rukiye, orası için, "Neye benziyor ki bu kadar önemli?" diye merak etmiştir. Çocukluğunda banyoda kapıyı kilitleyip eline küçük bir ayna alıp bacaklarının arasını iyice bir kontrol etmesi de bu yüzden; bu muayeneden hiçbir şey anlamasa bile. Niye herkes bunu konuşuyor, niye herkes bu kadar bunun üstünde duruyor? Cevabını bilmesi olanaksız sorular bunlar. Daha sonra okuldaki cinsellik derslerinde her şeyi öğretiyorlar ama zaten buna gerek kalmıyor. Arkadaşlarının elindeki porno resimler, dergiler, bir yol gösterici, bir kılavuz gibi.

Rukiye'nin yaşı büyüyüp de dışarıdaki ilişkileri çoğaldıkça, aile de baskıyı artırıyor. Cumartesi akşamları okuldaki kızlarla oğlanların dans ettiği diskoya gitmek için kıvranıyor ama bırakmıyor babası. "Orospular gider oraya" diyor. Diskoya gitse nasıl karşılanacak, alay mı edecekler onunla, yoksa hiç mi içeri almayacaklar, onu da bilmiyor ama yüreğinin kanatlarını titreten bu istek için ilk engel babası.

Babasının ölmesini istiyor Roxy; geceleri yatağında bunun için, var olup olmadığını bilmediği bir tanrıya dua ediyor. O kadar çok dua ediyor ki kabul ediliyor bu dilek; ama ufak bir yanlış anlamayla: Babası yerine annesi ölüyor. Zaten hastalıklı, gözlerinin feri sönmüş, başına bir çatkı dolayıp sabahtan akşama kadar yandım anam, diye kendini oradan oraya atan ve her an ölmesi beklenen kadın ölüyor. Cesedini bir tabuta koyup Türk Hava Yolları uçağının bagaj kısmına yerleştiriyorlar. Memleketteki cenaze töreni, ölü sahiplerinin Almanya'da çalışan zenginler olması dolayısıyla bir para kapma yarışına dönüşüyor. Fırsatı kaçırmak istemeyen hocalar, birbirlerine karşı seslerini yükselte yükselte Kuran okuyorlar.

Roxy, madem bu kadar sıkıntı çekecektik, hiç olmazsa zavallı annem değil de babam için çekseydik bunları, diye düşünüyor. Oysa babasında hiç o göz yok. Yıllardır durup dinlenmeden çalışmasına rağmen domuz gibi sağlıklı, siyah bıyığını burup duruyor. Bunu ona söylesem diyor, domuz gibi, domuz gibi. Babası bir domuz gibi yemek yiyor, bir domuz gibi horluyor ve karısının ölümünden üç ay sonra evlendiği Alman kadınla gece sabahlara kadar domuz gibi düzüşüyor

Roxy'nin hayatı daha da zorlaşıyor artık. Alman kadın yolunmuş ve tütsülenmiş hindilere benziyor ona göre. Ne olacaktı ya, diye düşünüyor, babam gibi bir hayvana Claudia Schiffer mı varacaktı? Başka türlü koca bulması ihtimali olmayan bu hindiden başka kim gelirdi böyle kusmuk gibi bir eve! Bembeyaz cildi aynen yolunmuş hindi gibi; pul pul, benek benek. Gözlerinde bön bir bakış var ama hiç de bön değil; hatta kurnaz denebilecek bir taşralı dul. Daha ilk günden birbirlerine düşman oluyorlar. Ute ona analık taslamaya, üzerinde otorite kurmaya çalışıyor, Roxy, "Ben deliyim!" diye bağırıyor ona avazı çıktığı kadar. "Deliyim ben. *Ich bin verrückt,* anladın mı!"

Kadın korkuyor. Bu sefer yapacaklarını el altından yapmaya başlıyor. Bir akşam yemek yerken Rukiye'nin büyüyen göğüslerini gösteriyor babasına, artık kızına doğru dürüst bir şeyler giydirmesinin vakti geldiğini söylüyor. Adam kızın kazaktan fırlamış göğüslerine bakıyor. İri değiller ama sert oldukları için başları ince kazağı deler gibi. Baba kıza bağırıp çağırıyor: "Orospu mu olmak istiyorsun ha, orospu mu olmak istiyorsun?" Ertesi günden itibaren böyle şeyler giymemesi gerektiğini haykırıyor.

O hafta sonu, "uzun cumartesi". Yeni karısıyla birlikte Hertie'ye gidip ergenlik çağındaki kızına, harp zamanından kalma gaz maskelerini andıran sert, kaba sutyenler ve kusmuk renkli kalın kazaklar alıyor. Herhalde ucuzluktaki en kötü mallar bunlar. Roxy bunları giydiği zaman ağlıyor ama beterin beteri var, diye düşünüyor. Çünkü bazı arkadaşlarının babaları, kızlarını kafalarını örtmeleri için zorluyorlar. Hiç olmazsa kendi babasının böyle bir şartı yok; o da şimdilik!

Babalarının korkunç baskısına dayanamadıkları için intihar etmek isteyip de başaramayan, komaya giren ve hayat ile ölüm arasında asılı kalan ikiz kız kardeşler gibi olmak da var.

Ama bunca sıkıntı, aşağılanma ve üzüntü arasında al sana

bir sürpriz! Sınıftaki Alman oğlanlar bayılıyor Roxy'ye. Bunu onların istekli bakışlarından anlıyor. Arkadaşlarıyla sokakta yürürken, okulun köşesindeki Eiscafe'den yumuşak İtalyan dondurması alırken erkeklerin onu kuşatan bakışlarıyla karşılaşıyor. Ta derinlerinde bir ürkme, bir korku. Sonra alışıyor ve rahatlıyor. Mağazaların önünden geçerken koyu renkli camlara yansıyan görüntüsünü süzüyor. İncecik ve ufak tefek bir beden, omuzlarına dökülen siyah saçlar... Neresini beğendiklerini de pek anlayamıyor Roxy. Çünkü o caddelerde yürüyen Alman kızlar, sınıftakiler gibi boylu boslu ve sarışın; duru bir tenleri var ve yanakları şeftali renginde. Kendi dudakları onlarınki kadar kırmızı değil. O kızlarla yarışamaz, mümkün değil yarışamaz ama demek ki kendisinde de Alman erkeklerini çeken bir hava var. Ne olduğunu tam bilemiyor ama hissediyor bunu.

Zaten anlaması çok sürmüyor. Onca hoşlandığı ama öpüşürken kaçıp gittiği, o günden beri de uzak durduğu Joachim yerine, kıvırcık kızıl saçlı bir Alman oğlan yapışıyor yakasına. Sipsivri bir şey; Roxy'nin hoşlandığı söylenemez. Ama ona öyle şeyler söylüyor ve bakışları öylesine sevecenliğe muhtaç gibi görünüyor ki Roxy hiçbir şey düşünmeden, daha karar bile vermeden onunla çıkmaya başlıyor. Ailesinden gizli saklı görüşmeler, koklaşmalar, sarılmalar. *"Mein schatz, meine hübsche Roxy* (Kediciğim, güzel Roxy'ciğim)."

Sonra sıra, kaçınılmaz bir noktaya, Mauritz'lerin evindeki odada ateşli öpüşmelere ve arkasından yatağa girmeye geliyor. Ama o zamana kadar Roxy çoktan kararını vermiş bile. Bu bekâretten kurtulacak, bir an önce kurtulacak. Kendisini boğan, bağlayan, içine sıkıntılar salan her şeyin simgesi o bekâret denilen şey.

Nasıl olup bittiğini anlamıyor bile. Mauritz'in heyecanını görüyor sadece, bir de çırpınmalarını. Hiçbir şey hissetmiyor. Hayatındaki bu önemli değişiklik ancak bir iki dakika sürüyor ve Roxy, o akşamüstü eve giderken suçluluk falan değil ama garip bir tatsızlık duyuyor içinde. Mauritz'in teninden tenine geçen ekşimsi bir koku. Bir de yıpranmışlık duygusu. "Ben deliyim!" diyor kendi kendine, "Ben deliyim!" Bu cümleden güç alıyor gibi, *"Ich bin verrückt!"*

Mauritz'le bir iki kere daha buluşuyor ama içinde ona karşı hiçbir şey yok. Ne bir heyecan ne bir titreme ne de sarılmalarından hoşlanma hali. O sırada Joachim sınıftaki iriyarı kızlardan biriyle çıkıyor. Birkaç kez onları öpüşürken görüyor Roxy, yine bir şey hissetmiyor. Aşk diye ballandıra ballandıra göklere çıkardıkları şeyin ne olduğunu anlayamıyor bir türlü. Kendisinde bir eksiklik olduğunu, deli olduğu için aşkı hissetmediğini düşünüyor ama çevresine bakınca bütün kızların ve oğlanların böyle olduğuna karar veriyor. Birbiriyle öpüşüyor, yatıp kalkıyor, özsularını birbirine karıştırıyorlar ama hiçbirinde öyle yanıp yakılan bir hal yok. Zaten sık sık da değişiyor eşler. Bir hafta bir oğlanla yatağa giren kız, ertesi hafta beline sarılmış başka bir oğlanla eski sevgilisinin yanına gidiyor. Gülüşüyorlar. Aşk bu mu, diye düşünüyor Roxy. Herhalde bu, başka türlüsü olmadığına göre ortalıkta... Demek ki aşk diye atıp tutanlar yalan söylüyor.

Bir süre sonra Mauritz'le ilişkisi kendiliğinden sona eriyor; konuşmadan, bir karar vermeden, ayrılalım falan demeden. Görüşmeleri giderek seyrekleşiyor, sonra sınıftaki diğer arkadaşlardan birine dönüşüyor Mauritz. Sanki ne o yatağa girdiler, ne de o işleri yaptılar. Her şey öylesine olağan, sıradan ve normal ki! İnsanın uykusunu getirecek, esnetecek kadar doğal.

Ailesinin ve diğer hayvanların olup bitenlerden hiç haberi olmuyor. Sadece yolunmuş hindi Ute'nin nefret dolu bakışları ve neredeyse kızını babasından kıskanan halleri içine sıkıntı veriyor. Adamı durmadan kıza karşı kışkırtıyor Ute. Ne yapsa kabahat. Adam her akşam ağız dolusu bağırıyor, hakaret ediyor, tehditler savuruyor. Dayanamıyor Roxy. "Şu evi yaksam da hepimiz geberip gitsek" diye geçiriyor aklından ama ne kadar deli olursa olsun böyle bir eyleme geçmek zor.

Bunun yerine başka bir çılgınlık yapıyor. Uzaktan akrabası olan, kendinden iki yaş büyük Naciye'yle okuldan kaçıyor bir gün. Naciye on dört yaşındayken memleketten getirilen beşik kertmesi bir oğlanla evlendirilmiş, bir yıl evli kalmış ama sonra ne olduysa olmuş, boşanmışlar. Oğlan memlekete geri gitmiş. Ayrıntıları bilmiyor Roxy ama Naciye'yi daha sonra, Alman devletinden burs almak için okula başlattıklarını biliyor.

Naciye okulun yakınından geçen tramvayı gösteriyor, "Atladık mı beş on dakikada Düsseldorf'ta oluruz" diyor. Şehrin ünlü bulvarı Königsalle'yi, moda dükkânlarını, dergilerden fırlamış gibi giyinmiş kadınları anlatıyor. Roxy, "Nasıl olsa deliyim!" diyor. "Hadi gidelim."

Tramvaya biniyorlar, biletleri Naciye alıyor. Daha sonra Düsseldorf'ta nehir kıyısındaki bir kahvede yedikleri dondurmaları da Naciye ısmarlıyor. Bembeyaz şemsiyelerin gölgesinde, nefis bir yer. Çok genç ve çok yakışıklı Alman oğlanlar garsonluk yapıyor burada; incecikler, sarı kâkülleri gözlerinin önüne dökülmüş. Masalarda şık, geniş kenarlı beyaz şapkalar giyen tayyörlü kadınlar oturuyor. Yanlarında lüks butiklerin çantaları, minik beyaz köpekleri. Garsonlarla tanıştıkları belli, çünkü epey sohbet ettikleri görülüyor. Şık kadınlar, kendilerine ne istediklerini soran garsona bir iki espri yapıp gülüyorlar. Çocukla oradan buradan bir iki kelime ediyorlar.

Roxy, Naciye'nin bir sürü parası olduğunu, cebinden tomarla para çıkardığını görüyor hayretle. Paraları nereden bulduğunu soruyor, çünkü kendisinin de şiddetle ihtiyacı var buna. Naciye kıkır kıkır gülüyor, bir süre hiçbir şey söylemiyor; sonra ona bir şey göstereceğini söyleyip masadan kalkı yor. Birlikte yürüyorlar. Naciye Roxy'den daha uzun ve daha dolgun bir kız. Roxy'yi bir dükkânın önüne götürüyor. Vitrininde çıplak kadın resimleri, seks aletleri falan olan o malum dükkânlardan biri. Neonlar ve kıpkırmızı XXX harfleri yanıp sönüyor. Roxy, hiç içine girmese de bu dükkânları çocukluğundan beri biliyor ama Naciye'nin kendisini niye oraya getirdiğini anlayamıyor. "Ne yapacağız burada?" diye soruyor. Naciye bilmiş bir edayla, "Gel" diyor, "içeri girelim." Gün ışığı görmeyen, suni ışıklarla aydınlatılmış dükkâna giriyorlar, içerisi plastik kokuyor. Tezgâhların önünde birkaç adam; televizyon ekranlarında filmler. Roxy yine, "Ne yapacağız burada?" diye soruyor. Naciye, "Ben parayı buradan kazanıyorum" diyor. "Kimseye söyleme öldürürüm, hiç kimse bilmiyor ama haftada iki gün öğleden sonraları buraya geliyorum; sen benim sırdaşımsın, kimseye söyleme vallahi öldürürüm."

Roxy iyice afallamış bir halde, "Peki burda orospuluk mu yapıyorsun?" diye soruyor. "Hayır hayır!" diye atılıyor Naciye, "Orospuluk falan değil. Hiçbir erkeğe dokunduğum yok. Sadece bir camın arkasına girip soyunuyorum, biraz oramı buramı oynatıyorum, bir sürü para veriyorlar. Seyreden erkekler var ama görmüyorum bile onları. Bunda ne kötülük var ki?"

"Hadi buradan çıkıp gidelim" diyor Roxy, "iğrenç kokuyor." Naciye, "Ben gidemem, biraz sonra içerdeki camın arkasına gireceğim, soyunacağım. On dakika sonra çıkacağım, biraz bekledikten sonra bir iki sefer daha yapacağım aynı şeyi. Toplam iki saat. Burada kalmak istemiyorsan dışarıda bekle beni, o biraz önceki kahvede mesela, sonra gelip seni alırım, beraber döneriz." Bu sırada bir erkek sesi anonslar yapmaya başlıyor, "Gelip seyredin" diyor. *"Die exotische Türkin Ayşe!"* Bazı erkekler arkaya doğru yöneliyor.

Roxy, oradan çıkıyor, nehir kıyısındaki kahveye gidiyor; bu sefer beyaz şemsiyelerin değil, kestane ağaçlarının şahane gölgesine oturuyor. Başka bir garson geliyor yanına, *"Wasser bitte!* (Su lütfen)" diyor. Biraz sonra Apollinaris şişesi önünde. Buzlu suyu içerken Naciye'yi düşünüyor, o anda ne yaptığını gözünün önüne getirmeye çalışıyor, neresine kadar açıyor acaba; her şeyini mi gösteriyor? Orasını da mı?

Ailesi bu durumu bilse Naciye'yi öldürür; amma da cesur kızmış diyor, şu işe bak sen. Düsseldorf'ta erkeklerin önünde soyunmak ha; kolay iş değil! Naciye onu niye Düsseldorf'a getirdi acaba, artık bu sırrı yalnız başına taşıyamadığı, bir sırdaş aradığı için mi, yoksa kendisini de aynı işe sürüklemek istediğinden mi? Aklına bu da geliyor doğrusu. Belki de oranın sahipleri, senin gibi Türk kızlarını getir, sana para verelim, demişlerdir. Niye olmasın? Kapalı, dindar Türk kızlarının orasını burasını seyretmek istiyordur Almanlar.

Sonra bu işi kesinlikle yapamayacağı kararına varıyor. Ben deli olmasına deliyim ama yine de bu işi yapamam, diye düşünüyor.

İki saat sonra Naciye geliyor kırıta kırıta; bir neşeli, bir keyifli, sorma gitsin! "Ne oldu ki" diyor, "banyoda soyunur gibi soyundum, neyim eksildi ki? Ne kimse bana dokundu, ne ben kimseye... Suratlarını bile görmedim. Kendi kendime soyundum, banyoda soyunur gibi. Neyim eksildi ki?" Roxy, "Doğru" diyor, "sahiden neyi eksildi ki, banyoda soyunur gibi; cebinde de bir avuç para."

Tramvaya binip Duisburg'a dönüyorlar. Roxy gece yatağında Naciye'yi düşünüyor, belki de hak veriyor ona. Nesi eksildi ki! Mauritz'in yaptıkları kendisinden bir şey eksiltti ama Naciye'ye kimse el sürmüyor bile. Sonra, "Böyle bir şey yapmam ama yapacak olsam bile acaba beni beğenirler mi, beni isterler mi?" diye düşünüyor. "Naciye'nin kocaman göğüsleri, dolgun kalçaları var. Bende hiçbiri yok bunların. Küçük göğüsler ve düz kalçalar; hatta biraz çocuk gibi. Acaba beni beğenir de soyunmam için para verirler mi?"

Ertesi gün Naciye'yle birlikte okula gidiyorlar, oradan buradan konuşuyorlar, Düsseldorf sözü hiç geçmiyor ama bir gün sonra Naciye okuldan yine yok oluyor. Roxy sınıfta yine düşünüyor; şu anda neresini açıyor acaba, her yerini mi gösteriyor? Banyodaki gibi.

Roxy'nin okul dışındaki saatleri bomboş geçiyor. Sokaklarda dolaşıyor, parklarda oturuyor. Erkek arkadaşı yok. Naciye'den başka arkadaşı da pek yok ya! Düsseldorf macerasından sonra onu da eskisi kadar sık görmüyor. Bu yüzden sürekli tek başına. Yalnızlık canına tak ediyor. Eve gitmek istemiyor, çünkü ev zehirli. Sinemaya gitmeye parası yetmiyor. Babasının her seferinde kendisini aşağılayarak verdiği üç beş kuruş hiçbir şeye yetmiyor zaten. Bu yüzden sokaklarda parasız pulsuz sürtüp duruyor.

Geceleri yatağında Naciye'yi düşünüyor. Ne kadar para alıyordur acaba? Biriktirmeye yetecek kadar mı? Acaba paraları nerede saklıyor? İyi ama bir süre sonra haftada iki gün okula gitmediği çıkacak ortaya, o zaman ne yapacak? Ağabeyleri döve döve kemiklerini kırarlar vallahi.

Ev yine cehennem gibi. Ute onun eve erken gelip küçük kardeşlerine bakmasını istiyor. Üç küçük çocuk, evin içinde her şeyi birbirine karıştırmakla meşgul. İkisi öz kardeşi, biri de Ute'nin çocuğu. Eve gidecek gücü yok; o zehirli havayı solumaya dayanamayacak. Ayaklarına karasular inene kadar yürüyor. Issız caddelerdeki köpek boklarına basmamaya dikkat ederek belki yüzlerce kez geçtiği yollardan tekrar geçiyor, yüzlerce kez gördüğü vitrinlere tekrar bakıyor.

Bir gün parktaki banka oturup intihar etme yollarını düşünüyor. Kendini öldürmenin uygun bir yolunu bulamıyor. Zaten intiharı düşündüğü anda bile intihar etmeyeceğini biliyor; edemez, elinden gelmez, mümkün değil. Ama intihar edecekmiş gibi düşünmek, ayrıntıları hesaplamak onu rahatlatıyor.

Dünya yüzünde yaşayan milyarlarca insan ayrı, Rukiye ayrı. Herkes doğru, o yanlış. Herkes akıllı, o aptal. Bu yüzden hep kaybediyor. Kimse onun çektiklerini çekmiyor, demek ki kendisinde bir yanlışlık var.

Rukiye'nin dudaklarının kıyısına, o yaştaki gençlerden beklenmeyecek hüzün çizgileri oturuyor. Yüzü gülmeyi unutuyor. Durmadan kendini suçluyor, durmadan kendini aşağılıyor, dünyada hiçbir değeri olmayan tek insan olduğunu düşünüyor.

Zaten Naciye'ye, oraya beni de götür demesi, bu kendini aşağılama döneminin sonuna rastlıyor. Kendi gözünde değeri o kadar düşmüş ki artık insanlar onu çıplak görse ne fark eder, görmese ne fark eder!

Bu noktaya gelişi kolay olmuyor; önceleri yapılan işi düşünmeden sadece parayla neler yapılabileceğinin hayalini kuruyor. Para kaçış demek, para o evden kurtuluş demek. Yapılacak işi hiç düşünmüyor. Nasıl olsa yapmayacak ama düşünmekte, hayal kurmakta ne sakınca var! İntihar planları gibi hiçbir zaman gerçekleşmeyecek bir rahatlama oyunu bu da. Ama zamanla bu fikre alışıyor. "Naciye haklı" diye düşünüyor. "Oramı buramı göstersem neyim eksilecek?"

Zaten birçok Türk kızı bu işi yapıyor, hatta daha beterlerini de yapıyorlar. Akşam gazetelerinin küçük ilan sayfaları, müşteri arayan Türk kızlarını tanıtan ilanlarla dolu. Porno filmlerinde oynayan kızlar var. Bunlar okulda hep konuşuluyor; oğlanlar seyrediyor bu filmleri. Roxy böyle bir akşama hiç katılmadı ama kızlarla oğlanların birlikte seks filmi seyredip gülüştüklerini de duyuyor.

Bir walkman'i olsun isterdi Rukiye; belki de şu sıralar okulda çok yaygın olan diskçalarlardan biri. O zaman can sıkıntısından kurtulur, yollarda yürürken müzik dinleyebilirdi; parkta otururken saatlerce Eminem'e, Usher'a, Puff Daddy'ye kulak verebilirdi.

İngilizce, Almanca, Türkçe; hangi dilden olursa olsun hip-hop müziği damarlarını tutuşturuyordu Roxy'nin. Söyleyenlerin isyan dolu sözlerini, dünyaya meydan okuyan tavırlarını kendine çok yakın buluyordu. Ama evdeki televizyonda ne zaman bunları seyretmeye kalksa kanal değiştiriliyor, ya bir Türk dizisine ya da ağlayan şarkıcıların programlarına geçiliyordu. Ute, Almanca programları gündüz seyrediyordu. Akşamları hiç kimse uzaktan kumandayı babasının elinden alamazdı.

Roxy müzik dükkânlarına gidiyor ve kulaklığı başına takarak saatlerce hip-hop dinliyordu: Eminem, Usher favorileriydi. Türk gruplarının hemen hepsini beğeniyordu.

Bir gün, kendisinin de hip-hop tarzı müzik için söz yazabileceğini fark etti. Hiç karar vermemişken, böyle bir şeyi planlamamışken, birden kafasından bir şarkı sözü geçmeye başladı:

Dünya birden dursa
Ters dönmeye başlasa
Hayvanlar insan olsa
İnsanlar hayvan olsa
Zenginler fakir olsa
Fakirler zengin olsa
Fareler kedileri parçalasa
Kuzular da kurtları
Yeniden dağıtsak kartları
Alt üst olsa bu dünyanın şartları
Çiğnesek ayaklar altında
Baba denen hırtları
O zaman yine gülümserim
O zaman yine gülümserim
Sana ben boktan dünya.

Bu sözleri hem Almanca hem Türkçe söyleyebildiğini fark etti. Kafasında duyduğu davul ritminin üstüne söylüyor da söylüyordu. Çağrışımları o kadar güçlüydü ki önceden hazırlanmadan ve söz yazmadan saatlerce rap söyleyebilirdi. Kelimeler bir nehir gibi akıyordu. Parmaklarını aynen televizyonda gördüğü zenci rap'çiler gibi üçlü beşli sallıyor, arada uh, ah sesleri çıkarıyordu.

Bunu keşfettiği gün, belki de yıllardır ilk kez biraz ferahladığını hissetti. Artık şimdi kesinlikle hip-hop disklerine ve bir diskçalara ihtiyacı vardı.

Seks salonundan aldığı ilk parayı da bunlara yatırdı zaten. Düsseldorf'taki elektronikçiye girip hemen kendisine Sony marka bir diskçalar aldı. Aletin parlak gri yüzeyine elini sürmek çok hoşuna gidiyordu. Bu onu öylesine mutlu etti ki o acayip seks salonunda yaşadıklarını bile unutup gitti.

Her şey Naciye'nin anlattığı gibiydi aslında. Bir kapıdan giriyor, kırmızı kadife perdeyi kaldırıyor, ortada durmadan dönen yuvarlak yatağın üstüne uzanıyor ve başlıyordu soyunmaya. Sanki yalnız başına gibiydi. Zaten o kadar loştu ki ortalık, sönük kırmızı ışıklarda kimsenin bir şey gördüğünü sanmıyordu. Altındaki yatak dönüyor ve onun mahrem yerlerini, camların ardında seyreden müşterilere gösteriyordu. Yaşadıkları biraz komik bile sayılabilirdi. Erkeklerin, oralara girip o loş ışıklar altında Roxy'nin bacak arasını hayal meyal görmek için para ödediklerine inanmak zordu doğrusu. Kimin ne işine yarardı ki böyle bir şey? Saçma sapan bir işti. Bunu Naciye de anlayamıyordu ama demek ki erkeklerin huyu böyleydi.

Duisburg'a dönerken hiç olmazsa bir adım atmış olmanın huzuru vardı Roxy'nin içinde. Eve gidince diskçalarını ve parasını saklamanın yolunu bulmalıydı. Belki de arkadaşından ödünç aldığını söyleyebilirdi. O gece rüyasında kendisini, camlı kabinin ardında çırılçıplak hip-hop söylerken gördü. Elleriyle çıplak bacaklarına vuruyor, tempo tutuyordu.

Bir iki hafta içinde iyi para kazanır hale geldi; çünkü salona gelen erkekler, seks salonundaki adıyla "Tamara"yı beğeniyor, onu seyretmeye doyamıyorlardı. *"Die exotische Schönheit, die blutjunge Tamara aus der Türkei!* (Egzotik güzellik, Türkiye'den bakire Tamara)" Bu anonslar duyuluyordu seks salonunda. O da haftada iki gün okulu kırıyor ve dönen yuvarlak yatağın üstüne çırılçıplak uzanmak için Düsseldorf'a gidiyordu.

Bu gidişlerinden birinde, sokaklara yapıştırılmış bir ilan gördü. Pazar günü Essen şehrinde Grugahalle denilen bir yerde hip-hop festivali yapılacaktı. Bir sürü Alman grubu çıkacaktı sahneye. Roxy, uzun listeye bakarken bir de Türk grubun adına rastladı. Heyecanlandı. Essen de Düsseldorf gibi yakındı. Ayrıca oraya gidebilecek parası vardı artık, mutlaka gidecekti. Gitti de.

Grugahalle, binlerce kişinin ayakta durduğu, bira içip müzik dinlediği dev bir konser mekânıydı. O da kalabalığın arasına karıştı, seyyar *imbiss*'ten, plastik bardakta bira ve bol ketçaplı hardallı *bratwurst* bile aldı. Davul sesleri kulakları sağır edecek kadar yüksekti. Herkes bu tempoya uymuş, sallanıp duruyordu. Kendisi de sallanmaya başladı. Bayılıyordu buna. Gruplar birbiri ardına inip çıkıyor ve isyan dolu sözlerle dünyayı sarsıyorlardı.

Dinleyiciler arasında dolaşırken Türkçe sesler duydu. Üç çelimsiz çocuk bira içiyor ve kulakları sağır eden müzikte birbirlerini duyabilmek için bağırarak konuşuyordu. Onların yanına gitti, "Merhaba" dedi. Sahneye çıkacak Türk grubunu tanıyorlar mıydı acaba? Güldüler, "Evet" dediler. O grup kendileriydi. Köln'den gelmişlerdi. Roxy bayıldı bu işe; kendisinin de hip-hop yaptığını söyledi. Tabii amatör olarak, demeyi de ihmal etmedi. Oğlanların çok hoşuna gitti bu. Akşam sıraları geldi, sahneye çıktılar. Roxy onları fazla beğenmedi; çünkü Alman gruplarının yürekte fırtınalar uyandıran sert *sound*'undan sonra onları çok yumuşak ve zayıf buldu. Ortalığı titretemiyorlardı. Ayrıca solistin hımhım bir sesi vardı; Almancası da pek iyi sayılmazdı, sözleri anlaşılmıyordu. Türkçeden Almancaya geçtiklerinde daha da sönükleşiyorlardı. Dinleyici onları fazla tutmadı, kendi aralarında konuşmalara daldılar. Biraz sonra bir adam sahneye yürüdü, solistin kulağına bir şeyler söyledi. Oğlan peki anlamında başını salladı ve parçayı bitirip cılız alkışlar arasında sahneden çekildiler.

Çalgılarını toplayıp geldiklerinde biraz üzgün gibiydiler. Roxy'nin çok güzel oldu demesi de onları yatıştırmadı. Akşam bahçede pizza yerken aslında solist olmadıklarını, enstrüman çaldıklarını ama solist yokluğundan şarkı söylemek zorunda kaldıklarını anlattılar. Biri davul çalıyordu, biri org, öteki de bas. O gece ayrılırken Köln'de görüşmek üzere sözleştiler. Ertesi pazar, orada prova yapacaklardı. Rap bilgisine ve Almancasına hayran kaldıkları bu ilginç, isyankâr kız da katılacaktı çalışmalarına. Aynı masayı paylaşmak zorunda kaldıkları, kafayı iyice bulmuş Almanlarla nasıl konuşuyordu bu kız böyle. Mükemmel bir telaffuzu vardı. Ayrıca pizzaları ve biraları da o ısmarlamıştı.

Roxy o hafta iki kere daha Düsseldorf'a giderek dönen yatağın üstüne uzandı. Gün geçtikçe bu işe daha çok alışıyor ve yatağın üzerindeki tahrik edici hareketleri artıyordu. Orada çıplak yatar ve sağa sola dönüp dururken aklından yeni rap sözleri geçiyordu. Bir parçayı tamamlamaya dalıyor, zamanın nasıl geçtiğini anlayamıyordu bile. Daha sonra da bu sözleri unutmuyordu.

Sözleştikleri gün, Köln'de, bir Türk derneğinin boş salonunda prova yaparken, grupla birlikte "Tersine Dünya" parçasını söyledi. Ritmi o vermiş, davulcuya ne yapması gerektiğini tarif etmiş, parçasını söylemeye başlamıştı. Org ve bas da parça boyunca denemeler yapıp eşlik etme yöntemlerini araştırdılar.

Oğlanların gözü fal taşı gibi açılmıştı; çünkü Roxy mükemmel söylüyordu; "Tersine Dünya" parçası da muhteşemdi. Kız kırk yıllık hip-hop'çılar gibi hareketler yapıyor, sert adımlar atarak, parmaklarını kullanarak, zıpkın gibi güçlü bir sesle söylüyordu. Hele yüzündeki o isyan ifadesi, anlatılır şey değildi. O günden sonra birlikte çalışmaya karar verdiler. Roxy bol bol parça yazacaktı; Almanca ve Türkçe. Yalnız, güzel bir grup adı bulmaları gerekiyordu. Oğlanların kendilerine uygun gördükleri *Kölün Rangers* adı uygun değildi. Ayrıca "Kölün" sözcüğünün, Köln şehrinin kimi Türklerce okunma biçimi olduğunu da kimse bilmiyordu, dolayısıyla anlamsız kalıyordu bu isim.

Böylece adı okulda Roxy, Düsseldorf'taki seks salonunda Tamara olan Rukiye, müzik yaşamına da Roxy adıyla başladı. Grubun adı da şöyle oldu: *Roxy and Other Animals.* ROA diye kısaltılmış biçimi de vardı adlarının. Yeşil zemin üzerine dikenli tel biçimindeki kıpkırmızı harflerle yazılan bir ROA. İleride bunu, çıkartma ve tişört olarak hazırlayacak ve konserlerinde dağıtacaklardı. Artık hayallerini dizginleyemiyorlardı.

Nedense oğlanlar *Roxy and Other Animals* adını çok matrak bulmuş ve bundan hiç rahatsızlık duymamışlardı.

8

Dağlılar, bahçeye yığılan eşyaları kapıp tepeye doğru kurulmuş evlerine taşıdılar. Sürekli çalışan ve hiç yorulmadan yuvalarına yük taşıyan karınca sürülerini andırıyorlardı. Kiminin elinde işlemeli bir lavabo vardı, kiminin elinde bir musluk başı, kiminin elinde bir seccade.

Kırık aplikler, gece lambaları, mangallar, cezveler, sedefli hamam takunyaları, eski yazı levhalar, aile büyüklerinin resimleri, bakır kabartmalı fotoğraf albümleri, sandıklar, yıpranmış valizler, işlemeli perdeler, yaldızlı kornişler, mermer kurnalar, oymalı merdiven başları, rahleler ve bunlara benzer yüzlerce eşya, sessiz bir telaşla taşınıyordu yukarıya.

Bu eşyaları ne yapacaklarını da tam olarak bilemiyorlardı ama yine de eve götürmek iyiydi. Onca yıldır hizmet ettikleri zengin yalının eşyasıydı bu; hiç kötü olur muydu?

Eskiden mahallelinin velinimeti Paşa Dede'ydi tabii; bu talihsiz ailenin başına gelen felaketler onları da etkilemişti. Yalıyı alan Salih Beyler de efendi insanlardı doğrusu ama ne de olsa paşa sülalesi gibi asil değillerdi. Ticaret yapıyorlardı. Kendi halinde ufak tefek bir adam olan Salih Bey'in Yüksek Kaldırım'da dükkânları ve Sirkeci'de iş hanları vardı. Salih Bey, eskiden Rumların, Yahudilerin ve "yabancı" denilen levantenlerin kontrolünde olan Yüksek Kaldırım'da dükkân açan ilk Müslümanlardandı. Kendisinden başka dükkân sahibi iki Türk daha vardı o zamanlar caddede: Kelkitli İrfani Bey ve Erzurumlu Fevzi Bey. Ama yıllar geçtikçe caddedeki gayrimüslim sayısı azalmış ve buralar hızla Türkleşmişti.

Salih Bey iyi olmakla birlikte silik bir adamdı, hanımı ve çocukları da öyleydi. Hani "Anadolu terbiyesi almış" ya da "Şark suyu içmiş" derler ya; işte tam onlardan. Bu Bitlisli aile, dağlılara hep iyi davrandı. Bahçenin köşesindeki müştemilatta oturan, paşa ailesinin tek yadigârı Leyla Hanım'a da hürmette kusur etmediler, onu yemeklere davet ettiler, bayram sabahlarında yalının çocukları gidip onun elini öptüler. Çalışanlar, çevresinde "Büyük Hanım, Büyük Hanım" diye pervane oldular. Dağlılar da bu yeni aileye çok rahat alıştı; kendileri yok Allahları vardı; çalışan personele hiçbir sıkıntı çektirmemişlerdi. Ama Salih Bey'in kalp krizi sonucunda vefat etmesinden sonra aile yalıyı satılığa çıkardı ve işte bu Ömer Bey macerası böyle başladı.

Genç karı kocanın yaptığı ilk iş Büyük Hanım'ı evinden atmak, ikincisi de yalıyı bir iki gün içinde çırılçıplak bırakmak oldu. Kendilerince kıymetli eşya evde kalıyor, gözlerinde süprüntü değeri taşıyan şeyler ise atılıyordu.

Dağlılar ilk bir iki gün bu görgüsüz yeni sahipleri çok yadırgadılar ama hayatta her şeye alışılıyor. Belli ki çok zengin insanlardı; bahçelerinde yüzlerce kişilik davetler verecekler, kasaptan et, manavdan meyve alacaklardı. Belki de mahallenin gençlerini şoför, bekçi, garson olarak işe de alırlardı.

Büyük Hanım'a içten bir yakınlık duyuyorlardı, kadının evinden atılması onlara çok dokunmuştu ama belli ki artık yeni bir düzen vardı burada.

Hele antikaları kendilerine vereceklerini duydukları zaman, işler iyice değişti. Yeni efendilerle düzen kurulmuştu artık!

Bahçe yağmasından Bakkal Hasan'ın karısı Cemile'ye, işlemeli iki musluk başı ile bir eski yazı levha ve tozlar içindeki kabartmalı bir fotoğraf albümü düşmüştü. Muslukları evine taktıracak, levhayı da oturma odasının duvarına asacaktı. Belki hayırlı bir duaydı bu; karınca duası gibi asıldığı eve bereket getiriyordu.

Zenginlerin yaptığı şeyleri yapmak her zaman iyi sonuç verirdi.

Cemile'nin eve asmaya götürdüğü levhada itinalı bir eski yazıyla "Bu da geçer ya hu!" yazılmıştı. Cemile bunu anlamıyor; işsizlere iş, kızlara koca, hastalara şifa niyetine asılan bir Kuran ayeti sanıyordu. Oysa seksen sene önce bütün İstanbul bu levhayı bilirdi. Çünkü İstanbul'un işgal yıllarında bu levha her yerde asılıydı. Halka açık yerlerde asılan levhayı gören İstanbullular, "Bu da geçer ya hu!" diyerek dişlerini gıcırdatır, işgal yıllarının sona ereceği kurtuluş günlerini özlerlerdi. Levha, bir direniş ruhunu, düşmana karşı bir gizli mesajı simgeler olmuştu. İngiliz subayları da bunu her yerde görüyorlardı elbette ama Müslüman bir ülkede bulundukları için yerli halkın dini inançlarını simgelediğini sandıkları levhaya hiç ses çıkarmıyor, anlamını merak bile etmiyorlardı. Cemile'nin çiviyle oturma odasının pembe duvarına astığı levhayı, seksen yıl önce üst düzey İngiliz subayları o yalının duvarında görmüşler ve üstünde durmamışlardı.

İşgal kuvvetlerinin yalıyı ziyaretlerinde meşhur Yüzbaşı Bennett bile vardı. Bir İngiliz subayı daha oradaydı. Hem yalının hem de Bosnalı Abdullah Avni Paşa ailesinin hayatında çok önemli bir rol oynayacak olan Teğmen Robert Whitaker: Cemile'nin yalı bahçesinden kapıp eve götürdüğü bakır kabartmalı albümü karıştırırken bir resimde karşısına çıkan uzun boylu, ince yüzlü subay. Bu resim Cemile'nin çok ilgisini çekti. Çünkü resimde İngiliz subayı, paşa ailesiyle birlikte görülüyordu. Bir başka resimde Türk olduğu her halinden belli olan bir genç kızın yanında da duruyordu.

Ama Cemile'nin en çok ilgisini çeken, Büyük Hanım'ın resimdeki subaya olan şaşırtıcı benzerliğiydi. Aynı yüz şekli, aynı burun, aynı göz, aynı dik ve kendinden emin duruş.

Mahalleye sonradan gelin gelmiş olan Cemile, akşam yemeğinden sonra kocasına resmi gösterdi ve bu subayın kim olduğunu sordu.

Bakkal Hasan kendisinin de bu insanları tanımadığını ama büyüklerinden duyduğu kadarıyla İngiliz subayının Büyük Hanım'ın babası olması gerektiğini söyledi. Doğru mu yalan mı bilmezdi, ama böyle bir rivayet vardı. Resmi alıp dikkatlice baktı. Büyük Hanım sahiden de o subaya benziyordu, hem de çok benziyordu.

Bu duruma iyice şaşıran Cemile, "Yani Büyük Hanım'ın babası İngiliz mi?" diye sordu.

"Öyle derlerdi büyüklerimiz" dedi kocası. "İşgal zamanında bir İngiliz subayı paşanın kızını iğfal etmiş, Leyla da ondan olmuş, diye anlatırlardı. Hatta, paşaya bu yüzden inme indi ve bir daha da kendini toparlayamadan bu dünyadan göçüp gitti, diyenler vardı. Doğru mu yalan mı bilmem ama Büyük Hanım'ın o İngiliz subayının kızı olduğuna inananlar var."

Sonra resmi yaklaştırıp iyice baktı. Resimde İngiliz subayının yanında görünen genç kadın, paşanın doğum yaparken vefat eden kızı olmalıydı, yani Büyük Hanım'ın talihsiz annesi.

Hasan bu hikâyeyi çocukluğundan beri duyardı ama resmi görene kadar pek üstünde durmamıştı. Çocukluğunda yalının bahçesinde eteğinin dibinde oynadığı, kendisine güzel hediyeler veren, hiç kötü davranmayan Büyük Hanım'ı herkes gibi o da çok severdi. Ama şimdi aklına ilk defa, Büyük Hanım'ın dini ne, diye bir soru geliyordu. Babası İngiliz olduğuna göre Büyük Hanım da Hıristiyan mıydı acaba? Babasının dinini mi almıştı, anasının dinini mi? İyi ama bir paşanın torunu nasıl Hıristiyan olurdu!

O sırada gözü, pembe duvarda, geyik avı sahnesini gösteren halının yanına asılmış "Bu da geçer ya hu!" levhasına ilişti. "Bu ne?" diye sordu karısına.

Cemile, "Dua!" dedi. "Belki evimizin betini bereketini artırır."

Hasan'ın bakkal dükkânında da bereketi artırması için karınca duası asılıydı ama böyle bir dua hiç görmemişti. Kenarları sararmış levhayı ve eski çerçeveyi alıcı gözüyle süzdü. "Belki" dedi, "kıymetli bir şeydir. Horhor'a götürüp satsak, eskiciler iyi para verirler."

Kadın bu fikre karşı çıktı. "Bu evde asılı kalırsa, çok daha fazla para getirir!" dedi. "Koskoca bir paşa yalısında bunca yıl asılı kalmış, biraz da bize faydası dokunsun."

"Pek öyle değil" dedi Hasan, "baksana paşa ailesinden kimse kalmadı dünyada, en sonunda Büyük Hanım'ı da sürüp çıkardılar. Demek ki levha onlara pek de uğurlu gelmemiş."

Bunun üzerine Cemile bir zaman düşündü. Duayı elden çıkarmamak için ne gibi bir bahane bulacağını bilemedi.

Sonra, "Onlara" dedi, "İngiliz subayı uğursuz gelmiştir. Sen paşa ailesinin içine bir gâvur subayını sokarsan duanın ne kabahati var?"

Hasan, "Doğru!" dedi. Duanın kerametini bir süre denemeye karar verdi.

Cemile Kastamonu'dan gelin geldiğinde, Boğaziçi'nin güzelliklerine hayran kalmış ve uzun süre çevresini, bir masal dünyası gibi hayran gözlerle seyretmişti. Zaten daha pek gençti, çocukluktan yeni kurtulmuştu, denebilir. Ama zaman geçip alıştıkça kendisi ve çocukları için de bu hayattan bir pay istiyor, güzel otomobiller içinde Boğaz'da gezmeyi özlüyordu.

Kastamonu'nun köylerinden büyük şehre gelin geldiği zaman dinle, inançla fazla ilgisi yoktu. Diğer köy kızları gibi o da bu işlere fazla kafa yormadan yaşardı. Köyde Müslümanlık, ölenlerin cenaze namazını kılmak, yaşlıların camiye gitmesi, bayram namazında herkesin buluşması, mevlitlerde akide şekeri dağıtılması gibi hayatın alışılmış parçalarından biriydi. Tarhana çorbası kaynatmak ile elham okumak arasında çok da fazla bir fark göremeden yetişmişti Cemile. İkisi de bu dünyaya gözünü açtığından beri yapılan ve kendisine öğretilen işlerdi.

İstanbul'a gelin geldiği ilk yıllarda da din meselesini fazla düşünmemişti. Ama sonradan, mahalledeki kadınları dini konularda aydınlatan, onlara yanlış yolda yürüdüklerini gösteren ve hepsini peşine takıp Beykoz'daki Nakşibendi şeyhine götüren Hoceste Abla çıkmıştı ortaya. Elli yaşlarını süren bu mübarek hanım, onlara dini diyaneti anlatıyor, usul öğretiyor; bir şeyhe bağlanmanın, ikrar vermenin kendilerini, evliliklerini, çoluk çocuklarını her türlü kaza ve beladan koruyacağını bildiriyordu.

Bir gün Cemile'yi de diğer hanımlarla birlikte şeyhin Beykoz'daki evine götürmüş ve onun mübarek yüzünü görmesini sağlamıştı. O günden beri Cemile dinini daha çok düşünüyor, elinden geldiği kadar iyi bir Müslüman olmaya, şeyhin sözünden çıkmamaya çalışıyordu.

Bu yüzden albümdeki resim yüzüne bir şamar gibi inmiş, onu çok sevdiği o kibar Büyük Hanım'dan neredeyse soğuma noktasına getirmişti. "Büyük Hanım gâvur mu?" diye düşünüyor düşünüyor, işin içinden çıkamıyordu. O güzel, zarif, merhametli hanım nasıl gâvur olabilirdi? Mümkün müydü böyle bir şey?

Öte yandan da resim her şeyi gösteriyordu işte. Büyük Hanım, İngiliz subayın tıpkısıydı. Resimdeki genç subay, Büyük Hanım'ın oğlu olsa ancak bu kadar benzeyebilirdi ona. Ama oğlu değil babasıydı.

Kocasının yeğeni Yusuf, Beykoz'daki şeyhle ilgili kötü şeyler anlatıyor, mahallenin kadınlarını o adama gitmemeleri için uyarıyordu ama ne de olsa o bir gazeteciydi. Gazetecilere hiç güven olmazdı.

Hasan ve dolayısıyla da Cemile, Yusuf'un gazeteci olmasından ve arada bir haberlerin üstünde "Yusuf Yılmaz" diye isminin çıkmasından büyük gurur duyuyorlardı. Yusuf'un böyle önemli bir iş yapması Cemile'yi çok memnun ediyordu ama Beyoğlu'na taşındı taşınalı huyu değişmişti sanki. Bin bir rezaletin ve ahlaksızlığın kol gezdiğini duydukları Beyoğlu'na taşındıktan sonra eski mahallesine pek ender uğruyor, onda da garip garip şeyler söylüyordu. Anlattıklarının çoğu din ve vatan aleyhine tehlikeli şeylerdi.

Kocasının bir başka yeğeni Hüseyin ise daha büyük bir gurur kaynağıydı aile için. Çünkü iki yıl önce yapılan seçimlerde milletvekili seçilmiş ve Ankara'ya gitmişti. Seçimler boyunca bütün Kastamonulular Hüseyin için çalışmış, kadınlar Beykoz'a giderek ev ev dolaşıp seçim broşürü dağıtmışlardı. Milletvekili adayları listesinde on ikinci sırada olduğu için hiç kimse seçileceğine ihtimal vermiyordu ama parti seçimlerden hiç beklemediği büyük bir zaferle çıkmış ve alt sıralara laf olsun diye yazdığı isimler bile milletvekili olup meclise girmişlerdi.

Hüseyin akıllı olduğu için siyasette hızla yükseliyordu. Mecliste bilmem ne komisyonunun bir şeysi olmuştu; Cemile bunu aklında tutamıyor ama bu şey sayesinde Hüseyin'in makam arabası ve şoförle gezdiğini biliyordu. Artık büyük adam olduğu, mahalleye her gelişinde yapılan kalabalık karşılamalardan belliydi.

"Ah!" dedi Cemile, "demek Büyük Hanım gâvur ha?"

Hâlâ şaşıp kaldığı bu büyük sırrı mahalledeki diğer kadınlarla paylaşmak için sabırsızlanıyordu. Hele herifin yemeğini verip onu savsın, başörtüsünü kaptığı gibi sokağa düşecek ve yeni öğrendiği bu sırrı arkadaşlarına anlatacaktı.

İki gün önce haline onca üzüldüğü ve eve götürmek için ısrar ettiği Büyük Hanım, giderek gözünden düşüyor gibiydi. "İyi ki eve getirmemişim" diye düşünüyordu. "Evin şartı şurtu kaçardı."

Büyük Hanım'ı hiçbir zaman namaz kılarken ya da dua ederken görmediği aklına geldi. Acaba gizli gizli kiliseye mi gidiyordu? Eğer kendilerini böyle uyuttuysa, yalının yeni sahiplerinin yaptığına da kızmamak gerekiyordu. Ne yapsınlar, bahçelerinde gâvur bir kadını yaşatacak değillerdi elbet. Hem eli açık, cömert insanlara benziyorlardı.

Tekrar duvardaki duaya göz attı. "Yarabbim sana çok şükür" dedi. "Bizi iman yolundan hiç ayırma!"

9

Leyla Hanım yüzünden yaşadıkları gerilim, o gece Yusuf ile Roxy'nin sevişmesine engel olmadı, yalnız yatak odalarında sarmaş dolaş olurken gürültü çıkarmamaya, yatağın gıcırdamamasına dikkat etmek zorunda kaldılar. Çünkü bu kez evde yalnız değildiler, yandaki odada Leyla yattığı için yatağın duvara vurmasını engellemek, çığlıklarını içlerinde hapsetmek zorundaydılar.

Roxy'ye göre sadece bu bile başlı başına bir işkenceydi.

"Rahatsızlık diyelim" diyordu Yusuf.

"Ne?"

"İşkence değil tatlım. Bu laf biraz ağır kaçıyor. Geçici bir rahatsızlık."

"Ne kadar geçici?"

"Bilmiyorum ama herhalde böyle devam edip gidemez. Bir çözüm bulunur."

"Seni hiç anlamıyorum Yusuf. Bu ihtiyara ne gibi bir borcun olabilir ki tutup evine getirdin?"

"Borç değil hayatım, borç değil ama sen Leyla'yı tanımıyorsun. Ben hayatımda onun kadar ilginç, iyi bir insan görmedim. Çocukluğum boyunca bana öyle iyi davrandı ki neredeyse öz babaannemden daha yakın hissettim onu."

"Öfff!" dedi Roxy, "Babaanneler, anneanneler, ne gereksiz bir kalabalık."

"Senin aile kalabalığından nefret ettiğini biliyorum ama

inan bana Leyla onlardan biri değil. Biraz tanımaya gayret etsen..."

"Ne olacak, boynuna mı sarılacağım?"

Yusuf gülmeye başladı ve "Senin ne yapacağın hiç belli olmaz" diyerek kızın çıplak vücuduna sarıldı, göğüslerini öpmeye başladı.

Roxy, Yusuf'la aralarında kimyasal bir bağ olduğuna inanıyordu. Çünkü şimdiye kadar hiçbir erkeğin tenini bu kadar çok sevmemiş, bu kadar benimsememişti. Bu yüzden o vücuda her gece vantuz gibi yapışmak geliyordu içinden. Yusuf'un tıraş losyonu kullanmasına karşı çıkıyordu; çünkü onun bedeninin kokusunu seviyordu Roxy. İçini rahatlatan, onu sakinleştiren ve giderek vazgeçilmez olan bir kokuydu bu. Bir Alman dergisinde nörolojik bellekle ilgili bir yazı okumuştu. Mesela el, okşadığı teni yıllar sonra bile hatırlama özelliğine sahipti. Beden de bir eli hatırlıyordu. Onun bedeni de artık Yusuf'a alışmış, ona çıplak sarılmayı, rahatlatıcı bir terapi gibi algılar olmuştu. Ayrıca cinsel uyumlarında çok önemli bir yan daha vardı. O da Yusuf'un sevişme boyunca Roxy'ye ve onun bedenine gösterdiği saygıydı. Böyle bir şey ilk kez oluyordu, bir erkeğin kadın bedenine saygı gösterdiğini ilk kez görüyordu. Daha önce yatmış olduğu Alman ve Türk genç erkekler, onu hırpalıyor, seyrediyor, neredeyse ona bir şişme kadın muamelesi yapıyorlardı. Çünkü artık genç erkekler sevişmeyi geleneksel yollardan ve deneyimli kadınlardan değil, her yerde bulunabilen porno filmlerden öğreniyorlardı. Roxy Düsseldorf'taki dükkânda da aynı şeyi gözlemişti, okul arkadaşlarının izlediği porno filmlerde de. Porno, kadın erkek ilişkilerinin çarpıtıldığı, son derece zalim bir alandı. Erkeklere hitap eden bu filmler kadın bedenini değersizleştiriyor, kadını zulmedilmesi, aşağılanması, kirletilmesi gereken ve erkeğin hizmetinde bir et parçası konumuna düşürüyordu. Korkunç bir şiddetti bu. Oysa genç erkekler bunu normal sanıyor, porno filmlerde gördükleri dünyayı kendi yataklarına da taşıyorlardı. Roxy, şiddete ve aşağılanmaya boyun eğecek biri değildi. Bu yüzden yatakta huysuzlanıyor, erkeklerin istediklerini yapmıyor, onlara bağırıp çağırıyor ve özsaygısını yitirmemeye çalışıyordu. Onun bedeni bir deneme tahtası ve atış levhası değildi ki. Bir insan vücuduydu.

Oysa Yusuf, daha ilk geceden itibaren ona büyük bir saygıyla yaklaşmıştı. Eski usul denebilecek bir mahremiyet duygusu, aşk fısıltıları, yumuşak okşamalar ve en önemlisi saygı, saygı, saygı. Bir kadın olarak sevişmenin hem öncesinde hem sonrasında hissettiği bir yücelmişlik duygusu.

Bütün bunlar onu Yusuf'a derin bir sevgiyle bağlıyor, ona bir çeşit hayranlık duymasını sağlıyordu. Çünkü bugüne kadar tanıdığı bütün çocuklardan değişikti. Önce onun rol yaptığını sanmış, "Hadi yaa, hiç kimse bu kadar iyi olamaz!" diye düşünmüştü. Ama sonradan şaşırarak görmüştü ki bu çocuk sahiden iyi, gerçek olamayacak kadar iyi bir insan.

Karakterinin sert ve ödün vermez isyancı yanı hâlâ devam ediyor ve gündüzleri Yusuf'un canına okuyordu ama gece yatakta bambaşka bir kız oluyor, gövde rahatlamasının sakin limanlarında nispeten uysal bir kıza dönüşüyordu.

O geceki sessiz sevişmelerinden sonra Yusuf'a, "Bu kadının kocası var mı?" diye sordu.

"Yok!"

"Öldü mü?"

"Hayır, hiç kocası olmadı!"

Roxy doğruldu.

"Yani hiç evlenmedi mi bu kadın?"

"Hayır, hiç evlenmedi. Erkek arkadaşı olmadı, hatta kadın arkadaşı da olmadı dense yeridir. Ailesi de yok. Genç kızlığından beri tek başına yaşıyor. Ne ana, ne baba, ne akraba, ne koca, ne çocuk. Dünyada tek başına."

O zaman Roxy yaşlı kadına derin bir ilgi duymaya başladı.

Kimseye muhtaç olmadan ve aile yükü taşımadan yaşamak, dünyaya kafa tutmak ne demekti! Kendisi de Duisburg'da her kötü ilişkinin sonunda ve evdeki cehennemden bunalıp sokaklara fırladığı zaman böyle düşünmez miydi? Mademki insanlar birbirine acı veriyordu, o zaman en güzel şey hayata meydan okumak ve mutlak bir yalnızlığı seçmekti. İnsan ilişkilerinde yetersizdi, eksikti. Galiba bu konuda herkesin bildiği, yalnız Roxy'nin bilmediği bir şey vardı. Yalnızlıktan yakındığı da yoktu pek. Evde de sokaklarda da kendini yalnızken iyi hissederdi ama aksi gibi yaptığı iş, birçok kişiyle muhatap olmasını şart koşuyordu. İyi bir hip-hop şarkıcısı olmak, menajerler, konserler, turneler, müzisyenler, plak şirketleri ve sürekli birlikte yaşayan bir grup demekti. İşin bu yanı çok zor geliyordu Roxy'ye. Allahtan müzik grubundaki çocuklar sessiz, sakin, kendi halinde gençlerdi ve Roxy'yi hiç rahatsız etmiyorlardı.

Bu arada bin bir umutla geldiği İstanbul'da karşılaştığı aşağılama ve yediği "Almancı" damgası, hayatını Almanya'dakinden bile daha zor bir hale getiriyordu.

Bu soğuk ve düşmanca dünyada iyi insanlar da olduğunun tek kanıtı Yusuf'tu.

10

Ömer yalı kapısından babasını uğurladıktan sonra içindeki sıkıntının arttığını, boğazını görünmez bir elin sıktığını hissetti. Adam her zamanki gibi, otomobile binmemiş, otobüs durağına gitmek için ısrar etmişti. Çünkü büyük adamların "prensip sahibi" olduğuna ve her birinin kendine ait bir özelliği bulunduğuna inanırdı Ali Yekta. Mesela *Vakit* gazetesinin başyazarı, ünlü gazeteci Lastik Sait Bey, kış yaz ayağında lastikle dolaştığı için bu lakabı almış, Meserret Kıraathanesi'nde günlük yazılarını yazarken masanın üstüne koyduğu kocaman çıngıraklı saatiyle meşhur olmuştu. Sultan Reşat'ın pek meraklı olduğu atlarını metheden bir şiir yazdığı için Abdülhamit tarafından Yemen'e, Sana Kalesi'ne, sürülene kadar da böyle yaşamıştı. Evhamlı padişah, Sultan Reşat'ın atlarına bile tahammül edememişti ama bu ayrı bir meseleydi.

Yahya Kemal Bey yıllar boyunca Park Otel'de oturmuş, Abdülhak Hamit Bey o zamanlar "bonjour" dedikleri giysisini hiç çıkarmamış, Sakallı Celal Bey bağrı açık bir şekilde dolaşmaktan vazgeçmemiş, Refi Cevat eşeğe binmekte ısrar etmiş, Neyzen Tevfik ise bastonunu hiç elinden bırakmamıştı.

Ali Yekta Bey'in hizmet ettiği büyük beylerin, paşaların hepsinin bir alışkanlığı vardı. Kahvelerini belli bir saatte içerler, haftanın belirli günlerinde belli işler yaparlar, çevreleri yadırgasa bile edinmiş oldukları alışkanlıklardan katiyen vazgeçmezlerdi. Dolayısıyla Ali Yekta Bey'in de vazgeçemeyeceği iki alışkanlığı vardı. Biri belinden hiç çıkarmadığı, her hafta temizlediği revolveri, ikincisi de her yere otobüsle gitme merakı.

Revolver babasından yadigâr kaldığı için, onun geleneklere bağlılığını temsil ediyordu. Belediye otobüsü ise bambaşka bir konuydu. Ali Yekta Bey, koskoca işadamı, holding ve banka sahibi Ömer Bey'in babası olmasına, emrinde Mercedes'ler bulunmasına rağmen her yere otobüsle gitmenin, kendisine bir asalet ve kararlılık kattığına inanıyordu.

Arkasından konuşulacakları duyar gibiydi.

"Ali Yekta Bey'in huyudur, her yere otobüsle gider."

"Belediye otobüsünde kıranta bir beyefendi gördünüz mü, bilin ki Ali Yekta Bey'dir."

"Başını kesseniz hususi arabaya binmez."

Bu yüzden oğlunun bütün ısrarlarına rağmen kemali ciddiyetle durakta bekledi ve şık kıyafetiyle saygı uyandırarak kırmızı belediye otobüsüne binip gitti.

Ömer, işlerin giderek sarpa sardığını görüyordu. Babası ömrünün en büyük idealini gerçekleştirmeye hazırlanıyor ve yalının üst kattaki paşa odasının kendisine ayrıldığını sanıyordu ama karısı böyle bir şeyin konuşulmasına bile razı değildi. Değil adamın paşa odasında oturması, o yalıya sokulması fikrine bile tahammül edemiyordu. "Uşak" diyordu. "Uşak işte, ne olacak! Bu asil yalıda bir uşakla mı yaşayacaksın?"

Ömer ona itiraz ediyor, babasını savunmaya çalışıyordu ama kadının sinirli haykırışları arasında duyulmuyordu bile bu sözler.

İş hayatında acımasızlığıyla, kıvrak zekâsı ve hiçbir ahlaki kural tanımamasıyla ünlenen Ömer, bu kıza karşı çok zayıftı. Tartışmalarda hep alttan alıyordu.

Ömer yalının kapısında durdu, uzaklaşan belediye otobüsünün ardından üzüntüyle baktı.

"Ah baba!" diye geçirdi içinden. "Ah baba! Niye yapıyorsun bütün bunları, anlamıyorum ki!"

Zengin olmak, daha güzel bir yaşam sürmek, çevreden saygı görmek; bunların hepsi hoş şeyler, herkes bunu başarmak ister ama böylesine büyük bir ihtiras, gençlere özgü bir tutku olmalı. Yaşlı bir adamın bu dereceye kadar yükselen hırsında sakat, yanlış bir şeyler var. Eskiden olsa, babası buna "hırs-ı piri" derdi.

Çocukluğu boyunca Ali Yekta Bey'den ürkerdi Ömer. Adamın otoriter tavırları ve tutkusu, içine bir korku salmıştı.

Oğlunu iyi yetiştirme tutkusunu herkes görüyordu görmesine ama kimse sesini çıkarmıyordu. Zaten Kadızade Konağı sahiplerinin işin bu boyutlara geldiğini sezmeleri de mümkün değildi.

Onların topluca Büyükada'ya gittikleri bir gün Ali Yekta Bey on üç yaşındaki Ömer'i masaya, evin reisinin koltuğuna oturtmuş ve ona kendi eliyle yemek servisi yapmıştı.

Ömer'in hayatındaki unutulmaz kâbuslardan biriydi bu yemek. Acımasız bir tören gibiydi.

O gün Ömer'e, Beyoğlu'ndaki terzi Sıtkı'ya diktirdiği koyu renk kruvaze takım elbiseyi giydirmişti Ali Yekta Bey. Gri puanlı kravatı takmasını, saçlarını güzelce taramasını tembihlemişti. Kendisi de misafir geldiği zaman giydiği şık kıyafetini geçirmişti üstüne.

Koskoca salondaki on iki kişilik antika yemek masasının başköşesinde, on üç yaşında takım elbiseli bir çocuk oturuyor, yaşlı babası da büyük bir saygıyla ona hizmet ediyordu. Elinde servis tabağıyla saygılı bir biçimde sol arkasına geçtiğinde Ömer çok rahatsız oluyor, geriye babasına doğru bakmak için başını çeviriyordu. Bunun üzerine Ali Yekta Bey bağırıyordu çocuğa: "Ne dedim ben sana! Ne dedim ha! Hiçbir zaman garsona bakmayacaksın. Bırak beklesin. Hatta bir konuşman varsa kesmeyeceksin. Ne kadar bekletirsen o kadar iyi. Geriye dönüp bakma. Asla bakma! Yokmuş gibi davran."

Bunun üzerine çocuk kıpkırmızı kesilerek önüne bakıyor ve babasını bekletiyordu. Onun hükmedici ve korkutucu varlığını her an ensesinde hissederken onu yok saymak kolay değildi doğrusu ve Ömer de bunu yapamıyor, korkmuş bir çocuk olarak başı omuzlarının arasına ürkekçe gömülmüş durumda, ensesine inecek okkalı bir tokadı bekler gibi oturuyordu.

Sonra baba, gümüş kapaklı kristal sürahiden su dolduruyor ve karşısına geçip oğlunun yemek yemesini seyrediyordu. Ömer'in hayatının azap dolu saatleriydi bunlar.

İşbilir uşak, yemek bittikten sonra oğlunu, beylerin sigara ve kahve içtiği salona almış, ona Cohiba purolarının nasıl kesileceğini, hangi konyakların hangi kadehlerle içileceğini göstermiş ama Allahtan bunları denemesini istememişti.

Ömer'in zenginlere ait her şeyi bilmesi gerekiyordu. Giderek de böyle oldu. Sürekli İngiliz kumaşından elbiseler giyiyor, yurtdışına gittiği zaman birinci mevki uçuyor, şampanyanın iyisini, havyarın kalitelisini biliyor ve yavaş yavaş tuhaf bir yaratığa dönüşüyordu.

Ali Yekta Bey'in, oğlunun prenslere layık eğitiminde eksik bıraktığı hiçbir şey yoktu; tek bir nokta hariç.

Oğlan cinselliği hiç tanımıyordu. Muhafazakâr olan Ali Yekta Bey, oğlunu buna da hazırlayamazdı elbette, zaten bu konular da baba oğul arasında konuşulamazdı.

Bu yüzden kadınlarla ilişki, Ömer Cevheroğlu'nun hayatında, iyice tahkim edilmiş bir kalenin tek zayıf kapısı gibi kaldı. Tuhaf yetiştirildiği için normal davranamıyor, diğer okul arkadaşlarıyla olduğu gibi kızlarla da doğal bir ilişki kuramıyordu.

Ömer'in gençliği kızlara el sürmeden geçmişti. Çevresideki kızlarla kuracağı bir ilişki için çok kasıntı ve tuhaf, arkadaşları gibi geneleve gitmek için ise çok asildi. Ne sokak fahişeleriyle ilişkisi oldu ne de başka bir kadınla.

Sadece Amerika'da öğrenciyken gittiği striptiz salonlarıyla yetindi.

İstanbul'da ilk finans şirketini kurup da yükselmeye başladığı zaman, emrinde çalışan kızlarla nasıl konuşacağını, onlara nasıl davranacağını bilemiyordu. Ne derece yakınlık kuracağını, nerede duracağını kestiremediği kızlara bazen bilmem ne hanım diye hitap ediyor, bazen sadece isimlerini söylüyordu.

Bu zaafı keşfeden ve mesaiye kalındığı bir akşam saatinde dudaklarına yapışarak ona ömrünün ilk ciddi öpüşünü hediye eden Necla, Ömer'in yaşamını alt üst etti, onu bir daha kurtulamayacağı bir tutkunun derin karanlığına itti. Şirketin insan kaynakları bölümünde çalışan bu güzel kız, iki hafta sonra bir gece mesaisi sırasında, yeni döşenmiş şık bürodaki Chesterfield kanepenin üstünde bakir Ömer'i yoldan çıkardı, kendi bekâretini de ona verdi. O andan sonra Ömer, ömrü boyunca tatmadığı bir mutluluğun sarhoşluğunu yaşamaya başladı. Necla gözüne bir kadın değil, insanüstü bir varlık, bir mucize gibi görünüyordu. Kendisine hiç tanımadığı cinsel bir evren armağan eden bu kız ne derse yapmaya, ne isterse almaya hazırdı. Ömür boyu onun emrinden çıkamayacağını hissediyordu artık.

Evlendikten sonra bu tutku azalmadı, daha da artarak devam etti. Ömer için dünyada bir tek kadın vardı; bütün kadınlığı temsil eden bu dişinin adı Necla'ydı.

Onun bütün yönetimi ele alarak kendisiyle sevişmesine doyamıyor, kızın bacak arasında çırpınan kanatların onu cennete uçurduğunu hissediyordu. İş hayatında herkesin efendisiydi ama bu cennetin gönüllü kölesiydi ve böyle olmaktan çok zevk alıyordu.

Doğal olarak Ali Yekta Bey evlenmelerine çok karşı çıkmış, bu memur kızının sağlam ayakkabı olmadığını söyleyerek oğlunu yalı sahiplerinden birinin kızıyla evlendirmekte ısrar etmişti. Boğaziçi'nde zenginliğin, gücün, zarafetin ve asaletin sembolü olan yalılardan birini ele geçirmenin en kestirme yolu buydu. Bir evlilik her şeyi çözer ve Ömer'i bir anda yalı sahibi yapıverirdi. Ama oğlanın gözü dünyayı görmüyordu. İlk kez babasının iradesinden daha güçlü bir irade onu Necla'ya doğru çekiyordu. Artık baba ikinci plandaydı. Yaşlı adamın hatırını kırmamaya, hatta zaman zaman gönlünü almaya çalışıyordu ama Necla onu şık yatak odalarının loş ışığında "Erkeğim!" diyerek içine çektiği zaman, ne baba kalıyordu ortalıkta ne de dünya.

Bu gücünün farkına varan Necla, önceleri Ömer'in yanında Ali Yekta Bey'e ufak ufak laf dokundurmaya başlamış, sonra açıkça söver hale gelmişti. İstanbul'un en güzel, en başarılı, en zengin çifti, bir uşağın ihtiraslarına boyun eğmeyecekti. Babasına karşı çok zayıf olan Ömer'in bu kusurunu gidermeyi, onu güçlü kılmayı da iş edinmişti Necla. Bir süre sonra görüşmelerine de engel olacak, Ömer'in üzerinde kara bir leke gibi durduğunu düşündüğü "uşak sülalesi" damgasını sonsuza kadar silip atacaktı. Ömer Cevheroğlu kurnazlığı, acımasızlığı, dünyanın en iyi okullarında aldığı finans eğitimi ve sistemin zayıf noktalarını sezme becerisi sayesinde, İstanbul'a kimsenin alışık olmadığı yepyeni bir tarz getirmiş, bir yandan hükümetlerle arasını iyi tutarken diğer yandan iş çevrelerini kullanarak kısa zamanda bir banka ve holding sahibi olmuştu. Uyurken bile para kazanıyordu, hem de büyük para.

Necla bu imparatorluğun, ihtiraslı bir bunak yüzünden elinden kayıp gitmesine göz yumamazdı.

Gelgelelim bu amacını gerçekleştirmesi için zamana ihtiyacı vardı. Çünkü Ömer çocukluğundan beri babasının etkisi altındaydı. Bu etkiden kurtulamadığı gibi, kendini babasına borçlu hissediyordu. Korkuyordu da galiba. Babasının yüzüne karşı bir şey söylemesi mümkün değildi. Ama son zamanlarda bu konudaki itirazları giderek zayıflıyor, Necla'nın babasına yönelttiği sert sözlere eskisi kadar kuvvetle karşı çıkmıyordu. Necla da bu konuyu, daha çok yatakta, sevişme sonraları konuşmaya özen gösteriyordu.

Bu konuda o kadar ileri gitti ki yalıda Ali Yekta Bey'in istediği odaya, zaman zaman dinlenme bahanesiyle geniş bir yatak koydurdu. El ayak çekildikten sonra bu yarı inşaat halindeki yalıda, deniz tuzunu emmiş çarşafların üstünde, bir vantuz gibi yapışarak ince bacaklarıyla beline sarıldığı adamın aklını başından almaya başladı. O odayı şimdiden bir sevişme mabedine çevirmişti.

Ömer ise dünyada belki de çok az rastlanan bu hormonlar armonisinde aklını yitirmeye çoktan razıydı. Karısının kokusunda, teninde, sesinde, terinde çıldırtıcı bir şey vardı. Hele bu tat, İstanbul Boğazı'nın serin rüzgârları, nemi, tuzu ve sarhoş edici kokusuyla karışınca ortaya bambaşka bir bileşim çıkıyordu. Önlerinden geçen şileplerin sis düdükleri onların orgazm çığlıklarına karışıyor ve gün görmüş yalının sedir direklerini, ceviz döşemelerini, maun dolaplarını çatırdatıyordu.

Necla, "Günah odamız!" diyordu buraya. "Değil mi sevgilim, günah odamız! Hayatında hiç buradaki kadar büyük zevk aldın mı, ben almadım. Burada bizi çeken, bize ait bir şeyler var. Seninle bu odada her gece sevişelim, canım benim, kudretli erkeğim, sabah uyanınca yine sevişelim."

Böyle anlarda Ömer Cevheroğlu kendini sonsuz güçlü hissediyordu; dünyada her istediğini yapacak kadar güçlü.

Necla sadece mutlu olmakla yetinecek bir insan değildi. Daha doğrusu mutlu olduğunu ancak başka insanların mutsuzluğuna bakarak anlayabilecek bir yapısı vardı. Onun için hayatın ölçüsü buydu. Bu da çevresindekilerin kendisinden aşağı olması, ondan korkmaları ve ezilmeleri demekti. Necla ancak bu anlarda derinden mutlu olduğunu hissedebiliyordu, bunun dışında ne doğa ona bir huzur veriyordu, ne aile, ne de dostluk. Bunların tümünü zayıflık olarak görüyordu.

Kendisi sesini yükselttiği sürece başka insanların sindiğini keşfetmişti. Çevresindeki insanların gözüne bir problem olarak görüldüğü sürece mesele yoktu, çünkü alttan alıyor, onu kızdırmamaya çalışıyor ve "problem" in çözümü için ellerinden geleni yapıyorlardı. Bu küçük insanlardaki utanma hissi de güçlüler karşısında paniğe kapılmalarına neden olan bir özellikti. Necla sinirli davranışlarla onlara bağırdıkça, benzer biçimde karşılık veremeyecek insanlar, sanki durumun sorumlusu onlarmış gibi daha siniyor ve utanıyorlardı. Necla da bir yandan onları aşağılarken bir yandan da taleplerini durmadan artırıyordu. Böyle anlarda küçük burnunun üstü kırışıyor, gözlerine zalim bir bakış oturuyor ve kızmış bir vaşağa benziyordu.

Önceden çok iyi planlandığı ve hazırlandığı için yalıdaki yenilenme çok süratli gidiyor, çoğu dışarıdan ithal edilmiş olan malzeme yerli yerine takılıp monte edilerek evin görünümünü her gün değiştiriyordu. Bir yandan banyolar antika süsü verilmiş ve eskitilmiş değerli İtalyan seramikleriyle kaplanıyor, bir yandan İngiltere'den getirilen nadide duvar kâğıtları döşeniyor, bir yandan da yaratıcısının imzasını taşıyan porselen kapı kolları yerlerine takılıyordu. Mimar, çok kaliteli bulduğu yerdeki ceviz parkenin olduğu gibi kalmasını istemişti.

Kısa bir süre sonra yalı o kadar değişti ki Necla bazı geceler Ömer'i odalarında kalmaya, ıtır kokan yıldızlı yaz gecelerinin tadını çıkarmaya ikna etti. Yalının rıhtımında oturuyor, kıyıya vuran dalga sesini dinliyor, ayaklarını yıkayan denizin kokusunu içlerine çekerek viski içiyorlardı. Sonra da Ömer, eskrimden gelişmiş kollarıyla incecik Necla'yı kavrıyor ve uzun bir zevk gecesi için odalarına taşıyordu.

Gerçi bu gecelerde içlerinde tuhaf bir endişe ve korku da belirmiyor değildi. Çünkü bir zamanların nazlı, sessiz ve rıhtıma vuran dalga şıpırtılarından başka bir ses duyulmayan Boğaziçi sükûneti, yerini cehennem gürültülerine bırakıyordu. Yaz geceleri Avrupa yakasındaki kulüplerden müthiş bir müzik sesi geliyordu; yürek hoplatıcı davullar, sanki yalının bahçesinde çalınıyor gibiydi. Sabah 4'e kadar müziğin şiddetini gittikçe artıran bu kulüplerden bazıları tam karşılarındaydı. Bunlar yetmiyormuş gibi bir de Boğaz'da dolaşmaya çıkan eğlence tekneleri tam önlerinden geçiyordu. Bunlardan kimi disko teknesiydi, kiminde bir fasıl heyeti çalıyor, kiminden arabesk müzik yükseliyordu. Önlerinden yüzlerce gürültücü tekne geçmekteydi, bu teknelerdekiler, bir yandan eğleniyor, bir yandan da rıhtımlarına değecek kadar yakın geçtikleri yalı insanlarını seyredip duruyorlardı. Teknelerde ve Boğaz kıyısına sıralanmış lokantalarda içilen tonlarca rakının anason kokusu havaya karışıyor, içmeyenleri bile sarhoş ediyordu.

İstanbul'da giderek yoğunluğu artan çılgın enerji, diğer bütün bölgeler gibi Boğaziçi'ni de etkilemişti elbette. Eskiden tek tük gemilerin geçtiği, saltanat kayıklarının kürek çektiği Boğaz sularından her gün yüzlerce büyük gemi geçiyordu artık. Büyük şilepler, petrol tankerleri, dev turist gemileri birbirini kovalıyor, Boğaz'ın tekinsiz akıntılarıyla boğuşarak tehlikeli geçişler yapıyordu. Arada bir büyük gemilerin yalılara bindirmesi ya da karaya oturması ise olağan sayılıyordu.

Bir seferinde, Rusya'daki bir hayvanat bahçesine hayvan nakleden büyük bir gemi batmış ve zavallı hayvanlar Boğaz'ın dibini boylamıştı. Korkunç kazadan günlerce sonra bile hayvan cesetleri zaman zaman su yüzüne çıkıyor, yalı sahiplerine korkunç saatler yaşatıyordu.

İstanbul'un sayılı zenginlerinden birinin verdiği yalı davc

tinde ise bu durum tam bir skandala dönüşmüştü. Çünkü o akşamüstü yalı sahibi, şehrin bütün ileri gelenlerini yalının büyük rıhtımında toplamıştı. Ömer ile Necla da oradaydılar. Bir köşede smokinli bir orkestra Viyana valsleri çalıyor, itibarlı konuklar ise en şık smokinleri ve tuvaletleri içinde viski yudumlayarak sohbet ediyorlardı. Rıhtımın bir köşesinde, biraz sonra konuklara sunulacak olan döner nefis kokular saçıyor, Ortadoğu, Kafkasya ve Balkanlar'ın nadide lezzetlerini yansıtan yüzlerce meze, açık büfenin üstüne diziliyordu ki şık bir hanımın çığlık atmasıyla herkes suya bakmaya başladı. Şişmiş bir zürafa cesedi yalının rıhtımına vuruyordu. Yan yatınca daha da irileşmiş gibiydi. Narin boynu suyun akıntısıyla bir oraya bir buraya savruluyor, başı yalının rıhtımına vuruyordu. Biraz sonra iki kaplan çıktı su yüzüne. Dalgalar, şişmiş kaplanları beşik gibi sallıyordu. Konuklar dehşet içinde kaplanların kızıl kahverengi ıslak kürklerinden yayılan kokuyu duydular. Sonra iri bir ayının su yüzüne çıktığını gördüler. Yalının önünde, bir anda ölü hayvanlardan oluşan bir yığın belirmişti. Dalgalarla birlikte sallanıyor ve sanki sirkte tuhaf bir ölüm numarası yapar gibi birbirlerinden ayrılmıyorlardı. Konuklardan bayılanlar, kusanlar oldu. Kimsenin döner yiyecek hali kalmadığı için de yalı partisi hemen bitti.

O yaz Boğaziçi, günlerce ölü hayvan koktu. Nadide sirk hayvanlarının bazıları güçlü Boğaz akıntılarıyla Marmara'nın içlerine doğru akıp gitti.

Ama insanlar, yaşanan bütün felaketler gibi bu olayı da çabuk unuttu ve Boğaziçi'nin vazgeçilmez eğlencelerine, tekne sefalarına, yalı partilerine, balık lokantalarına, sabahlara kadar süren ve göğü kıpkızıl boyayarak kulakları sağır eden havai fişek şenliklerine geri dönmekte gecikmediler.

Gürültülere rağmen Boğaz'ın efsunlu havası Necla ile Ömer'i mest ediyor, kendilerini aşka kaptırmış çiftlerin engin hoşgörüsü içinde insanların eğlenmesinden zarar gelmeyeceğini düşünüyorlardı. Zaten Amerikalı mimar, kapandığı zaman hiç ses geçirmeyen sağlam doğramalar ve üç camla koruyordu evi. Bunları sorun etmeye değmezdi.

İki gece bekçisi, bahçenin arka tarafında, duvarın dibinde, bir zamanlar Leyla Hanım'a ait olan müştemilatta kalıyordu. Onlar da yaz gecelerinin tadını çıkarıyor, küçük evin önüne iskemle atıp bayıltıcı yasemin kokuları arasında demledikleri çayı içerek sohbet ediyorlardı. Yalıdan atılan çığlıklar onlara ulaşmıyordu ama Boğaziçi eğlencelerinin karmakarışık cümbüşünü duyuyor, bazen başlarını gökyüzüne kaldırıp zenginlerin gökyüzüne bir servet boşalttıkları havai fişek patlamalarını hayretle seyrediyorlardı. Sonra da biri Büyük Hanım'ın yatağına, biri bordo kanepeye yatıp güzel bir uyku çekiyorlardı. Küçük ev, eskisi kadar bakımlı ve temiz değildi artık. Eşyası da azalmıştı; çünkü "dağlılar" o eve de girmiş ve Büyük Hanım'ın kırlentlerini, duvardaki tablolarını, yatak örtülerini alıp gitmişlerdi. Büyük Hanım orada olsa katiyen böyle bir şey yapmazlardı ama nasıl olsa artık bu eşyanın ona bir faydası yoktu. El âleme kalacağına kendi evlerinde kullanılması daha iyiydi.

Küçük ev, eskisine göre şimdi daha çok güneş alıyordu, çünkü evin büyütülmesini ve genişletilmesini isteyen Necla, hemen dibindeki, dalları evin boyunu geçen dev manolya ağacını kestirmişti. Leyla Hanım'ın dedesinin onun doğumu şerefine diktiği, görülmemiş güzellikteki manolya ağacı elektrikli testereyle kesilirken seyreden herkes büyük bir acı duymuştu. Çünkü bu kadar sağlıklı, gümrah, yeşil ve hayat dolu bir ağaç görmemişlerdi daha önce. Koca ağaç yere bir insan gibi düştüğünde, kesilen taze gövdeden fışkıran bir özsu kokusu kapladı ortalığı. Kesik yer canlı gibiydi.

11

Cihangir'e karanlık çökmüştü. Beşinci kattaki dairede yanan ölgün ışıklar ortalığı aydınlatmaya yetmediği için ortam Leyla Hanım'a tuhaf bir ayini hatırlatıyordu. Bu garip evde masada duran iki lambanın üstüne de şal örtülmüş, ışıklarının koyulaşması sağlanmıştı. Buna karşılık cilası gitmiş, kaplaması sökülmüş bir etajerin üstünde yanan üç mum vardı.

Leyla Hanım bir yandan gençleri izliyor, bir yandan da Cihangir semtinin garip kaderini ve semte adını veren o kambur, hasta, korkular içindeki zavallı şehzadeyi düşünüyordu: Hürrem'in en küçük oğlu, gözbebeği, padişah olması için her şeyi yaptığı çocuk. Zavallı şehzadenin tahta çıkması için yapılan her şey geri tepmiş ve bu gayretler büyük bir trajediyle noktalanmıştı. Hayat böyleydi işte, önceden planlanan biçimde ilerlemiyordu. Eğer böyle yürüyecek olsa Hürrem kadar akıllı ve ihtiraslı birinin planları tutardı. Hürrem'in, kendisine körkütük âşık Kanuni'ye büyük oğlu Mustafa'yı öldürtmesi, hem kendi hayatlarının hem de devletin dönüm noktası olmuştu. Leyla Hanım'ın defalarca okuduğu ve çok etkisi altında kaldığı bir trajediydi bu. Mustafa, yedi kat deriyle ses geçirmez hale getirilmiş çadırda yedi dilsizin elinde boğulurken, "Baba, imdat!" diye bağırmış ama bir köşeye sinerek cinayeti seyretmekte olan Kanuni'nin kılı kıpırdamamıştı. Bütün bunlar Cihangir'in padişah olması için yapılmıştı ama o evhamlı çocuk da çok sevdiği üvey ağabeyinin korkunç kaderinin acısıyla yatağa düşmüş ve çok geçmeden korkular içinde can vermişti. Bir oğlu ikbal için yetiştirip de tam amaca ulaşılacakken kaybetmek nasıl bir acı olmalıydı böyle!

Cihangir'deki dairede müzik yapmaya çalışan genç çocuklar bunları bilmiyorlardı elbette. Leyla onların Cihangir'in ne anlama geldiğinden bile haberleri olduğunu sanmıyordu.

Leyla pek belli etmeden izliyordu onları. Doğrudan doğruya bakmıyor ama göz ucuyla hiçbir hareketlerini kaçırmıyordu. Rukiye-Roxy'den sonra bu üç genci tanımak da onun için başlı başına bir serüven olmuştu doğrusu. Çünkü uzun hayatında hiç bunlara benzer insanlar görmemişti. Pek fazla insan tanımasa bile yine de çocukluğundan beri yalıya gelip gidenler, Alman piyano hocası, yalı bahçesinde çalışanlar, dağlılar ve onların çocukları, Rumeli ve Anadolu göçmenleri, yalıyı daha sonra alan tüccar Salih Bey'in ailesi, çocukları, torunları gibi yüzlerce değişik kökenden ve birbirine benzemeyen insan görmüştü. Ama bu gençler bambaşkaydı. Hareketlerinde tarif edemeyeceği bir başıboşluk, bir kayıtsızlık vardı. Leyla Hanım bunu kendi zihninde "lakaydi" olarak tanımlıyordu. Lakayt olmak, çevresiyle ilgilenmiyormuş, üzülmüyormuş, sevinmiyormuş gibi durmak; doğru dürüst bir konuşma bile sürdürememek; küçük cümleler, ağızdan gelişigüzel fırlayan kelimeler hatta seslerle idare etmek... Leyla onların tutarlılık gösteren, bir fikri devam ettiren biçimde konuştuklarını hiç duymamıştı.

Birbirlerine durmadan "moruk" demeleri dikkatini çekiyordu. Önce bunu kendisiyle ilgili kaba bir şaka sandı ama bir süre sonra bu kelimenin, gençlerin diline iyice yerleşmiş bir hitap şekli olduğunu anladı.

"N'aber moruk!"

"İy'lik lan moruk!"

"Şu penayı atsana lan moruk!"

Bir de "oğlum" ve "abi."

Rukiye-Roxy de dahil olmak üzere hepsi birbirine ya moruk ya oğlum ya da abi diye hitap ediyordu.

Bazen Roxy'ye bile "abi" diyorlardı.

Sık sık Almanca kelimelere başvuruyor, örneğin "Stop lan, stop" diyor ve stop'taki s'yi ş olarak telaffuz ediyorlardı.

Leyla Hanım bütün bunları tuhaf bir duyguyla izliyor, hayatın hiç tanımadığı bir yönünü keşfetmenin buruk zevkini yaşıyordu. Son günlerde başına gelenler pişmiş tavuğun başına gelmemişti ama o, kendini derin üzüntülere kaptırıp da yenilecek bir kadın değildi. Böyle yetiştirilmemişti, uzun hayatı boyunca nice fırtınayı göğüslemişti.

Gençler eve girip de divanda oturan yaşlı kadını gördükleri zaman şaşırmışlar ama sonra mutfaktaki birkaç fiskostan sonra ona aldırmamaya başlamışlardı. Ellerine birer tabak alıp içindekileri silip süpürerek yerken bile ona hiç bakmamış, hiçbir soru da sormamışlardı.

Büyük Hanım, bu durumun Yusuf'u çok üzdüğünü hatta yerin dibine soktuğunu hissedebiliyordu. Çocuk birbirine hiç uymayacak değişik dünyaları kaynaştırmaya çabalıyor ve bunu bir türlü başaramıyordu.

Genç oğlanların kılıkları da garipti. Üçü de başına takke giyiyor, diz yerlerinden mahsus yırtılmış gibi görünen pantolonlarla dolaşıyorlardı. Rukiye gibi onların da her tarafından bir şey sarkıyordu. Takkenin altındaki karmakarışık saçları omuzlarına bırakılmıştı.

Türkçe telaffuzları da Leyla Hanım'a çok garip geliyordu. Türkçe vurguları yerli yerinde kullanamıyor, bambaşka bir dil gibi konuşuyorlardı. Leyla Hanım, bazen ne dediklerini anlamakta bile güçlük çekiyordu.

Biri köşedeki küçük elektronik orgun üzerinde ellerini gezdirmeye başladı ve Leyla Hanım daha ilk dokunuşlarda bu çocuğun iyi bir piyanist olmadığına karar verdi. *Toucher*'si yoktu. Ayrıca çok basit akorları bile yanlış basıyordu. Demek ki iyi bir eğitim almamıştı. Kendisine günler ve geceler boyu eziyet eden Fraulein Anneliese'yi hatırlayınca ister istemez kasıldı, kemikli parmakları belki binlerce saat tuşların üzerinde yaptığı etüdleri hatırladı ve o pozisyonları aldı.

Saçlarını sıkı sıkı topuz yapmadan dolaşmayan, bir tek saç teli oynamayan Fraulein sadece sanatta değil, hayatta da herkese örnek olmak için yaratılmış düzgün bir insandı. Leyla Hanım hiçbir insanın, hiçbir giysiyi Fraulein'ın beyaz gömlekleri gibi taşıyamayacağını ve kolalı yakaların hiç kimsede bu kadar düzgün duramayacağını sanıyordu. Saatlerce süren piyano derslerinin ve günün sonunda bile Fraulein Anneliese'nin saçları kuaförden şimdi çıkmış gibi düzgün ve sıkı sıkı ütülenmiş giysileri o anda giyilmiş gibi dururdu. Dik omuzları ve şeffaf teni de bu konuda ona çok yardımcı olurdu.

"Ach, ich glaube, du bist mude heute mein Fraulein Leyla! Biraz cansız çalıyorsunuz. Yorgunsunuz."

Fraulein'ın bu azarlayıcı tonunu duyar duymaz tuşların üzerindeki parmakları ağırlaşır ve çalmakta olduğu Schumann liedi bir anda cenaze marşına dönerdi sanki.

Leyla Hanım kasılmış parmaklarıyla Cihangir'deki evde fazlalık olduğunu hissederek derin bir utanca kapılıyor, kendini bu duyguya kaptırmamak için direnmeye çalışıyordu ama bir an geldi ki bütün çabalardan vazgeçti. Çünkü yorgunluk bir anda indi üstüne. Başı önüne düştü; sanki bir şeyle vurulmuş gibiydi, ister istemez herkes kadına baktı. Yusuf onca sıkıntılı günden sonra Büyük Hanım'ın iflas ettiğini anladı, telaşla yanına geldi, koluna girerek yaşlı kadını yarı sürükler durumda odasına götürdü, yatağa yatırdı.

Leyla Hanım neredeyse bilincini yitirmiş gibiydi. Yusuf onu yatırırken ateşler içinde yandığını fark etti. Kadının iradesi yaşlı gövdesine söz geçiremiyordu artık.

Büyük Hanım hayaller, karabasanlar ve ateşler içinde uykuya daldı. Kendini yalıdaki yatağında sanıyor, üstündeki battaniyenin niye bu kadar ağır ve sert olduğuna akıl erdiremiyor, içeriden duyulan tıngır mıngır müzik seslerinin de yakınlardan geçen bir vapurdan yayıldığını sanıyordu. İngiliz işgal kuvvetlerinin Marmara'ya demirlemiş gemilerinden yayılan müzik "Üsküdar" parçasını hatırlatıyordu ona.

Leyla Hanım'ın uykunun karanlıklarına yuvarlanmadan önce gördüğü son imge, işgal gemisinin güvertesinde, orkestranın çaldığı parçaya uyarak siyah gözlü bir Türk kadınla dans eden uzun boylu bir İngiliz teğmen oldu.

12

Kimilerine göre Anadolu yakasının en güzel iki binasından biri Kuleli Askeri Lisesi ise öteki de Selimiye Kışlası'dır. İşte bu görkemli kışlanın önüne demirleyen Mısır gemilerinden birinden kaçan fareler olmasaydı, Bosnalı Abdullah Avni Paşa ailesinin hikâyesi de bambaşka bir biçimde gelişecekti. Mütareke yıllarıydı, İstanbullular sisli ve yağmurlu bir kasım sabahı uyandıklarında, İngiliz ve Fransız askeri gemileriyle karşılaştılar. Şehir işgal ediliyordu, İngilizlerin ilk gelişi değildi bu. Yalnız, geçen sefer Kırım Savaşı dolayısıyla dost olarak gelmişler ve İstanbul'da uzun süre kalmışlardı. Hatta briç oyuncuları arasında bu oyunun İstanbul'da beklemek zorunda kalan ve canları sıkılan İngiliz subayları tarafından icat edildiği rivayet olunurdu. Onlara göre *bridge* ismi de Galata Köprüsü'nden geliyordu. Sonra birileri çıkıp briç oyununun Finlandiya gemilerinde icat edildiğini öne sürdü ama bir kez duyulan güzel bir hikâyenin bir daha unutulmadığını da herkes bilirdi.

Açlık ve kıtlığa karşı Osmanlı şehri İskenderiye'den İstanbul'a zahire taşıyan gemiler, aynı zamanda istenmeyen yolcular da getirdi. Ambarlarda İstanbul'a gelen fareler Galata ve Selimiye Kışlası önlerine demirleyen gemilerden karaya çıkarak değdikleri yere kara ölümün damgası olan veba mikrobunu bulaştırmaya başladı. Vebanın kaynağı uzun süre anlaşılamadı. Neden sonra, gemiler ile kara arasındaki sandal irtibatı akla geldi. Çünkü Selimiye Kışlası yakınındaki fırına da veba mikrobu bulaşmıştı. Türk sıhhiye subaylarından biri bu mikrobun gemilerdeki farelerden gelebileceğini akıl etti ve durumu saptamak için koskoca Selimiye Kışlası'nda sıkı bir araştırmaya girişti. Kışlayı köşe bucak arıyor, düşüncesini güçlendirecek bir delil bulmaya çalışıyordu. Bu delil de olsa olsa fare ölüleri olabilirdi. Hüseyin Ferit adındaki bu akıllı sıhhiye subayı, Bosnalı Abdullah Avni Paşa'nın kardeşi Ali Rıza Paşa'nın oğluydu. Ailenin birçok erkek üyesi gibi Ali Rıza Paşa da imparatorluğun birçok cephesinde devam eden yıldırıcı savaşlarda ömrünü geçirdikten sonra, yine aile geleneğine uyarak Balkan Harbi'nde şehit düşmüştü.

Hüseyin Ferit aradığı delili bulmakta gecikmedi. Kışlanın bodrumunda kaskatı kesilmiş fare ölülerine rastladı ve bunları torbalara koyarak laboratuvara gönderdi. Buluşundan öylesine emindi ki laboratuvar sonuçlarını bile beklemeden, kara ölümü İstanbul şehrinden def edebilmek için harekâta girişti. Büyük bidonların içine yarı yarıya petrol ve arap sabunu koyup bunları karıştırarak kışlanın en kuytu köşelerinin bile bu karışımla yıkanması emrini verdi. Gel gelelim bu işte büyük bir zorlukla karşılaştığı için, kışlanın yıkanması başladığı günün akşamı durduruldu. İstanbul'daki birçok önemli yer gibi Selimiye Kışlası da bir İngiliz subayının yönetimi altındaydı. Throllope adındaki bu yüzbaşı kışlanın yıkanmasına karşı çıkıyor ve saçma sapan bir önlem olarak gördüğü bu işlemi yasaklıyordu. Ona göre bu şekildeki bir mücadele bilimdışıydı. Hüseyin Ferit ise yaptığı işin doğruluğundan emindi ve salgın hastalığı daha da büyümeden önlemek istiyordu. Bu amaçla amcası Avni Paşa'ya gidip durumu anlattı, yardımını rica etti.

Leyla Hanım'ın dedesi Abdullah Avni Paşa'nın bu işe karışması için birçok neden vardı:

Birincisi, şahadetini düşündükçe hâlâ içini sızlatan küçük kardeşi Ali Rıza Paşa'yı çok severdi. Yeğeninin yardım talebini geri çeviremezdi.

İkincisi, İstanbul halkını veba illetinden kurtaracak bir tedbirin savsaklanmasına tahammül edemeyecek kadar vatanseverdi.

Üçüncüsü de, uzaklardan gelerek kendi nazlı şehirlerini işgal etmiş ve neredeyse "Dağdan gelen bağdakini kovar!" misali Türkleri hor gören burnu havada İngiliz subaylara çok kızıyordu.

Bu yüzden çok sevdiği ve arada bir arkadaşlarıyla briç oynadığı Cercle d'Orient'a bile artık gitmiyor, işgal subaylarının aşağılayıcı ve hakaret edici muameleleriyle karşılaşmamak için neredeyse evden çıkmıyordu. Ama yeğeninin ilettiği bu önemli iş için çıktı, sırmalı paşa üniformasını giydi, kupa arabasına bindi ve doğruca Harbiye Nezareti'ne gitti. Bir imparatorluk kaybeden nesil olarak, bu makamlara gitmeye bile utanıyordu artık. İçinde derin ve onulmaz bir yara açılmış, bunun etkisi de paşanın ela gözlerine hiçbir zaman değişmeyen bir kırgınlık ifadesi olarak yerleşmişti. Ona kalsa bırakın Harbiye Nezareti'ne gitmeyi, yalısının bahçesinden bile çıkmazdı ama bu sefer mecburdu.

Kendisini saygıyla karşılayan Harbiye Nazırı'na durumu anlattı. Bunca felaket yetmezmiş gibi İstanbul halkının başına veba mikrobu saran farelerden söz etti ve yeğenine yardım edilmesini rica etti. Harbiye Nazırı sıkıntıyla kımıldadı yerinden. İşgal kuvvetlerine söz anlatmanın ne kadar zor olduğunu biliyor ve bu işlere karışmak istemiyordu ama bir yandan da anlı şanlı Balkan gazisi paşanın hatırı vardı. Ayrıca vebadan o da korkuyordu.

Nazır, elinden geleni yapacağına söz vererek paşayı uğurladı.

Bu olayın ertesi günü öğleye doğru, yalının midye kabukları yapışmış rıhtımına, işgal kuvvetlerine ait bir motor yanaştı ve bir İngiliz teğmen enerjik bir hareketle karaya atlayarak Abdullah Avni Paşa ailesinin kaderine girmiş oldu.

Robert Whitaker adlı teğmen, yanında bir tercümanla gelmişti, Harbiye Nezareti'nin ricası üzerine veba olayını incelemesi talimatını veren komutanının emrini yerine getiriyordu.

Paşa, olayı anlatması için yeğeni Hüseyin Ferit'i de çağırtmıştı. Robert Whitaker yalının selamlık bölümünde kabul edildi. Kahve ikramından sonra konuya girildi ve Hüseyin Ferit hararetli bir biçimde veba tezini, İskenderiye'den gelen mikroplu fareleri anlatmaya koyuldu. Bu arada tuhaf bir şey gözlerine çarptı. Söylediklerini İngilizceye çeviren tercüman, Türk subayın sözlerini alaylı bir tavırla aktarıyor ve bazen de açık açık gülüyordu. Bunun üzerine sinirleri bozulan Hüseyin Ferit anlatmayı kesti ve sert bir edayla tercümana kim olduğunu sordu, İstanbullu muydu, ne iş yapardı, kimlerdendi? Tercüman kimliğini açıkladı; İstanbul'a yerleşmiş bir Bulgar ailenin çocuğuydu. Adı Boris Palenko'ydu.

Bunun üzerine ömrünün uzun yılları Bulgar komitacılarıyla savaşta geçmiş olan paşa tepki gösterdi, bu adamı evinde görmek istemediğini, varlığına bir dakika daha tahammül edemeyeceğini, eğer icabını yerine getirmezlerse komitacıyı bizzat def edeceğini söyledi.

Hüseyin Ferit, adamın sözlerini doğru tercüme etmediğini haykırıyor ve Bulgar'ın bu alaylı gülüşleri süresince kim bilir kaç İstanbulluya daha veba mikrobu bulaştığını bilmediğini söylüyordu.

Bu kavga üzerine Teğmen Robert Whitaker, tercümanı evden göndermek zorunda kaldı. Ev sahiplerinden özür dilemeye çalışıyor ama hiç Türkçe bilmediği için bunu yapamadan, sadece bu ülkede de kullanıldığını bildiği "Mersi, mersi!" kelimelerini tekrarlıyordu.

Temiz yüzlü, açık renk gözlü ve hülyalı bakışlı bir teğmendi.

Teğmenle anlaşamayan ve çaresiz kalan paşa, kızı Handan'ı çağırmaları talimatını verdi. Yabancı mürebbiyelerden anadili gibi İngilizce, Fransızca ve Almanca öğrenmiş olan Handan'ın güvenilir tercümanlığına sığınmak en akılcı yoldu.

Biraz sonra Handan geldi. Başında saçlarını kapatmaya yetmeyen, hafiften iliştirilmiş bir ipek eşarp vardı. Teğmen, Handan'ın hayretle açılmış gibi görünen iri gözlerini görünce yerinden kalkıp zarif bir reveransla genç kızı selamladı.

Handan akıcı bir İngilizce konuşuyor ve amcasının oğlu Hüseyin Ferit'in anlattıklarını büyük bir ikna gücüyle çeviriyordu. Konuşurken doğrudan doğruya teğmenin gözlerinin içine bakıyor, bakışlarını hiç kaçırmıyordu. Öyle ki teğmen bu genç kızın ısrarlı bakışları karşısında ne yapacağını bilemedi. Yıllardır kafasında bin bir gizemli kılığa büründürdüğü "Şark kadını"nın yakın mesafeden doğrudan doğruya gözlerinin içine bakmasının verdiği bir sarhoşluğa yakalandı. Bu sarhoşluğun içinde Boğaziçi'nin esrarlı güzelliği, bahçeden yayılan mis gibi taflan, yasemin, ıhlamur kokuları, ilk kez bir Osmanlı evinde bulunuyor olup mangala sürülen cezvede yapılan kahveyi içmek ve genç kızdan kendisine doğru dalga dalga gelen cazibe de vardı.

Teğmen o gün yalıdan bu sarhoşluk içinde ayrıldı. Rıhtımdan kendisini getiren motora atlarken gelişinde olduğu kadar enerjik ve güvenli değil, tam tersine dalgındı. Motor uzaklaşırken ters oturup yalıyı seyretti. Suların ışıltısıyla aydınlanan pencerelerde, etkisinden kurtulamadığı genç kızın hayalini bir kez daha görmeyi diledi. Göremedi. Çünkü Handan da o sırada bürümcük bir perdenin arkasına gizlenmiş, kendisini ele vermeden bu yakışıklı ve gözleri gökyüzündeki uçarı bulutları çağrıştıran genç teğmeni seyrediyordu.

Teğmen komutanlığa dönünce raporunu verdi. Türk sıhhiye subayının anlattıklarının son derece akla uygun olduğunu, vebayı önlemek için alacağı tedbirlere izin verilmesi gerektiği görüşünü dile getirdi. Bu arada kendisi de konuyla yakın ilgisini sürdürebilir ve Türk subayının yaptıklarını sık sık denetleyebilirdi.

Aklından Hüseyin Ferit'le her gün görüşmek geçiyordu ama bunun uygun olamayacağını hissettiği için iki günde bir Selimiye Kışlası'na ya da yalıya gitmeye karar verdi. Kışlada da yalıda da yetenekli Handan Hanım tercümanlık yapacaktı nasılsa.

Gerekli izinleri aldıktan sonra Teğmen Whitaker'ın içi içine sığmaz oldu.

Mümkün olsa daha o akşamüstü Boğaz'ın suları menekşelenirken motora atlayıp yalıya gidecekti. Ama kendisini tuttu ve izin verildiğini müjdelemek için ziyaretini ertesi güne erteledi. Her gün yaptığı gibi kahverengi maroken kaplı defterine izlenimlerini yazmaya koyuldu.

Robert, ilk günler, bu ilginç ve masalımsı Doğu şehrine nasıl sürüklendiğini anlayamamış ve denizci olarak dünyayı gezmek isterken bir anda Fransa'yla birlikte savaşa sürüklenen İngiltere'nin askeri olarak kendisini buralarda bulmuştu. Gerçi maceraperest ruhuna böylesi uygun gelmişti ama öğrencilik döneminde bir falcı bu olasılığı dile getirse, mümkün değil inanmazdı.

Dünyanın bu bölgesi, Hampshire'a bağlı Winchester'da geçen çocukluğu boyunca seyrettiği güzelim yeşil tepelerden, nemli çayırlardan çok farklıydı. South Downes denilen tepelerin ötesinde, Britanya adasını Avrupa'dan ayıran kanal vardı.

Gemicilik işindeki ailesi, epey yüksek olan okul masraflarını karşılayacak kadar varlıklı olduğu için Robert'ı High Field hazırlık okuluna göndermişti. Okul sadece büyük ve muhteşem binasıyla değil ragbi hokey ve kriket takımlarıyla da ün kazanmıştı.

Robert okula başladığı ilk hafta, pusuladaki yönlere göre

adlandırılmış sekiz yatakhanenin koridorlarında siyah giysileriyle, geniş kenarlı siyah şapkalarıyla dolaşan öğretmenlerden ürkmüş ama hiçbirinden Miss Hodgstone kadar korkmamıştı. Akşam yemeğinden sonra iki yardımcısıyla öğrencileri devralan ve sabah kahvaltısından önce sıra olmuş çocuklara kulak ve burun muayenesi yapan Miss Hodgstone, çocukluk yıllarının karabasanı olmuştu.

Robert'ın High Field okulunda geçirdiği beş yıldan aklında en çok kalan şey soğuktu. Çünkü Britanya geleneklerine göre okul dediğin sert, ciddi ve soğuk olmalıydı. Robert birçok gece üstündeki giysiyle olduğu gibi yatağa girmeyi denemişti ama bu işin tatsız tarafı, Miss Hodgstone yatakhaneyi teftişe gelmeden önce başlayan yastık kavgasında soyunmayı hatırlamaktı.

Robert Whitaker okulu yüksek derecede tarih ve coğrafya notuyla bitirdikten sonra, beş kıtaya yelken açan büyük gemilerle dolu bir liman şehri olan Southampton'daki okula gönderildi. Okulu bitirdiği zaman dünyanın bütün denizlerini ve en ilginç şehirlerini görmek amacıyla denizci olmaya karar vermişti ama esen savaş rüzgârları onu asker olarak İstanbul'a gönderdi.

Şimdi de bu şehirde kaderinin değiştiğini hissediyor ve adının Handan olduğunu öğrendiği genç bir kızın derin bakışlarıyla sarsılıyordu. Bu şehre geleceğini tahmin edemeyeceği gibi, Müslüman bir kıza, hem de bir paşa kızına âşık olacağını da hiç düşünmezdi ama hayat planlara göre ilerlemiyordu işte.

Teğmen Robert Whitaker o hafta Handan'ı iki kere daha gördü. Aralarındaki çekim öyle bir hale geldi ki artık birbirlerinin yüzüne doğru dürüst bakamıyorlar, heyecandan alev alev yanan yüzleriyle başka bir atmosfere ait olduklarını belli ediyorlardı. Bir gün Handan'ı en yakın arkadaşı Yüzbaşı Bennett'in de görmesini isteyerek onu da yalıya sürüklemişti. Paşa ailesiyle birlikte bahçede manolya ağacının dibinde resim çektirmişlerdi. Bu arada elden ele kâğıt geçirmeler de başlamıştı. Önce bir iki şiir: Wordsworth'ten, Nigâr Hatun'dan dizeler, sonra randevu günü ve saati.

Bir gece Robert, ancak bir âşığın göze alabileceği bir çılgınlık yaparak paşanın yalısını yoldan ayıran duvarı gizlice aştı ve bahçenin dibindeki müştemilatta Handan'la buluştu. Bu randevu daha önce paşanın huzurundaki resmi görüşmelerin sonuncusunda, Robert'ın Handan'ın eline tutuşturduğu bir kâğıttaki mesaj sayesinde gerçekleşebilmişti. Mesajda, "Yarın gece saat 12, bahçe duvarının dibi" deniyordu. O gece de İstanbul'un namlı yağmurlarından biri başlamasın mı! Bazen Boğaziçi'ne yağmur bir hışım gibi iner ve yer gök gözden silinir. İliklerine kadar ıslanmasına rağmen Robert bunu bir nimet olarak görüyordu, çünkü bu yağmurlarda göz gözü görmez ve sokaktan geçen gölgeler bile neredeyse fark edilmezdi, ayrıca herkes evine kaçmış olurdu. Handan'ın bu mesaja nasıl cevap vereceğini, gelip gelmeyeceğini bilmiyordu ama son görüşmelerinde aralarında öyle görünmez, güçlü bir bağ oluşmuştu ki ister istemez mıknatıs gibi birbirlerine çekiliyorlar ve o havanın etkisinden uzun süre kurtulamıyorlardı. Robert, Handan'ın da aynı biçimde kendisine doğru çekildiğini biliyordu çünkü artık yüzü kızarmadan, alev alev olmadan ona bakamıyor, sesi ve elleri titriyordu. Buna rağmen bu büyük tehlikeyi göze alıp alamayacağı belli değildi. Çünkü İstanbul'daki bir işgal kuvvetleri subayının, bir paşanın bahçesine girip kızıyla gizlice buluşması görülmüş şey değildi. Ama kanının kaynaması korkusuna galebe çaldı, ölüm cezasını bile göze alarak bahçeye girdi.

Robert, Handan'ı daha görmeden önce hissetti, kızın elinden tutup kendisini o küçük eve götürdüğünü fark ediyordu. Hiçbir şey konuşmadan, tek bir söz etmeden öpüşmeye başladılar. Sadece soluklarının sesi duyuluyordu. Birkaç dakika içinde Robert kendini sevgilisinin sıcak gövdesinin içinde eriyip giderken buldu. Kızın kokusuyla ve dişi sıcaklığıyla kendini kaybetmiş durumdayken kavuşma denilen esrimenin doruklarına çıktı. Handan minik iniltilerle sarsılırken o hiçbir şey düşünemedi, çünkü gövdelerinin istekleri aklın erişemeyeceği bir hızla birleşiyordu. Bu zevk gecesi, sabahın ilk saatlerine kadar sürdü. Üç kez daha seviştiler. Hiçbir şey konuşmadılar. Sevişmedikleri zamanlarda da birbirlerinin vücuduna sarılmış olarak yatıyorlardı. Şafak sökerken pencerelerden çıplak gövdelerinin üzerine düşen soluk ışık ayrılmaları gerektiğini hatırlattığında, ölüm saatleri gelmiş gibi acıyla sarsıldılar.

Sonraki günlerde ikisi de günün ve gecenin her anında birbirlerini özlüyor, ruh ve beden olarak bir bütün olma isteğinin yakıcılığında kavrularak hasret çekiyorlardı. Handan, evin içinde lodos çarpmış gibi dalgın dalgın gezer oldu. Annesi onu iki kere odasında hıçkırıklara boğulmuş olarak buldu ama ne kadar sıkıştırdıysa da ağzından bir laf almayı başaramadı. Kendisine söylenen sözleri duymuyor, evin duvarlarına boş boş bakıyordu Handan.

Hamileliğin ilk belirtileri ortaya çıkıncaya kadar iki kez daha buluştular ve mucize eseri yakalanmadılar. Tam âşıkları koruyan bir tanrının varlığına inanmaya başlıyorlardı ki bir gün Handan'ın aniden betinin benzinin solmasından, kusmaya başlamasından kuşkulanan Üftade Hanım, artık saklanacak hali kalmayan bu utandırıcı sırrı öğrenmeyi başardı. Kızında uzun zamandır bir tuhaflık olduğunun farkındaydı, kötü şeyler kondurmamaya çalışıyordu. Bir gün her şey ortaya çıktığında Handan büyük baskılar sonucunda, mecburen çocuğun kimden olduğunu annesine söyledi. O da İzzet Kemal'in ısrarlı baskılarına dayanamayıp Robert'ın ismini verdi. Müdafaa-i Milliye Teşkilatı'nda çalışan İzzet Kemal için tek bir amaç vardı şimdi: Kız kardeşini iğfal ederek ailesinin şerefini lekelemiş olan bu işgal subayını öldürmek. Kutsal şehirlerine tecavüz ettikleri yetmiyormuş gibi, ailesine de hakaret etmişlerdi.

İzzet Kemal, Sarıyer Teşkilatı'ndaki arkadaşlarına Teğmen Robert Whitaker'ı izlemeleri talimatını verdi. Ayrıntı anlatmadı, zaten buna gerek de yoktu. Bir süre takipten sonra teğmenin, en yakın arkadaşı meşhur Yüzbaşı Bennett'le her gün buluştuğunu anladılar. İçtikleri su ayrı gitmiyordu. Yüzbaşı Bennett, direnişçilere kök söktüren bir istihbarat subayıydı. Rugan çizmeleri ve kamçısıyla çok yakışıklı görünen bu subay Pera'daki Novotni Oteli'nde kalıyor, otelin bodrumunu direnişçiler için sorgulama merkezi olarak kullanıyordu. Oraya bir kere giren günlerce dayak yemeden çıkamıyordu.

İki subayın birlikte ortadan kaldırılmasına karar verildi. Günlerce izlediler ve iki ahbabın en çok uğradığı yerin Büyükdere'deki Pandeli Gazinosu olduğunu saptadılar. İstanbullu gayrimüslimlerin pek rağbet ettiği gazino, müzik eşliğinde sunduğu enfes Boğaz balıkları ve buz gibi rakılarıyla ünlüydü. Büyükdere'de millicileri ihbar eden ve işgal kuvvetlerine yardım eden Ermeni Madam Elmasyan da haftanın iki üç akşamı buraya gelir eğlenirdi. O da öldürülecekler listesindeydi ama bu karar iki subay hadisesinden çok sonra yerine getirilecek ve Madam Elmasyan, Büyükdere'deki şatafatlı konağında bir gece boğulmuş olarak bulunacaktı.

O gece İzzet Kemal, en güvendiği adamlarıyla birlikte, Büyükdere'den şehre gitmek için geçilmesi gereken ormanlık ve tenha Maslak yoluna bir ağacı devirdi. Ağaca kalın ipler bağlayıp yolun kenarına çektiler. Gece yarısını biraz geçeye kadar ses çıkarmadan beklediler. Biraz sonra bir motor sesi duyuldu. Ses giderek yaklaşıyordu. Kendilerine doğru gelen farları gördükleri zaman, bunun bekledikleri araba olduğunu anladılar.

Yüzbaşı Bennett ve Teğmen Whitaker, içtikleri rakıların

mahmurluğuyla gözleri kapanarak karanlık yoldan Pera'daki otellerine doğru gidiyorlardı. Otomobili bir asker kullanıyor, önde bir de muhafız oturuyordu.

Robert gece boyunca iflah olmaz aşkını ve doğacak çocuğunu anlatmış, Bennett de ona, hayatta yapılacak en aptalca şeyi yaptığını, bunun sonunun ölüm olduğunu ve iki ülke arasında telafisi imkânsız bir olay çıkaracağını söylemişti. Arada bir arkadaşına takılmadan da edememişti.

"Eğer bu kızla evlenmek için Müslüman olmayı kabul edersen, bu yaştan sonra bir de sünnet olman gerekecek."

Robert bu kötü şakayı yüzünü buruşturarak dinlemişti ama Bennett'in bu ilginç konuyu bırakmaya niyeti yoktu.

"Evet" demişti, "belki de daha sonra alacağın büyük zevke karşılık ufak bir bedel ödemeye değer. Küçük ve değersiz bir parça! Hayatta hiçbir şey karşılıksız değildir."

Robert, "Sarhoşsun, daha fazla konuşma" diye uyarmıştı onu.

Siyah araba tam önlerine geldiğinde bir direnişçi ipi çekti, koca ağaç yola sürüklenerek geçişi kapattı. Araba sert bir frenle durmak zorunda kaldığında, yolun iki yanındaki ormanlardan çapraz ateş başladı. Subaylar ve askerler gafil avlanmışlardı. Daha ellerini tabancalarına götüremeden hepsi de birçok yerinden yaralanmıştı. İzzet Kemal otomobilin yanına kadar giderek büyük bir kinle tabancasını Robert'ın üstüne boşalttı. Baskıncılar kaçtıkları zaman arabada tek sağ kalan Yüzbaşı Bennett'ti, o da kan kaybından ölmek üzereydi ama yetişen bir araba yüzbaşıyı La Paix Hastanesi'ne götürdü. Orada gördüğü uzun tedavilerden sonra yüzbaşı iyi kötü iyileşerek çıktı hastaneden.

Teğmen Robert Whitaker ise otomobilde son nefesini vermişti. Onu bulduklarında göğsünde bir çanta tutuyordu, hem de sıkı sıkıya, içinde kahverengi maroken kaplı bir defter vardı. Çocukluk ve gençlik anılarını yazdığı kahverengi deri kaplı deftere o günlerdeki duygularını da aktarmıştı.

Bu defter, babasının ölümünden sonra Leyla'nın göremeyeceği kadar uzaklara, teğmenin İngiltere'deki ailesine gönderilmişti.

Aradan yıllar geçecek, Leyla, anneannesinin ölümünden sonra tek başına kaldığı bir akşamüstü yalı bahçesinde otururken, Whitaker ailesinden, adının Geoffrey ve Robert'ın yeğeni olduğunu söyleyen bir yabancı gelerek defteri Leyla'ya verecek ve "Şimdi vermezsem, babanızın anılarını ebediyen okuyamayacaksınız. İçinde, size hitaben yazılmış bir mektup var" diyecekti.

Leyla bu ince İngiliz'i görür görmez tanır gibi olmuştu, çünkü adam kendisine benziyordu. Gözleri, boylarının uzunluğu ve duruşları aynıydı.

Bahçeye akşam karanlığı çökerken, Geoffrey ve Leyla hasır iskemlelere karşılıklı oturmuş ve saatlerce konuşmuşlardı. Leyla ilk kez gördüğü bu adamın akrabası olduğunu düşününce tuhaf oluyordu.

Geoffrey, Robert için, "Ailede anlatılanlara göre, iyi yetişmiş, kendisine büyük umutlar bağlanan bir gençmiş" demişti. "Ama bu beklenmedik son, aileyi yıllarca içinden kurtulamayacağı derin bir melankoliye sürüklemiş."

"Türkleri suçlamışlar mı?"

"Pek denemez, ne de olsa Türklerin şehrinde işgalci olan bizlerdik. Ama bir kıza duyduğu aşkın onu ölüme sürüklemiş olmasını çok trajik bulmuşlar. Hele kızın kardeşi tarafından intikam hisleriyle öldürüldüğü düşünülürse..."

"Ailenizde bundan sık sık söz edilir miydi?"

"Hayır! En büyük aile sırrıydı bu. Kimse ağzını açmazdı, biz gençler ancak birtakım bölük pörçük konuşmalardan, mektuplardan, soyağacına düşülen notlardan böyle bir kişinin yaşamış olduğunu anlayabiliyorduk. Merak edip sorduğumuz zaman da aile büyükleri bunu inkâr ediyor ve konuyu kapatıyorlardı."

"İstanbul'da bir kızlarının yaşadığını bilmiyorlar mıydı yani?"

"Bilenler vardı ama genel yaklaşım bunun bir söylenti olduğu ve belki de Whitaker mirasından pay almak için Müslüman bir aile tarafından uydurulmuş bir hikâyeye benzediği yönündeydi. Özür dilerim, sizi üzmek istemem, kelimelerimi iyi seçemedim."

Adam, Teğmen Whitaker'ın, ailesi için hem bir övünç hem de utanç kaynağı olduğunu anlatıyordu. Aile büyükleri Robert'ın ilişki kurduğu Müslüman kızın bir servet avcısı olduğunu düşündükleri için böyle bir ilişkiyi reddetmiş, Robert'ın bir çocuğu olduğu gerçeğini bile geçmişin sırları arasına gömmüşlerdi. Neden sonra İstanbul'a gelip Leyla'yla görüşecek olan bu genç adam konuyu merak etmiş ve büyükleri sıkıştırarak bütün hikâyeyi öğrenmişti. Yalı bahçesine girip de Leyla'yı gördüğü anda bayılacak gibi olduğunu anlatacaktı sonradan. Çünkü Leyla, resimlerden tanıdığı amcası Robert'ın kadın hali olarak karşısındaydı.

Leyla bu olaydan o kadar ürkmüştü ki eski bir deri çanta içindeki deftere uzun süre bakamamıştı.

Hiç yüzünü görmediği Teğmen Robert Whitaker'ın, annesinin ölümünden ve ailesinin başına gelen felaketlerden sorumlu olduğunu düşünüyor ve ona hiçbir yakınlık duymuyordu.

Genç teğmenin gerçek duygularını ancak defteri okuduğu zaman anlayacak ve geçmişteki önyargılarına yönelik hafif bir utanç duyacaktı. O soyut kişilik, deftere işlek bir yazıyla geçirilen duygularla yavaş yavaş acı çeken bir insana dönüşüyordu.

Leyla anneannesinin ölümünden sonra yapayalnız kaldığı yalının bahçesindeki eski ağaçlar altında oturuyor ve akşama kadar geçmişi düşünüyordu.

Bosnalılar Yalısı, arka arkaya ölümlerin neden olduğu bir mezar gibiydi şimdi.

Yok olan aileden sadece dedesini ve anneannesini görmüştü. Saldırıdan bir süre sonra işgal kuvvetleri tarafından öldürüldüğü söylenen dayısı İzzet Kemal'i albümlerdeki soluk resimlerden tanıyordu. İnce yüzlü, uzun çeneli, askılı pantolonlar giyen, dağınık saçlı ve yuvarlak gözlüklü bir genç adam. Şehit düştüğü haberini aldığı gün dedesi yığılıp kalmış, o gün gelen inmenin etkisiyle bir daha hiç konuşamamış. Resimlerdeki güzel, esrarengiz genç kadını ise bir türlü annesi olarak tasarlayamıyordu. Dalgalı saçlarının parlaklığı siyah beyaz eski resimlerde bile belli olan çok güzel gözlü bir kadındı bu. Leyla, bu güzel genç kadının, kendisini doğurduktan sonra öldüğünü biliyordu. Anneannesi bu bilgiyi ondan saklayamamıştı, çünkü her çocuğun annesi ve babası olurdu. Leyla'nın kocaman bir yalıda anneannesiyle yalnız başına kalıvermesinin bir açıklamasını yapmak gerekiyordu. Aile dışarıdan görünen debdebeli hayatının sonuna gelmişti, zaten içten içe yıkılıyordu. Bosna'da kaybedilen topraklardan, evler ve dükkânlardan gelen gelir kesilmiş, burada da yerine bir şey konamamıştı. Son zamanlarında memurlarına maaş bile ödeyemeyen Osmanlı Devleti yıkılmış, Cumhuriyet de büyük bir yoksulluk üzerine kurulmuştu. Paşanın hemen hemen hiçbir geliri kalmamıştı. Bu yüzden gizlice Kapalıçarşı'ya yapılan ziyaretler ve Mihran Usta'ya satılan aile mücevherleri de çocuklara verilen bir iki parça dışında suyunu çekince borçlanma başlamıştı. Paşa ailesi çaresizlikten tefeci bankerlere yüksek faizle borçlanıyordu. Dedesi ölünce anneanne ziynet satma işine bir süre devam etmiş ama sonunda yalıyı borçlar karşılığı devretmekten başka çare bulamamıştı. Alacaklı olan tefeciler, yalıyı Cumhuriyet'le birlikte yeni yeni palazlanmaya başlayan Türk tüccarlarından Salih Bey'e satmışlardı.

Dertli anneanne gün boyu ailesinin kaderinden şikâyet eder, bir yandan acı acı yaş dökerken bir yandan da kalan tek varlığı olan torununu iyi yetiştirmek için elinde avucunda ne varsa harcardı.

Leyla anneannesinin ve mahalledeki diğer kadınların bölük pörçük sözlerini yıllarca düşünerek ve parçaları birleştirerek bir sonuca varmıştı: Annesi Handan'ın, kendisini doğurduktan sonra ölmeye karar vermiş olduğu gerçeğiydi bu. Dünyaya bir evlat getirip de ölmek çok garip bir istekti ama Handan'ın başka çaresi ve çıkış yolu kalmamıştı. Bir aşk yüzünden çocuğunun babası kardeşi tarafından öldürülmüş, daha sonra kardeşi katledilmiş, bu darbelere dayanamayan babasına inme inmişti. Neredeyse bütün İstanbul bu olayı konuşuyordu. Paşa'nın bunu kaldırması mümkün değildi. Evlat kaybına mı yansın, bunca yıllık aile ismine leke sürülmesine mi? Handan o küçük evde hamileliğinin her anını büyük bir acıyla geçirmişti. Pencereden dışarı baktığında gözü koltukta hareketsiz oturan, konuşamayan babasına ilişiyor, yüreği parçalanıyordu. Bu adama kötülük yapmaktansa dünyanın en acılı ölümüne katlanmayı tercih ederdi ama ona hiç kimsenin veremeyeceği zararı vermişti işte. Bunun telafisi de mümkün değildi. Bir daha yüz yüze gelemeyecekler ve konuşamayacaklardı. Artık yaşayamazdı. Çünkü bir insan, bu kadar çok acıyı kaldırmak için yaratılmamıştı. Hangi kaybın yasını tutacağını bilemiyordu. Bu bebeği doğurmak, hayattaki son görevi olacaktı.

Bunu o kadar çok düşündü ve kendi kendini inandırdı ki bebeği nispeten rahat bir doğumla dünyaya getirdikten sonra yatağında beyaz çarşaflar arasına gömülüp ölümü beklemeye başladı. Bebeği bir tek kere görmüş, kucağına almış, "Adını Leyla koyun. Babaannemin adı!" demiş, sonra dünyayla bütün ilişkisini kesmişti. Bu adı koymakta babasını bir parça da olsa memnun etme gayretinin payı var mıydı, bilinmez. Yemiyor, içmiyor, bütün gücüyle yaralı kalbini durdurmaya çalışıyordu. Bunun için pek fazla gayret harcaması da gerekmedi. Zaten bu acıları çekemeyen kalbi bir sabah vakti durduğunda, Handan yatakta beyaz çarşaflara bürünmüş solgun bir melek gibi görünüyordu.

Handan'ı aile mezarlığına, kardeşi İzzet Kemal'in yanına defnettiler. Büyükanne cenaze töreninden sonra Leyla'yı kucağına alıp "Kadersiz Leyla'm benim, zavallı yavrum!" diye severken yaşayan bir ölü gibi görünüyordu. Dedenin ise hiç kıpırdamayan yüzünü gözyaşları ıslatıyordu. Kızıyla konuşmuyordu ama ölümünden sonra gözyaşları günlerce dinmemişti. Hiçbir mimik olmayan, kıpırtısız ve ifadesiz bir yüzde sürekli akan gözyaşlarını görmek herkesin içini burkuyordu.

Anneannenin yıllar boyunca tek bir amacı oldu: Leyla'yı yetiştirmek. Kendisinin ölümünden sonra genç kız dünyada yapayalnız kalacaktı. Bu yüzden iyi yetişmesi ve kendini koruyacak kadar dirayetli olması gerekiyordu. Yıllar boyunca didindi. Yalının devrinden ellerine hiçbir şey geçmemişti, sadece borçlar kapanmıştı. Bu yüzden anneanne, kayınpederinin, kayınvalidesinin, kocasının taktığı mücevherleri, paşanın sultandan aldığı ödülleri teker teker Mihran Usta'ya satarak ve kıt kanaat geçinerek kimseye muhtaç olmadı. Bir daha borç da yapmadı.

Bu yoksul hayat içinde ve eski debdebeli yalılarının müştemilatına sığınmış insanlar olarak en çok dikkat ettiği şey, kızın eğitimiydi. Bu yüzden Handan'ı yetiştirmiş olan hocaları buldu, onlarla özel anlaşmalar yaptı, ucuz ve bazen de bedava ders vermelerini sağladı. Ne de olsa ailenin hatırı vardı.

Leyla okula gidemiyordu. Çünkü Handan ile Robert'ın macerası dilden dile geçerek büyümüş ve geçmişte işlenmiş her suçu yaşayan insanlara ihale etme alışkanlığı sonucu, Leyla suçlu olup çıkmıştı. Uğursuz bir kızdı o, dünyaya gelirken bütün paşa ailesini yok etmişti. Üstelik bir İngiliz subayının piçiydi. Bağımsızlık savaşı sonrasında kurtuluş sevinci yaşayan yeni Cumhuriyet'te, böyle bir insan topluma kabul edilemezdi. İnsanlar hem Osmanlı ileri gelenlerine düşmandı hem de işgalcilere. Leyla bu ikisinin ortak ürünüydü.

Yeni Cumhuriyet, başkentini Ankara'ya almış, İstanbul'u suçlarıyla, işbirlikçileriyle, harp zenginleri ve işgal kuvvetlerine hizmet eden hainleriyle başbaşa bırakmıştı.

Yeni nesil yeni okullarda Latin alfabesiyle eğitim görüyor ve her gün Osmanlıların ne kadar hain olduğunu öğreniyordu. Dolayısıyla hepsi Osmanlı ve işgal kuvvetleri düşmanıydı. Bu ortamda Leyla'nın ne okula gidebilmesine ne de toplum içine girebilmesine imkân vardı. Hatta büyük bir ihtimalle evlenemeyecekti de.

Acılarını bağrına gömen anneanne bu atmosferi bildiği için torununu kanatları altına aldı ve bahçenin köşesindeki o beyaz evde onu bin bir ihtimamla ama gözlerden uzak büyüttü. Anneanne torun el ele tutuşarak dışarı çıktıkları ender anlarda ya paşanın, Handan'ın ve İzzet Kemal'in yattığı uzun ve karanlık servilerle dolu kabristana giderlerdi ya da Mihran Usta'ya.

Böylece gözlerden uzak tek başına büyüyen Leyla, o bahçenin her taşını, her çiçeğini, her böceğini, hangi ağacın ne zaman çiçek açtığını, hangi bitkinin nasıl koktuğunu ezberledi. Geceleri evlerinin önünden geçen büyük gemilerin derin sulardaki ağır uskurlarının homurtusunu dinliyor, Hera'nın o sularda kendisini kovalamakta olduğunu görüyor, akla mantığa sığmaz macera dolu hayaller kuruyordu. Bir gün o gemilerden bir genç inecek ve gelip onu elinden tutacak, "Sen bilmiyorsun ama" diyecekti, "ben senin babanım. Uzak denizlere gitmem gerekti. Dünyayı iki kez dolaştım ama sonunda dönüp yine sana geldim."

Yalının rıhtımına ve bahçesine konan kuşları bile neredeyse tek tek tanır olmuştu. Boğaziçi'nin mavi sularına değer gibi uçan yelkovankuşları her gün onu da alıp diğer kıyıya taşıyor, sonra geri getiriyordu.

Böyle sürüp giderken hayatı, anneanne bütün bu gerçekleri Leyla'ya yavaş yavaş, onun sindirmesine olanak tanıyarak anlattı. Öyle ki kız on dört yaşına geldiğinde, ailenin tarihçesini biliyor, soğukkanlı ve güçlü kişiliği gereği bunu olgunlukla kabul ediyordu. O küçük evin duvarlarını, bu dünyadan birbirine dargın ayrılmış olan aile bireylerinin resimleriyle süslemişlerdi. Abdullah Avni Paşa'nın, Handan'ın, İzzet Kemal'in, anneannesinin ve kendisinin yağlıboya portrelerinin yanı sıra aileyi mutlu günlerinde toplu halde gösteren resimler de asılıydı. Bu resimlerde bir kişi eksikti, o da Teğmen Robert. Üftade Hanım'ın o adamı görmeye tahammülü yoktu.

Bir gün o resim Geoffrey'nin getirdiği anı defterinin arasından çıktı ve anneanne ölmüş olduğu için duvardaki aile koleksiyonunun içinde yerini aldı. Resim nefis bir yaz günü yalının bahçesinde çekilmişti. Aile olduğu gibi oradaydı, iki de İngiliz subay vardı. Leyla bunlardan birine fark edilecek derecede benzediğini görmüştü. Öteki İngiliz subay Yüzbaşı Bennett olmalıydı.

Leyla bu resmi daha önce hiç görmemişti, kendisinden saklamış olduklarını tahmin etti.

Leyla'nın eğitiminin temel taşı, annesini de yetiştirmiş olan Alman mürebbiye ve piyano öğretmeni Fraulein Anneliese idi. İngilizce dersleri için Miss Crane geliyor, onu genel kültür ve edebiyat alanlarında yetiştiriyordu.

Leyla genç bir kız olduğunda, artık diğer insanların içine karışamayacak kadar çok şey biliyordu. Yalnız aile geçmişi değil, eğitim seviyesi de onu sıradan eğitim gören çocuklardan ebediyen ayırmıştı. Bilgisi ve görgüsü, bu gibi durumlarda hep görüldüğü gibi, Leyla'yı ömür boyu bir yalnızlığa itecekti.

Anneannesi bir zamanlar dedesinin hiç kalkmadığı koltuğa oturur, uzun uzun konuşur ve Leyla'nın geleceğinden kaygılandığını saklamadan, onu yapayalnız kalacağı bir hayata hazırlamak isterdi.

Yalıyı alan Salih Bey, karısı ve üç çocuğuyla sakin bir hayat sürüyor, artık torunuyla birlikte müştemilata taşınmış olan Üftade Hanım'a saygıda kusur etmiyordu.

Leyla on dokuzundayken anneannesinin de ölmek istediğini fark etti. O da kızı gibi artık bu dünyadaki yükü daha fazla taşıyamayacağına ve görevlerini yerine getirdiğine göre sevdiklerinin yanına gitmeye karar vermişti. Bir ömür Boğaziçi nemini yemiş bacakları ağrıyor, davul gibi şişen dizleri yüzünden rahat yürüyemiyordu. Sık sık soluğu daralıyor, gecelerini inleyerek geçiriyordu.

Bir gün bahçede serili beyaz çarşafları toplarken onlara sarıldı ve kelime-i şahadet getirerek yere yığıldı. Sesi duyan Leyla yanına koştuğunda anneannesinin yüzünde sonsuz bir huzur gördü. O da kızı Handan gibi bu dünyadan bilerek ve isteyerek ayrılıyor ve kalbini durdurarak ölüme kavuşuyordu.

Leyla onun cenaze töreninden sonra yalının bahçesinde önce dedesinin, sonra da anneannesinin altında oturduğu manolya ağacının altına geldi ve bir anda boşanarak o kadar çok ağladı ki sanki bir daha ağlamaya gözyaşı ve gücü kalmadı. Bütün gözyaşını o gün dökmüştü. Ömür boyu ağlamaya bedel bir çılgınlıkla içi sökülür gibi haykırıyor, manolyanın alt dallarındaki yaprakları koparıyor, çiçek tarhlarını bozuyor, yaseminleri yerinden söküyor, ayak altında dolaşan kedileri tekmeliyordu.

Yapayalnız kalmıştı. Bu kriz ilk ve son oldu. Çocukluğundan beri soğukkanlı bir kız olarak tanınan Leyla, ömrü boyunca bir daha hiç ağlamayacaktı. Kaybolan ailesinin, Paşa Dede'sinin, anneannesinin ve annesinin yasını bir tek kez açığa vurmuştu ve bu ömür boyu tutulacak bir yasa bedel olmuştu.

İngiliz Teğmen Robert Whitaker ise aklına bile gelmiyordu. Onunla ilgili merakı, yıllar sonra Geoffrey'nin getirdiği, üstünde kan lekeleri kurumuş deri çantanın içindeki defteri okumaya karar vermesiyle başlamıştı. Artık duygusal olarak sarsılmayacağını düşünüyordu. Defteri okudukça yabancı birinin hayatını izlediği duygusuna kapıldı. Günlükteki adamı hiç tanımıyor, onun hakkında bir şey bilmiyordu. Çünkü paşa ailesinde bir tabuydu bu. Hiç konuşulmazdı. Her ailenin sırları vardır ama sanki yalı aileleri daha gizemli, daha içe kapanık ve ser verir sır vermez cinstendi.

Günlüğe göre genç İngiliz, Leyla'nın annesine fena halde âşık olmuş ve günlük sayfalarına yansıyan korkunç bir tutku sonunda çılgınlıklar yapmaya başlamıştı. Yağmurlu bir gece gizlice yalının bahçesine girmek ve Handan'la delicesine sevişmek de vardı işin içinde. Leyla bunu okuduğunda inanamamıştı.

İstanbul işgal altındayken İngiliz kuvvetlerine mensup bir teğmen nasıl olur da bir Osmanlı paşasının bahçesine girmeyi göze alabilirdi? Ya annesi? O nasıl böyle bir tehlikeye atılabilmişti?

Anlaşılan kendisinin hiç hissedemediği türden büyük bir aşk söz konusuydu. Ölümü, hatta daha önemlisi aşağılanmayı göze alacak kadar büyük bir aşk.

Handan'ın teğmenden hamile kaldığının anlaşılması üzerine evde kıyametler kopmuştu. Zaten milli duygular içinde önüne çıkan her İngiliz'den nefret eden dayısı İzzet Kemal, bu ırz düşmanını gördüğü yerde vuracağını söyleyip dolaşıyordu evde. Paşa Dede küplere biniyordu. Bu nasıl bir rezaletti böyle!

İşgal kuvvetleri Türkleri her fırsatta aşağılıyor, Boğaz'dan geçen vapurların bile İngiliz hücumbotlarını selamlamasını şart koşuyor, İstanbul'un gözde kulübü Cercle d'Orient'a giden Türk asilzadelerini kapılardan kovuyorlardı. Hiç kimse İngilizlerin 16 Mart günü karakola ateş açarak öldürdüğü Türk askerlerini ve Meclis-i Mebusan'ı basarak mebusları tutuklamalarını unutmamıştı. Paşa da diğer Türkler gibi, talik yazıyla yazılmış "Bu da geçer ya hu!" levhasına bakarak ya sabır çekiyor ve bu zilletten kurtulacakları günü bekliyordu. Bu durumda nasıl olurdu da kızı Handan bir İngiliz subayının çocuğunu doğururdu! Aklı almıyordu bunu.

Olaylar üzerine, Handan küçük eve kapanmış ve ölüm sessizliği çökmüş, yas tutan evde bir vebalı gibi yaşamaya başlamıştı. Kimse kendisiyle konuşmuyor, hizmetçiler bile "bu şerefsiz kız"ın yüzüne bakmıyordu. Paşa Dede yarı meczup gibi olmuş, "İnanmıyorum hanım, buna inanamıyorum! Aklım almıyor" diyerek bütün gün, salonda bir o başa bir bu başa yürüyüp duruyordu.

Bugünlerde teğmen, defterine, "Ölümü bile göze almıştım" diye yazıyordu. "Çünkü onsuz yaşayamıyor, nefes alamıyordum. Bu durumda iki yol kalıyordu bana. Ya intihar edip bu azaptan kurtulacak ya da Handan'a kavuşmak için her türlü aşağılanmayı kabul edecektim. İkinci yolu seçtim."

Leyla bu aşkı anlayamıyor ama için için Robert adlı genç teğmene acıdığını hissediyordu. Teğmen şehirdeki İngiliz güçlerinin ve en yakın arkadaşı İstihbarat Yüzbaşısı Bennett'in kendisini bu çılgınlıktan vazgeçirmek için yaptığı baskıları ve kendisinin bunlara direnmesini de anlatıyordu defterde. Kolay olmamıştı doğrusu.

Leyla annesini bu günlük sayesinde tanımaya çalışıyor ama son derece âşık bir erkeğin satırlarındaki zarif, güzel kadını gözünün önüne getiremiyordu bir türlü.

Paşa, kızı da olsa bir İngiliz'den çocuk peyda eden bir kadının, evinde oturmasına tahammül edememiş, bahçenin dibindeki müştemilata taşınmasını istemişti. Tek katlı, geniş, aydınlık bir evdi bu. Duvarları beyaza boyanmıştı. Leyla bu evde doğmuştu işte.

Ama doğum bölümü günlükte yer almıyordu. Robert daha önce öldürüldüğü için, bu derece âşık olduğu kadının kendi çocuğunu doğururken öldüğünü görmemiş, deftere de geçirememişti.

Leyla günlüğü okuduğunda kendi doğumunun aile için ne büyük bir utanç kaynağı olduğunu anlayabiliyordu. Paşa ailesi uzun süre kimsenin yüzüne bakamamış, İstanbul'a yayılan dedikodulardan başını alamamış olmalıydı. Dayısı İzzet Kemal de Robert'ı öldürdükten sonra işgal kuvvetlerince hazırlanan bir pusuya düşürülüp öldürülmüştü.

Bu felaketler ve ölümler hemen bütün Boğaziçi yalıları gibi Bosnalılar Yalısı'nın da uğursuz olduğu söylentilerinin çıkmasına neden olmuştu. Yalılar insanlara mutluluk getirmiyordu. Kimi servetini yitiriyor, kimi intihar ediyor, kimi de genç yaştaki kızı ölünce evin her köşesini baştan başa siyah satenle kaplayan adam gibi kendisini diri diri gömüyordu.

Belki de bu tip söylentiler Boğaziçi yalılarının akla ziyan güzelliğini görüp de kendileri için böyle bir evin hayalini bile kuramayan insanlara ilaç gibi geliyor, gıpta ile haset arasında gidip gelen yüreklerini rahatlatıyordu. Öyle ya, kendileri o yalılarda oturamıyorlardı ama hiç olmazsa başlarına böyle felaketler de gelmiyordu.

İşin tuhafı, yalı sakinlerinin de bu acıklı hikâyeleri tekrarlayıp durması, durmadan birbirine anlatmasıydı. Mesela siyah yalının hikâyesi yalılarda yıllar boyunca anlatılmış, uzun ve mahmur öğle sonlarında bir yandan kanaviçe işleyen bir yandan da sohbet eden kadınların zaten ağlamaya hazır gözlerini nemlendirmişti. Kızının ölümüne dayanamayan yalı sahibinin önce yalıyı olduğu gibi siyaha boyattığı anlatılıyordu. Boğaz'ın mavi sularından vapurlarla, sandallarla gelip geçenler, artık o güzelim kiremit rengi yalının yerine siyah bir ahşap bina görür olmuştu. Bacaları, kiremitleri, pencere pervazları... her yer kapkaraydı. Evin içinde de siyah satenle kaplanmamış bir küçük nokta bile kalmamıştı. Adam bahçedeki manolya ağaçlarını kesmiş, yasemin, taflan, şebboy, ne bulduysa söküp atmıştı. Kendi de siyahlar giyen adamcağız, kalan ömrünü siyah yalıdan hiç çıkmadan tamamlamıştı.

Bosnalılar Yalısı'nda da onca kudret, debdebe ve zenginlikten sonra art arda gelen felaketler, olsa olsa büyük bir uğursuzluğu işaret ediyordu.

Sonunda o koca yalıda bir anneanne ile gayrimeşru bir kız torunun kalması ve bir süre sonra yoksulluk yüzünden yalının da ellerinden çıkması başka nasıl açıklanabilirdi ki...

Leyla defterin son sayfasında, Geoffrey'nin sözünü ettiği, kendisine hitaben yazılmış ve yarım kalmış bir mektup gördü: Mektup, "Sevgili çocuğum" diye başlıyordu, "oğlum" ya da "kızım" değil. Çünkü İngiliz Teğmen Robert Whitaker doğacak çocuğun kız mı erkek mi olacağını bilmiyordu. Hiçbir zaman da öğrenemeyecekti.

Sevgili çocuğum,

Senin yaklaşık olarak altı ay sonra şereflendireceğin dünyamızda bir akşam günbatımında Bosphorus'un kıyısında otururken sana bu mektubu yazmak geldi içimden. Burası, Boğaz'ın Karadeniz'e yakın bölümünde eski bir Rum semti olan Therapia'daki Pandeli gazinosu. Şu anda batan güneşin kızıllaştırdığı sulara bakıyorum. Masalarda Türk, Rum, Ermeni, İngiliz, Fransız ve Yahudiler oturuyor. Birçok dilden konuşuyor insanlar. Biraz sonra arkadaşım Yüzbaşı Bennett gelecek ve annenden söz ederek bu ilginç ülkenin ilginç bir akşamını yaşayacağız. Senin kız mı oğlan mı olacağını bile bilmiyorum ve büyük bir ihtimalle sana Whitaker soyadını bile veremeyeceğim ama yine de seni şimdiden çok sevdiğimi ve yüzünü görmeyi çok istediğimi bilmen gerekiyor.

Ama sadece senin değil, annenin yüzünü görüp göremeyeceğim bile kuşkulu. Çünkü hayatta her şeyi uğruna feda edecek kadar sevdiğim, delice âşık olduğum Handan'la aramızda ayrı dinler, ayrı milliyetler ve harp var. Bu durum birbirimizi sevmemizi yasaklamaya yetmedi ama sosyal olarak bir araya gelmemizi engelledi.

Bu yüzden belki de sana benden söz etmeyecekler bile. Baban olduğumu söylemeyecekler ve böylece seni Hıristiyan bir işgal subayının gayrimeşru çocuğu olma ayıbından kurtarmayı deneyecekler. Ama ben bir gün bu mektubun senin eline geçeceğini de biliyorum, beni affedeceğini de. Çünkü pek yaşlı sayılmasam da insan kalbini tanıyacak kadar değişik olaylar geçti başımdan.

Eğer dünyanın en güzel kadını annene benzeyen bir kız olursan sana Io adını vermek isterdim. Şu an Bosphorus'un sularına bakıyorum ve buraya adını veren Tanrıça İo'yu düşünüyorum. Southampton'da okuduğum yatılı okulda Yunan mitolojisinden bana böyle bir ödev yapmak düşmüş ve ben bir gün Bosphorus'u göreceğimi aklıma getirmeden Zeus'un sevgilisi İo'nun hikâyesini yazmıştım. İo, Zeus'un karısı Hera'nın çok kıskandığı için inek kılığına soktuğu genç kız. İyonya'dan buralara kadar gelen ve canını kurtarmak için yüzerek geçtiği sulara Boshporus adı konmasına neden olan tanrıça. Sana neden bu adı vermek isterdim, biliyor musun...

Mektup burada kesiliyordu. O sırada arkadaşı Yüzbaşı Bennett gelmiş olmalıydı. Defterin o sayfasında 24 Eylül 1922 tarihi vardı. Leyla, babasının, dayısı tarafından bu tarihte öldürülmüş olduğunu hatırladı. Demek ki bu mektubu yazdıktan birkaç saat sonra can vermişti.

Bu genç adam herhalde buralara gelirken İngiltere'ye bir tabut içinde geri gideceğini düşünmüyordu. Sevmiş miydi bu ülkeyi? Leyla bunu hatıra defterinden anlayamıyordu.

Bir yerinde şu gözlemler yazılıydı:

"İnsanları zihinsel ve bedensel yeteneklerini geliştirmek için sıkı bir eğitimden geçmemiş ve duygularını denetlemeyi öğrenememiş ama yine de nasıl diyeyim garip bir çekiciliği var buraların. Boğaziçi, dünyanın en güzel köşesi olmak bir yana, belki de Handan'ın etkisiyle ayrılınamayacak bir mekân gibi geliyor artık bana. Bennett de burayı çok seviyor. İlkeller mi, belki biraz. Ama buna karşılık ülkelerine tuhaf bir bağlılıkları ve çok gelişmiş bir ahlak duyguları var. Aile bağları da inanılmayacak düzeyde. Sessiz, yumuşak başlı, içe dönük insanlar. Padişah ise yabancı sefirlerin elinde oyuncak olmuş bir karga gibi."

Leyla, defterdeki anıları okudukça bu genç teğmeni çok merak ediyordu; nasıl biri olduğunu, konuşmasını, yürüyüşünü, gülüşünü... Hatta bir ara bu konuda o kadar büyük bir istek duydu ki babasının anılarında adı geçen ve İngiltere'de yaşadığını öğrendiği eski İstihbarat Yüzbaşısı Bennett'e babası hakkında sorular soran bir mektup bile yazdı. Geoffrey'den Bennett'in hâlâ sağ olduğunu öğrenmişti. Daha da önemlisi, adam, Bennett'in yazdığı bir kitabı hediye olarak getirmişti. Yüzbaşı, İngiltere'de çok önemli bir filozoftu. Leyla, Bennett'e yazdığı mektupta son akşamlarını ve araba içinde uğradıkları suikasti, babasının son anlarını ve ölmeden önce bir şey söyleyip söylemediğini sormuş ama bu mektuba cevap alamamıştı. Ya mektup eline geçmemişti ya da Bennett geçmişin bu acı hatıralarını deşmek istemiyordu.

Defterde anlatılanlara göre Bennett çok güzel Türkçe konuşuyordu, İngiliz ordusu onu Türkçe ve istihbarat konularında eğitmişti. Bu sayede arkadaşı Teğmen Robert da yüksek Türk çevrelerine girebilmiş ve bu çevrelerde kısacık ama hayatını değiştirecek karşılaşmalardan birini yaşamıştı. Birinci Dünya Savaşı'ndan ve Rus İhtilali'nden sonra, işgal altındaki İstanbul dünyanın en hassas noktalarından biriydi, binlerce kişi bu merkezden geçiyordu. İşte imparatorluk ailesine mensup liberal düşünür Prens Sabahattin'in evinde bu insanların en güçlülerinden biriyle, mistik Gürciyev ve arkadaşı Uspenski'yle tanışmışlardı. Babası o geceyi büyük bir heyecanla anlatıyordu. Öldürülmeseydi, belki de yaşamını bu büyük mistiğin öğretilerine göre düzenleyecek, onun müridi olacaktı.

Yüzbaşı Bennett de yıllar sonra yazdığı kitabında bu tanışmaya değinmişti:

"Doğu ve Batı'nın derinlemesine harmanlandığı, kişinin, ortamın Asya'ya mı Avrupa'ya mı özgü olduğunu ayırt edemediği çok az yer vardır. Bu kaynaşmanın hiçbir zaman son Osmanlı sultanının yeğeni ve aynı zamanda Hıristiyan ve İslam geleneğinin derin bir öğrencisi olan Prens Sabahattin'in Kuruçeşme'deki evinde olduğu kadar gerçekleştiğine tanık olmadım.

"Gürciyef'le ilk defa 1920 yılının sonbaharında orada tanıştım ve hiçbir ortam bunun için bu kadar uygun olmazdı. Gürciyef'te sadece Doğu ve Batı birleşmez, aralarındaki farklar da ırk ve dinsel ilke ayrımı gözetmeyen global bir bakışla yok edilir. Bu benim ilk ve en güçlü izlenimlerimden biri olarak kalmıştır."

Leyla bu kitapta babasıyla ilgili bir bilgi bulabilmeyi umuyordu ama yoktu. Kitaptaki biyografiden öğrendiğine göre Yüzbaşı Bennett İngiltere'ye döndükten sonra 1924 yılında Batı ile Türkiye Cumhuriyeti ilişkilerini düzenleyen Londra Konferansı'nda çevirmenlik yapmış, daha sonra bu kariyeri bırakarak kendisini tamamen ruhsal dünyaya adamıştı. Çünkü Maslak yolunda arabasında vurulduktan sonra Fransız Hastanesi'nde bilincini kaybetmiş bir halde kafasından ameliyat edilirken bir insanın bedeni ile ruhunun iki ayrı boyutta var olabildiğini anlamıştı. Bu deneyim, onun hayatını değiştirmişti. Şimdi dünyanın en ünlü mistiklerinden biri sayılıyordu, sayısız kitap yayımlamıştı.

Leyla, "Demek ki bu değişikliğe sebep olan şey, dayım İzzet Kemal'in kurşunu" diye düşündü. Hayat ne garipti.

13

Üst üste binmiş gibi görünen apartmanlar arasında bunalan Leyla Hanım, bir yandan mutsuzluk ve çaresizlik içinde kıvranırken bir yandan da hayatın, bu ileri yaşında önüne çıkardığı tuhaf gençleri tanımaya çalışıyordu.

Yalnız geçen ömrünün sarsılmaz ilkelerini bu evde uygulaması zordu çünkü tanımadığı insanlar arasındaydı.

İlk hafta, bu gergin ortamda ve gençlerin huysuzlukları arasında geçti. Aslında müzisyen oğlanların duruma pek aldırdıkları yoktu, zaten o evde yaşamıyor, akşamdan akşama müzik çalışmaya ve yemek yemeye geliyorlardı ama Roxy tam bir baş belasıydı. İlk tanışmalarındaki kadar sert olmasa da sanki Büyük Hanım ömründeki bütün aksiliklerin ve uğradığı bütün haksızlıkların simgesiymiş gibi onu durmadan iğneliyor, her haliyle gitmesini, evi terk etmesini ima ediyordu.

Büyük Hanım çok sabretmişti ama pire için yorgan yakan ailesinin meşhur inadına sahipti, ayrıca onuruna düşkün bir insandı, bu duruma daha fazla katlanmasının mümkün olmadığını anlamıştı.

Bu arada gençlerin müthiş bir para sıkıntısı içinde oldukları ortaya çıkmıştı. Evdeki eski buzdolabı bomboştu. Bazen yarım bir soğan, kurumuş küçük bir parça beyaz peynir ve buruşuk bir biberden başka bir şey olmuyordu. Akşamdan akşama makarna haşlayıp yiyorlar ve kötü besleniyorlardı. Aralarında geçen konuşmalardan, parasızlık derdinin her gün biraz daha bellerini büktüğünü de anlayabiliyordu Büyük Hanım.

Yine kulağına çalınan konuşmalardan, Yusuf'un gazeteden çok az bir maaş aldığını, müzik grubunun ise iş bulamadığını anlamıştı. Çocukların üstleri başları dökülüyor, evi pislik götürüyordu. Alafranga tuvaletin kapağı kopup kim bilir nerelere gitmiş, taşı kahverengiye kesmişti. Musluklar açıldığı zaman sinir bozucu bir flüt sesi gibi tek notada ötüyor, gece boyunca vınlıyordu.

Kısacası Büyük Hanım yoksullukla, pislikle, düşmanlıkla çevriliydi bu evde. Yusuf'un bu duruma aşırı derecede üzüldüğünü görüyor ve onu da kurtarmak için bir an önce gitmek istiyordu.

Bütün bu olumsuzluklara ek olarak hayatındaki en önemli unsurlardan birinin eksikliğini de hissediyordu. Seksen yıla yaklaşan ömründe ilk kez su kıyısında değildi. Suyun her biçimine alışıktı o ve bunlar yaşamının doğal bir parçasıydı. Su yalnız Boğaz'ın her an renk değiştiren akıntıları değildi. Bazen gece boyunca yağan yağmurdu, bazen manolya yapraklarının üstünde biriken damlalardı, bazen sabah çiyiydi, geçen şilepleri dev birer hayalete çeviren sisti, gümüş rengi bir buluttu, şebnemdi, kırağıydı, su buharıydı, kardı. Bazen de o eski yalıda bol bol akıtılan gözyaşıydı.

Leyla, kar yağdığı zaman Boğaz'ın camgöbeğine dönen akıntılarını çok sever, camın buharını eliyle silerek saatlerce dışarıyı seyrederdi. Kıyıya çekilmiş balıkçı kayıklarının üzerinde kar biriktiğini görmek, bazen aşırı güzellikten duyulan tuhaf bir huzursuzluğa kapılmasına neden oluyordu. Tuhaf bir aydınlıkla parlayan kış günlerindeki camgöbeği deniz, soluk kırmızı bir kayığın üzerindeki kar birikintisi, dalları beyaza kesmiş ve gelin gibi süslenmiş çam ağaçları, bacalardan tüten ince siyah odun dumanları, olağandışı bir manzara resminin içine girmiş gibi heyecanlandırırdı onu. Bazen de bahçeye çıkar, bileklerine kadar kara gömülerek ağzını açar, havada süzülen kar tanelerinin serin tadını dilinin üstünde hissettiği zaman yüreğinden bir sevinç yükselirdi. Böyle günlerde bahçe, ters çevirip salladığın zaman içinde karlar yağan cam küredeki masal kenti gibi görünürdü.

Şimdi bütün bunlar hayatından çıkıp gitmişti. Kendini şehrin merkezindeki betonarme binalar arasında kapana kısılmış gibi hissediyordu.

Bir akşam odasında oturur ve içinde bulunduğu duruma bir çare bulmaya çalışırken, salonda para yüzünden bir kavga koptuğunu duydu.

Anladığı kadarıyla aylardır kira ödememişlerdi, ev sahibi çıkmaları için baskı yapıyordu. Hiçbir çareleri kalmamıştı. *Roxy and Other Animals* grubu iki festivalde çalmış, bir de yeraltı gece kulüplerinde birkaç program yapmıştı ama şu sıralarda ne iş bulabiliyorlar ne de para kazanabiliyorlardı. Roxy kendileri zaten zor geçinirken bir de yaşlı bir kadını başlarına bela ettiklerini söylüyordu.

Odasında bu konuşmaları dinleyen Büyük Hanım derin bir düşünceye daldı.

Yanında getirdiği ve bir zamanlar dolu olan ziynet kutusunda sadece iki parça kalmıştı: Elmaslı bir broş ve anneannesinin elmas yüzüğü. Bunlar da elinden gittiği zaman, hayatta hiçbir güvencesi ve deyim yerindeyse kefen parası bile kalmayacaktı. Bu durumda, iki parçadan birini çocuklara vermek doğru olur muydu? Aklı pek bu işe yatmıyor ve vermemesini söylüyordu ama Yusuf'un Roxy karşısında düştüğü evini geçindiremeyen erkek durumuna da çok üzülüyordu. Sonunda ne olursa olsun dedi ve yüzüğü alarak salona gitti. Konuşmaları hiç duymamıştı sanki.

"Yusuf" dedi, "senden bir ricam var. Yarın sabah Kapalıçarşı'ya gidebilir misin?"

Yusuf şaşkınlıkla onun yüzüne baktı, gidebileceğini söyledi. Herkes susmuş, Büyük Hanım'a bakıyordu.

"İyi" dedi Büyük Hanım, "orada Mihran Usta'nın oğlu Varujan var. Ona lütfen şunu götürüver. Kıymeti neyse verir."

Masanın üstüne bir şey bıraktı ve odasına döndü. Şaşıran gençler masaya gidip baktıklarında, harika bir elmas yüzük gördüler. Mücevher konusunda bir bilgileri olmamasına rağmen, gördükleri yüzüğün değerli, eski ve çok kıymetli bir parça olduğunu sezebiliyorlardı.

Yıllarca aile ziynetlerini satın alan Mihran Usta ölmüştü ama Leyla Hanım bu geleneğin devam edeceğine ve şimdi oğlu Varujan'ın da imdada koşacağına emindi. Evden ayrılırken, elinde kalan son parçaları sakladığı işlemeli küçük ahşap kutuyu bavulun içine koymuştu. Bu yüzüğü satarak hem Yusuf'a borçlarını ödeyebilir hem de bir otele yerleşerek rahat etmeye çalışabilirdi. Dünyanın en rahatsız otelinin bile bu evden bin kat rahat olacağını biliyordu.

Büyük Hanım'ın yüzüğü masaya koyusu ve ondan önemsiz bir şeymiş gibi söz etmesi, Yusuf'u eski günlere götürmüştü. Büyük Hanım ona bir yasemin verdiği, meyve ikram ettiği, bayram harçlığı verdiği zamanlarda olduğu gibi bu sefer de müthiş bir zarafetle davranmış, çocuğun onurunu yaralamamaya dikkat etmişti. Sanki geçerken masaya bir mendil bırakıvermişti. Roxy olan biteni şaşkınlıkla izliyordu.

Ertesi gün Yusuf Kapalıçarşı'ya, Varujan Usta'ya gitti, Büyük Hanım'ın selamını söyledi ve bir tomar parayla eve döndü. Ömründe bu kadar çok parayı bir arada görmemiş, elinde tutmamıştı. Bir mucizeydi bu kadın.

Mucizenin etkisi akşam evde de görüldü. Yusuf yirmi milyar liradan fazla parayı verdiğinde Büyük Hanım teşekkür etti ve paranın yarısını ayırmasını istedi ondan. Yusuf on milyar lirayı ayırdı. Büyük Hanım bu parayı yine büyük bir incelikle, sıradan bir davranışmış ve bir tabak kiraz uzatırmış gibi Yusuf'a verdi.

"Bununla ihtiyaçlarınızı karşılayın!" deyiverdi.

"İyi ama..." diye itiraz etmeye yeltendi Yusuf ama gönülsüz yapıyordu bu işi. Paraya çok ama çok ihtiyaçları vardı, yoksa evden atılacaklardı. Leyla onu susturdu.

Bu işe en çok Roxy şaşırmıştı. Yusuf'un getirdiği yaşlı kadının birdenbire kurtarıcı haline dönüşmesi, hayattan ve insanlardan hiçbir iyilik beklemeyen Roxy'nin hayrete düşmesine ve belki de biraz utanmasına sebep olmuştu.

On milyar liraya o kadar sevindi ki Roxy, Büyük Hanım'ın odasına gidip teşekkür etmek istedi ama kendisini çok zorlamasına rağmen yapamadı. Bu davranış, gözüne bir çıkarcılık ve riyakârlık gibi görünüyordu. Bütün gece yaşlı kadın üzerine düşündü. Kendi ailesinin yaşlılarına hiç benzemiyordu. Davranışları, dimdik duruşu, sesi ve özellikle de insanı delip geçen dikkatli bakışları çok ilginçti. Kadının, daha önce tanıdığı hiçbir kişiye benzemediği sonucuna vardı. Onda sanki, Almanlardan bir şey vardı. Duisburg sokaklarında yürüse kimse onun Türk olduğuna ihtimal veremezdi, Almanlar gibi dik duruyor ve üstüne giydiği hiçbir giysiyi buruşturmuyordu.

Ertesi akşam, Roxy'yi daha da çok şaşırtan bir şey oldu. Evin salonunda oturuyorlardı. Ellerine geçen parayla küçük bir ziyafet hazırlamışlardı. Bir ara söz dönüp dolaşıp müziğe geldi. Roxy yeni bir şarkı yapıyor ve bunun hit olacağına inanıyordu. Melodiyi mırıldandı. Basit bir melodi tekrarı üzerine, yeni yazdığı sözleri söyleyecekti. Arkadaşı orgda melodinin akorlarını çıkarmaya uğraşıyor, deneyip duruyordu. Bir akora takıldı, üç beş denemeden sonra arkadaşlarına, "Burada ne alalım moruk?" diye seslendi. Bir türlü hangi akoru basması gerektiğini bulamıyordu. Bu sırada içeriden, "Mi minör" diye bir ses duyuldu. "Daha sonra da la majör."

Şaşkınlıktan donakaldılar. Ses yaşlı kadının odasından geliyordu. Çocuk önce mi minör, sonra da la majör basınca Leyla'nın söylediklerinin doğru olduğunu gördüler.

Ortalığı bir sessizlik kapladı. Bir süre sonra Roxy melodiye devam etti. Org çalan çocuk bu sefer susmayı ve beklemeyi tercih ediyor gibiydi. Hiçbir şey yapmıyordu. Roxy bir kez daha tekrar etti, sonra bir kez daha. Sanki hepsi odadaki Büyük Hanım'a sesleniyor ve bir kez daha aynı şeyi yapmasını istiyorlardı. Odadan yine bir ses yükseldi: "Eksik yedili."

Çocuklar birbirine baktı. Böyle bir akor bilmiyorlardı. Odadan bir kez daha ve "*Diminish*" diyen bir ses duyuldu.

Org çalan çocuk, "Bu akoru bilmiyorum!" dedi.

Sonra hepsinin şaşkın bakışları altında yaşlı kadın odasından çıktı, dimdik yürüyerek orgun başına geldi, çocuğun kendisine gösterdiği tabureye oturdu ve klavyede *diminish* yani eksik yedili akoru bastı. Sonra biraz önce Roxy'nin söylediği melodiyi çalarak akorları arka arkaya sıraladı. Parmakları klavyede inanılmaz bir sağlamlıkla dolaşıyor, hem güçlü hem de kadife gibi bir müzikalite yaratıyordu. Leyla'nın bu müzikaliteye ulaşması hiç de kolay olmamıştı doğrusu. Frauleine Anneliese'nin "*Toucher, mein junges Fraulein.* Anladınız mı? Piyanoda *toucher* her şeydir" diye tekrarlamaları hâlâ kulaklarındaydı.

Çocuklar zevkten kendilerinden geçmek üzerelerdi. Hayatlarında böyle bir şey görmemişlerdi.

Yusuf ise içten içe seviniyor ve sanki, "Bakın, ben size demedim mi? Büyük Hanım her şeyi bilir" diye kendine övünme payı çıkarıyordu.

Roxy yerinden kalktı, orgun yanına geldi ve duyulur duyulmaz bir sesle, "Teşekkür ederim!" dedi. "Harika piyano çalıyorsunuz!"

Leyla o akşam odasına çekildikten sonra, kendinden memnun bir biçimde herkesin ona derin bir saygı göstermeye başladığını düşündü. Gözle görülür bir değişiklik olmuş ve genç çocuklar neredeyse önünde eğilecek hale gelmişlerdi. Bu etkide paranın rolü daha küçüktü ona göre. Esas saygıyı piyano eğitimi sağlamıştı.

Bu çocukların neredeyse hiç eğitilmemiş olduklarını görüyordu. Ne bilgi ne kültür ne de toplum içinde davranış kuralları. Öylesine büyümüş gitmişlerdi işte. Buna hayret ediyordu.

Kendisini eğitmek için gelen hocaları hatırladı. Piyano etüdleri, Fransızca fiil çekimleri, Shelley, Blake, Wordsworth, Tennyson şiirleri, Almanca Goethe ve Wilhelm Meister hayatının olmazsa olmaz parçalarıydı.

Eğer babasıyla birlikte büyüseydi büyük bir olasılıkla ana dili İngilizce olurdu ama şimdi Almanca düşünüyor ve rüyalarını bazen Fransızca görüyordu. Babasının dili bunlardan sonra geliyordu.

14

Bir öğleden sonra Roxy salonda yalnız başına televizyon seyrediyor, National Geographic kanalında hayvanların cinsel yaşamları üstüne bir belgesel izliyordu. Leyla Hanım odasındaydı. Roxy aslında böyle kanallara pek bakmazdı; artık Afrika'da ceylan avına çıkan her aslana iki kamera düştüğü ve parçalanan her ceylan filme alındığı için bitmek tükenmek bilmeyen kanlı sahneler izlemekten sıkılmıştı. Ama bu belgesel, öldürmeyi değil hayat yaratmayı, yani çiftleşmeyi anlatıyordu.

Önce yılanların çiftleşmeleri gösterildi uzun uzun. Erkek yılan için dişinin yanına sokulmak zordu. Çünkü dişi yılan çiftleşmek istemediği zaman öldürücüydü. Ayrıca erkeği kabul edip onunla çiftleştiği zaman bile durum tehlikeliydi. Erkek yılan, cinsel birleşme sonrası öldürülmekten korktuğu için hızla uzaklaşıyordu oradan. On dakikalık seyir sonunda Roxy yılanlar için ölüm ile seksin birbiriyle kardeş olduğunu anlamıştı. Dişilere yanaşmak zordu.

Arkasından aslanların cinsel hayatına geçildi. Aslanlarda da en büyük problem dişiyi bu işe razı edebilmekti. Çünkü dişi, bir erkekten hoşlanmadı mı en basitinden basıyordu tekmeyi, daha tehlikeli uzaklaştırma yöntemleri benimseyenler de vardı.

Roxy belgeseli izledikçe, aslında en kolay çiftleşenin insan dişisi olduğu sonucuna vardı. Erkekler için ne dişi tarafından sokulma, pençelenme, parçalanma riski vardı ne de çiftleşme zamanı konusunda sorun.

Dişi hayvanlar sadece her yıl belli zamanlarda, hatta bazıları iki yılda bir kızışıyor ve bin bir güçlükle seçtikleri erkeği kabul ediyor, sonra da kimseyi yanına yaklaştırmıyordu.

Hatta belgeselde, erkek aslanın, dişi aslanın yavrularını öldürdüğü, böylece onu yeniden çiftleşmeye zorlamak istediği anlatılıyordu.

Ama durum insanlarda hiç de böyle değildi. Sekste çocuk yapma, üreme amacı neredeyse kaybolmuştu. Bu yüzden de insanın dişisi önüne gelen erkekle yatar hale gelmişti.

Roxy'ye göre insan türü, başka alanlarda olduğu gibi cinsellikte de doğaya yabancılaşmış, doğal güdülerini yitirmişti. Hangi hayvan, bir başka hayvan çiftinin sevişmesini ya da dişinin çıplak vücudunu seyretmek için para öderdi ki. Bu işe para kazanma hırsı bulaşınca her şey ortalığa dökülmüş, insanların düş gücüne hiç yer bırakılmamıştı. Pornografik filmler neredeyse tıp fakültesinde okutulan bir anatomi dersi gibi kadın vücudunda girilmedik nokta bırakmamıştı.

Bütün bunları Âşık Veysel'in "Aşk nedir?" sorusuna verdiği "Seversin, kavuşamazsın, aşk olur" cevabıyla karşılaştırınca ne kadar saçma geliyordu.

Okulda okuttukları Goethe'nin romanındaki Genç Werther bu devirde olsa intihar etmeyi aklından bile geçirmez, pornografik filmlerden edindiği deneyimleri uğrayacağı ilk seks kulübünde uygulama yoluna giderdi. Erkekler için bu kadar basitti iş. Çünkü onlar doğanın mümkün olduğu kadar çok sayıda kadını gebe bırakmak üzere programladığı yaratıklardı. Kadının görevi ise bunu sınırlamak ve alabileceği en sağlıklı dölü aldıktan sonra çocuğunu doğurmaktı. Bu açıdan bakılınca çağımızın erkekleri doğalarına bir parça uygun davranıyorlardı. Terslik, özgürlüğü erkekleşme gibi anlayarak kadınlığı küçük düşüren ve doğalarını değiştirmeye çalışan kadınlardaydı.

Bu düşünceyi bir kadın olarak değil de erkek olarak ileri sürse feministlerden ne kadar dayak yiyeceği aklına geldi. Gülümsedi.

Ama bu akıl yürütme, Roxy'nin zaten sık sık daralan yüreğine yeni sıkıntılar ekledi. Mauritz'ten başlayarak yattığı oğlanları ve bunun anlamsızlığını düşündü. Hayvanlar gibi içgüdüleriyle, doğaya uygun yaşayamadığı için hayıflanıyordu. Kendini kullanılmış ve yıpratılmış hissediyordu.

Ve işin kötüsü bu ortamda uzun yıllar âşık olamamış, kupkuru yaşamıştı. Son zamanlarda gazetelerde, televizyonlarda, roman ya da şiir kitaplarında aşk sözcüğünden geçilmezken, adında aşk geçen kitaplar satılırken, herkes aşkla oturup aşkla kalkarken kendisi bu duygunun yanına bile yaklaşamamıştı.

Doğrusu Yusuf'u bugüne dek yatağa girdiği erkeklerden daha iyi, temiz ve namuslu buluyordu. Bir anlamda seviyordu da bu çocuğu. Dünyaya bakışındaki saflık ve iyi niyet onu çekiyordu ama acaba aşk mıydı bu?

Galiba kendi kuşağındaki herkes böyleydi. Çıplaklık, özgür seks ve mahremiyetin ortadan kalkışı, aşkı da bitirmişti. Kendisinin hiç tatmadığı aile kavramı bütün bunların yerine geçen tılsımlı bir merhemdi belki de, kim bilir!

Derken aklı odada uyumakta olan Leyla'ya kaydı. Yusuf'un anlattıklarına bakılırsa, kadın ne evlenmiş ne de âşık olmuştu. Yapayalnız bir hayat mümkün müydü?

Ne acayip bir kadındı bu böyle. Yaşına rağmen kendisine Leyla Hanım değil Leyla denmesinde ısrar ediyordu. Kendi çevresinde yaşlı kadınlara hep teyze denir, onların elleri öpülürdü. Ama Leyla bunların hiçbirini istemiyor, çocuklara bile kendi akranıymış gibi davranıyordu. Evdekiler de onun isteğine uyarak Leyla diye sesleniyor ama siz diyorlardı. "Leyla, bu akoru nasıl basacağımızı gösterir misiniz?", "Leyla, siz kabak graten yapmayı biliyor musunuz?" Leyla aşağı, Leyla yukarı. Böylesi gençlerin de çok hoşuna gitmişti.

Leyla'nın bilmediği şey de yok gibiydi. Piyanodaki ustalığından sonra Roxy, kadının bir yönünü daha keşfetmiş, bu da yerin dibine geçmesine yol açmıştı.

Çünkü Leyla'nın eve geldiği ilk günlerde, arkadaşlarıyla Almanca konuşup bu "yaşlı cadı" hakkında ağza alınmayacak şeyler söylüyor ya da onunla sık sık alay ediyorlardı. Ta ki bir gün Leyla Hanım'ın mükemmel Almanca bildiğini anlayana kadar.

Yaşlı kadının bu derece mükemmel Almanca bildiği kimin aklına gelirdi ki! Demek ki kendilerinin bütün o alay ve aşağılama kokan sözlerini sabırla dinlemiş ve hiç renk vermemişti. Bu keşiften sonra Roxy, Leyla Hanım'dan çekinir olmuş ve ona daha dikkatle bakmaya başlamıştı.

Bu kadar çok şey bilen bir insana rastlamamıştı şimdiye kadar. Almanya'da okuldaki hocaları bile bu Türk kadınla aşık atamazdı.

Onun hakkında bu kadar çok düşünmesi de garipti doğrusu. Ona acıyor muydu, sevmeye mi başlamıştı, saygı mı duyuyordu? Sonra, "Hadi canım" dedi kendi kendine, "bana ne bu kadından!"

Ama Leyla'yı bir türlü aklından çıkaramıyordu. Çocuklarda da Leyla'ya karşı tuhaf bir saygı oluşmuştu, o salona girdiği zaman yerlerinde kıpırdanıyor, ayağa kalkıp onu selamlamak ister gibi yarım yamalak hareketler yapıyorlardı.

Yusuf bütün bunlardan derin bir memnuniyet duyuyordu elbette.

Roxy'nin, ailesine ve insanlara karşı duyduğu nefret duvarında bir delik açılması ve Leyla'ya neredeyse tutkuyla bağlanması, kadın eve geldikten iki hafta sonra bir gün onun anılarını gizlice okumasıyla başladı. Yaşlı kadın bütün gün salondaki yazı masasında bir deftere bir şeyler yazmış, sonra da aniden bastıran uykuya direnemeyerek odasına çekilmişti. Roxy bir süre sonra onun düzenli nefeslerinden derin bir uykuya daldığını anladı. Masaya yaklaşıp deftere bir göz attı. Müthiş bir Almancayla yazılmış satırlarla karşılaştı. Dili o kadar mükemmel bir biçimde kullanıyordu ki, Almanya'da doğup büyümüş olan Roxy bazı kelimelerin anlamlarını bile bilmiyor, cümle yapılarını anlamakta zorlanıyordu.

Ama açık olan bir şey vardı, o da, yaşlı kadının müthiş acı çekmekte olduğuydu. Kendine acıyan bir tavır yoktu bu notlarda. Duygusal kelimeler de kullanılmıyordu. Ama evini kaybeden kadının anılarını da yitirmekten korktuğu ve müthiş bir çaresizlik içinde olduğu belliydi. Dedesine, anneannesine ve annesine hitaben yazılmış satırlar vardı. Evi koruyamadığı için kendini suçluyor ve "Beni affedin!" diyordu.

Bunları okuduğu zaman Roxy belki de hayatında ilk kez büyük bir utanç ve yaşlı kadına hayranlıkla karışık bir sevgi duymaya başladı.

Yavaşça oda kapısından baktı, bir süre yaşlı kadının uyuyuşunu seyretti. Uyku Leyla Hanım'ın bütün savunma duvarlarını yıkmış, onu yarı açık ağzıyla, başa çıkamayacağı kadar büyük doğal güçlere teslim olan âciz ve acı çeken bir kadına döndürmüştü. Roxy, şaşırarak bu manzaranın içini burktuğunu, neredeyse gidip kadının zayıf omuzlarına sarılmak istediğini fark etti. Bunu yapmadı ama yaklaşıp kaymış olan battaniyesini düzeltti.

Bir yandan da ömründe ilk kez hissettiği "yumuşak" duygulara şaşıp kalıyordu. Çocukluğundan beri sert bir dünya içinde yetişmiş ve böyle duygusallık gösterilerini zayıflık olarak görmüştü. Ailesi içindeki sert ilişkilerin ona öğrettiği şey, dünyanın bir savaş alanı olduğuydu. Ama nedense bir süredir içinde yaşlı kadına karşı iyi duygular beliriyor, hareketleri giderek yumuşuyor, yüreği şefkatle kabarıyordu. Bir tek yaşlı kadının varlığı bu değişikliği yaratmaya yeter miydi? Kendisine neler oluyordu böyle?

Yusuf'la konuşup yaşlı kadının evini geri almak için yardım etmek istediğini söyleyecekti. Cihangir'de birçok dostu vardı. Gazeteciler, avukatlar, üniversite hocaları tanıyorlardı. İlk yapacakları iş, o sahte raporu düzenleyen doktoru bulup onunla konuşmaktı. Almanya'da hak aramak kutsal bir şeydi, burada neden olmasındı.

Yusuf, Roxy'deki bu büyük değişime şaşıyordu. Acaba bu ilgi nereden kaynaklanıyordu? Kadın onlara para yardımı yaptı ve hayatlarını düzene soktu diye miydi bütün bunlar, yoksa ona gerçekten acımış mıydı?

Bu konuşmaların, kararların sonucu olarak iki gün sonra yaşlı kadına bunak raporu veren doktoru görmeye gittiler. Adam üniversitede profesördü, tanınmış biriydi. Arada bir gazetelere milliyetçi dozu yüksek yazılar da yazıyordu.

Üniversite hastanesindeki yorgun ve yılgın hasta kalabalığının arasından sıyrılarak koridorlarda ilerlediler ve "Hoca"nın odasını buldular.

Roxy ile Yusuf adamın kapısının önünde bir süre bekledikten sonra hademe tarafından içeri kabul edildiler. Televizyonlardaki açık oturumlardan tanıdıkları gür kaşlı, gözlüklü profesör onları oturttu ve kibarca ne istediklerini sordu.

Leyla Hanım'ın onun raporuna dayanılarak evinden atıldığını anlattılar ve yaşlı kadını hiç görmediği halde bu raporu nasıl verebildiğini sordular. Adam önce biraz şaşaladı ama sonra, "Siz o hanımın akrabaları mısınız?" dedi. Yusuf tam "Hayır!" diyecekti ki Roxy'nin telaşla atılıp "Evet" dediğini duydu. "Kendisi teyzemdir."

Profesör "Allah Allah!" dedi. "Bana kadının kimsesiz olduğunu söylemişlerdi."

Sonra hemen kendisini toparladı: "Zavallı kadının aklı başında değil."

"Kendisini hiç görmeden bunu nasıl söylersiniz?"

"Gördüm kızım gördüm, hiç görmeden rapor yazılır mı?"

"Bir kere ben sizin kızınız değilim. İkincisi teyzem sizi hiç görmediğini ve hiç kimsenin kendisini muayene etmediğini söylüyor."

Profesör bir süre dalgın dalgın karşıdaki duvara baktı. "Dementia!" diye kendi kendine mırıldandı. "Dementia! Ne güçlü şey. Ne amansız bir hafıza silinişi! Allah düşmanımın başına vermesin."

Sonra silkinip kendine gelmiş gibi karşısındaki iki gence hitap etti: "Ah zavallı kadıncağız, bakın bunu bile hatırlayamıyor işte! Neyse, başka bir isteğiniz var mıydı?"

Profesör ayağa kalkıp görüşmenin bittiğini belli etti. Odadan çıkmakta olan gençlere gülümseyerek bakıyordu. Sanki, sizin gücünüz bu işlere yetmez, iyisi mi fazla burnunuzu sokmayın der gibi küstah bir bakıştı bu.

Tam kapıdan çıkarken Roxy, "Aslında bizim ziyaret sebebimiz farklı" dedi.

"Biz gazeteciyiz. Arkadaşım bu konuda bir haber hazırlıyor da!"

Bu söz üzerine adamın yüzünün allak bullak olduğunu gördüler. Zaten bu konuda kötü bir şöhreti olduğu için adının daha fazla "mülke el koyma" haberine karışmasını istemiyordu. Bütün Türk egemen çevrelerinde olduğu gibi, kimsenin kendisine bir şey yapamayacağı konusundaki inancı tamdı ama ne olur ne olmaz diye, bu genç ve acemi gazetecilere karşı son kozunu oynamak istedi. Kapıdan çıkmakta olan gençleri durdurdu ve sesini alçaltarak, "Çocuklar, biliyorsunuz, değil mi?" diye sordu.

Merakla baktılar.

"Bu kadının" dedi, "nesebi gayri sahih!"

Roxy bu Osmanlıca sözden hiçbir şey anlamadı.

Profesör devam etti: "Bir İngiliz işgal subayının gayrimeşru çocuğu. Bu yüzden zaten Türk toplumundan dışlanmış biri. Şimdi de bunadı zavallıcık."

Son sözler Roxy'yi çok kızdırdı, dönüş yolu boyunca adama attı tuttu. İşte bu tutumdan nefret ediyordu Roxy. Çok bilmiş, karşısındakini aşağılayan, küçümseyen gözlerle bakan bir tavır. Otorite. Adam kendisine "Kızım" dediği zaman sözü ağzına tıkaması ve "Ben sizin kızınız değilim" demesi içini ferahlatmıştı. Bu adamlar ancak bu dilden anlarlardı.

Ama ne kadar uğraşırsa uğraşsın bir türlü kurtulamadığı muamele yine karşısına çıkmıştı: Aşağılama, küçük görme, sen benim eşitim değilsin tavrı. Almanya'da da aynen böyle olurdu. Sokakta kendisini görmezden gelen bakışlarla karşılaşırdı. Özellikle iyi giyimli, orta yaşlı, zengin ve uzun boylu Alman kadınlar, kendisi gibi yabancıları görmeyen bir bakış geliştirmişti. Sanki bakışlar sana takılmadan geçiyor ve uzaklara uzanıyordu. Belki de bu statüden kurtulduğu tek yer, Alman erkeklerin gözlerini onun vücuduna kilitlediği seks salonuydu.

Almanya'daki aşağılanmalardan, küçük gören bakışlardan kurtulmak için buraya gelmişti ama burada karşılaştığı muamele neredeyse daha beterdi. Kimi "Almancı" diye küçümsüyor, kimi boyalı saçlarına bakıyor, kimi yaptığı müziğe dudak kıvırıyordu. Bu müziği anlamıyorlardı buralarda; tek anladıkları şey, kendilerini süs köpeği gibi güzelleştirmiş şarkıcı kadınların açık saçık gösterileriydi. Bazen bütün bunları düşünüyor ve hayatı boyunca saygı göremeyeceği için kendine acımaya başlıyordu. Nerede yanlış yaptığını sorup duruyordu. İstediği tek şey saygı görmekti, başka bir şey değil. Bu sahtekâr doktor da o nefret ettiği başarılar dünyasının bir adamıydı. Kendinden son derece emindi. Ama son anda söylediği sözler adamın huzurunu kaçırmaya yetecekti. Şimdi iş, bir avukat bulup Leyla Hanım'ın muayene edilmesini sağlamaya ve evini geri alabilmesi için bir dava açmaya kalıyordu.

Yusuf, Roxy'nin, kendini iyice kaptırmaya başladığı bu kurtarıcı rolünden çok hoşlandığını gördü. Hastanenin kapı sını açıp önce Roxy'nin geçmesi için yol verdi.

Roxy, bir kez daha herkesin kendisinden saygıyı esirgediğini, bir tek Yusuf'un onu aşırı şımarttığını düşündü. Yaptığı müziğe bile tutkundu bu çocuk. Her türlü kaprisine boyun eğiyor ve elinden geldiği kadar onu yatıştırmaya çalışıyordu.

Tuhaf bir çocuktu doğrusu. Bu kadar uysal, barışçı ve olgun bir Türk erkeği, bildiği hiçbir kalıba uymuyordu. Tanıdığı Alman gençleri ilgisiz ve bencil, Türk erkekleri ise kaba ve vahşiydi. Çevresinde gördüğü kızların çoğu erkek arkadaşlarından dayak yiyordu.

Roxy, Yusuf'un kişiliğini daha iyi anlamaya çalışıyor ve sorular soruyordu ona: "Sen hiç kavga eder misin?"

"Kiminle?"

"Ne bileyim, karşına çıkıp canını sıkanlarla."

"Bazen."

"Peki hiç yumruk yumruğa dövüştün mü? Birinin yüzüne yumruk attın mı?"

"Hayır!"

"Neden?"

"Niçin yapayım? Birinin yüzüne vurmak neden gerekli olsun ki?"

"Bilmem, bütün gençler bunu yapar. Gençlik kavgaları."

"Ben yapmadım hiç."

"Peki âşık oldun mu?"

"..."

"Hadi söyle, söyle bakalım; kaçmak yok, hiç âşık oldun mu?"

"Evet."

"Kime?"

"Sana ne!"

"Ne demek bana ne! Söyle, hiçbir kıza âşık oldun mu?"

"Evet, dedim ya!"

"Kime?"

"Biliyorsun."

"Hayır, ben bizden bahsetmiyorum. Benden önce."
"Hayır."
"Yalan söylüyorsun. Yalancısın sen."
"O zaman... belki diyelim."
"Biliyordum zaten. Kime?"
"Anlatmak istemiyorum."
"Hayır, anlatacaksın."
"Zarif ve ilginç birine."
"Benden daha mı zarif?"
"Evet."
"Yaa. Benden daha mı çok sevdin onu?"
"Hayır!"
"Nereden bileyim?"
"Roxy bırak bu soruları artık. Uyumak istiyorum. Sabah olmasına pek fazla bir şey kalmadı."
"Peki o kızın adını söyle, bırakayım. Yoksa sabaha kadar uyutmam seni."
"Hadi Roxy."
"Söyle, bir tek ismini söyle."
"Peki söylüyorum. Leyla."
"Ne? Hangi Leyla?"
"Yan odada uyuyan kadın."
"Çok kötüsün, yalan söylüyorsun."
"Vallahi yalan söylemiyorum. Ben çocukluğumda bu kadına âşıktım. Herkes âşıktı zaten."
"Ben böyle bir aşkı kastetmedim."
"Ama olup biten tek şey bu. Peki sen anlat bakalım. Hiç âşık oldun mu?"

İşte gece yatakta iki günahkâr sırdaş gibi fısıldaşmalarının kaçınılmaz sonu gelmişti. Her gece böyle oluyor ve Yusuf sözü onun eski sevgililerine ve yaşadığı cinsel deneyimlere getirmeden susmuyordu. Roxy bu iyi çocuğun saf yüreğini müthiş bir kıskançlığın kemirdiğini hissediyor ve "İşte, ne kadar değişik de olsa sonunda Türk erkeği tarafı ağır basıyor!" diye düşünüyordu.

Onun âşık oldun mu sorusuna hayır cevabı verirken konuşmayı bitirmek istiyor ama ne yazık ki bitmeyeceğini, sonuna kadar gideceğini de biliyordu.

"Hayır!"

"O kadar kesin bir tavırla söylüyorsun ki duyan da sahi sanır. Almanya'da hiç erkek arkadaşın olmadı mı?"

"Oldu!"

"İyi ama..."

"Âşık oldun mu dedin, hayır dedim. Ama erkek arkadaş başka."

"Peki âşık olmadan mı onlarla yatağa girdin?"

"Evet."

"Niçin?"

"Bilmiyorum, âdet yerini bulsun diye. Çevremde herkes öyle yapıyordu."

"Kaç kişiyle beraber oldun?"

"Canım bırak bunları şimdi!"

"Kaç erkekle? Söyle bana. Senin her şeyini merak ediyorum."

"Peki, üç. Memnun oldun mu?"

"Niye memnun olayım, sapık mıyım ben?"

"O zaman niye ısrarla soruyorsun? Olup bitmiş şeyler. Hatırlamıyorum bile."

"Bana yaptığın şeyleri onlara da yaptın mı?"

"Yusuf bunları konuşmak istemiyorum. Sus diyorum sana."

"Şşş, sesini yükseltme ama bana anlat. Tatmin ediyorlar mıydı seni?"

İşin bu noktasında Roxy isyankâr bir ağlama tutturuyor, ağzına geleni söylüyordu.

"Sus dedim sana, beni zorlama. Bunları konuşmak istemiyorum."

"Peki, tamam. Eşeklik ettim yine ama artık ağlama. Bir daha sormayacağım."

Bu krizler, birbirlerine sarılıp "Bırak eskileri, şu anda beraberiz ya bundan daha önemli ne olabilir" anlamına gelen değişik sözleri tekrarlamakla sonlanıyordu.

O zaman Roxy'nin hıçkırıkları diniyordu.

Hayatı boyunca hakarete uğradığını düşünen kızın en zor gecesi, İstanbul'a gelişinin ilk haftasında olmuştu. Sirkeci'de berbat bir otelde kalıyor, iş arıyorlardı. Tam paralar suyunu çekerken Pera'da gece yarısından sonra müzik yapılan bir yerde deneme işi aldılar. Ve o gece tam bir fiyasko oldu. Daha çok hard rock sevenlerin gittiği kulüpte alıştıkları gurupları dinlemek isteyen azgın dinleyici, *Roxy and the Other Animals* grubunu yuhaladı ve sahneden inmeye zorladı. Kulüp sahibi de onları kapının önüne koyuverdi.

Roxy o kadar yıkılmıştı ki kendi kaderine lanetler yağdırmak için arkadaşlarına ihtiyacı olmadığını düşündü, onları otele yolladı ve kendini Pera'nın rezilliklerle dolu gecesine vurdu. Önüne gelen birkaç barda sert içkiler içti, çabucak sarhoş oldu, kendisine laf atan erkeklere okkalı küfürler savurdu.

Sabaha karşı kendini Taksim Meydanı'nda bir kaldırımda oturur durumda buldu. Buraya nasıl geldiğini hatırlamıyordu. Biraz sızmıştı herhalde.

Başını çevirdiğinde, biraz ileride küçük bir kız çocuğunun oturduğunu gördü. Gece serinliğinden büzülmüş, mutsuz bir çocuk. Onu kendi çocukluğuna benzettiği için yanına oturup onunla konuşmaya çalıştı. Çocuk ürkek bakışlarla çevresini süzüyor, ona cevap vermiyordu. Roxy onu çenesinden tutup başını kaldırdı ve fener ışığında gözlerine baktı. Kızın gözlerinde hiçbir ifade yoktu, içi ölmüş gibiydi. Roxy tekrar yerine döndü.

O sırada önlerinde bir otomobil durdu ve içinden iki adam

indi. Birinin sırtında parka vardı. Çocuğu ayağa kaldırdılar, sonra eteğini kaldırıp baktılar, mıncıkladılar, göğüslerini ellediler. Adamlardan biri çocuğu övüyor ve müşteriye satmaya çalışıyordu. Sonra kızı alıp otomobile götürdüler.

Roxy ayağa fırlayıp onlara engel olmaya çalıştı, "Polis!" diye bağırmaya başladı, "İmdat, çocuk kaçırıyorlar!"

Parkalı adam Roxy'nin yüzüne bir yumruk attı, yere düşünce de karnını tekmeledi. Otomobil çekip gittiği sırada Roxy gözüne kan dolduğunu hissetti. Görüşü bulanmaya başladı.

Biraz sonra başka çocuklar gelip onu kaldırdılar. Bir oğlan, "Bu iş böyle abla!" dedi. "Sen karışma, sonra çok fena yaparlar."

Roxy ayağa kalktı, duvarlara tutuna tutuna yürümeye başladı. Başı dönüyordu. Bu iğrenç şehirden bir an önce kaçmaktan başka bir şey düşünemiyordu o anda. Almanya'dan da beterdi burası. Ama oraya dönse babasıyla birlikte yaşamak zorunda kalacaktı, bu korkunç şehirde ise insan kalmamıştı. Nereye gidecek, nerede yaşayacaktı? Parası yoktu ki kendisine yeni bir hayat kursun.

İntihar etmeyi düşündü, nasıl olsa çok kız intihar etmiyor muydu burada, kendi intiharı da arada kaynar giderdi.

Bu düşünceler içinde yürüye yürüye otelin yolunu buldu ve kendisini yatağa atarak taş gibi bir uykuya daldı.

Ertesi gün bir kulüpte Yusuf karşısına çıktı; kendisiyle röportaj yapmak isteyen bir gazeteci. Müziğine hayran, efendi, iyi niyetli.

Roxy önce, "Olamaz!" diye düşündü. "Bu işte bir bokluk var, yakında bunun da kokusu çıkar, anlarız. Hiç kimse bu kadar düzgün olamaz."

Ama düzgündü işte; hem de hiç kimsenin olamayacağı kadar.

Merhametli, dürüst ve saygılı.

Roxy bir mucizeyle karşılaştığını düşünmeye başlamıştı.

15

Bu ilginç Cihangir dairesinde Leyla Hanım, ömrü boyunca görmediği kadar değişik insanla tanıştı; hepsinden Türkiye'nin başka bir yönünü öğrenmeye başladı ve sonunda öyle bir noktaya geldi ki yalı bahçesindeki evinde pek zevk alarak yaşadığı "hayattan çekilme ve anılara gömülme" durumunun pek de ahım şahım bir şey olmadığını düşünmeye başladı. Seksenine merdiven dayamış biri yeni şeyler öğrenir miydi? Eğer bu insan Leyla Hanım gibi bitmek tükenmek bilmeyen bir öğrenme iştahına sahipse her şeyi yapardı.

İçine girdiği yeni dünyayı gözlemek, Leyla Hanım'ın o sıkıntılı günlerindeki tek tesellisiydi. Onca yılın uzletinden, yalnızlığından, manolyalar ve yaseminler arasında tek başına geçen yıllarından sonra, birdenbire yeni Türkiye'nin çılgın enerjisini, savruk, özensiz ama çekici yönünü tanımaya başlamıştı.

Son yıllarda farkına vardığı ve üzerinde kafa yorduğu önemli bir görüşü vardı Leyla Hanım'ın. İnsanlar yaşlanıyordu, bunun ayrıcalığı yoktu ama yaşlanan insanların bir kısmı olgunlaşmış olarak, bir kısmı ise olgunlaşmadan ölüyordu. Bunun püf noktası ise bir insanın "Nasıl görünüyorum?" sorusundan, "Nasıl görüyorum?" aşamasına geçmesiydi.

Çevresindeki genç insanların kendilerini çevrelerine kanıtlamak için haklı olarak sonsuz bir uğraş hatta çırpınma içine girdiklerini görebiliyordu. Gerekli bir uğraştı bu. Çünkü o genci diğerlerinden ayıran, onu özel kılan birtakım nitelikler, ancak böyle bir kendini kanıtlama çabası sonucunda oluşabilirdi. Doğal olarak insanın bu döneminin en önemli sorusu "nasıl algılandığı" olurdu. "Beni beğeniyorlar mı, takdir ediyorlar mı? Başkalarına nasıl görünüyorum?"

Ama belli bir aşamadan sonra insanın bu çırpınmadan kurtulması ve olgunlaşabilmek için, "Nasıl görünüyorum?" sorusunu bırakması gerekiyordu.

Bu noktada insan artık yarışta değil jüride olmalıydı, altın değil sarraf kimliğine bürünmeliydi, değerlendirilen değil değerlendiren konumuna geçmeliydi. Olgunlaşma bu demekti. Leyla Hanım Cihangir'deki evde genç çocukların kıvranmalarını, çırpınmalarını, kendilerini beğendirme çabalarını gördükçe onlara sonsuz bir merhamet duyuyor ve bildiği her şeyi onlarla paylaşmak istiyordu. Kendisi artık bu hayatın bir aktörü değildi.

"Çocuklar"ın eve gidip gelen arkadaşları arasında çok ilginç kişiler vardı. Bunlardan kumral pos bıyıklarıyla Friedrich Nietzsche'yi andıran tiyatro yönetmeni çok hoş bir proje anlatıyor ve –kendi sözleriyle– bu yaşlı Osmanlı-Cumhuriyet hanımefendisinden "danışman" olarak yararlanmak istiyordu. Çünkü o devirleri, yani imparatorluktan Cumhuriyet'e geçişi iyi bilen birine ihtiyacı vardı. Beyoğlu'ndaki küçük tiyatrosunda Refik Halit'in *Deli* adlı piyesini sahneye koyuyorlardı. Leyla Hanım oyunu bilmiyordu ama bunca yeni ve yetenekli yazar varken niye bu kadar eski bir yazarı seçtiklerini sorunca tiyatrocu çocuk çok ilginç bir şey anlattı.

Deli piyesinde, Osmanlı İmparatorluğu'nun son günlerinde komaya giren ve birkaç yıl sonra Cumhuriyet döneminde kendine gelen bir adamın hikâyesi anlatılıyordu. Adamcağız uyandığı zaman gördüğü muazzam değişimi anlamakta güçlük çekiyordu. İçinde yaşadığı toplum gitmiş, yerine bambaşka bir toplum gelmişti. Padişah yoktu artık, "istibdat" ortadan kalkmıştı, insanlar Batılı gibi giyiniyordu. Başlarına gâvurlar gibi şapkalar takmışlardı, kızlar feraceyi, yaşmağı atmış, çıplak gerdanlarını ve kollarını teşhir ederek dolaşmaya başlamışlardı. Adamcağız bunlara inanamıyor ve herhalde delirdiğini düşünüyordu. Neler olup bittiğini anlamak için eskiden okuduğu *Tasvir-i Efkâr* gazetesini istiyor ve çocukları *"Tasvir-i Efkâr* yok, artık *Cumhuriyet* gazetesi alıyoruz" dediği zaman korkudan aklını kaçıracak gibi oluyor, "Aman o kelimeyi ağzınıza almayın!" diyordu. "Ne demek Cumhuriyet? Padişahın hafiyeleri duyarsa kökümüzü kuruturlar."

Umutsuz bir çabayla yaşlı adama artık Cumhuriyet idaresinde yaşadıklarını anlatmaya çalışıyorlar ve bunu ispat etmek için *Cumhuriyet* gazetesini bile getiriyorlardı ama burada da adamı başka bir şok bekliyordu. Çünkü gazete Latin harfleriyle basılmıştı, adamcağız bu yazıyı okuyamıyordu. Bir anda, okuryazar olmayan bir cahile dönüşüvermişti.

Leyla Hanım bütün bunları gülerek dinledi, piyesi ve onu sahneye koyma fikrini çok beğendi. Mademki piyes konusunda kendisinden yardım istiyorlardı, elinden geleni yapacak ve sık sık kabuk değiştiren bu ülkedeki alt üst oluşları anlatmaya çalışacaktı. O dönemlerde daha bir çocuktu ama Cumhuriyet devrimleri sırasında yeni idareye geçilirken yaşananları biliyordu. Çevresindeki insanların hikâyelerini çok duymuştu.

"O günleri size nasıl anlatayım" dedi çocuklara. "Atatürk bir gün elindeki şapkayı gösterip, 'Efendiler, buna şapka derler!' dediği andan itibaren milyonlarca erkek kafalarındaki vişne çürüğü fesleri ve sarıkları atmaya mecbur kalmış, herkes yana yakıla bu gâvur icadından bir tane bulup kafasına geçirme telaşına düşmüştü. Çünkü şapka giymemek yeni rejime ve devrime düşmanlık, gericilik anlamına geldiği için –maazallah– sonu pek kötü olurdu. Anadolu'nun her yerinde olduğu gibi İstanbul'da da bir şapka paniği baş göstermişti.

"Toplumun ileri gelenleri erkekleri topluyor ve 'Evlatlarım, bundan böyle feslerinizi, sarıklarınızı atıp şapka giyeceksiniz!' diyordu. 'Bu bir emirdir, hem de büyük yerden gelen bir emir. Eğer başlarınızın omuzlarınızın üstünde kalmasını istiyorsanız, Frenk icadı falan demeden bir şapka giyeceksiniz.'

"'Hadi gâvurluktan vazgeçtik, nereden bulalım bu şapka denen icadı?' sorularının cevabı ise verilemiyordu. Herkes başının çaresine bakacaktı. Yalıda çalışan bahçıvanlar, hizmetliler, bekçiler ne yapıp da bir şapka buluruz, diye epey kıvranmışlar, sonra kafalarına yarım yamalak diktikleri kumaş parçaları geçirmekten başka çare bulamamışlardı. Fesini çıkarmamakta direnen Arnavut bekçiye 'Vallahi kellen gider. Biz karışmayız' diyorlardı. Çünkü devrim kanunlarına aykırı hareket ediyordu. Dik kafalı bekçi ise, 'Ben sadece bunu bilir bunu giyerim!' diye inatlaşıyordu."

Pos bıyıklı tiyatrocu çocuğun kendisini can kulağıyla dinlediğini ve durmadan not aldığını gören Leyla Hanım, kendini gerçekten de bir tiyatro danışmanı gibi hissetmeye başlamıştı ve bu durumdan zevk alıyordu.

"Ben sizin yerinizde olsam" dedi, "sahnenin bir kenarına şapka imal eden bir atölye ya da sembolik bir fabrika yerleştiririm. Üstüne de 'Borsalino' yazarım. Çünkü o sıralarda İstanbul'un büyük tüccarları, İtalya'ya binlerce Borsalino şapka siparişi vermişlerdi. Gazeteler, Avrupa'daki fabrikaların Türkiye'ye şapka gönderebilmek için üç vardiya çalıştığını ama yine de yetişemediklerini yazıyorlardı. Milyonlarca insana bir anda şapka bulmak imkânsızdı."

Leyla bazen, böyle bir devrimin Avrupa'da yapılıp yapılamayacağını düşünürdü. Mesela Fransa'yı bir yılda sarık takma mecburiyetine, Arap alfabesine, Şark müziğine ve Osmanlı âdetlerine geçmeye zorlamak mümkün müydü?

Aklı böyle bir şeyin olabilirliğini reddediyordu ama Türkiye'de olmuştu işte.

Bütün bunlar Leyla Hanım'a imparatorlukların dağılmasıyla ilgili bir sözü hatırlattı; birinden duymuş ya da bir yerde okumuştu. Üç türlü imparatorluk çözülüşü vardır: Bunlardan ilki, Roma İmparatorluğu gibi zaman içinde yavaş yavaş yok olur gider. İkincisi, İngiliz İmparatorluğu. Bu örnekte planlı bir tasfiye söz konusudur, hangi ülkeye ne zaman ve nasıl bir statü verileceği planlanmıştır. Üçüncüsü Osmanlı imparatorluğu. Bir gece imparatorlukta yatar, ertesi gün Cumhuriyet'te uyanırsın.

Bunu tiyatro yönetmenine de anlattı ve herkesin beğendiğini görünce içten içe, insansız geçen yıllarına üzüldü.

Ve o gece yatağına yatıp akşam konuşulanları düşünürken içini hafif bir pişmanlık hissi kapladı. Gençlerin neşesine ve havasına uymuş ve belki de kendini beğendirmeye çalışarak onların zihniyetine uygun şeyler söylemişti.

Tiyatrocular belli ki Atatürk'ten hoşlanmıyorlar, "Kemalist" sözünü bir çeşit alayla telaffuz ediyor ve devrimlerle alay ediyorlardı. Kendi gençliğinde böyle bir şeyi düşünmek bile olanaksızdı. Çünkü o zamanlar Kemal ismi, bir ölüm kalım savaşının ve varolmanın simgesiydi. İmparatorluğu oluşturan bütün halklar teker teker isyan etmiş ve özgürlüğüne kavuşmuştu, İstanbul ve Anadolu işgal edilmişti. Britanya başbakanı, "Türkleri Orta Asya'ya sürmek"ten söz ediyordu. Bu durumda Müslüman Türklerin de bir kurtuluş savaşı vermesi kaçınılmazdı ve bu hareketin başkomutanı olarak Mustafa Kemal ismi, kendi ailesinde her zaman büyük bir saygıyla anılırdı.

Doğu ve Batı uygarlıklarını karşılaştırmış olan Kemal Paşa'nın Batı uygarlığını seçmesinde de garipsenecek bir yan yoktu. Çünkü Selanik'te doğup büyümüş, imparatorluğun Avrupa'daki bölümü ile Asya'daki, Kuzey Afrika'daki, Ortadoğu'daki bölümleri arasında gerekli karşılaştırmaları yapıp dersler çıkarmış olan generale göre Doğu çürümüş bitmişti.

Gelişme Batı'daydı. General de dünyadaki birçok benzeri gibi İhtilal-i Kebir'in yani Fransız İhtilali'nin çocuğuydu.

Kaldı ki Osmanlı İmparatorluğu'nun da –Leyla'nın ailesinde olduğu gibi– aklı, kalbi, medeniyeti ve kadroları Avrupa'da, yani Rumeli'deydi.

Bütün bunları düşünüp çocukları uyarmadığı için üzüntü duydu. Şakalara katılmakla hata etmişti. Bundan sonra çocuklara neyin ne olduğunu iyice anlatmalıydı. Evet, devrimler sırasında trajikomik olaylar yaşanmıştı ama bunlar ülkeyi gericilikten, din taassubundan kurtarmak içindi.

Onlara yarın akşam Türklerin zaten tarihleri boyunca kültür ve uygarlık değiştirdiklerini, Atatürk devrimlerinin ilk olmadığını anlatacaktı. Çin'in komşusu olan ve o uygarlığı benimsemiş olan halk, Anadolu'ya gelirken göç yollarında İslamlaşmış, Arap-İran etkisi altına girmişti. Son iki yüz elli yılı da Avrupalılaşma çabasıyla geçiriyordu. Kültüründe hem Çin vardı hem Balkanlar. Hem Ortadoğu vardı hem Kafkaslar. Hem Kuzey Afrika vardı hem de Rum, Ermeni, Kürt gelenekleri. Leyla, dünyada bu karışımın bir örneğinin olduğunu sanmıyordu.

Ertesi akşam bu düşünceyi de gençlerle paylaşacaktı: Çin'den Avrupa'ya yolculuk; göçebe kültürün sonucu.

Leyla, komşu yalıdaki ihtiyar dadıyı hatırladı. Onu tanıdığı zaman kadın çok yaşlanmıştı, pantuflalarını sürüye sürüye yürüyor ve "Vallahi yaptı, vallahi yaptı!" diye söyleniyordu. Leyla bunun ne anlama geldiğini öğrenmek isteyince yalıdaki yaşıtları sebebini anlatmışlardı. Mustafa Kemal, Harbiye öğrencisiyken o yalıdaki arkadaşına ders çalışmaya gelirmiş. İki Harbiye öğrencisi yalının bahçesinde çalışırken dadı da arada bir onlara kahve ikram edermiş. Mustafa Kemal dadıya Boğaz'ın karşı kıyısındaki padişah sarayını gösterir ve "Bak dadı, ben ileride burayı müze yapacağım!" dermiş. Kadın da "Hadi oradan zevzek!" diye karşılık verir ve koskoca padişahın sarayına dil uzatan bu yeniyetme sarışın çocuğu paylarmış. İşte kadının sırrı ve son günlerini, "Vallahi yaptı, vallahi yaptı!" diye geçiriyor oluşunun sebebi buymuş.

Leyla Hanım bu hikâyeyi duyduğu anda, yapılan işin akıl almaz boyutu karşısında bir kez daha hayrete düşmüştü.

Çocuklara bunu da anlatacaktı. Ayrıca Türk Kurtuluş Savaşı'nın bir nefis müdafaası olduğunu, üç kıtadan canını kurtarmak için kaçan Müslümanlar için Anadolu'nun kutsal bir sığınak anlamına geldiğini de söyleyecekti.

O gece Teğmen Robert Whitaker'ın maroken defterinde yazılı satırları tekrar okuma ihtiyacını hissetti.

Şöyle yazıyordu babası:

"Okuldan hayata atılır atılmaz, kendimi bir kan deryasının, çığlıkların, karşılıklı öldürmelerin, salgın hastalıkların, babasız ve anasız kalmış çocukların içinde buldum, İngiltere gibi dünyanın geri kalanından denizle ayrılmış bir ülkenin insanları için, bu bölgelerde egemen olan ırklar, kültürler, diller, dinler karmaşasını ve şiddeti anlamak zordur. Ama Bennett, bunu bir mülk ve paylaşım kavgası olarak görmek gerektiğini söylüyor. Haklı da.

"Dünyanın geçit yolları üzerinde bulunan Osmanlı Devleti'nin sahip olduğu topraklarda çok kişinin gözü var. Bu yüzden önce Türkleri, Balkanlardan ve Ortadoğu'dan korkunç bir katliamla attılar, sonra ülkelerini kaybetme korkusuna kapılan Türkler de Anadolu'da aynı işleri yaptılar. Sonuçta milyonlarca insan evinden barkından oldu ve bu evlere hep başkaları gelip oturdu. Şimdi de biz Avrupalılar, İstanbul'u ve Anadolu'yu işgal ettik. Başımıza gelen bunca felaketi, öldürülen milyonlarca insanı, açlığı ve sefaleti, bir mülk kavgası olarak görmek gerekir."

Leyla, bu bölümde kendini buluyor ve bu satırları çocuklara çevirmek istiyordu, ilk bakışta çok basit bir yorum gibi görünüyordu ama düşündükçe babasının haklı olduğunu anlamıştı. Küçük mülke küçük kavga, büyük mülke ise büyük kavga. Babası Osmanlı Devleti'nin çöktüğünü, daha sonra Rumların ve Türklerin mübadeleye tâbi tutulduğunu görmemiş ama hissetmişti. Sonunda olup biten, yüzyıllardır aynı yerde oturan insanların topraklarından ve evlerinden sökülüp atılmalarıydı. Sırplar, Bulgarlar, Karadağlılar, Yunanlılar ve Araplar yüzlerce yıl önce kendi ülkelerini işgal etmiş olan Türkleri kovmuş, can derdine düşen Türklerin gizli bir teşkilatı ellerinde kalan son yurt parçası olan Anadolu'daki gayrimüslimleri ezmiş, daha sonra yeni kurulan Cumhuriyet de bir milyon Rum'u göndermişti. Herkes birbirinin evinde oturuyordu, milyonlarca mülk işgal altındaydı. Olan, basit insanlara oluyordu. Yani kendi başına gelen, bu toprakların değişmez kaderiydi.

Leyla, uzun ömrü boyunca evini, yurdunu, toprağını, anadilini kaybetmenin acısıyla yaşayan insanların hikâyelerini duymuştu. Nevrokop'ta öldürülmüş anasının kan sızan çıplak memesinden süt emen, annesinin amcasının oğlununki gibi yürek burkan hikâyelerdi bunlar. Dağlılardan odun yarıcı Kürt Memo'nun anlattığı keman çalan Ermeni'nin dramı da yıllarca rüyasına girmişti.

Suriye'ye götürülmek üzere Harput dışına çıkarılan Ermeni siviller, şehirden bir saat uzaklaştıktan sonra Kürt çetelerinin saldırısına uğramışlardı. Kafileyi daha sonra Kanlıdere olarak bilinecek olan dereye götüren çeteciler, altınlarını ve kıymetli eşyalarını aldıkları Ermenileri derede öldürmeye başladılar. Bir süre sonra dere kıpkırmızı kesildi. Bu sırada garip bir şey oldu ve bu sahneye hiç uymayacak bir keman sesi sessizlikte çınlamaya başladı, ihtiyar bir Ermeni kemanını çıkarmış, yanık bir hava çalıyordu. Çete reisi bu işe çok sinirlendi ve ihtiyarın yanına gelerek çalgıyı susturmasını söyledi. Yaşlı adam çete reisinin gözlerinin içine bakarak çalmaya devam etti. Herkes durmuş bu sahneyi izliyordu. Keman sesi, çete reisi yaşlı adamı bıçaklayana kadar devam etti. Adamın parmakları keman telleri üzerinde kaydı ve hiç kimse bunun adamdan gelen bir çığlık mı, yoksa kemanın son sesi mi olduğunu ayırt edemedi.

Kim bilir o Ermenilerin evlerinde kimler oturuyordu bugün, çiftliklerini kimler ekip biçiyor, dükkânlarında kimler satış yapıyordu.

Bunca kan dökülmesi hep mal mülk yüzündendi. Hem bu iş Türk, Bulgar, Sırp, Rum, Ermeni, Kürt, Yahudi, Çerkez, Laz da tanımıyordu. Kimi evinden çıkarılmış, kimi başkasının evine konmuştu. Milyonlarca ailenin dramıydı bu.

Geoffrey'nin Leyla'ya anlattığı bir hikâye de Leyla'nın yüreğini burkmuştu. Amerika'da bir üniversitede ders veren Ermeni asıllı Profesör Adamyan'la ilgili bir hikâyeydi bu. Profesör, bir gün geçirdiği beyin kanaması sonrasında ayıldığı zaman, hastanede Amerikalı karısı Mary ile oğlu John ve kızı Eileen'i başucunda bulmuştu. Mary onun elini tutmuş ve nasıl olduğunu sormuştu. Ama profesör onu anlayamadığı gibi, hiç duymadıkları acayip bir lisanla konuşuyordu. Kadın ve çocuklar şaşkınlık içinde birbirlerine bakınışlardı. Profesörün sözlerini anlayamazlardı çünkü konuştuğu dil İngilizce değildi. Kızı panik içinde, "Baba" demişti, "baba bir şey söyle." "Ne diyorsun kızım?" demişti adam, "Seni anlamıyorum." Bunları Ermenice söylemişti. Ertesi hafta doktor onlara gerçeği açıkladı. Gençliğinde Anadolu'dan Amerika'ya göç etmiş olan Profesör Adamyan, geçirdiği beyin kanaması sonucu İngilizce konuşma yeteneğini kaybetmişti. Sadece, tehcir sırasında eşkıya tarafından öldürülmüş olan anne ve babasıyla konuştuğu anadilde yani Ermenice konuşabiliyordu. Bu dili de Amerikalı karısı ve çocukları bilmedikleri için profesör ölünceye kadar bir daha hiç doğrudan doğruya konuşamamışlardı.

Leyla ömrü boyunca evini barkını kaybeden milyonlarca insanın acısını yüreğinde duymuştu. Hem de bir gün aynı kaderi paylaşacağını bilmeden.

Bir kış günü evinde Dostoyevski'nin günlüklerini okuyordu. İstanbul'la ilgili cümlelerine takıldı. 'Demek en büyük yazarlarda bile böyle bir bakış olabiliyor' diye düşündü.

Şöyle yazıyordu Dostoyevski:

> Haliç ve İstanbul bizim olacaktır... İstanbul'un Yunanlıların mirası olduğunu kabul etmek asla mümkün değildir. Dünyanın en önemli yeri olan İstanbul, sadece Yunanlılara bırakılamaz, ayrıca onlara büyük gelir. İstanbul'un bizim olması gerektiğinin nedeni ne ünlü bir limana ve körfeze sahip bulunması ne 'yeryüzünün merkezi' olması ne de kapandığı evinde artık boyu tavana değen, denizlerin, okyanusların özgür havasını içine çekmek için enginlere açılmak isteyen Rusya gibi bir deve gerekli olduğu bakış açısındandır.[1]

Petersburglu büyük yazar bundan sonra İstanbul'u almak için sebepler sıralıyor, şehrin Türk boyunduruğundan kurtarılması yönünde dil döküyordu ama bundan sonrası Leyla'nın pek ilgisini çekmedi. Dostoyevski'nin satırları bir bakıma gururunu okşamıştı. Çünkü onun da söylediği gibi, Rusya sıcak denizlere sadece kendi evinin önünden geçerek gidebiliyordu. Onun özel kıyısına, lacivert suları seyrettiği rıhtıma sürünecekmiş gibi geçiyorlardı. Ama bu kıvancın yanı sıra içten içe bir üzüntü hissetmedi de değil. Çünkü Dostoyevski gibi insan vicdanının temsilcisi olan bir yazar bile başkalarının mülküne göz dikiyorsa, sıradan insanların yaptığı şeyler nasıl kınanabilirdi? Belki Türklerin de buralı olmadığını, Orta Asya'dan gelip İstanbul'u aldıklarını söylemek istiyordu ama tarihte herkesi yerli yerine gönderecek olsak Manhattan adasını Kızılderililere, Avrupa'da birçok ülkeyi Etrükslere vermek gerekirdi. Bunun içinden çıkılamazdı ki.

Boğaz'ı almak isteyenler arasında sadece Dostoyevski de yoktu. Ne zaman yabancı kitapları karıştırsa, karşısına he-

1. *Bir Yazarın Günlüğü*, Çev. Kayhan Yükseler, YKY 2009.

men İstanbul'u ve Boğaz'ı zaptetme istekleri çıkıyordu. Ne ilginç bir istekti bu böyle. Aynı zamanda Leyla için çok da tuhaftı. Çünkü bütün dünya, onun çocukluğunu geçirdiği, balık tuttuğu, geçen gemileri seyrettiği özel kıyısı, evinin önü için savaş veriyordu.

Uykuya dalmadan önce, "Barınak meselesi" diye düşündü. "Kahrolası barınak meselesi. Başımıza gelen acıların nedeni bu."

16

Gençler bir akşam eve geldiklerinde Leyla Hanım'ı büyük bir faaliyet içinde buldular. Bordo örtülü masanın başına oturmuş, önünde bir sürü kâğıt, yazıyor da yazıyordu.

Ne yaptığını sordukları zaman "Herkese mektup yazıp durumu anlatıyorum" dedi.

Hangi durumu anlattığı belliydi.

"Kimlere gidiyor bu mektuplar?" dediler.

Leyla Hanım zarfları teker teker kaldırıp gösterdi: "Bu Cumhurbaşkanı'na, bu Başbakan'a, bu Adalet Bakanı'na. Bunlar da gazete patronlarına."

Leyla Hanım günlerdir süren üzüntüsü ve solgunluğu içinde ufak bir enerji patlaması yaşıyor gibiydi. Büyük bir çabayla mektupları yazıp zarflara yerleştiriyordu.

"Yapılan haksızlığı herkes duysun" diyordu. "Evimi gasp eden adamlar güçlü olabilir ama bu memlekette onlardan da güçlü, vicdan sahibi insanlar vardır mutlaka."

Bu sözler üzerine Yusuf yutkunuyor ama yine de bir şey söylemiyordu. Çünkü mektupların onların ellerine bile ulaşmayacağı ve bürokrasinin alt kademelerinden birinde yitip gideceğinden emindi. Yaşlı bir kadının feryadına kim kulak verirdi ki! Gazetelerde olacakları da gözüyle görmüş gibi biliyordu. Patron sekreterleri her gün bu mektuplardan kaç tanesini çöpe atıyordu kim bilir. Çocuğunu okutmak için burs isteyenden tutun da ameliyat parası bulamadığından yakınana kadar, her gün yüzlerce mektup geliyordu bu adamlara. Hiçbiri de okunmuyordu. Ama yine de Leyla Hanım'ın oyuncağını elinden almak istemiyor, onun heyecanına kapılmış görünmeyi tercih ediyordu.

"Sen sabah ilk iş bunları postaya at Yusuf" dedi Leyla Hanım.

Yusuf terbiyelice, "Olur Büyük Hanım" cevabını verdi.

Büyük Hanım yenilgiyi kendisine yakıştıramayan ve kabullenemeyen türdendi. Yenildiğini hissettiği anda hasta oluyordu. Bu yüzden şimdiki çabası belki de evi kurtarmaktan çok kendi ruh sağlığını korumaya yönelikti.

Mektuplarla birlikte bir girişimde daha bulunacak, İstanbul'un ünlü camilerine, büyük Katolik, Ortodoks, Protestan kiliselerine ve sinagoga gidecek, oralarda dua edip mum yakacaktı. Nasıl olsa birçok eski İstanbullu gibi Tanrı'nın her evinde dua edilebileceğini, bu işlerde ayrı gayrı olmadığını bilirdi.

İstanbullular yüzyıllardan beri birbirlerinin azizlerine adak adayıp dururlardı.

Leyla ertesi gün aynı duraktan tuttuğu taksiyle Süleymaniye Camii'ni, Neve Şalom Sinagogu'nu, St. Antuan Kilisesi'ni dolaştı, hepsinde dua etti.

Öğleden sonra da İstanbul'u koruduğuna inanılan kutsal tılsımlara adak adamaya gitti.

Aslında içten içe mabetlerden çok tılsımlara güveniyordu. Bu tılsımlar o kadar kuvvetliydi ki bazıları İstanbul'u deprem yıkımlarından, bir başkası ise yılan, akrep baskınından korurdu. Mesela Atmeydanı'ndaki Milyobar tılsımı üç yüz bin taştan yapılmış ve tepesine çok güçlü bir mıknatıs konulmuştu. Bu taşın, şehirde deprem olmasını engellediğine inanılırdı. O tarihten bu yana pek çok deprem görülmüş olması da tılsımın bozulmuş olduğuna yorulurdu.

Aynen Sultanahmet'teki burmalı sütun üzerine yerleştiril

miş üç ejderha başı gibi. Ne yazık ki bu üç ejderha başından ikisinin bir yeniçeri tarafından koparılmasından sonra şehri akrepler basmıştı.

Hele içlerinde bir horoz tılsımı vardı ki Leyla Hanım'a göre en şahaneleriydi, İstanbul'da kıtlık olduğu zaman bu horoz ötüyor, dünyanın bütün kuşlarını İstanbul'a çağırıyordu. Horoz tılsımının çağrısına uyarak İstanbul'a gelen kuşlar patır patır yere düşüp ölüyorlardı. İstanbullular da yerden topladıkları bu kuşları afiyetle yiyorlardı. Başka açıdan bakarsanız bu hain bir horoz öyküsüydü ama horoz İstanbul'u kurtarmak gibi bir kutsal amaç için ötüyordu.

İş geçime, sağlığa, kısmete, hastalığa ölüme geldi mi İstanbullularda din ayrımı falan kalmaz, hepsi birbirinin kutsal alışkanlıklarından medet umardı. Leyla Hanım Hıristiyanların yanı sıra Müslüman ahalisinin de ayazma meraklı olduğunu kaç kere görmüştü. İstanbul bir ayazmalar, kutsal sular cennetiydi. Her yerden ayazma fışkırıyordu. Müslümanlar gider, bu Ortodoks ayazmalarından testiler dolusu su doldurur ve her türlü dertlerine karşı kullanırlardı. Bu suların kaynadığı havuzlardan birinde, bir tarafı sarı öbür tarafı kahverengi kutsal balıklar yüzerdi. Su dolduran Müslümanlar bu balıkların hikâyesini bilir ama bilmez görünürdü. Oysa hakikat şuydu: Fatih, gemilerini yağlı kazıklar üzerinde tepeden çektirerek Haliç'e girdiği zaman bir Bizans rahibi balık kızartıyormuş. Şehrin Türklerin eline geçtiğini duyan balıklar hop diye tavadan tekrar suya atlamışlar. Bu yüzden bir tarafları kızarmış, bir tarafları çiğ kalmış. İstanbul tekrar Bizanslıların olursa o zaman iki tarafları da aynı renk olacakmış.

Leyla Hanım bu balıkları aramadı ama bulabildiği Bizans tılsımlarının çoğuna adak adadı, kiliselerde mum yaktı. Duaların kabul edilmesi için Hıristiyan mabetlerine yedi salı üst üste gidilmesi gerektiğini söylerlerdi ama Leyla Hanım bunun doğruluk derecesini bilemiyor, İstanbul bir salı günü fethedildiği için bu rivayetin oradan kaynaklanmış olabileceğini düşünüyordu.

Eğer Leyla Hanım evine kavuşursa İstanbul'un bütün dini kurumlarına ve tılsımlarına küçük katkılarda bulunmuş olacaktı.

17

Ali Yekta Bey, toplum yaşamındaki gelenek ve görenekleri devam ettiren, hatta bunların uygulanmasında birinci derece rol üstlenen bir aileden geliyordu. Bunun sorumluluğunu her zaman hissetmiş, ömrü boyunca uygunsuz ve adaba aykırı bir hareket yapmaktan, vebadan kaçar gibi kaçınmıştı.

O günlerde yüreğini burkan büyük sıkıntı, yine bu terbiye sorunundan kaynaklanıyordu. Oğlunun satın aldığı yalıdaki yenileme çalışmaları süratle ilerlediğine ve sona yaklaştığına göre, içinde doğup büyüdüğü, yıllarca hizmet ettiği Kadızade Konağı'ndan ayrılacak ve karşı kıyıya, yalısına taşınacaktı. Ama bu durumu velinimeti Rıza Bey'e nasıl açıklayacaktı. İnsanları yüzüstü bırakmanın ayıp olduğunu iliğinde kemiğinde hissediyor, vakit geçirmeden bu durumu açıklamak istiyordu ki şimdiden önlem alıp yerine başka birini arasınlar. Ama bir türlü cesaretini toplayıp Rıza Bey'e bunca yıldan sonra ayrılıp kendi evine geçeceğini, emekli olacağını söyleyemiyordu.

Uzun bir ömrü o evde, önce beyefendinin babasına sonra da kendisine hizmet ederek geçirdikten sonra hiç de kolay bir şey değildi bu. Geceler boyu bu işi nasıl halledeceğini düşünüyor, her gece ertesi gün beyefendiyle konuşmaya karar veriyor ama gündelik işler içinde bir türlü cesaretini toplayıp durumu açıklayamıyordu.

Bir yandan da taşınacağı yeni evde, buradaki kadar mutlu

olamayacağını hissediyordu. Necla denilen o görgüsüz kadınla aynı evde yaşarken huzur bulmasına imkân yoktu. Kim bilir ne kavgalar, ne gerginlikler, ne sinir harpleri yaşanacaktı. Ama oğlunun kendisine duyduğu derin saygı ve bağlılıkla bunların hepsinin üstesinden geleceğine de inanıyordu. Necla eninde sonunda el kızıydı ve baba oğlun arasına giremeyeceğini anladığı gün yelkenleri suya indirecek ve evin gerçek efendisinin kim olduğunu anlayacaktı.

Sorun, bu kızın görgüsüzlüğüydü.

Ali Yekta Bey Osmanlı gelenekleriyle yetişmiş ve babasından bu yönde eğitim almış olmasına rağmen, Cumhuriyetle birlikte ani değişiklikler yaşayan yeni toplum kültürüne de uyum sağlamayı bilmişti, bununla her zaman övünürdü.

Ama Ali Yekta Bey, devrimler toplumun üzerine bir sağanak gibi yağarken sıradan insanların şaşırdıklarını ve bu büyük kültür değiştirme yarışında ne yapacaklarını bilemediklerini de görmüştü. Emir büyük yerden, Ankara'dan geliyordu ve uyulmaması düşünülemezdi ama erkeklerin dört kadınla evlendiği, üstüne üstlük cariyeler de aldığı, kadının kafes arkasında ve peçe altında tutulduğu bir İslam ülkesinde, bir anda modern bir Avrupa toplumuna geçiş sancılı oluyordu.

İnsanlara ne yapacaklarını, nasıl yaşayacaklarını öğretmek için bir sürü "adab-ı muaşeret" kitabı yayımlanmıştı. Latince alfabeyi öğrenenler bu kitapları okuyor ve yeni kuralları öğrenmeye çalışıyordu. Arap harfleri yasaklandığı ve Latin alfabesine geçildiği için ortalıkta okuma yazma bilen kişi de kalmamıştı pek. Ülkenin her yanında müthiş bir Latin alfabesi öğrenme seferberliği ilan edilmiş ve her yerde kurslar açılmıştı. Hangi yaşta olursa olsun insanlar kadınlı erkekli bu kurslara gidiyor ve kendilerine pek tuhaf gelen Latin harflerini öğreniyorlardı.

Ali Yekta Bey, Kadızade ailesinin yardımları sayesinde Latince harfleri ilk öğrenen kişilerden biriydi ve eline geçen bütün adab-ı muaşeret kitaplarını okuyor, notlar alıyor, bu bilgileri çevresindekilerle de paylaşıyordu.

Çünkü bu kitaplar olmadan insanların ne yapacağını bilmesi olanaksızdı. Bir halk, yaşamayı yeni baştan kitaplardan öğrenir olmuştu.

Mesela o yıllarda yayımlanan ince ve resimli bir kitaptan şu kuralları ezberlemişti:

"Vapurda, trende, tramvayda, tünelde hülasa bütün nakil vasıtalarında yanınıza rastlayan bayanı öyle yiyecek gibi süzmeyiniz. O bir moda mankeni değildir ki üstünü başını seyredesiniz."

"Şehrin caddelerinde laubali olarak baş açık gezmeniz de adab-ı muaşerete hiç uygun değildir. Başınızda bir şapka bulunmazsa tuvaletiniz ne kadar kibar ve şık, yüzünüz ne kadar güzel olursa olsun sizi muhakkak ayıplayan birçok göz bulunacaktır."

Bir başka kural şöyleydi:

"Bilhassa yaz sıcaklarında gezip tozduktan sonra trende veya vapurda otururken ayağınızı sıkan veya nasırınızı acıtan iskarpininizi usulcacık çıkartıyor ve havalandırıyor musunuz? Bu adi hareketi yapmağa canınızın yanmasını tercih ediniz."

Çarşaftan modern giysilere geçen ve böylece sokağa her çıkışında kendini çıplak gibi hisseden kadınlara da çeşitli nasihatler vardı bu kitaplarda:

Mesela "Nakil vasıtalarında diz boğumlarını sıkıyor, diye diz kapaklarınızdan aşağıya simit gibi kıvırdığınız çoraplarınızla sakın oturmayınız. Bu, hem gülünç hem de adiliktir. Jartiyeriniz yoksa paça lastiğinizi bollaştırınız. Laubaliliğin bu kadarı olmaz" deniyordu.

Ya da şu kural: "Korsanızın veya jartiyerinizin düşeceği endişesi ile bir bahane bulup vitrinler önünde durarak onları elbisenizin üstünden sağa sola çekiştirerek düzeltmeyiniz.

Hem seyircileriniz çok olur, hem de bu kadar ihtiyatsız hareketiniz size gezmenizi zehir eder."

Ali Yekta Bey'in, bir daha aklından hiç çıkmamacasına ezberlediği bu kurallar, karakalem çizimlerle de destekleniyordu. Resimlerde vitrinler önünde başı şapkalı şık hanımlar ile bobstil beyler pek kibar bir biçimde dolaşıyor ve erkekler bazen başlarına taktıkları, bazen ellerine aldıkları fötr şapkaları pek bir gururla taşıyorlardı.

Evlere yayılmaya başlayan telefon için de çeşitli kurallar konulmuştu:

"Telefonda daima en kısa ve kestirme şekilde konuşulması gerektiği, telefonda uzun uzadıya hal hatır sormanın ve yüksek sesle konuşmanın kabalık olduğu, hususi ikametgâh telefonu müstesna olmak üzere işyerlerine sırf hal ve hatır sormak için telefon etmenin caiz olmadığı" belirtiliyordu.

Ali Yekta Bey 1930 başlarında yayımlanmış kitaplardan okuduğu bu kuralları bugün de büyük bir coşkuyla savunuyor, özellikle cep telefonlarının herkesin başının yanına üçüncü bir kulak gibi yapıştığı günümüzde, bu kitapları tekrar yayımlamak gerektiğine inanıyordu.

Değişim, inanmakta güçlük çekilen olaylara yol açmıştı. Mesela 1924'te ilk kadın hukukçunun göreve başlaması, zaten rüya gördüğünü düşünen toplumdaki baş dönmesini artırmıştı. Bunu 1930'da yerel seçimlerde kadınlara tanınan seçme ve seçilme hakkı izleyecek, halk kadın belediye başkanlarına, sonraki yıllarda da milletvekillerine alışmaya çalışacaktı.

Ali Yekta Bey'in yetiştiği Kadızade Konağı, Atatürk'ü ve devrimleri yürekten benimsediği için, babasının ve kendisinin de değişimi büyük bir coşkuyla kabul etmesi doğaldı. Ali Yekta Bey ömrü boyunca bu konuda hiçbir tereddüde düşmedi ve her zaman, Kadızade Konağı'nı da şereflendirmiş olan "Büyük Adam"a sadık kaldı.

Yıllardır çalıştığı ve bir parçası olduğu konaktan ayrılmak ise daha da eski görgü kurallarını, Şark'ın kendine özgü karmaşık insan ilişkilerinin ve yüzyılların yarattığı bir terbiyeyi bozmamayı gerektiriyordu.

Ali Yekta Bey, düşündü, taşındı ve durumu beyefendiye önce bir mektupla bildirmeye, ondan sonra konuşmaya karar verdi.

Bir akşam odasında masanın başına geçerek Cumhuriyet okullarında öğretilmiş inci gibi harflerle mektubu yazmaya koyuldu.

"Pek muhterem Rıza Beyefendi" hitabıyla başlamayı uygun bulmuştu. Ama boncuk boncuk terlemesine rağmen mektubun gerisini getiremiyor, ayrılmak isteğini nasıl anlatması gerektiğini bulamıyordu.

Çünkü bir yandan ayrılmak istemesine rağmen bir yandan da kendini bu yalıya ait hissediyordu. Ayakları yalının gıcırdayan merdivenlerini, elleri ceviz oyma merdiven başlarını ve porselen kapı kollarını tanıyordu, elektrik düğmelerini yakmak için gözlerine ihtiyaç duymuyordu.

Birkaç müsvedde yapıp bozduktan sonra, mektup gibi soğuk bir vasıtayla bu işi halledemeyeceğini anladı.

Ne olursa olsun gözünü karartıp ertesi gün Rıza Bey'in odasına çıkacak ve durumu anlatacaktı. Babasının, Rıza Beyefendi'nin muhterem pederlerinin yanında çalışmaya başladığından beri bu evde hiçbir kötülük görmediklerini, kendilerine yan gözle bakılmadığını, yıllardan beri bu mukaddes yalıyı kendi yuvaları olarak benimsediklerini ve velinimetlerinden en ufak bir şikâyetleri olmadığını anlatacaktı.

Ama ömrünün son yıllarını oğlunun evinde, torunlarını severek geçirmek isteğinin de beyefendi tarafından anlayışla karşılanacağını umuyordu. Hem yaşı da kemale ermişti artık ve yalının merdivenlerini inip çıkarken eski gücünü bulamadığını, beyefendiye eskisi kadar faydalı olamadığını da idrak ediyordu. Bütün bunları göz önüne alarak o evdeki çalışma hayatinin noktalanması meselesini beyefendinin yüksek anlayışına sunacak, iznini isteyecekti.

Ali Yekta Bey bu kararı verdikten sonra rahat bir uyku çekebileceğini hissetti. Günlerdir yüreğini kavrayan huzursuzluğun yalıyla ilgili bölümü hafifliyordu ama onu içten içe kemirmekte olan bir diğer kaygı, Necla ile doğabilecek olan tartışma ihtimali devam ediyordu.

Gerçi oğlunun böyle bir şeye izin vereceğini sanmıyordu ama yine de ertesi gün beyefendiyle konuştuktan sonra yalıya gidip bu meseleyi kökten bir çözüme kavuşturması iyi olacaktı.

Hem kim bilir, belki beyefendi yalıya taşındıktan sonra onu ziyarete gelir ve Kadızade Yalısı'ndan daha güzel ve gösterişli olan yalıdaki yeni hayatını gözleriyle görürdü. Ali Yekta Bey, beyefendiyle eşit seviyeye geldikten sonra bile ona saygıda kusur etmeyeceğini, onu yine velinimeti olarak sayıp seveceğini biliyordu. Çünkü ne de olsa adab-ı muaşeret kurallarını bilen köklü bir aileden geliyordu o.

18

Yandaki odadan Roxy ile Yusuf'un inlemeleri geliyor. Ağızlarına sığmaz olan soluklarının gücünü buradan bile duyabiliyor Leyla Hanım. Yapayalnız geçen hayatında hiçbir erkek eli değmemiş olan gövdesi gençliğinde çok gergin geceler geçirirdi ama şimdi unuttu bunları artık.

Bir tek yandaki yalıdan gelen piyano sesi yankılanır oldu kulağında. O da arada sırada. Sanki başkası yaşadı bunları, öylesine uzak ki.

Hiç dışarı çıkmayan, hasta, melankolik ve adının Nejat olduğundan başka bir şeyini bilmediği, boyunu bosunu, kaşını gözünü hiç görmediği meçhul piyanistin akşamları kulağına erişen piyanosuna âşık olduğu günleri hatırlıyor.

Bir süre dinledikten sonra kendisi de piyano başına geçip çalarken, yalıdaki piyano sesinin kesildiğini, Nejat Bey'in kendisini dinlediğini biliyor. Nejat Bey alaturka çalıyor, Leyla Hanım alafranga. Birinin ferahfeza, mahur, hüzzam notalarına, öteki Chopin ve Brahms'la cevap veriyor. Sanki Boğaziçi yalılarının hem Türk hem Avrupalı oluşunun yarattığı ikili kimliği yansıtır gibiler. Böylelikle piyanolar aracılığıyla sevişme denebilecek bir dönem yaşıyorlar.

Yaz geceleri Leyla'nın bedeni ateş gibi oluyor, sanki alev alıyor. Ama yaz günleri öğleden sonra ortalığı kaplayan parlak ışıkta tuhaf bir melankoli kaplıyor içini. Ortada üzülecek hiçbir şey yokken bile, içini sınırsız bir üzüntü kaplıyor. Yaşama isteğini yitirdiğini hissettiği anlar bunlar.

Dünya o yaz güneşinin ışığında çiğ bir keskinlikte görünüyor; düşlere, duygulara ve masallara hiç yer bırakmayan bir kesinlik. Onu üzen, yaşamdan soğutan, kendine bile anlatmakta güçlük çektiği bir çiğlik. Bu açıklığı, bu netliği sevmiyor. Oysa kışın Boğaz'ın sisi, pusu, rüzgârı, süt beyazlığı, yeşile dönmüş suya kar yağışı, karla kaplanmış motorların durmak bilmeyen gelgiti, martı çığlıkları daha çok hoşuna gidiyor; o anlarda bir macera boyutu var Boğaz'ın. Sanki sular daha hızlı akıyor. Rüzgârlar zaten daha sert; karayel, poyraz, arkasından kaçınılmaz biçimde lodos.

Ama yaşı ilerleyip de gövdesinin ona verdiği sıkıntılar azaldıkça, parlak ışığın yarattığı depresyondan da kurtulmuştu. Günün her saatinin keyfini çıkarmayı öğrenmişti artık. Yaz günleri, çocukluğundan beri uzanıp kitap okuma alışkanlığı edindiği hamağa yatıyor ve başının üstündeki manolya çiçeklerini, uçan kuşları ve akşamüstü pembeleşen bulutları seyrediyordu.

Bu mutluluk anlarını düşündükçe, evini yitirmenin acısını geçtikçe daha derinden duyuyor, çaresizliğinin acısının arttığını fark ediyordu.

Bir kurşun yarası gibi ilk günlerin sıcaklığı içinde üzüntülerini derinlere gömmüş ve duygularını ele vermeme eğilimine sığınarak mümkün olduğu kadar dik durmaya gayret etmişti.

Ama bu tavrının yavaş yavaş yerle bir olduğunu, yerini derin bir hüzün ve melankolinin kaplamakta olduğunu görecek kadar da zekiydi. Yüreği, evini ve kendi kıyısını özlüyordu. Çocukluğunda kâğıt gemiler yapıp denize bıraktığı, oltaya üşüşüveren küçük kıraça balıklarını tuttuğu ve kim bilir dünyanın hangi limanlarına giden kocaman gemilere bakıp hayaller kurduğu özel kıyısını istiyordu. Bu mevsimde yabani menekşe kokuları kaplamış olurdu ortalığı, geceleri de yasemin kokusu neredeyse ikinci bir deri oluşturacak gibi insanın üstüne yapışırdı.

Cihangir'deki sıkış tepiş betonarme apartmanların yaz sıcağında iyice çekilmez hale gelen boğuculuğundan bunalmıştı. Deniz kıyısında yaşamaya alışmış bedeni su istiyordu; nem, çiy, bulut, sis özlüyordu.

Ama yüreğini bu özlemden de çok yaralayan şey, yenilmişlik ve çaresizlik duygusuydu. Kendisine ve ailesine yapılan açık haksızlığa boyun eğmek zorunda kalıyordu. Böylece onu anılarından koparmışlar, ailesine ihanet eder duruma getirmişlerdi.

Giderek içine kapandı, odasından pek nadir çıkar oldu; saatlerce günlüğüne bir şeyler yazıyor, günden güne zayıfladığı, çöktüğü Yusuf'un ve Roxy'nin gözünden kaçmıyordu. Artık dayanma gücünün sınırına geldiği belliydi.

Leyla, ev meselesinin bir insan için ne kadar önemli olduğunu bu yaşında anladığına şaşırıyordu. İnsan bir şeyi yitirmeyegörsün, gerçek değeri o zaman ortaya çıkıyordu demek ki.

Bir akşam Yusuf'a, "Ben yarın evi görmeye gideceğim" dedi. "Sen bana bir taksi tut!"

Bunu öyle otoriter ve kararlı bir edayla söyledi ki Yusuf "Peki" demekten başka bir çare bulamadı.

Ertesi sabah kalktığında Büyük Hanım'ı giyinmiş, şapkasını başına geçirmiş, bej eldivenlerini takmış, kendisini bekler buldu.

Leyla'ya birlikte gitmeleri için çok ısrar etti ama kadın nuh diyor peygamber demiyordu. Yalnız gidecekti, evine neler yaptıklarını kendi gözleriyle görecekti.

Öyle de oldu. Taksi şoförü onu, isteği üzerine Eminönü'ndeki vapur iskelesine götürdü. Leyla Hanım Boğaz'da sefer yapan şehir hatları vapurlarından birine bindi, birinci mevki alışkanlığıyla arka salonda bir yere oturdu, garsona bir çay söyledi ve Boğaz'a doğru nazlı nazlı süzülen vapurdan çevreyi seyretmeye koyuldu.

Boğaz girişindeki gemi trafiğinin yoğunluğu onu yine şaşırttı. Çocukluğunda bu kadar gemi geçmezdi buradan. Şimdi, bir yerlerde okuduğuna göre, yılda elli bin gemi geçiyordu.

Vapur Vaniköy'e yaklaştığı zaman heyecanı arttı ve yüreği güm güm vurur oldu. Boğaz'ın iki tarafındaki iskelelere uğrayan beyaz vapur, yalıları sıyırır gibi geçiyor ve Leyla'nın yüreğini alt üst ediyor, eski hatıralarla dolduruyordu.

Boğaziçi'nin serin rüzgârlarını içine çekti, vapurun yardığı sulardaki beyaz köpüklere daldı, denize değer gibi uçan yelkovan kuşlarından gözünü alamadı, kaleleri, hisarları, sarayları, kiliseleri ve camileri seyretti. Boğaziçi korularının nefis görüntüsü içini bir hoş yaptı. Çocuk gibi olmuştu, heyecanlıydı, yüreği yüreğine sığmıyordu.

Boğazın pırıltılı sularını bir baştan öbür başa, yıldırım gibi geçen kuşları ne kadar özlemiş olduğunu fark etti. Anneannesi çocukluğunda ona bu kuşların, Boğaz'da yaşayıp ölmüş kişilerin ruhları olduğunu anlatmıştı. Buradan ayrılmak istemedikleri için uçup duruyorlardı. Leyla da ömrü boyunca bu kuşları seyretmiş ve her birini ailesinin ölmüş mensuplarından biri olarak düşünmüştü. Küçük sürüler olarak uçanlar arasında dedesi, anneannesi, annesi, dayısı vardı. Tek başına uçan garip kuşlar ise ona, yirmili yaşlarındaki talihsiz İngiliz delikanlısını hatırlatıyordu. Kuşlar bitmek tükenmek bilmeyen bir enerjiyle evlerine dönmeye çalışıyor, bu yüzden Karadeniz'den Marmara'ya kadar Boğaz'ı yıldırım hızıyla turlayıp duruyorlardı.

Vapur Bosnalı Abdullah Avni Paşa'nın yalısının önünden geçerken gözyaşlarına engel olamadı. Dedesinin evi, lacivert sulara vuran aksiyle bir gelin gibi önünde duruyordu. Gemilerin yarattığı dalgalar yalı rıhtımında beyaz köpükler yaratarak kırılıyor, bir martı yalının tam önünde suya dalıp dalıp çıkıyordu. Evde pek bir değişiklik yok gibiydi. Sanki biraz gayret etse pencereye gölgesi vuran Paşa Dede'sini ve rıhtımda çay içen anneannesini görebilecekti.

Leyla iskelede vapurdan indi, halatın iskele babasına tam olarak bağlanmasını bile beklemeden, eski çevikliği olmamasına karşın kıyıya atladı, ulu çınarların gölgesine sığınmış parke taşlı meydandan yalıya doğru yürümeye başladı. Meydandaki masalara oturmuş kahve içenler, esnaf ve öğle yemeği için masaları hazırlayan balık lokantasının garsonları onu merakla süzdüler. Çoğu yaşlı hanımı tanıyordu.

Leyla evine doğru yürürken bile oraya ne yapmak için geldiğini bilmiyordu. Acaba içeri girebilir miydi, evin yeni sahipleriyle konuşmayı başarabilir miydi? Herhalde hiçbiri olmazdı bunların ama yine de oraya gitmezse yaşayamayacağını hissederek eve kadar geldi. Yeşil bahçe kapısının önünde, çınarın gölgesinde durdu. Yanına kimse gelmedi; ya henüz fark etmemişlerdi ya da artık görmezden gelmek istiyorlardı.

Bir süre evi gözledikten sonra belediye otobüsünden inen şık bir yaşlı adamın kendisine doğru yürüdüğünü gördü. Bej bir takım giymiş, desenli kravat takmış eski zaman beyefendilerinden biriydi. Yanına gelince merakla yaşlı hanıma baktı ve "Birini mi aradınız hanımefendi?" diye terbiyelice sordu. Tok bir sesi vardı; kendi zamanında tannan dedikleri cinsten.

"Bakıyorum" dedi yaşlı hanım, "yalıya bakıyorum."

"Anlıyorum" dedi adam, "Güzel bir yalı değil mi? Ben yalı sahibinin babasıyım. Sizinle müşerref olmadık. Mahalleden misiniz?"

Kadın bunun üzerine şanslı bir gününde olduğunu düşündü. Demek ki içgüdüleri onu buraya çekmişti, sırf bu karşılaşmayı hazırlamak için.

"Beyefendi" dedi, "sizi Allah gönderdi. Ben de deminden beri ne yapacağımı düşünüp duruyordum."

"Eğer bir yardımım olabilirse..."

"Olabilir" dedi Leyla Hanım, "Hiç olmaz olur mu? Sizi Allah gönderdi."

Ali Yekta Bey bu şık giyimli ve zarif kadının görünüşünden, ses tonundan, eski günleri hatırlatan telaffuzundan çok etkilenmişti. Belli ki karşısındaki sıradan olmayan bir insandı.

"Buyurun hanımefendi" dedi, "hizmetinizdeyim."

"Estağfurullah!" dedi Leyla Hanım. Sonra ekledi: "Ben Leyla Bosnalı. Bu yalıyı yaptıran Bosnalı Abdullah Avni Paşa'nın torunuyum."

"Şimdi oldu" diye düşündü Ali Yekta Bey. İnsan sarrafıydı o, asilzadeleri bir bakışta anlardı. Bu kadın hakkında şöyle böyle bir şeyler duymuştu. Galiba yalının bahçesinde oturuyormuş ve orayı satmış.

Kapıyı göstererek, "Buyurun hanımefendi!" dedi. "Her ne kadar yalı sahip değiştirmiş olsa da sizin sayılır. Buyurun efendim."

Leyla Hanım çekinerek "Bilmem ki..." dedi.

Ali Yekta Bey ısrar etti.

"Gerçi çalışmalar devam ediyor ama herhalde bahçede oturacak bir yer buluruz! Önden buyurun hanımefendi."

Böylece Leyla Hanım, evinden atıldıktan yaklaşık iki ay sonra tekrar bahçesine girdi. Merakla çevresine bakındı. Tarihi eserlerin dış görünümünü değiştirmek yasak olduğu için her şey eskisi gibi görünüyordu. Sadece yalı daha bakımlı hale gelmiş, beyaz ahşabı boyanmış ve pırıl pırıl parlamıştı. İçeriden çekiç ve matkap sesleri geliyordu.

Ama yine de büyük bir değişiklik, tanımlayamadığı bir boşluk vardı burada.

Hizmetliler Leyla Hanım'ın Ali Yekta Bey'le bahçe kapısından girdiğini gördükleri anda küçük dillerini yutacak kadar şaşırmışlardı. İte kaka bahçe kapısından çıkardıkları yaşlı hanım şimdi konuk olarak geliyordu. Aksi gibi o sırada Ömer Bey de Necla Hanım da inşaatta değildi. Ancak telefonla haber verebilirlerdi. Öyle de yaptılar.

Bu arada Ali Yekta Bey bahçedeki hasır koltuklara buyur

etti Leyla Hanım'ı, kendisi de karşısına geçti. Hizmetlilere çay getirmelerini söyledi.

Ali Yekta Bey, Leyla Hanım'ın "saraylı" edasından çok etkilenmiş, heyecanlanmış, eski günleri bulduğu düşüncesine kapılmıştı. Ne de olsa böylelerine pek sık rastlanmıyordu artık. "Hele İstanbul'u milyonlarca Anadolu köylüsü bastığından beri" diye düşündü, "Rumeli asilzadeleri geçmişe ait birer süs haline geldiler."

İşte bu süslerin en güzellerinden biri karşısında oturuyordu. Aşırı bir kibarlıkla "Sebeb-i ziyaretinizi sorsam saygısızlık addeder misiniz acaba?" dedi.

Leyla Hanım bu kibar soruyu yine, "Estağfurullah, ne münasebet!" cevabıyla karşıladıktan sonra bir süre sustu.

Durumu olduğu gibi anlatma konusunda kuşkuluydu. Acaba bu adam işin ne kadarını biliyordu? Onu daha önce hiç görmemişti. Bu durumda kendisine yapılan haksız muameleden haberi yok muydu?

Umutsuz gözlerle bahçeye, duvar dibindeki küçük beyaz evine baktı ve bir darbe yemiş gibi sarsıldı, ağzından küçük bir feryat kaçtı, ağzını eldivenli eliyle kapattı.

"Ne oldu hanımefendi?"

"Ağaç, manolya ağacı!"

"Efendim?"

"Bir şey yok, geçti!"

Manolya ağacının kesildiğini fark ettiği andan itibaren müthiş bir ağlama isteğiyle sarsılıyordu. Ama kendini tuttu, karşısındaki beye her şeyi anlatmaya karar verdi.

"Doğrusunu isterseniz buraya ne yapmaya geldiğimi bilemiyorum beyefendi" dedi, "ama evimi görme ihtiyacındayım, çaresizim."

Sonra evine el konulduğunu, müstakil tapu olduğu halde kimsenin buna kulak asmadığını, bir gün kendisini apar topar dışarı attıklarını, kapının önünde iki gün bekledikten sonra çaresiz bir biçimde bahçıvanın torunu Yusuf'un Cihangir'deki dairesine sığındığını, hiç doktora görünmediği halde kendisi hakkında doktor raporu alındığını anlattı.

O konuştukça Ali Yekta Bey'in gözleri hayretle açılıyor, suratı kıpkırmızı kesiliyordu.

Leyla Hanım konuşmasını bitirince "Bütün bunları benim oğlum mu yaptı?" diye sordu. "Bir yanlışlık olmasın, Ömer Cevheroğlu mu sizi evinizden dışarı attı?"

"Maalesef evet!" dedi Leyla Hanım. "Sizi üzmek pahasına doğruyu söylemem gerekiyor. Beni aile evimden atan, oğlunuz ve gelininizdir."

"Gelinim!" diye hınçla fısıldadı adam. "Her şeyin onun başının altından çıktığına eminim. Yoksa oğlum böyle vicdansızlık yapacak bir adam değildir."

Daha sonra Ali Yekta Bey Leyla Hanım'a, duruma samimiyetle üzüldüğünü belirtti ve düzeltmek için elinden geleni yapacağını, oğluyla bu konuyu hemen görüşeceğini söyledi.

Cihangir'deki evin telefon numarasını aldıktan sonra yaşlı hanımı yalının kapısına kadar hürmetle uğurladı.

Leyla Hanım tekrar vapur iskelesine yöneliyordu ki karşısında Yusuf'u gördü ve yapmacık bir sertlikle, işte olması gereken saatte orada ne aradığını sordu. Ali Yekta Bey'le konuşması bir umut kapısı araladığı için manolya ağacına rağmen neşesi yerine gelir gibi olmuştu.

Yusuf da bu havaya kapıldı ve bir süredir aynı evde yaşıyor olmanın geliştirdiği bir samimiyet duygusunu şakaya çevirerek "Ben sizsiz yaşayamam efendim" dedi. "Biliyorsunuz, siz nerede ben orada!"

Leyla Hanım da güldü, "Beni Roxy'yle karıştırma Yusuf!" diye parmağını salladı.

Dönüş yolunda Yusuf'a Ali Yekta Bey'le karşılaşmasını ve umut verici konuşmasını anlattı, "Dur bakalım!" dedi.

19

Velinimeti Rıza Bey onu çok rahatlatmış ve günlerdir çektiği vicdan azabından kurtarmıştı. Ali Yekta Bey onca kıvranmadan sonra nihayet velinimetinin huzuruna çıktığı zaman Rıza Bey onu fazla konuşturmamış, ilk sözlerinden sonra, "Biliyorum, Ali Yekta Bey!" diye onu susturmuştu. "Hiç kendini üzme, her şeyin farkındayım. Yalı inşaatının tamamlanmak üzere olduğunu ve oraya taşınmak istediğini biliyorum." Sonra da, "Sana hak veriyorum" diye eklemişti. "Bizim ailede emeğiniz o kadar büyük ki..."

Bu sözler üzerine Ali Yekta Bey gözlerinin nemlendiğini hissetmişti.

Kendine tekrar tekrar sorduğu bir soru yine aklına takılmıştı: Gideceği yeni evde buradaki kadar sevilecek miydi acaba? Bu konu aklına gelir gelmez sarsıldı; oğlunun eviyle ilgili böyle bir kuşkuya sahip olduğu için utansa da bu kuşku onu bir türlü terk etmiyordu:

"Yeni evde bu kadar sevilecek ve sayılacak mıyım?"

Oysa burada uşaktı, orada efendi olacaktı ama yine de kendini bu zehirli sorudan kurtaramıyordu.

Son zamanlarda gelini olacak kadını yani Necla'yı hiç görmediğini fark etti. Ne zaman yalıya gitse kadın bir bahane bulup uzaklaşıyordu.

Sonunda meseleyi kökten çözmeye ve yalıya gidip büyük odaya bir iki kişisel eşyasını koymaya karar verdi. Bu kararı uygulamak için yalıya gittiği sabah da hiç ummadığı bir biçimde Leyla Hanım'la karşılaştı. Kadının anlattıkları sarsıcıydı. Ömer yaşlı bir kadına karşı bu kadar zalimce davranmış olamazdı; bunu olsa olsa Necla yapmıştı; hem de oğlundan habersiz. Evet evet, habersiz; bundan emindi; oğlunun bu işle bir ilgisi olamazdı. Bahçe dibindeki küçücük bir müştemilat için yaşlı bir kadını baba ocağından kovmaya ve ah almaya değer miydi?

Ali Yekta Bey bu düşünceler içinde yalıya girdi, üst kata çıktı, büyük yatak odasına yöneldi. Bu odadaki çalışmalar hemen hemen bitmiş gibiydi. Duvarlar uçucu bir leylak rengine boyanmış, tavan süsleri yenilenmiş, doğramalar beyaz boyayla parıldamıştı. Boğaz'daki kocaman gemiler neredeyse odanın içinden geçiyordu. Tam o sırada gözlerinin önünden kıpkırmızı bir geminin geçtiğini gördü. Heyecan verici bir şeydi bu. Yattığın yerden bile seyredebilirdin.

Evden getirdiği kehribar tespihini pencere koluna astı, mahfazası içinde bir Kuranıkerim'i de aynı pencerenin iç tarafındaki enli pervaza bıraktı. Şimdi oda biraz daha kendisinin olmuştu.

Tam kendinden memnun bir biçimde merdivenlerden aşağı iniyordu ki oğlunun geldiğini gördü. Bekçiler haber vermiş olmalıydı.

Ömer, "Babacığım" dedi, "demek buradasınız."

"Evet Ömer!" dedi Ali Yekta Bey, "Odama, dedenden kalan meşhur Kuranıkerim'i bıraktım. Ne de olsa artık taşınıyoruz. Oradaki yatağı da aldır. Ben kendi yatağımı getireceğim."

Bu sözler üzerine oğlunun susması ve bir şey söylememesi dikkatini çekti. Sonra Ömer, babasına öğle yemeğini birlikte yemelerini teklif etti, iskele meydanındaki balık lokantasına gittiler. Osmanlı döneminin değişmez tanıkları olan asırlık çınar ağaçlarının altındaki bir masaya oturdular. Ali Yekta Bey, bu dünyada hiçbir şeyin yaz sıcağındaki çınar gölgesi kadar hoş bir serinlik sağlayamayacağını düşündü. Bu gölgelere asırların huzuru sinmişti sanki.

Yemek boyunca baba da oğul da kendilerini tuhaf hissettiler. Sanki konuştuklarından daha çok konuşamadıkları şeyler vardı ve bunlar ikisinin arasına görünmez bir perde çekmişti.

Mesela oda meselesini kesinlikle konuşamıyorlardı. Ali Yekta Bey konuyu her açtığında, Ömer sözü dolaştırıp başka bir konuya getiriyordu. Bu da babanın kuşkularını derinleştiriyor, hiç inanmak istemediği ihtimalleri aklına getiriyordu. Yoksa Necla denilen kadının, oğlu üzerindeki etkisi sandığından daha mı fazlaydı? Oğlu elden gitmiş miydi? Bu zehirli sorular aklına geldikçe içinden "Olamaz!" diyerek bunları kovmaya çalışıyordu.

Sonunda sözü Leyla Hanım'a getirdi. Sabahki görüşmelerini anlattı.

Ömer'in bu konuda da tedirgin olduğunu gördü. Bir suçlu gibi cevap veriyordu. Kadının bahçede kendileriyle birlikte yaşamasını doğru bulmamışlardı. Zaten aklı da pek yerinde değildi.

Ali Yekta Bey ise Leyla Hanım'la uzun uzun konuştuğunu ve kendisi üzerinde pek aklı başında bir hanım izlenimi uyandırdığını söylüyordu.

Yaptığı zulüm değil miydi, gün görmüş bir asilzade kadın nasıl bu yaşta evinden atılırdı. Hem böyle şeyler uğursuzluk getirir ve kimseye rahat huzur vermezdi. Alma mazlumun ahını, çıkar aheste aheste, denmez miydi! Bahçe duvarının dibindeki o küçük ev ne işlerine yarayacaktı ki, koskoca yalı hepsine yeterdi, bıraksalardı kadıncağız da o küçük evinde otursundu.

Ömer baktı ki kurtuluş yok, suçu biraz olsun kendi üzerinden atabilmek için, "Necla!" demiş bulundu. "Orayı misafir evi olarak ayırdı."

Bunları söyler söylemez babasının yüzündeki ani öfke patlamasını görüp pişman oldu ama iş işten geçmiş, ok yaydan çıkmıştı artık.

Ali Yekta Bey'in kıpkırmızı kesildiğini gördü, sanki bıyıkları bile dikilmişti.

"Necla, Necla, Necla!" diye bağırdı. Diğer masalardan dönüp baktılar. "Her taşın altından bu kadın çıkıyor. Ne zamandan beri hayatımız hakkında karar verir oldu. Kimdir bu kadın, kimdir? Necidir? Her şeyin bir adabı var. Bir gelin böyle mi yapar? Evin büyüklerine saygı gösterip onların kararlarına uyacağı yerde böyle baş mı kaldırır? Bıktım ben bu Necla lafından."

İçinde birikmiş bütün nefret, bu haykırışla dışarı çıkmış oldu, ancak Ali Yekta Bey birden sustu. Acaba fazla mı ileri gitmişti. Ömer hiç renk vermiyor, bir şey söylemiyordu.

Bir süre karşılıklı susarak önlerindeki barbunya balıklarını ayıklamakla meşgul oldular. Martı seslerini dinlediler. Neden sonra Ali Yekta Bey kısık bir sesle oğluna, "Sence bu durumun bir çaresi var mı?" dedi.

Gözlerini oğlunun ela gözlerine dikti ve ona neredeyse yalvararak baktı. İkisi de neden söz ettiklerini çok iyi biliyorlardı ama Ömer anlamazlıktan geldi.

"Neyin çaresi baba?" diye sordu.

Ali Yekta Bey üzüntü içinde bir süre daha bakmayı sürdürdü, sonra alacağı cevaptan korkarak konuyu değiştirdi, yavaşça:

"O yaşlı hanıma evini iade etmenin!.." dedi.

"Baba" dedi Ömer, "bu iş oldu bitti artık. Yaşlı kadın evini kaybetti."

Ama oğlum, bu bir zulüm... Bizim dinimizde 'ah almak' diye bir şey vardır. Bir mazlumun ahını aldığın zaman, o iş sana hayretmez. İnan bana, altından bir kötülük çıkar; mutlaka çıkar."

"Baba" dedi Ömer, "böyle bir çözümü Necla'ya kabul ettirmeme imkân yok. Orayı misafir evi yapacak. Necla kesin kararlı."

O zaman Ali Yekta Bey'in içinde bir tel koptu. Necla denilen kadının, oğlu üzerindeki gücünün ilk kez farkına vardı ve dehşete düştü. Buna biraz da korku karışmıştı.

Baba oğul yemeğin bundan sonraki bölümünü sessizce ve iki yabancı gibi, birbirlerine hiç bakmadan yediler.

O akşamüstü Ali Yekta Bey perişan olmuş durumda döndüğü konaktaki odasında ateşlendi, iki gün boyunca ne yediyse kustu ve yataktan çıkamadı.

20

Cihangir semti denize doğru inen bir tepe üzerine kurulduğu için sokaklarının bazısı merdiven biçimindedir. Buralara pek aşina olmayan ve yolları iyi bilmeyen otomobil sürücüleri kendilerini birdenbire aşağı inen ya da yukarı çıkan merdiven sokakların başında bulur ve dar yollardan nasıl geri gideceklerini bilememenin telaşını yaşarlar.

Yusuf'un tuttuğu dairenin bulunduğu bina nispeten düz bir sokak üstünde olduğu için Leyla Hanım kapının önünden taksiye binebiliyor. İyi ki de böyle, yoksa kadıncağız yaralı kalbiyle bir de o sokak merdivenlerini tırmanmak zorunda kalacak. Apartman merdivenleri zaten yetiyor ona. Her katta dinlenerek, soluklanarak çıkıyor.

Bir seferinde üçüncü katın sahanlığında dinlenir, ağzından taşan soluğunu kontrol etmeye çalışırken daire kapısının açıldığını görüyor ve saçı sakalı karmakarışık, önü açık gömlek giymiş yaşlıca bir adamla karşılaşıyor. Adam elinde gitar kutusu taşıyan bir çocuğu uğurlamakta. Kadına, "Siz" diyor, "şu meşhur Osmanlı hanım olmalısınız. Mahallede herkes sizden konuşuyor."

Sonra kadının beti benzi atmış, soluğu tükenmiş halini fark ediyor.

"Aman" diyor, "iyi misiniz? Bir şeyiniz yok ya? En iyisi ben size bir bardak su getireyim." İçeri koşuyor ve elinde bir bardak suyla geliyor, sonra duvara dayanmış duran Leyla Hanım'a bakıyor, ardından önce oturması için bir sandalye koşturuyor, sonra da "Ne sersemim" diyor, "lütfen içeriye buyurun. Biraz soluklanın, sonra devam edersiniz."

Leyla Hanım biraz nazlanıyor, "Rahatsız etmeyeyim!" filan diyor ama sonra giriyor.

Köklü bir ailenin uzun süre yaşadığı bir yere benziyor burası. Eşyalar, duvardaki tablolar, piyano, müzik aletleri buranın gün görmüş bir ev olduğunu anlatıyor.

Adam kendini takdim ediyor. Adının Konstantin Paleolog olduğunu söyleyince Leyla Hanım'ı bir gülme tutuyor. Acaba bir delinin dairesine mi düştüm, diye adamın yüzüne kuşkuyla bakıyor. Bu adam Bizans İmparatoru olduğunu iddia eden kaçığın biri mi yoksa?

Adam, "Şaşkınlığınızı anlıyorum hanımefendi" diyor, "ve size hak veriyorum. Ama ister inanın ister inanmayın, benim gerçek adım bu. Deli değilim, isterseniz size nüfus kâğıdımı göstereyim."

Sonra ekliyor: "Daha da şaşıracağınız bir şey söyleyeyim, ben sahiden Paleolog sülalesinden geliyorum. Yani bu şehrin imparatorları benim büyük dedelerim."

Leyla Hanım, "Olabilir, olabilir!" diyor ama halinden inanmadığı belli.

Konstantin Paleolog, "Sizin nasıl Osmanlı sülalesinden gelen aileniz varsa bizim de öyle insanlarımız var."

Öyle bir an geliyor ki Leyla Hanım artık adama inanmak zorunda olduğunu hissediyor, çünkü gayet ciddi ve tutarlı konuşmakta.

"Bu apartman bizimdi" diyor adam. "Dedem yaptırmış, ama ne yazık ki daire daire elimizden çıktı. Size bir limonata yapayım."

"Hayır!" diyor Leyla Hanım. "Zahmet etmeyin. Müzisyen misiniz?"

"Evet, müzik hocasıyım, klasik gitar dersleri veriyorum."

Bütün bunlar Leyla Hanım'a çok ilginç geliyor. Nihayet konuşabileceği bir insan bulmanın sevinciyle ona sorular soruyor. "Hangi metodu okutuyorsunuz? Neler çaldırıyorsunuz?"

"Carcassi metodu. Çaldıklarımıza gelince... Tarrega'nın etüdleri. Öğrenciler ilerlediği zaman Villa-Lobos, Barrios. Biraz önce çıktığını gördüğünüz çocuk Bach'ın şakonunu çalışıyor. Görünüşüne bakmayın, çok yoksul bir Roman ailesinin çocuğu ama müthiş yetenekli. İleride onun adını çok duyacaksınız."

"Çok ilginç, siz nerede öğrenim görmüştünüz?"

"Beni de bir hoca yetiştirdi. Meşhur bir Ermeni gitar hocası vardı, adını belki duymuşsunuzdur: Raffi Kaplanyan, ben onun talebesiyim."

"Duymadım ama" dedi Leyla Hanım, "ne ilginç bir şey bu böyle; Ermeni hocanın talebesi bir Paleolog, onun öğrencisi de bir Roman."

"Eee, hanımefendi, bu şehrin büyüsü bu!" dedi Konstantin. "Geçmiş yüzyıllarda dünyanın tek kozmopolit şehriydi burası. Bugünün New York'undan, Paris'inden, Londra'sından çok daha renkliydi ama şimdi ne yazık ki kayboldu."

"Neden?"

"Bir paşa torunu olduğunuza göre onu siz benden daha iyi bileceksiniz hanımefendi."

"Anlamadım, lütfen söyleyin."

Adam biraz çekinerek ve sesini alçaltarak, "Milliyetçilik" dedı. "Türkleştirme, gayrimüslimleri kovma. Pera'yı görmüyor musunuz? Bizim gibi gayrimüslimler tek tük kaldı. Oysa bu binaların hepsini biz yapmıştık."

Leyla Hanım bu suçlama karşısında ne diyeceğini bilemedi. Ancak "Mübalağa ediyorsunuz" diyebildi. "O kadar da değil. Pera'da şimdi sadece Türkler mi yaşıyor?"

"Haklısınız" dedi adam. "Sadece Türkler yaşamıyor, gayrimüslimleri atıp buraları Türkleştirelim dedikten sonra Kürtler geldi. Pera Kürtleşmeye başladı. Yani sizin Cumhuriyet idareniz Bizans'ın yerine Mezopotamya kültürünü getirdi."

Leyla Hanım adamın söylediklerine hayret etti. Sakin konuşuyordu, terbiyesini bozmuyordu ama sözlerinin altında derin bir hınç vardı.

"Niye bu kadar sert sözler söylüyorsunuz beyefendi?" dedi. "Her milletin kendini korumaya hakkı vardır. İşgal sırasında İstanbul ve Ege Rumları düşmanla işbirliği yapmadı mı, kendi vatanına ihanet değil mi bu?"

"Hangi vatan hanımefendi? İşgal edilmiş topraklar. Burası Bizans değil miydi, kim kime ihanet etti?"

Leyla Hanım bu cevap üzerine tekrar adamın kaçık olduğunu düşünmeye başladı. Üzerinden beş yüz yıl geçtikten sonra hâlâ İstanbul'un fethini düşünen ve tepki duyan adam, olsa olsa bir meczuptu ona göre.

"Beyefendi" dedi, "tarihi bugünkü kafamızla anlamaya çalışmamayı öğrettiler bana. Bizans surlarında Türklere karşı çarpışanlar arasında Fatih'in akrabası Şehzade Orhan da vardı. Böyle bir şeyi aklınız alıyor mu şimdi? Ayrıca Hıristiyanlaşmış Türk askerlerine de Turkopuli diyorlardı. Bunu duydunuz mu?"

Paleolog, "Bu bir şey ifade etmez" dedi. "Ona bakarsanız, Bizans'a saldıran Türk ordusunun içinde de Rum askerler vardı."

"İyi ya! Benim dediğimi söylüyorsunuz, 19. yüzyılda biçimlenmiş milliyetçi kafalarımızla biz bu işi çözemeyiz."

"Dedikleriniz doğru ama yine de bu durum benim Bizans'ın düşüşüne üzülmeme ve cesedi kırmızı çizmelerinden teşhis edilen imparatorun yasını tutmama engel değil. Ayrıca siz niçin sorumlu olmadığınız idareleri savunuyorsunuz? Siz bir Osmanlısınız. Ernest Renan ne der, bilirsiniz: Bir millet ancak geçmişi çarpıtılarak oluşturulabilir. Cumhuriyet de bunu yapmıştır."

Bu son sözler üzerine Leyla, yapılacak en iyi şeyin susmak ve adama hiç cevap vermemek olduğuna karar verdi. Çünkü biraz daha devam ederlerse iş sarpa saracaktı. Zaten biraz dinlenmiş, kendine gelmişti.

Adamdan kibarca izin isteyip kalktı. Kalbi göğüs kafesinde bir kuş gibi çırpınmıyordu artık.

Kapıda Konstantin ondan özür diledi. "Kusura bakmayın hanımefendi!" dedi. "Size kabalık ettiysem bağışlayın. Ben aslında böyle bir insan değilim ama bu sıralarda sinirlerim çok bozuk."

Leyla Hanım ona ne derdi olduğunu sordu. Hasta mıydı yoksa?

"Hayır" dedi adam. "Ay başına kadar bu katı boşaltmam gerekiyor. Kendi dedemin yaptığı apartmandan atılıyorum."

O zaman Leyla Hanım'ın başına bir şey inmiş gibi oldu. Bu rastlantıya inanamadı.

"Kim atıyor sizi?" diye sordu. "Niçin? Ne hakla?"

"Bir sürü hileli evrakla borçlarıma karşılık evi haczettiler. Sonra danışıklı dövüş bir icra satışıyla ev mafyanın eline geçti."

"Hakkınızı aramadınız mı?"

"Aramaya çalıştım hanımefendi ama benim adım Konstantin Paleolog, bu isimle nasıl başarılı olabilirim?"

Leyla, "Benim adım da Leyla Bosnalı" dedi, "ama bu isim benim tapulu mülkümü korumama yetmedi. Ben de evimi kaybettim. Bu yüzden buradayım."

"Hiç şaşırmadım hanımefendi" dedi Konstantin. "Bu şehrin kaderi budur. Her gelen, yerleşik olanı tepeler ve mülkünü elinden alır."

Leyla Hanım merdivenlere yönelirken adamın gözlerinde iki damla yaş gördü.

Banker Zarifi'nin anı kitabında okuduğu sözleri hatırladı birden. "Dünyanın hiçbir yerinde servetler, İstanbul'daki kadar çabuk el değiştirmez" yazıyordu sultana borç veren banker. "Bir ailenin elindeki güzel bir ev, ertesi yıl bir de bakarsınız o ailenin elinden gidivermiş."

Sahiden de Boğaziçi yalıları hiçbir zaman ilk sahiplerinde kalmaz, her iktidar ve her yeni dönemle birlikte el değiştirirdi.

"Demek ki dertlerimde yalnız değilim" diye düşündü Leyla Hanım. "Bu ülkenin âdeti böyle. Ama her şeye rağmen işi beş asır geriye, İstanbul'un fethine kadar uzatmak manasız."

21

İstanbul mahallelerinde hiçbir şey gizli kalmaz, uçan sinek bile fark edilir, dedikodusu yapılır ama bunlardan bazıları görmezden gelinir.

Leyla Hanım'ın yalıya yaptığı ziyaret de görülmeyenler sınıfına girdi.

Elbette dağlılar onu daha uzaktan gördüler, Ali Yekta Bey'le karşılaşmasını ve yalı bahçesinde oturmalarını da izlediler ama fark etmemiş göründüler.

Yeni oluşan duruma uyum gösterme, en azından ortalık netleşinceye kadar hiç kıpırdamama ilkesine göre hareket eden dağlılar, olayı görmezden gelmeyi tercih ettiler.

Büyük Hanım'ın eşyasından aslan payını kapmış olan Cemile de aynı tavrı takındı ve İngiliz subayının gâvur kızını fark etmemiş gibi davrandı.

Zaten Beykoz'daki derin hoca, kâfirlerin ehl-i İslam'a ne kadar zulmettiklerini anlatan örnekler veriyor ve hepsini ağlatıyordu.

Cemile artık arkadaşlarıyla haftada üç kez gidiyordu hocayı dinlemeye. Onların tavsiyesiyle başındaki, çene altından bağlanan eski örtüyü de değiştirmiş ve bunu iki değişik örtüden oluşan göz alıcı bir türbana çevirmişti. Başına ilk önce siyah bir örtü bağlıyor, onun üstünü, rengârenk ve omuzlarına kadar sarıp sarmalayan şık bir eşarpla kapatıyordu. Bu yeni görüntüsünden pek hoşnuttu, ne de olsa kendisine modaya uygun bir hava veriyor, mahalledeki teyzelerin bağladığı o kahverengi tonlu düz başörtülerden çok farklı bir görünüm sağlıyordu. Yeni hali ve dini konulardaki merakıyla Cemile'nin mahalledeki havası müthişti artık.

Hocaya gitmeden önce yaşadığı hayat boş ve anlamsızdı; eskiden basit bir kadındı ama şimdi neler öğreniyordu neler. Dinini diyanetini bilen bir kadın olduktan sonra mahallelerine yapılacak üçüncü cami için kapı kapı dolaşıp bağış toplamaya başlamıştı. Topladığı paraları her hafta hoca efendinin yardımcısına teslim ediyordu.

Hoca onlara hayatın her yönünü öğretiyor, en mahrem konularda bile İslam kurallarına uygun davranmalarını öğütlüyordu.

Mesela Cemile, karı koca ilişkide bulunurken birbirlerinin tenasül uzuvlarına bakmalarının helal olduğunu öğrenmişti. Oysa daha önceden bunu yasak zannederdi. Şimdi ise o Hasan'ın uzvuna, Hasan da kendisininkine bakabilirdi. Koskoca hoca böyle söylüyordu. Ama şunu da eklemeden geçemiyordu: "Kadının tenasül uzvuna uzun süre bakılması unutkanlık getirir. Kitaplarda böyle yazılıdır. Bunu yapan adam her şeyi unutmaya başlar. Hatta çok bakarsa adını bile unutur. Zinhar yapılmaya!"

Ayrıca hoca, şu kuralı da hatırlatıyordu onlara:

"Kadın dini bir konuyu kocasından öğrenmek ister fakat o bunu bilmeyecek olursa, kadının bir âlime gidip bunu sorup öğrenmesi caizdir."

Böylece Cemile'nin içi rahatlıyor ve haftada üç gün hocaya gitmesi ve orada bir erkekle mahrem konular konuşması dine uygun bir davranış haline geliyordu.

Mesela kitaplar diyordu ki: "Kadın kocasının tenasül uzvunu ve hayalarını tamamen dibinden kesecek olsa her biri için birer kâmil diyet vermesi gereklidir."

Bunun üzerine bir kadın soruyordu: "Kâmil diyet nedir hocam?"

"Hür bir erkeğin kâmil diyeti yüz deve veya karşılığı olan meblağdır."

Hür erkeğin, kâmil diyetin, meblağın ne anlama geldiğini tam olarak anlamasalar bile her hafta kuralları ezberliyorlar ve ertesi gelişlerinde bunları tekrar ediyorlardı.

"Koca, karısının burnunu ve kulağını diplerinden kesecek olsa, burun için tam, kulak için yarım kadın diyeti gerekir."

"Adam kadına tekmeyle vurup kadın merdivenden aşağı yuvarlandıktan sonra darbe tesiriyle ölecek olsa kocanın diyet vermesi gerekli olur."

"Erkek cinsi, münasebet gücü olmayan küçük kızla münasebette bulunduğunda tenasül uzvu ile dübür arası yırtılıp kız sidiğini tutamaz hale gelirse..."

Sözün bu noktasında Cemile, adam hapse atılır, diye düşünüyordu ama Hoca, "Erkeğin kadın diyeti vermesi gerekir" diyor, ardından da ekliyordu, "adam ile küçük kızın arasında karı kocalık münasebeti varsa gerekli olmaz."

Kadınlar bu kurallardan bazılarını gereksiz buluyorlardı. Ne de olsa bunlar peygamber zamanındaki Arap diyarı kurallarıydı, para ölçüleri bile farklıydı ama bazıları da kendi hayatlarını doğrudan doğruya ilgilendiriyordu. Peygamber efendimiz ne demişti: "İki çenesinin arasındaki organ ile bacaklarının arasındaki organa sahip çıkabilen insan bulsam cennete götüreceğim."

Hoca devam ediyordu:

"Hamile kadın kocasından izinsiz olarak çocuk düşürmek için ilaç alıp uzuvları belli ölü bir çocuk düşürürse kadına gurre gerekir."

Kadınlar yine soruyordu.

"Gurre ne hocaaam?"

Bunun üzerine hoca derin bilgisini konuşturup cevap veriyordu: "Gurre, beş yüz dirhem gümüş veya kıymetindedir."

Bir gün Cemile bütün cesaretini toplayıp hocaya bir soru

sordu: "Hocam, bir gâvurun malını kullanmak günah mıdır?"

Hoca bir süre düşündü ve "Değildir evladım" dedi. "Baksana, İstanbul şehri de bir zamanlar Bizans kâfirinin malı değil miydi. Fatih Sultan Mehmet Han gelip gâvurun malını aldı ve bir güzel kullandı."

Bu cevap Cemile'nin iyice gönlüne sinmişti. Şimdi artık Büyük Hanım'ın evine girip eşyasını almaktan dolayı içinde uyanır gibi olan vicdan azabı ve suçluluk hissi tamamen silinip gitmişti. Mademki gâvurun malı Müslüman'a helaldi, o zaman Büyük Hanım'ın evindeki değerli eşyayı –gizlice bile olsa– alarak bir sevap işlemiş oluyordu. Dağlılar, yalının yeni sahiplerinin bahçeye yığdığı eşyayı göğüslerini gere gere almışlardı ama Büyük Hanım'ın evine hepsi gizli gizli girmiş ve orayı soyduklarını birbirlerinden saklamışlardı. Herkesin bildiği ama kimsenin yüzleşmediği ortak bir sırdı bu.

"Hey güzel Allahım" dedi içinden, "bizi dinimizden diyanetimizden ayırma."

Hoca kadınlara yalnız dini kurallar öğretmekle kalmıyor, onların gözünü de açıyordu.

Evvel ezel İslam ümmetinin yaşadığı Osmanlı mülküne yetmiş beş yıl önce bir deccal gelmiş ve halifeyi kovarak ülkeye dinsizliği yerleştirmişti. O günden beri ehl-i İslam zulüm çeker olmuştu. Camiler kapatılmış, ibadetiyle uğraşan Müslümanlar hapse atılmış, sarık ve fesin yerine zorla gâvur şapkası giydirilmiş ve erkeklerle kadınların ahlaksızca birbirine karışması, birbirine sarılıp gâvur dansı yapması mecbur kılınmıştı. Bunlara uymayanlar da İstiklal Mahkemesi dedikleri mahkemelerin kararıyla idam edilmişti. Hoca bunları söylerken heyecanlanıyor ve bir süre sonra gözyaşlarını tutamıyordu. Bu ilahi adamın kara gözlerinden dökülen inci gibi yaşlar yanaklarından iniyor, sakalını ıslatıyordu. Bunu gören kadınlar da ağlamaya başlıyorlardı. Yüce Allah'ın izniyle şimdi bu deccal rejiminden öç alma ve İslam'ın sancağını yükseltme zamanı gelmişti. Müslümanların şeriata göre yaşayacağı saadet günleri yakındı artık. Çünkü İslam ümmeti uyanıyor ve kendisine zorla kabul ettirilmiş olan Kemalizm gâvurluğundan sıyrılıyordu.

Bu konuşmaları dinlerken Cemile'nin gözünün önüne hep Büyük Hanım geliyor ve onca yıl onun gâvurluğunun nasıl farkına varmadığına hayret ediyordu. Demek ki hocanın "Tetikte olmazsanız şeytan sizi ifsad eder!" dediği buydu.

O hafta Cemile'nin, kocasının tenasül uzvuna bakmadan önce yapacağı önemli işlerden biri de Cumhuriyet Bayramı'nda belediyenin dağıttığı, kendisinin de büfenin üstüne koyduğu, Türk bayrağı ve kenarında o sarışın deccalın resmi bulunan kartı oradan indirmek, yırtıp çöpe atmak olacaktı.

Belki de deccal, evin betini bereketini kaçırıyordu.

En çok üzüldüğü şey, çocuklarının okulda her gün Cumhuriyet ve Atatürk sözleriyle zehirlenmeleriydi ama Müslüman bir anne olarak onun görevi, bu sabileri aydınlatmak, deccalın yolundan gitmelerini engellemekti.

22

O akşam Leyla Hanım'ın başına öyle bir iş geldi ki sanki bütün yaşamı ters yüz oldu. Daha önce biri böyle bir duruma düşeceğini söylese ona deli gözüyle bakardı. O gecenin sonunda yatağa girdiğinde anneannesinin anlattığı bir masaldaki "Civcivli oldum, sivrikoz oldum / Gel oğlum gör beni, hokkabaz oldum" tekerlemesini aklından geçirmesine yol açan çılgın olay şöyle gelişti:

Kendisini duygusal ve bedensel açıdan hırpalayan o yorucu günün ardından Cihangir'deki eve döndüğünde, karşısında bir başka Roxy gördü. İçi içine sığmayan kız zıplayıp duruyor, sanki yürümüyor da dans ediyordu. Arkadaşlarına da bulaşmıştı bu sevinci, hepsi coşku içindeydi. Sanki birdenbire o uyuşuk, ağır çekim hallerinden kurtulmuş, canlanmışlardı ve ciltleri bile parlak bir hal almıştı.

Roxy eve giren Leyla Hanım'a, "Biliyor musunuz ne oldu?" diye sordu. Bir yandan da yaşlı kadının çevresinde zıp zıp zıplıyordu.

Bütün gün dışarıda yıpranan ve kendini hemen bir koltuğa atmaktan başka bir şey düşünmeyen yaşlı kadın, "Hayrola, ne oldu?" diye sordu.

Kız başladı nefes nefese anlatmaya. Leyla, Roxy'nin heyecanlanıp kendini bıraktığı zaman güzelleştiğini düşündü. Öyle anlarda yüzüne çocuksu bir ifade yerleşiyor ve yanakları kızarıyordu. İçindeki zehrin yüzüne vurmadığı ender anlardan biriydi bu da.

Beyoğlu'nun ünlü *underground* gece kulüplerinin birinden aramışlardı. Bu gece sahneye çıkacak olan grup, solisti araba kazası geçirdiği için konsere gelemeyecekti. Son anda bir değişiklik yapmaları da zordu. Acaba sahneye çıkmak isterler miydi?

Roxy bu habere o kadar şaşırmış ve sevinmişti ki kaç lira vereceklerini bile sormadan hemen "Evet"i yapıştırmıştı. "Evet evet, çok isteriz. Kaçta gelelim? Ne kadar sahnede kalacağız?"

Şimdi de evde dolabı dağıtmış, nasıl bir giysiyle sahneye çıkacağına kafa yoruyor, bir yandan da çocuklarla repertuvarı konuşuyordu.

Leyla Hanım onları kutladıktan ve sahiden sevindiğini söyledikten sonra odasına gidip yatağın üstüne uzandı. Ama uyumak ne mümkün! Çocuklar avaz avaz bağırarak şarkı söylüyor ve piyanoda bir şeyler çalıyordu.

Buna rağmen, bir süre sonra salondan gelen seslere alıştı ve içi geçiverdi. Ne kadar uyuduğunu bilmiyordu; gözlerini açınca Roxy ve Yusuf'un başında dikilip kendisine baktığını gördü. Hemen doğrulmaya çalıştı.

Yusuf, "Umarım sizi biz uyandırmadık. Sizden bir ricamız var" dedi. "Dilerim kırmazsınız."

"Elimden gelen bir şeyse..." diye mırıldandı Leyla Hanım.

Roxy, "Bu gece kulübe gelip sahnede bizi izlemenizi istiyoruz" dedi. Sonra da, "Çok istiyoruz!" diye ekledi.

Leyla Hanım için acayip bir şeydi bu; öyle bir kulübe nasıl adımını atar, orada ne yapar, bilemiyordu. Daha doğrusu "öyle bir kulübün" nasıl olduğu hakkında da bir fikri yoktu.

Ama çocuklar o kadar ısrar etti, o kadar üstüne düştü ki bir süre sonra onlara "Hayır" demenin imkânsızlığını kavradı.

Aslında yaşının oraya uygun olup olmamasının bir önem

taşımadığını, gece yarısına doğru kulübe gittiklerinde görecek ve rahatlayacaktı. Kulüp o kadar karanlıktı ki kimse kimseyi görmüyordu. Büyük, hangar gibi bir salonda gölgeler göze çarpıyor, sahneden kulakları sağır edecek kadar yüksek bir davul sesi geliyordu. Telaşlandı, eli ayağı dolaştı, yüreği çarpmaya başladı. Buraya gelmenin insanlara ne gibi bir zevk verdiğini, gençlerin niye böyle yerlerde toplandığını düşünmeye koyuldu. Davulun yüksek frekansı beynini zonklatıyor, her yerini zangırdatıyordu.

Bir müddet sonra sahneden, *Roxy and Other Animals* grubunun anonsu yapıldı ve heyecan içindeki Roxy ile arkadaşları sahneye fırladı.

Yine aynı yüksek davul, klavye ve ortalığı titreten bir elektrobas eşliğinde Roxy, konuşur gibi, tekerleme gibi bir şeyler söylemeye başladı. Leyla Hanım yanındaki Yusuf'u görmese bile heyecanını hissedebiliyordu.

Birinci parça bittikten sonra Roxy, "Şimdi sahneye grubumuzun en genç üyesini çağırıyorum" dedi ve böylece Leyla Hanım'ı kulübe getirmekteki gizli amaçları ortaya çıkmış oldu.

"Büyük bir piyanist. Leyla Bosnalıııııı!"

Çocuklar "Huuu!" diye bağırdılar. Leyla Hanım'ı ateş bastı, ne yapacağını bilemedi ama birileri tarafından neredeyse sürüklenerek karanlık bir yerlerden geçirildiğini ve iki koluna girilerek merdivenlerden çıkarıldığını fark etti. Gözüne dikilen bir ışıldak onu kör ediyor, bir şey görmesini engelliyordu. Kulağına alkış ve bağırma sesleri geldi. Biri tarafından klavyenin önüne oturtuldu. Başı dönüyor, midesi bulanıyordu. Oraya yığılıp kalacakmış gibiydi. Roxy'ye çok kızıyor ve kendisini bu duruma düşürmesini anlayamıyordu. Alkışlar ve tezahürat gittikçe yükseldi. Herhalde sahnede o yaşta bir kadını görmek, seyircileri bu denli heyecana getirmişti. Leyla Hanım mide bulantısını bastırarak parmaklarını klavyenin tuşları üzerinde hafifçe gezdirdi. En ufak dokunuşunun bile müthiş büyüdüğünü, yeri göğü kapladığını ve koca salonda yankılandığını duyunca iyice ürktü. Bu kadar gürültüyü kendisi mi yapıyordu?

Yavaş yavaş seyircilerin gürültüsü kesildi, ortalığı bir sessizlik kapladı. Leyla Hanım tuhaf bir duygu içindeydi. Onca insanın içinde, hiç alışık olmadığı gürültülü mekânda kendini üzerine ışıldaklar dikilmiş durumda bulduğuna inanamıyor, içten içe bunu yapanlara kızıyordu. Ama çaresizdi şimdi. Ne yapabileceğini bilmiyordu. Doğrulup oradan inmeye kalksa, kendi başına beceremez, merdivenleri bile göremezdi.

Sanki Paşa Dedesi, anneannesi, öbür yakınları oraya toplanmış, bakışlarını onun üzerine dikmiş, "Orada ne yapıyorsun öyle!" diyorlardı. "Yaşına başına, aile şerefimize uygun mu? Bir de utanmadan soyadımızı anons ettiler."

Boynunda şahdamarının atışını hissetmeye başlamıştı ve bir sıcaklık kaplıyordu her yerini. Yine her zamanki gibi içinde, "Benim suçum yok!" savunması kıpırdanıyordu. "Nasıl bir oldubittiye getirdiklerini gördünüz. Buraya gelmeyi ben mi istedim? Evden çıkarılmayı, Cihangir'e düşmeyi ben mi arzuladım? İnsanın başına hiç beklemediği şeyler de gelebiliyor demek ki!"

"İyi ama ilk attığın adımın seni nerelere götüreceğini hesap edip ona göre davranacaksın. Böyle öğretilmedi mi sana? Bu dünyadaki her trajedi, küçük ve masum bir adımla başlar."

"O zaman ineyim" diye mırıldandı. "O zaman buradan inip gideyim. Zaten ne işim var ki buralarda!" Gözlerinden iki damla yaş yuvarlandı.

Yerinden doğrulur gibi olduğu anda, iki elin omuzlarından bastırdığını hissetti Leyla Hanım. Roxy kulağına "Ne olur bir şey çalın!" diyordu. "Size yalvarıyorum, tuşlara dokunun. Evde yaptığınız gibi. Bunda ayıp bir şey yok ki. Müzik her yerde müzik değil mi! Ne olur kırmayın boni."

Bu sözler üzerine Leyla Hanım kendini topladı, derin bir nefes aldı ve Beethoven'in "Ay Işığı Sonatı"nı çalmaya başladı. Nasıl da yüksek çıkıyordu klavyenin sesi. Bütün dünyayı dolduruyor gibiydi. Parmakları, yılların ustalığı ve rahatlığıyla tuşlara yumuşak dokunuşlar yapıyor ve bu ses neredeyse bütün evrene yayılıyordu. Fraulein Anneliese tepesine dikilmiş, ellerini kontrol ediyordu. Hiçbir zaman beğenmezdi zaten çaldıklarını; tatmin olduğu, "Bravo!" dediği hiç görülmemişti. Parçayı bitirdiğinde önce bir sessizlik oldu. Leyla Hanım başını kaldırmadan, hiçbir yere bakmadan oturmasını sürdürdü. Sonra kulakları sağır edecek kadar yüksek bir alkış patladı. Seyirciler kendinden geçmiş, "Bravo, bravo!" diye haykırıyordu. Şaşırdı, sevindi, heyecanlandı; oturduğu tabureden düşecekmiş gibi oldu. Farlara yakalanmış bir tavşan gibi, o kör edici ışığa kısılıp kaldığını fark ediyordu. Ama sonunda kendini toplayıp hafif bir baş selamı vermeyi ve gülümsemeyi başardı. Terlemişti. Öleceği aklına gelirdi de yalnız geçen bir ömürden sonra böyle bir durumla karşılaşacağı gelmezdi. Seyirciler şimdi el çırpıyor, "Bi daha, bi daha!" diye bağırıyordu. Çaresizlik içinde bakınıp Roxy'yi görmeye çalıştı ama göremiyordu. Ortalıkta ekşi bir koku vardı. Birdenbire davulun ve basgitarın gökgürültüsünü hatırlatan seslerle çalmaya başladıklarını duydu. Evde kendisine akorlarını sordukları parçayı çalıyorlardı. "Kulaklarım için bu gürültü çok fazla!" diye geçirdi içinden. Birden kulağında sıcak bir nefes duydu. Başını çevirdi, Roxy'yi gördü; kız ona bir şeyler söylüyordu ama ne kadar bağırırsa bağırsın Leyla Hanım'ın onun ne dediğini anlaması mümkün değildi. Sonra Roxy elleriyle piyano çalmasını işaret etmeye başladı. O gürültülü parçada da çalmasını istiyordu! Leyla Hanım çaresiz gözlerle ona baktı; yüreği küt küt atarak çocuklara öğrettiği akorları hatırlamaya çalıştı. Sonra basgitara göre tamamen doğaçlama çalmaya başladı. Seyirci neredeyse çıldırma derecesine gelmişti, avuçları patlayana kadar alkışlıyordu. Belki de dünyada ilk ve son kez, beyaz saçlı yaşlı bir hanım, çılgın bir hiphop parçasına eşlik ediyordu. Bu gösteri yıllarca anlatılmaya değerdi doğrusu.

Leyla'nın yanından ayrılan Roxy parçasını söylemeye başladı. Sert bir sesle, kelimeleri tıkır tıkır birbirine ekleyerek bir şeyler haykırıyordu. Leyla Hanım, çaldıkça yabancılık hissinin kaybolduğunu hatta tuhaf bir biçimde bu işten zevk almaya başladığını gördü. O da kendini ritme kaptırmıştı ve parmakları tuşlar üzerinde âdeta uçuyordu. Ne çalacağını o bilmese bile parmakları biliyor ve içine işlemiş olan ritim ve armoni duygusuyla dinleyicileri çıldırtacak sesler çıkarıyordu. Bu yüzden parça bitip de herkes ayağa fırlayarak alkışlamaya başladığında, kan ter içinde olmasına rağmen gülümsemeyi başardı. Roxy yanına gelip onu elinden tutarak ayağa kaldırdığında, gözünün önünde gölgeler oynaşıyordu. Gençler alkış, ıslık ve haykırışlarla yeri göğü birbirine katıyordu. Leyla Hanım bu geceyi ömrü boyunca unutmayacaktı herhalde.

Yine çocukların kollarında merdivenlerden indi, neredeyse sürüklenerek dışarı çıkarıldı. Kendisini son derece bitkin hissediyordu. Bıraksalar oraya yığılıp kalacaktı. Bir an önce eve gitmekten başka hiçbir isteği yoktu.

Durumu çocukları da korkuttu. Kulübün girişindeki sakin koridora oturttular onu. Soluğu ağzına sığmıyordu sanki. Çantasından bir dilaltı hapı çıkarıp aldı. Gözlerini kapattı ve bir süre solgun benziyle öylece oturdu. Çocuklar ve daha çok da Yusuf, müthiş bir suçluluk duygusu içinde sessizce bekliyorlardı. Yusuf yaşlı kadını böyle bir serüvene sürükleme çılgınlığını nasıl yapabildiğini anlamıyordu. Galiba her şeyde olduğu gibi, bu işte de Roxy'nin heyecanına fazla kaptırmıştı kendini. Ama bir gençlik heyecanıyla yapılan bu hareket, kadıncağızın hayatına mal olabilirdi.

Gecenin sonunda Leyla nihayet yatağına uzandığı zaman, uykuya dalmadan önce hissettiği şey, bir utanç ve "Yanlış yaptım!" duygusu oldu.

Ertesi gün Roxy kulüp sahibinden devamlı çalışmak için bir öneri aldı. Ama bir tek koşulları vardı. O yaşlı hanım da kendileriyle sahneye çıkacaktı. Kulüp sahibi, bunun dünya çapında bir gösteri olacağını, hep birlikte hip-hop tarihine geçeceklerini düşünüyordu.

Ama tabii ki bu proje hiçbir zaman gerçekleşmedi ve Leyla Hanım, onca insanın önünde böyle acayip bir şey yapmanın yorgunluk ve utancını uzun süre üstünden atamadı.

Anneannesinin anlattığı eski bir Rumeli masalında geçen tekerleme sabaha kadar kafasında döndü durdu. Masalda kötü kalpli gelinin tavuk kümesine kapattığı dertli bir ana, oğluna şöyle sesleniyordu: "Civcivli oldum, sivrikoz oldum / Gel oğlum gör beni, hokkabaz oldum."

"İşte" diye düşünüyordu Leyla Hanım, "Sanırım, ben de aynen bu duruma düştüm. Bu yaşımdan sonra hokkabaz oldum. Masaldaki kadından tek farkım ise bir oğlumun olmaması."

O gece fark ettiği bir başka ilginç şey de ailesindeki kayıpların yaşları olmuştu. Sahnedeyken bütün ölülerini görmesi garip olmasına garipti zaten. Dedesi, anneannesi, dayısı, annesi, İngiliz babası onunla birlikte sahneye çıkmış, suçlayıcı bakışlarını onun üstüne dikmişlerdi. Bembeyazdı yüzleri. Ama işin daha da garibi, Büyük Hanım'ın onların yaşlarını fark etmiş olmasıydı. Hepsi kendisinden gençti artık. Dedesi ile anneannesinin yaşları ona yakındı ama babası, annesi ve dayısı, Roxy ile arkadaşları gibi görünüyordu. Kendisiyle kıyaslanırsa, yeniyetme sayılabilecek kadar genç ölüler...

23

Hüseyin, buzdan ve sudan beyazlaşmış rakı bardağını kaldırdı, Yusuf'un bardağına vurdu: "Hoş geldin" dedi. "Güzel bir sürpriz oldu. Çok sevindim. Gazeteci olduğunu duydum. Bunun için mi geldin? Röportaj falan mı yapacaksın?"

"Şimdilik değil amca oğlu" dedi Yusuf. "İleride ilk röportajı seninle yaparım inşallah."

Sonra otobüste okuduğu kitaptaki bir şakayı aktardı.

"Gazeteci dedin de aklıma geldi" dedi. "Bir yabancı yazar ne demiş biliyor musun? Bilimadamları kobaylar üzerinde deney yapmasınlar, yazıktır; politikacılar ile gazeteciler üstünde yapsınlar."

Bu esprisi amca oğlundan gereken karşılığı görmediği için biraz bozuldu. Kendi kendine güldü ve sustu. Hüseyin de ciddi politikacılardan biriydi artık, öyle vara yoğa gülmeyen, yürürken omuzlarını kasan, ciddi suratlı bir adam. Şakadan falan anlamıyordu.

Yusuf, Ankara'yı pek bilmez ve İstanbulluların çoğu gibi bu şehre gitmeyi istemezdi. Ama bu sefer zorunlu bir gidişti bu. Leyla Hanım'ın hatırı için, amcasının oğlu Hüseyin'i görmesi ve ondan yardım istemesi gerekiyordu.

Bu yüzden o akşam Ankara'nın ünlü bir kebapçısındaki masada Hüseyin'in karşısında otururken içi rahattı. Ayrıca Huseyin'i de gerçekten sever ve bu kurnaz akrabasını zaman zaman özlerdi.

Yemekler gelip gittikçe karşısında oturan amca oğlunun niye bu kadar kilo almış olduğunu anlıyordu. Her şey çok lezzetliydi. Sıcak pideler, tulum peyniri, çeşit çeşit Anadolu mezeleri ve arkasından kuyruk yağlı Adana kebabı. Bütün bunlar yetmiyormuş gibi Hüseyin yemeğin sonunda bir de künefe yemeleri için ısrar etmişti. Yusuf ısrar üzerine o kadar çok yedi ki sanki ömrü boyunca bir daha yemek yiyemeyecekmiş gibi bir doygunluk hissine kapıldı.

Akşam yemeğinde masaların çoğunda koyu renk giysili, kravatlı erkekler görülüyordu. Ankara bir erkekler kentiydi. Burada yemeklere İstanbul gibi kadınlı erkekli çıkanlar azdı, daha çok erkek erkeğe yemek yeniyordu. Hele amca oğlu gibi politikacılar, kiminin evi başka illerde olduğu için, kimi de ortama uymak istediğinden her akşam buluşuyorlar ve saatlerce politika konuşuyorlardı.

Yusuf aynı ülkenin iki şehrinin birbirinden bu kadar ayrı olmasına hep şaşırırdı. Politikaya gömülmüş başkentin İstanbul'la hiçbir ilgisi yoktu.

Ankara hep İstanbul basınından, İstanbul basını ise hep Ankara'daki politikacıdan şikâyet ediyordu. Ama Yusuf'un kısa deneyimleri, bu iki sektörün de birbirine çok benzediğini gösteriyordu. İkisinin de ana kuralı, o günü önemsemek ve ayakta kalmaktı ve manşetler, gazeteyi hazırlayanlar kadar onu yarın okuyacak olan politikacılar için de önemliydi.

Hüseyin'in aldığı kilolar ve göbek yüzünden, zaten kısa olan boyunun daha da kısalmış gibi göründüğünü fark etti. Beyaz kravat gömleğinin manşetleri kollarına uzun geliyor ve ceket kolundan dışarıya taşarak, küçük ellerinin yarısını kaplıyordu. Yusuf, bu küçük adamın en çok, vefalı ve kara gün dostu oluşunu severdi. Ankara'da "önemli adam" olduktan sonra eşini, dostunu, akrabalarını bırakmamıştı.

Yusuf'un istediği borçları da hiç sektirmeden göndermişti. Akşamüstü Ankara'ya gelip kendisini telefonla arayan Yusuf'u otogardan almak için ısrar etmiş, onu hemen en namlı kebapçıya götürmüştü. Kırmızı plakalı resmi bir otomobili ve şoförü vardı. Yusuf'un ertesi gün de Meclis'e, makamına gelmesi için ısrar ediyordu. Çünkü Plan Bütçe Komisyonu Başkanı olmuştu, forsu yerindeydi. Zaten kırk yılda bir gelen akrabasının bunları görmesini istiyordu.

Yusuf, Leyla'nın hakkını arama yollarının teker teker kapandığını gördüğü ve Ömer Cevheroğlu'nun avukatlar ordusuna karşı mücadele etmenin güçlüğünü kavradığı anda büyük bir çaresizlik içinde kıvranmaya başlamıştı. Roxy'yle gece fısıldaşmalarının en önemli konusu buydu artık. Ne yapacaklarını, nereye başvuracaklarını bilemiyor, içlerinden yükselen isyan duygusunu bastırmakta güçlük çekiyorlardı.

Bir gece Roxy, "Senin amcanın oğlu iktidar partisinden milletvekili değil mi?" diye sordu. "O belki bir şey yapabilir."

O zaman Yusuf, bunun niye daha önce aklına gelmediğine şaşırdı. Doğru ya, belki de Hüseyin Leyla'ya yardım edebilirdi. İki gün sonra gazeteden izin alıp otobüse bindi ve Ankara'ya gitti.

Şimdi de Hüseyin'e Leyla'nın başına gelenleri anlatıyordu. Leyla'yı herkes gibi Hüseyin de çok severdi. Kadıncağızın bu yaşında evinden atılmış olmasına inanamadı. Çünkü Leyla o mahallenin ve o evin hiçbir zaman değişmeyecek olan demirbaşı gibiydi.

"Ne günlere kaldık!" dedi. "Yarın Meclis'e gel, ne yapacağımıza bir bakalım."

Yemekten sonra onu evine götürdü. Ankara'nın yeni yapılan çok katlı binalarının birinde, özentiyle döşenmiş bir dairede karısı Gülsen onları güler yüzle karşıladı.

Gece bu daireden bakıldığında bütün şehir görünüyordu. Hani "Ankara ayaklarının altında" dedikleri cinsten. Ve bu bozkır kenti, gece ışıklarıyla güzel görünüyordu denebilir. Yusuf yine de bütün İstanbullular gibi Ankara karşısında tuhaf bir kibre kapıldı ve "Ben buralarda oturamazdım" diye düşündü. Kendileri de köy kökenliydi ama sanki Ankara köyden kente geçişin ilk durağı gibiydi. Yusuf'un çocukluğunda dedesinin yaz aylarında köye gitme alışkanlığı vardı. Boğaziçi'nde yaşamasına rağmen o kerpiç evli, harap Anadolu köyünü özler, Yusuf'u da birlikte götürürdü. Aslında Yusuf için de eğlenceli günlerdi onlar. Köyü sever, çobanlarla birlikte koyun sürülerinin peşinden gider, pırıl pırıl derede balık tutar, geceleri sabaha kadar kaşınma pahasına döven sürerdi. Dedesi öldükten sonra, köye gitme âdetinden vazgeçilmişti. Yusuf zaman zaman çocukluğunun köyünü hatırlar ve onu özlediğini hissederdi. Ama şehirdeki köylülük, köydeki kadar güzel değildi.

Hüseyin dairenin kapısında pabuçlarını çıkarınca Yusuf'a da böyle yapmak düşmüştü. Kadın, erkek, çocuk pabuçları kapının önünde yan yana dizilmiş duruyordu. İçeri girdiklerinde Hüseyin'in hanımı, "Hoş geldiniz!" der demez, ayaklarına bir terlik uzatıvermişti. Yusuf'un ailesi de bütün dağlılar gibi böyle yapıyordu. Cihangir'de, kendi çevrelerinde bunu yapan tek bir ev yoktu herhalde. Kapı önünde pabuç çıkartma ya da çıkartmamanın büyük bir fark olduğunu düşündü Yusuf.

Ankara'da köyün kente taşınmasının örneğini yalnız bu evde değil, ertesi gün gittiği Millet Meclisi'nde de bol bol görecekti. Hüseyin onu kırmızı plakalı siyah Renault marka otomobiliyle aldırmıştı. Bu yüzden Meclis bahçesindeki polisler onları hiç durdurmadılar. Yusuf eğer böyle bir olanak olmasa, içeri girmesinin epey sıkıntılı olacağını tahmin edebiliyordu. Bütün bu güçlüklere rağmen Meclis bahçesi her zaman seçmenlerle, ziyaretçilerle doluydu. Kapılarda saatlerce beklemeyi, polis kontrollerinden geçmeyi göze alıyor ve kendi bölgelerinin milletvekillerine dertlerini anlatmaya geliyorlardı. Çoğu köylüydü bunların ve köylüler için zaman yitirme kavramı yoktu. Kadınların başı bağlıydı, erkekler üzerlerindeki giysiyi yüzlerce metreden fark edilecek, köylülere özgü bir biçimde, ayrı bir tarzda taşıyorlardı, yürüyüşleri de değişikti. Yusuf bir yerde, Meclis'in her hafta ayırdığı bir tek ziyaret gününde, on sekiz bin ziyaretçinin geldiğini okumuştu. Bu yüzden ortalık insan kalabalığından geçilmiyordu, milletvekili odalarının bulunduğu loş koridorlar da tıklım tıklım doluydu.

"Zavallı insanlar!" diye düşündü. Modern Türkiye'nin, basının, televizyonların saklamaya çalıştığı, yok saydığı yoksul, dertli insanlardı bunlar. Ancak böyle çare aranan yerlerde ya da koridorlarda bitkin ve umarsız bekledikleri, sakat çocukların bir kenara büzüldüğü hastanelerde görülebiliyorlardı.

Yusuf gittiğinde Hüseyin odasında yoktu, haber verdiler, yarım saat sonra geldi. Telaşlı görünüyordu. Çünkü o gün muhalefetin çağrısıyla yapılan bir olağanüstü toplantı vardı.

Hüseyin kahvelerini içerken Yusuf'a, "Biraz önce İçişleri Bakanı'yla konuştum" dedi. "Konuyu inceleyip bana haber verecek."

Yusuf, Hüseyin'in buyurgan tavrını, çevresindeki insanların ona gösterdiği saygıyı gözledikçe siyasi sınıfın kendilerinden nasıl da ayrışıverdiğini düşünüyordu. Demek halk yığınlarından yönetenler safına atlamak bu kadar değiştirebiliyordu her şeyi. Kendisinin bu güce ulaşması, İçişleri Bakanı'yla konuşması mümkün müydü? Gazetenin büyük cam binasına her gün bir sığıntı gibi giriyor, sıradan bir muhabir olarak hiç kimseden saygı görmüyordu. Demek ki Hüseyin, hayatta doğru bir yol tutturmuştu. Hem saygı görüyordu hem de aldığı maaşla iyi bir yaşam sürüyordu. Emrine verilen makam arabası, şoför, sekreter, danışman da cabası.

Oysa Hüseyin, hayatta başarılı olmak için kendisinden daha fazla bir çaba harcamamıştı. Sadece seçtiği yol doğruydu. Yıldızı parlayan partiyi sezmek, ona üye olmak, biraz kendini göstermek ve seçimlere katılmak, yükselen asansörlere binmek için yeterliydi. Yusuf, Hüseyin'in yakında bakan da olabileceğini düşündü. Ama yine de iyi çocuktu Allah için. Amca oğluna karşı çok alçakgönüllü davranıyor, en ufak bir burnu büyüklük yapmıyordu.

Öğle vakti yine kalabalık koridorlardan geçip ana binadaki lokantaya gittiler. Yüzlerce kişinin yemek yediği kocaman bir salona girdiler. Lacivert ve siyah giysili, kravatlı, çoğu bıyıklı bir erkek topluluğu yemek yiyordu. Yusuf burada da köylülüğün ağır bastığını düşündü. Çünkü köylülüğün en önemli göstergelerinden biri de yemek yerken ortaya çıkıyordu. Tabağı önlerine çekmeyip ileride tutuşları, çatal ve kaşıkları kavrayış biçimleri, lokmayı ağızlarına kadar yükseltecek yerde başlarını iyice tabağa eğerek atıştırmaları, ağızları yemek doluyken konuşmaları, kendi babasında da gördüğü ve hiç de hoşlanmadığı bir görüntüydü.

Yusuf, bir milletvekilinin yakasına takılı rozeti çıkarıp iğnesiyle dişini karıştırdığını gördüğü anda önündeki yemeği bıraktı. Ve düşünmeye başladı. Evet, burası halk meclisiydi. Millet, vekillerini seçiyor ve oraya kendisine benzeyen insanları gönderiyordu. Demokratik olmasına demokratikti bu iş ama yöntem doğru muydu? Yüzyıllarca karanlıkta kalmış, eğitilmemiş, kafası hurafelerle dolmuş bir halkın temsili başka nasıl olabilirdi ki! Duvara asılı büyük resimden hüzünlü hüzünlü bakan Mustafa Kemal Paşa bunun tam tersi bir yol izlemiş ve "halkı eğitmek" yolunu seçmişti. Ama onun bu anlayışı son günlerde jakobenizm olarak yerden yere vuruluyordu.

Bu yollardan hangisi doğruydu acaba: Halk dalkavukluğu mu, onun oyunu almak için din ve milliyetçilik duygularını gıdıklamak mı, yoksa onu eğitmek mi? Yusuf bu soruya cevap veremiyor, iş bu noktaya gelince kafası karışıyordu.

Lokantadan çıkarken İçişleri Bakanı'yla karşılaştılar. Siyah bıyıklı bakan, memleketten gelmiş bazı seçmenleri ve bölge milletvekilleriyle yemek yemeye geliyordu. Bakan, karşısında el pençe divan duran Hüseyin'i iki yanağından öptü ve bir Anadolu şivesiyle, "Hüseyin'ciğim, senin işini sordurdum" dedi. "Ama evin yeni sahiplerinin elinde sağlam bir heyet raporu var. Bunamış zavallı kadıncağız, akli melekelerini kaybetmiş. Mahkeme de bir vasi tayin etme yoluna gitmiş. Yani her şey kanuna uygun, bir usulsüzlük yok. Kusura bakma."

Bu sözleri duyunca Yusuf'un içinde bir şey cız etti. "Galiba Büyük Hanım bir daha evini göremeyecek" diye düşündü. İçişleri Bakanı bile böyle söylediğine göre, demek ki bütün umutlar tükenmişti.

Otobüsle İstanbul'a dönerken camdan dışarıya bakıp durdu ve bundan sonrasının ne olacağını düşündü. Büyük Hanım nerede oturacaktı? Nasıl yaşayacaktı?

Düşünüyor taşınıyor, Büyük Hanım'ın kendileriyle birlikte oturmasından başka bir çare bulamıyordu. Buna da Roxy karşı çıkacaktı. Onu nasıl ikna edeceğini bilemiyordu.

Derken bütün bu düşünceler uzaklaştı Yusuf'un kafasından. Otobüs Sapanca Gölü'nün kıyısından geçerken gözleri dalgın dalgın akşamüstü güneşinin kızıllığını yansıtan sulara takıldı; o gece Hüseyin'in evinde sürüklendiği yoğun duygulara kaptırdı kendini. Roxy'nin onun için ne demek olduğunu belki de ilk kez bu kadar derinden kavrıyordu.

Sabaha karşı bu yabancı yatakta uyandığı anda "Roxy" diye sayıklaması bu yüzdendi işte. Karanlıkta nerede olduğunu kavrayamamış, bu yabancı yatakta Roxy'yi yanında bulamayınca müthiş bir telaşa kapılmıştı. Belki Roxy'yle ilgili bir rüya görerek uyanmıştı ama bunu hatırlayamıyordu. Bildiği tek şey, yüreğinden taşan bir yoğunlukla onu özlemiş olduğuydu. Kızı yanında bulamadığı zaman paniklemişti. Ne tuhaf bir şeydi bu böyle. Roxy hayatta en beğendiği kız değildi. Gazetede ondan daha güzel, sevimli ve uyumlu birçok genç kız vardı. Gülüşlerinden temizlik ve iyi niyet taşan kızlardı bunlar. Roxy'yi onlarla kıyasladığı zaman aksi, sert, kavgacı bulabilirdi. Onunla huzur bulmak olanaksızdı. Hep tetikte olman gerekirdi, çünkü senin fark etmediğin ufak bir ayrıntı bile, onda bir öfke patlamasına yol açabilirdi.

Bütün bunlar doğru olabilirdi ama yine de Yusuf, Roxy'yi kendi kimliğini ve bedenini tamamlayan bir varlık olarak görüyordu. Onu kimseyle kıyaslayamazdı. Daha mı güzel, daha mı çirkin, daha mı hırçın; bu soruların hiçbir anlamı yoktu. İnsanın kendini başkalarıyla kıyaslaması gibiydi.

Ne yaparsan yap, sen sensindir ve o ten içinde yaşarsın. Bunun tartışması olmaz. Roxy Yusuf'tu, Yusuf da Roxy'ydi.

O Ankara gezisinden, eli boş ama Roxy'nin, hayatının tümünü kavradığını ve artık onun teni, kokusu ve sesi olmadan yaşayamayacağını anlamış olarak döndü.

24

Öğleye doğru hava lodosa çevirdi. Rumların *notos* dediği bu sıcak güney rüzgârı, her zaman olduğu gibi İstanbulluları sersemletip başlarını ağrıtan karşı konulmaz etkisini göstermeye başladı.

Bu yüzden Roxy önceleri Leyla Hanım'ın yüzüne yerleşen solgun ve mahzun ifadeyi lodosun etkisine yordu. Oysa o gün Ali Yekta Bey'den gelen bir telefon, evine dönmekle ilgili bütün hayallerini ve umutlarını alıp götürmüş ve kadını çaresiz bırakmıştı.

Ali Yekta Bey kısık ve hasta bir sesle, "Elimden bir şey gelmiyor hanımefendi" demişti. "Yoksa emin olun yapardım. Allah bunları ıslah etsin."

Leyla Hanım adamın ilgisine teşekkür etti etmesine ama sonra odasına çekilip uzun bir süre düşündü. Bugüne kadar hayallerle oyalanmış ve bir çare bulunacağı yolundaki umudunu yitirmemişti ama şimdi görüyordu ki hiçbir çıkış yolu yok. Karşısındaki zengin, şımarık ve güçlü aileyi yenmesi mümkün değildi.

Yusuf ile Roxy de doktorla görüşmeden eli boş dönmüş, üstüne üstlük yaşlı kadın hakkındaki raporun bir heyet raporu olduğunu öğrenmişlerdi. Çark öyle iyi kurulmuştu ki İstanbul'un köklü ailelerinden gelen yaşlı insanlar, birer birer mülklerini kaybediyordu.

Leyla, baş çıkamayacağı bir güç karşısında olmanın çaresizliğiyle bütün gün düşündü durdu. Ne yapacaktı? Evine dönemeyeceğine göre nerede yaşayacaktı? Nereye taşınacaktı? Bir ara içi geçmiş, battaniyenin üzerine uzanıvermişti.

O kısa öğleden sonra uykusunda korkunç bir rüya gördü Leyla. Küçük bir kız olarak yalı rıhtımında duruyor, dehşet içinde Boğaz'ın iki yakasının birbirine yaklaştığını görüyordu. Üstünde durduğu rıhtım hareket ediyor ve denizi yutarak karşı kıyıya doğru ilerliyordu. Aynı şekilde Avrupa kıyısı da hızla kendisine doğru geliyordu. Leyla çığlık atıp bunu anneannesine haber vermek istiyordu ama korkudan sesi çıkmıyordu. İki yaka arasındaki yakınlaşma o kadar çabuk oldu bitti ki bir iki dakika sonra Leyla'nın üstünde olduğu rıhtım karşı kıyıyla birleşti. Asya Avrupa'ya yapışmıştı. Artık önünde deniz değil bir karayolu vardı. Karşı kıyının evleri hemen burnunun dibindeydi. Beton denizi yutmuş, kıtalar birleşmişti. Leyla uyandıktan sonra da bu korkunç rüyanın etkisinden kurtulamadı. Başı ağrıyordu, ağzının içinde acı bir tat vardı, rüyayı gerçekmiş gibi derinden hissediyordu.

Bir gün Boğaziçi'ni göz gözü görmez bir sis bastığında aynı rıhtımda durmuş ve dev gemilerin o mutlak beyazlık içinde kayışını seyretmişti. Sanki havada yüzüyorlardı, sis düdükleri acı acı çalıyordu. Beyazlık içinde havada asılı gibi görünen birkaç lüfer teknesi kıyıya dönmeye çalışıyordu. O zaman da karşı kıyı görünmez olmuş, sanki iki yaka birleşmişti. Martı çığlıkları duyuluyordu. Leyla birden korkuya kapılmış ve anneannesine koşmuştu. Anneannesi arka bahçede sis içindeydi. Bir bulutla kaplanmış gibiydi. Onun bacaklarına sarılıp ağladığını hatırlıyordu. Anneannesi başını okşuyordu. "Korkma kızım benim, güzel kızım, bir tanem."

Leyla, ilk kez o gün insan ölümü üstüne düşündüğünü hatırlıyordu. Ailesinde bunca çok ölüm olması onu bu kavrama alıştırmış, köylülerin yaklaşımı gibi ölümü doğal bir hale getirmişti. Bu yüzden ölümü kendi açısından değil kaybettiği insanlar açısından düşünüyordu. Ama o gün rıhtımda siste kaybolduğu duygusuna kapıldığında, içine derin bir yalnızlık ve ölüm korkusu çökmüştü. İnsanoğlunun dünya yüzündeki geçiciliğini ilk kez fark ettiği andı bu. Daha sonra sık sık düşüneceği bir şey. Biraz erken ya da biraz geç ölmenin bir anlamı olmadığına göre, yaşamanın amacı neydi? Zaten yok olacak kumdan şatolar yapmak neye yarıyordu? Büyük bir mücadele içinde olan insanlar böyle şeyler düşünmüyor, kendilerini hayattaki başarılarına adıyorlardı. Ama insanın temel duygusu buydu. Yeryüzü korkusu, yaşam ürkekliği, geçici olmanın yarattığı yürek burkulması. Yani boşluk, büyük bir boşluk.

Böyle anlarda, koca yalıda iki kişi kalmış olmanın acısı içlerine çökerdi. Hiç kimse yok; odalar, salonlar bomboş. Uşaklar, hizmetçiler, bahçıvanlar birer birer gittiler. Sadece emektar kalfa ve onun köyden getirttiği kızı alt katta kalıyorlar. Bir de Leyla'nın annesine piyano ve Almanca dersleri vermiş olan Fraulein Anneliese büyük bir vefa örneği göstererek para almadan gelip küçük kıza ders veriyor. Leyla'nın dedesinden yani nüfustaki babasından kalan bir emekli maaşı var. O da anneanneye ödeniyor ama bu para kısıtlı. Sonunda satılan ziynet eşyaları da koca evin masraflarını görmeye yetmiyor ve yalı satılıyor, yalıya yeni insanlar geliyor. Anneanne ve torun o küçük beyaz eve sığınıyorlar.

Akşamüstleri küçük evin önünde manolya ağacını seyrederek anneannesinin demlediği çayı içiyor. Yaşlı kadın ona dikiş nakış öğretiyor, elinde tığ bin bir hüner döktürerek. Bir yandan da ailesinin kötü kaderine ağlıyor. Hâlâ kocasının, oğlunun ve kızının yasını tutuyor. Bazen, "Ah!" diyor, "hepsi o gök gözlü İngiliz gâvuru yüzünden oldu. Evimize ayak bastığı gün felaketler başladı. Sonunda böyle iki başımıza kalakaldık."

Leyla ter içinde kalmıştı. O sırada Roxy oda kapısına gol

di. Tuhaf bir biçimde bakıyordu. Leyla kızın kendisinden ne istediğini merak etti. Durum umutsuz olduğuna göre evi terk etmesini isteyecekti herhalde. Haklıydı da. En kısa zamanda bu işe bir çözüm bulmalıydı.

Roxy, "İnlediğinizi duydum" dedi. "İyi misiniz? Bir şeyiniz yok ya!"

"Hayır!" dedi Leyla Hanım. "Biraz dalmışım. Galiba bir rüya gördüm."

"Epey korkutucu bir rüya olmalı, yüzünüz kireç gibi bembeyaz."

"Evet, biraz öyleydi doğrusu."

"Bana anlatmak ister misiniz?"

Leyla Hanım'ın rüya anlatmak ya da dertlerini paylaşmak gibi bir âdeti yoktu ama nedense son zamanlarda bu kıza duyduğu yakınlık bütün engelleri aşıyor, onu başka bir insan yapıyordu.

Rüyasını anlattı, Boğaz'ın iki yakasının birleşmesini, denizin kayboluşunu, gerçekten olmuş kadar canlı bir biçimde tasvir etti.

Bu rüya Roxy'ye o kadar da korkunç gelmedi ama Leyla'nın çok etkilendiğini, hâlâ etkisi altında olduğunu görebiliyordu.

Ona bir bardak çay getirdi, yanına oturdu.

"Bu rüya, evle ilgili umutlarınızın kaybolduğu anlamına mı geliyor?" diye sordu. "Bu yüzden mi sizi bu kadar derinden sarstı?"

"Bilmiyorum!" dedi Leyla Hanım. "Ama galiba bütün umutlar tükendi. Yapabileceğim bir şey yok. Belki de o evi hayatım boyunca bir daha göremeyeceğim. Geçen gün bahçeye gittiğimde evime girebilirdim, durumuna bakabilirdim ama istemedim, daha doğrusu göreceklerimden korktum."

Biraz sustular, Leyla Hanım çayını içti, Roxy de tırnaklarına baktı. Söylenecek bir söz kalmamıştı.

Leyla bir kez daha aynı şeyleri düşündü: "Odaya geldiğine göre Roxy herhalde artık bu duruma bir çare bulmamızı isteyecek. Kız haklı, bu evde daha fazla kalamam. Herkese yük oluyorum. Gidecek yerim olsa bugün ayrılırım ama nereye gideyim, ne yapayım?"

O sırada Roxy, "Aslında ben de sizinle bir şey konuşmak istiyordum" dedi.

İşte konu açılıyordu. Belki de kendisi kızı konuşturmadan bir iki gün içinde ayrılacağını söylemeli ve bu arada da kiralık bir ev aramalıydı. Acaba eski mahallesinde küçük bir ev bulunur muydu? Dağlılar kendisine yardım eder miydi? Gerçi son gidişinde hiç ortalıkta görünmemişlerdi ama ne de olsa eski tanıdıklarıydı.

Roxy, "Sizinle bir sırrımı paylaşmak istiyorum" dedi.

"Ne gibi bir sır?"

"Yakında herkes duyacak ama ilk olarak sizinle paylaşmak istedim."

Leyla Hanım merakla kızın yüzüne baktı.

"Bir bebeğim olacak" diye fısıldadı. Gülümsüyordu.

"Ne?" diye bağırdı Leyla Hanım. Böyle bir şeyi hiç beklemediği için boş bulunmuştu.

"Hamileyim! Akıl almaz bir şey değil mi? Ben... Roxy... hamile... anne. Olacak iş değil."

O zaman Leyla Hanım ayağa kalktı ve ona sarıldı.

"Tebrik ederim, tebrik ederim."

Roxy zaten oldum olası düzensiz regl gördüğü için önceleri gecikmeyi pek umursamamıştı ama sonra buna mide bulantıları da eklenince bir eczanede test yaptırmaya karar vermişti.

Daha kimsenin haberi yoktu, Yusuf'un bile. Şimdi bir tek Leyla biliyordu.

Roxy bir süredir içine yayılan yumuşaklık ve sevecenliğin nereden kaynaklandığını anlıyordu şimdi. Demek ki hormonlar her şeyi düzene koyuyordu. Mide bulantılarına rağmen hamileliğinden son derece memnundu, bir tek Almanların hardallı *bratwurst*'una aşeriyor oluşunu anlayamıyordu. Ama ona da kafayı takmıyordu doğrusu. Bunu da Leyla'yla paylaştı. Sosis her yerde sosisti nasıl olsa. Taksim büfelerinde de bol miktarda mevcuttu. Roxy'nin bu şakası üzerine Leyla'nın aklına ilginç bir şey geldi.

Yusuf Ankara'ya gittiği için Leyla ile Roxy'nin evde baş başa kalması, aralarında, hayatın temel ihtiyaçlarını birlikte karşılayan insanlara özgü bir sıcaklık yaratmıştı. Barınma, beslenme ve neslini devam ettirme içgüdülerinin birlikte yaşanması insanları ortak kılar. Bunların ilk ikisini bir arada karşılamak da Leyla ile Roxy'yi bir anlamda akraba yakınlığı noktasına getiriyordu.

Bebek haberi üzerine büyük bir heyecana kapılan Leyla, Roxy'ye yemek yapmayı teklif etti. O gün yemekleri o yapacaktı, Roxy'nin karışmasını istemiyordu. Mükemmel bir sofra hazırlayacak, ailesinin geleneği olan Rumeli yemek kültüründen müthiş bir gösteri sunacaktı. Ne de olsa bebek geliyordu ve "ikicanlı anne"nin iyi beslenmesi şarttı.

Roxy bu işe itiraz etmek bir yana çok memnun olduğunu gizlemedi, çünkü en basit yemekleri bile beceremiyor ve bu iş canını sıkıyordu. Bu yüzden her gün makarna haşlıyor, yumurta kırıyor ya da sucuk kızartıyordu.

Roxy alışveriş yapıp ona istediği malzemeleri getirince Leyla mutfağa girdi. İlk yemeği olan ve Tuna kültüründen süzülüp gelen elbasan tavayı hazırlamak için kuzu budunu doğradı. Etleri haşladıktan sonra üstüne yumurtayı yoğurtla çırparak hazırladığı terbiyeyi döktü, fırına sürdü. Daha sonra yumurtayı şekerle çırparak süt eklediği karışımı fırına sürerek Rumelililerin *kaymaçina* dediği *créme brûlé* benzeri bir tatlı hazırladı. Bütün bunları büyük bir ustalıkla yapıyor, Roxy'nin şaşkın bakışları arasında yaşlı elleri büyük bir hızla çalışıyordu.

Bu yemek bilgileri ve el hünerleriyle yapılan yemekler, Bosnalı ailesi için karın doyurmaktan çok daha fazla bir anlam ifade eder, Balkanlarda kaybedilmiş o güzelim toprakların ve Tuna boylarının manevi bir mirası gibi algılanırdı. Ispanaklı kol börekleri, ekşimikli biberler... Aile, bu yemekler ve aşina tatlar yoluyla, geçmişiyle ilişki kurar gibiydi. Bu yüzden bilgiler kuşaktan kuşağa aktarılan kutsal bir emanetti.

Daireye sıcak ve iştah açıcı bir yemek kokusu yayılmış ve böylece orayı derhal bir ev, bir yuva haline dönüştürmüştü. Akşam Leyla, Roxy, Yusuf ve üç müzisyen çocuk, bu olağanüstü yemekleri büyük bir keyifle yerken Leyla'ya tekrar tekrar teşekkür ettiler. Elbasan tavanın etleri ağızda dağılıyordu. *Kaymaçina* ise ayrı bir harikaydı. Anadolu kökenli çocuklar, bu yemekleri hiç bilmiyorlardı. Sadece Yusuf, büyük Hanım'ın evinde birkaç kez bu lezzetleri tatmış olduğunu hatırlıyordu.

O akşam yemekten sonra çocuklar mutfakta bulaşıkları yıkar, ötekiler salonda oturup kahve içerken kendilerini ilk kez bir aile olarak hissettiler.

25

Yusuf, daha eve adım atar atmaz Roxy'nin yüzündeki sevecen, mutlu ve huzurlu ifadeyi fark edip çok şaşırmıştı ve bu şaşkınlık akşam boyunca devam etti. Leyla'nın sürpriziyle kendilerinden geçtikleri yemek şöleni boyunca Ankara'yı, Meclis'i, politikacıları, Ankara'nın erkek erkeğe yemek yenilen kebapçılarını, rakıcı milletvekillerini, bakanı anlatırken, arada bir göz ucuyla Roxy'yi süzüyor, onun yüzünde ilk kez gördüğü bu huzurlu ifadeye ve Leyla'ya gösterdiği sıcaklığa bir anlam veremiyordu.

Ama çok hoş bir şeydi bu. Roxy'nin yüzüne bir ışık vurmuştu sanki, içinden aydınlatılıyor gibiydi.

Kız bu akşam Leyla'ya yağdırdığı övgü cümleleri dışında fazla konuşmuyordu, suskundu. Yemekten sonra Leyla yerinden doğrulunca "Hayır! Siz hiç kıpırdamayın, bu kadar güzel yemeklerden sonra sofrayı kaldırmak ve bulaşık bize ait" diyen de oydu, "Size bir kahve yapacağım" diye tutturan da.

Yusuf gözlerine inanamıyordu. Bu akşam yeni bir Roxy hediye ediliyordu kendisine. Tutkuyla bağlı olduğu kızın, hayatın konforunu bozmayacağı güveni yayılıyordu içine. Ne muazzam bir şeydi bu.

Yemek boyunca Yusuf'un Hüseyin'den ne cevap aldığı konuşulmadı. Bu da herkesin durumun farkında olduğunu gösteriyordu. Leyla Hanım da sormadı. Belli ki bir müjde olsa

Yusuf ilk olarak bunu söyleyecekti. Sözü dolandırdığına göre, iş besbelli olmamıştı.

Yusuf gece yatakta Roxy'ye, "Bu akşam sende bir değişiklik var!" diyerek sözü açtı.

Roxy, "Hüseyin'le pek anlaşamadınız galiba" diye konuşmanın yönünü ustaca çeviriverdi.

"Yoo, beni pek iyi karşıladı. Otogardan kırmızı plakalı arabasıyla aldı, lokantalara götürdü ama yine de pek içime sinmedi."

"Neden?"

"Bilmiyorum, akrabam ama yine de artık başka bir dünyaya ait gibi. Bu politikacılar senden aşırı bir saygı mı bekliyor, yoksa birbirlerine öyle davrandıkları için bize mi öyle geliyor, anlayamadım."

"Ama aranız artık eskisi gibi değil."

"Doğru, değil. İlişkimizde bir yapmacıklık var sanki, konuşulamayan, eksik kalan bir şeyler. Sonra o İçişleri Bakanı..."

"Ne oldu, kötü mü davrandı?"

"Hayır, tam tersine. Hüseyin beni İstanbul'dan gelen, geleceği parlak gazeteci akrabası olarak tanıttı. Adam da çok ilgi gösterdi."

"Evet?"

"Ama yine de Hüseyin'in tavrında beni müthiş rahatsız eden bir şey vardı. Sanki bu dünyada bir hacim işgal ettiğinden utanır gibi, kendini silmek, sıfırlamak ister gibi iki büklüm duruyordu adamın yanında. Hüseyin'i hiç böyle görmemiştim."

"Bana kalırsa şaşılacak bir şey yok. Politika da aynen hayat gibi. Senden kuvvetlinin önünde eziliyorsun, senden güçsüzü de eziyorsun. Merak etme, Hüseyin sana belli etmemiştir ama o da şu anda çok kişiyi eziyordur."

"Belki" dedi Yusuf. "Ama bırak artık bu lafları. Ankara'dan sıkıldım. Sendeki değişikliğin sebebini anlat bana. Nıye bu kadar mutlusun? Ben Ankara'ya gittim diye mi?"

Roxy kıkır kıkır güldü. Sonra yatağın içinde doğrulup oturdu ve Yusuf'u da doğrulmaya zorladı.

Oğlan şaşkındı.

"Kalk!" dedi.

"Ne oluyor?"

"Kalk, hadi doğrul. Sana bir teklifim olacak."

Yusuf teklifin ne olduğunu düşürerek kalktı, Roxy'nin gösterdiği yerde ayakta durdu; sonra kızın, önünde yere diz çöktüğünü gördü.

Gerçi kızın gariplikleri̇ne, delilikleri̇ne alışıktı ama bu sefer iyiden iyiye şaşırdı. Roxy'nin, yüzünde şakacı bir ifadeyle önünde diz çökmüş olmasından çok rahatsız oldu.

O sırada Roxy, "Sana bir teklifim var" dedi.

"Bırak şakayı."

"Hayır çok ciddiyim, sana da çok ciddi bir teklif yapıyorum."

"Neymiş o?" dedi Yusuf.

Roxy, Yusuf'un sağ elini aldı, törensel bir edayla tuttu, onun gözlerinin içine baktı ve "Benimle evlenir misin?" dedi.

Yusuf şaşırdı, ne diyeceğini bilemedi, kız şaka mı yapıyor, ciddi mi, anlayamadı.

Onun bu şaşkınlığına aldırmayan Roxy, "Hep erkekler mi evlilik teklifi yapmalı?" dedi. "Çok saçma bir kural. Şimdi ben sana ciddi ciddi soruyorum Yusuf Yılmaz, benimle evlenir misin?"

Yusuf, "Elbette!" dedi. "Elbette evlenirim. Ama nereden çıktı bu birdenbire?"

"Senin yaramazlıklarından" dedi Roxy gülerek.

"Ne demek, hangi yaramazlıklarım?"

"Gece yatakta yaptıkların gibi mesela."

Eliyle, ani bir hareketle Yusuf'un karnına dokununca, delikanlı gıdıklanarak iki büklüm oldu.

"Vallahi bir şey anlamadım Roxy" dedi.

Bunun üzerine Roxy yine onun sağ elini eline aldı ve karnının üstüne götürdü. Sakin ve gizemli bir tavırla, "Şimdi anlıyor musun?" diye sordu. Yusuf, bir an kalbi duracak sandı ve Roxy'ye sarıldı. Onun, çocuğunu taşıyan karnını öptü. Evlenme teklif etmekteki gözü pekliğini içinden alkışladı. Bu kızın kuytu yerlerine, sıcaklığına, birkaç ay sonra büyüyecek olan karnının gerginliğine, kokusuna ve ağzının tadına, kadınlığına taptığını düşündü.

Artık Roxy'nin eski sevgililerine, onun bedenini daha önce tanımış, ona zevk vermiş erkeklere aldırmıyor, onları umursamıyordu. Çünkü hiçbiri, karısı ve çocuğunun annesi olacak kıza kendisi kadar yaklaşmayı başaramamıştı.

O geceki sevişmeleri diğer gecelerden bile daha şefkatli, daha yoğun ve daha derin bir alışverişe dönüştü.

26

Küçük bir huzura adım attıkları o günlerde, hepsinin tadını kaçıran bir şey oldu.

Leyla evde tek başına oturduğu, dört duvar arasında sıkılarak zaman öldürmeye çalıştığı o tuhaf ve durgun öğleden sonra saatlerinden birinde, kapının çalındığını duydu. Gidip açtı. Kapıda tanımadığı insanlar duruyordu.

Önde, siyah bıyıklı, tıknaz bir adam; yanında, yabancı olduğu belli bir kadın ve iki de çocuk.

"Buyurun!" dedi Büyük Hanım.

"Burası Rukiye'nin evi değil mi?" diye sordu adam, koyu bir Anadolu aksanıyla.

"Evet" dedi, "ama kendisi şu anda evde değil."

"Olsun" diye karşıladı adam ve yanındaki kadına kırık bir Almancayla, "Sonunda bulduk" dedi.

Leyla, gelen ailenin yanında valizleri olduğunu, onları alıp eve girmek istedikleri zaman gördü.

"Affedersiniz beyefendi" dedi, "Rukiye'nin evde olmadığını söylemiştim. Akşam gelseniz..."

"Akşamı falan var mı bunun" dedi adam. "Ben onun babasıyım. Burası benim de evim sayılır. Siz kimsiniz?"

Bunun üzerine Leyla kenara çekilmek zorunda kaldı. "Ben burada misafirim!" gibi bir şeyler geveledi.

Aile daha eve girdiği anda çocuklar ortalığı dağıtmaya, onu bunu çekiştirmeye başlamıştı bile. Rukiye'nin babası odalara girip çıkıyor, evi inceliyor ve besbelli nerede, hangi odada kalacaklarına karar vermeye çalışıyordu.

Bir süre sonra Leyla'nın yattığı odayı karısına gösterdi ve Almanca, "En uygunu bu görünüyor" dedi. "Hadi valizleri buraya koy!"

Leyla tuhaf bir durumda kalmıştı. Yeni gelenler evi öyle bir sahiplenmişti ki ortada şaşkın şaşkın duruyor ve ne yapması gerektiğini bilemiyordu. Rukiye'nin babasıyla ilişkilerinin iyi olmadığını biliyordu bilmesine ama şu anda bu bilgi onun hiçbir işine yaramıyordu. Bu evde bir hakkı yoktu. İnsanlara, "Gelmeyin!" diyemezdi. İster istemez Rukiye'nin ve Yusuf'un gelmesini bekleyecek, sonra olup bitenlere göre, kendisiyle ilgili bir karara varacaktı. Bu yüzden geçici odasına yerleşmelerine ses çıkarmadı. Hatta onlara birer yorgunluk çayı demledi ve dört gözle akşam olmasını beklemeye koyuldu.

Karanlık çöktüğü zaman eve ilk gelen Yusuf oldu ve içerdekileri görür görmez müthiş bir şaşkınlığa düştü. Hele gelenlerin Roxy'nin ailesi olduğunu öğrendiğinde şaşkınlığı daha da arttı, hatta dehşete dönüştü denebilir. Roxy'nin bu adamdan ne kadar nefret ettiğini biliyordu; bu da eve geldiğinde kızılca kıyamet kopacak demekti.

Bu arada çocuklar orgla oynuyor, ellerini pat pat klavyenin üstüne çarparak evi tuhaf bir gürültüye boğuyordu. Yusuf'un, Roxy'nin anlattıklarından Ute olduğunu çıkardığı orta yaşlı, iriyarı ve soluk sarı saçlı kadın, çevredeki partal eşyaya küçümseyen gözlerle bakıyor, pek konuşmuyordu.

Yusuf, kulağına fısıl fısıl durumu anlatan Leyla Hanım'dan gelenlerin kim olduğunu öğrendikten sonra, "Buyurun!" dedi, "Rukiye henüz gelmedi."

Adam, "Sen kimsin?" diye sordu.

Yusuf, "Ben Rukiye'nin arkadaşıyım" dedi.

"Sen de bu evde mi kalıyorsun?"

"Evet, aslında..."

"Yani birlikte mi yaşıyorsunuz?"

"Bir anlamda..."

"Bir anlamı falan yok, evli misiniz yoksa?"

Yusuf bu soruya ne cevap vereceğini bilemedi, dönüp odasına gitti. İşler iyice karışmıştı artık.

Ama o ana kadar olanlar, Rukiye geldikten sonra olacakların yanında bir hiçti.

Nitekim çok ani tepkiler veren ve fevri davranma yapısı olan kız eve gelip de o beklenmedik konukları görür görmez ilk şaşkınlık anını hemen atlatmış ve "Burada ne işiniz var?" diye soruvermişti.

Ama bu arada benzinin solduğu, dudaklarının titrediği Leyla'nın gözünden kaçmamıştı. Derinden sarsılmış olmalıydı kız.

Baba, memlekete gitmek üzere arabayla yola çıktıklarını ama çok yoruldukları için İstanbul'da mola verip onu da görmek istediklerini söyledi, kelimeleri arka arkaya sıralayarak. Kabaydı, dünyaya metelik vermez görünüyordu ama Rukiye'den az da olsa çekiniyor gibi bir hali de yok değildi. Adresini Duisburg'daki arkadaşı Naciye'den almışlardı. Bütün bu konuşmalardan, ailenin bir gecelik konuk olduğu anlaşıldı ve sanki konuyu hiç gündeme getirmeden herkesin ertesi güne kadar birbirine katlanması yönünde sessiz bir anlaşma ortaya çıktı. Rukiye biraz yumuşadı, kardeşlerine ilgi bile gösterdi. Yusuf Büyük Hanım'a fısıltıyla kusura bakmamasını söyledi, bu gece bir biçimde idare edeceklerdi artık. Leyla çoktan kendini salondaki o eski kadife kanepede yatmaya hazırlamıştı zaten.

Yusuf dışarı çıkıp yarım saat kaybolduktan sonra ellerinde pizza kutularıyla geldiğinde, küçük çocuklar kendi aralarında Almanca konuşarak kavga ediyordu. Ev gürültüden geçilmiyordu.

Sessiz anlaşmaya karşın, gergin bir ortamda sofraya oturdular. Roxy hızlı hızlı nefes alıp veriyordu, büyük bir baskı altında olduğu belliydi ve zaten havada da biraz sonra patlayacak bir saatli bombanın tik takları duyuluyor gibiydi. Yusuf oradan buradan laf açıp ortalığı yumuşatmaya çalışıyordu ve Leyla Hanım, bu çocuktaki iyilik cevherinin bir kez daha farkına varıyordu. Uyum seviyordu bu çocuk; kavga dolu bir ülkede uyum özlüyordu. İnsanların birbirine iyi davrandığı bir dünyanın düşünü kuruyordu.

Akşam yemeği böyle bitecek gibiydi ama babanın çenesi durmadı ve o soruyu yine soruverdi.

"Evli misiniz siz?"

Yusuf bir şeyler mırıldanacak oldu ama Roxy elindeki çatalı masaya vurarak ve babasının gözlerinin içine dimdik bakarak, "Hayır baba!" dedi. "Evli değiliz."

"Bu evde nasıl beraber oturuyorsunuz o zaman?" diye sordu baba. Belli ki kaşınıyordu.

"Biraz önce bir oda gördüm. O ikinizin yatak odası mı?"

"Sana ne!" dedi Roxy.

"Nasıl bana ne! Ben senin babanım. Metres hayatı mı yaşıyorsun? Bu kadın oğlanın annesi mi? O da mı göz yumuyor bu rezalete?"

Roxy acı çeker gibi inledi. "Baba, sus! Sus artık!"

Leyla, ilişkilerinin yabancısı olduğu bu aile bireyleri arasında yaşanan gerginliği belki önlerim amacıyla, "Beyefendi" dedi, "biraz sakin olsanız..."

Ama adam bas bas bağırmaya başlamıştı. Kendi sesiyle coşuyor gibiydi.

"Niye susacakmışım?" diye bağırıyordu. "Bizim de aile şerefimiz, eşimiz dostumuz var. Ne diyeceğiz el âleme. 'Rukiye İstanbul'da dost hayatı yaşıyor' mu diyeceğiz? 'Kapatma olmuş' diye mi anlatacağız?"

Leyla, Roxy'nin gözlerinden öfke dolu yaşlar fışkırdığını gördü. "Allahım şu adam sussun!" diye dua etti içinden.

Ama kendini iyice kaptırmış olan adamın susmaya hiç niyeti yoktu. Kendisini terk edip giden asi kızını zor durumda yakalamış olmanın zevkini çıkarıyor ve ona olmadık hakaretler yağdırıyor, sonra da kendi kendine konuşur gibi dişlerinin arasından, "Orospu" diye mırıldanıyordu. "Kabahat bende, kemiklerini kırmadım küçükken, işte böyle orospu oldu."

Roxy birden yerinden fırladı ve babasının karşısına geçti, dosdoğru gözlerinin içine bakarak, "Evet orospu oldum!" diye haykırdı. "Var mı diyeceğin ha, var mı diyeceğin!"

O anda inanılmaz bir şey oldu. Leyla Hanım, Roxy' nin yüzünde bir şamar patladığını gördü ve başını çevirdi. İş iyice çığrından çıkmıştı. Yusuf şaşkınlık ve panik içinde donup kalmıştı. Roxy bir yandan hıçkırıyor, bir yandan da haykırıyordu. Kriz geçirir gibiydi.

"Evet orospu oldum! Kızın orospu oldu, var mı diyeceğin! Önüme gelene veriyorum. Sokaklarda düzüşüyorum. Var mı diyeceğin! Çık ortalığa, 'Kızım orospu oldu, var mı düzmek isteyen?' diye bağır. Eminim arkadaşlarının çoğu sıraya girecektir. Belki kardeşlerin bile!"

Roxy'nin öfkesinin şiddeti babayı bile şaşırtmış ve ürkütmüştü; ortalığı hain hain süzerek susuyordu şimdi ama Roxy çıldırmış gibiydi. Avaz avaz ağlayarak balkona koştu, balkon kapısını açtı; kendini aşağı atmak üzereyken Yusuf son anda yetişip belinden kavradı. Kız gerçekten de kendini atmak için büyük bir çaba gösteriyordu. Yusuf'un onu bir süre sımsıkı tutması gerekti. Kollarının arasındaki zayıf gövde tir tir titriyor, saç diplerinden ter fışkırıyor, kalbi göğüs kafesinden dışarı çıkacakmış gibi atıyordu. Yusuf onun kulağına en tatlı, en yatıştırıcı sesiyle, "Sakin ol!" diye fısıldıyordu. "Sevgilim, şşşşş, sakin ol canım."

Neden sonra cansız bir bebek gibi kendini bırakan kızcağızı salondan geçirerek yatak odasına götürdü. Yatağa yatırıp üstünü örttüğünde, kızı yine şiddetli bir ağlama nöbeti tuttu.

Gövdesi depreme tutulmuş gibi sarsıla sarsıla ağladı ve bütün bu süre boyunca Yusuf kızın saçlarını okşadı, ona sarıldı, sakinleştirmeye çalıştı.

Aradan epey bir süre geçmişti ve Leyla Hanım o gerginlik dolu salonda hiç kimseyle göz göze gelmemeye çalışarak, âdeta bu dünyada kapladığı yerden bile utanarak, kanepede eğreti bir şekilde oturuyordu.

Birden odaya bir hışımla dalan Yusuf, Roxy'nin babasına bağırmaya başladı.

"Defol git evimden, yoksa seni öldürürüm!"

Adam, "Kızımın evi..." falan diye bir şeyler mırıldanacak oldu. Yusuf, "Hayır" dedi, "Kızının evi değil, benim evim. Ve sana derhal pılını pırtını topla ve defol diyorum. Defol evimden! Yoksa polis çağıracağım."

Bu arada Alman kadın kocasına yaklaştı ve *polizei* gibi bir şeyler söyledi. Çocuklar susmuş, olayı izliyordu. Yusuf, Leyla Hanım'ın odasına gitti, oradan aldığı valizleri ve içinden çıkarılmış öteberiyi taşıyarak döndü. Daire kapısını açtı, hepsini dışarı, merdivenlere attı.

Parmağıyla merdivenleri göstererek, "Eğer hemen çıkıp gitmezsen gebertirim seni orospu çocuğu!" dedi.

Ve Leyla, ilk kez bu durumda gördüğü ve ağzından böylesi sözler duyduğu Yusuf'taki kararlılığın, Roxy'nin babasını feci korkuttuğuna tanık oldu.

Adam Yusuf'un ciddi olduğunu ve dediğini yapacağını anlamış gibiydi. Çocuklarının elinden tutup fırladı, kadın da peşlerine takıldı.

Leyla ile Yusuf, bir yandan merdivenlerden paldır küldür inenlerin ayak seslerini, bir yandan da adamın Yusuf'a, Rukiye'ye küfreden sesini ve onlara dünyanın kaç bucak olduğunu göstereceği tehditlerini duyuyorlardı.

Her şey bittikten sonra daireye bir sessizlik çöktü. Sakinleşen Yusuf, yüzünde mahcup bir gülümsemeyle Leyla

Hanım'dan özür diledi. Onun önünde ilk kez küfrediyordu. Leyla onun yanağını okşadı ve odaya, Roxy'ye bakmaya gitti.

Kız, dertop olmuş, ana rahminde yatar gibi bir durumda uykuya geçmiş, yine de derin derin inliyor, hâlâ arada bir hıçkırıklarla sarsılıyordu.

Leyla onun üstünü örttü ve ilk kez bir insana bu kadar derin bir merhamet duydu.

Sonra gece boyunca Yusuf üstüne düşündü; insanları tanıyabilmenin ne kadar zor olduğunu bir kez daha kavradı.

O sakin, terbiyeli çocuk gitmiş, yerine dişisini ve evini savunan bir erkek gelmişti.

Çocukluğunda anneannesinin anlattığı bir Süleyman Peygamber kıssasını hatırladı. Kuş dilini bilen Süleyman Peygamber'e bir gün bazı kuşlar gelip "Serçe senin aleyhinde atıp tuttu! Neler söyledi neler!" demiş.

Süleyman Peygamber, "Bu sözleri söylerken yanında dişisi var mıydı?" diye sormuş.

"Evet, vardı!" cevabını vermişler.

Bunun üzerine, "Bırakın o zaman" demiş, "aldırmayın. Normaldir bu."

27

Bugün İstanbulluların başı ağrıyor.

Deniz çırpıntılı, lodos yüzünden vapur seferleri iptal edilmiş, balıkları bile sarhoş eden güney rüzgârı denizden karaya doğru esiyor ve on iki milyon insanı yerlere yapıştırıyor. Caddelerde yürüyenler, lokantalarda oturanlar, okullarda ders görenler iki kaşlarının arasına yapışmış tuhaf bir ağrıdan ve baş dönmesinden yakınıyorlar.

Lodostan tek yararlananlar, adı üstünde lodosçular. Bellerine kadar uzanan lastik çizmeler giymiş, denizin kıyıya savurduğu ganimeti araştırıyor ve onca çerçöpün arasında buldukları değerli eşyayla sevince boğuluyorlar. Bir seferinde bir lodosçu, dünyanın en büyük elmasını bile bulmuştu burada. Bütün lodosçuların içinde aynı umut var. Onlar baş dönmesine aldırmıyorlar, başka bir sarhoşluğun peşinde koşuyorlar.

Avrupa yakasındaki büyük konağın zemin katındaki yatağında Ali Yekta Bey, lodosun azdırdığı bir yarı baygınlık durumunda ateşler içinde yanıyor, hayaller görüyor. Bu hayallerin başrolünde hep oğlu Ömer oluyor. Kapı açılıp da hizmetçiler ateş düşürmek için başına koydukları sirkeli bezi değiştirmeye geldiklerinde, "Sen mi geldin Ömer?" diye sesleniyor. O sabah ziyarete gelen Rıza Bey'i bile Ömer zannediyor ama hemen yanılgısını anlayarak yatağından doğrulmaya çalışıyor. Ancak Rıza Bey'in iki omzundan bastırarak tekrar yatırması üzerine sakinleşiyor. Daha sonra hizmetçiler, gelen doktorun yazdığı çeşitli ilaçları hiç ihmal etmeden içmesini sağlıyor.

Başı keçe gibi Ali Yekta Bey'in. Çoğu zaman dalıp dalıp gidiyor, nerede olduğunu hatırlamakta güçlük çekiyor. Sonra kendine gelip bu duruma nasıl düştüğünü soruyor ve kendine acıyor. O güne kadar yalıya taşınma konusunda Necla'ya rağmen hiçbir kuşku duymamış hatta Rıza Bey'le bile konuşup ayrılacağını söylemiş. Ama Ömer'le son görüşmelerindeki yeni hava, bu işin pek de düşündüğü gibi olmayabileceğini gösteriyor. Böyle bir durumda ne yapacak, nerede kalacak? Tekrar Rıza Bey'e gidip oğlunun ve gelininin yalıda kendisini istemediklerini mi söyleyecek? Ölür de bunu söyleyemez ona. Bazen bu kötümserliğini yeniyor ve kendi kendine Ömer'in, biricik oğlunun, ona böyle bir kötülük yapamayacağını tekrarlıyor. Ne de olsa Ömer'i o; canının parçası, hayatını uğruna feda edeceği tek varlık.

Karısının kendisini bırakıp gitmesinde bile Ömer tutkusunun, onu yetiştirme hırsının, gözünün ondan başka kimseyi görmemesinin etkisi yok muydu? Ömer on yaşındayken bir gün Almanya'daki akrabalarının yanına gitmişti kadın. Yaklaşık bir ay sonra da geri dönmeyeceğini, orada kalıp kendisine yeni bir hayat kuracağını bildirmiş, çocuklarını da yanına almak istemişti. Mektubunda, "Burada daha iyi tahsil görür, hiç olmazsa Avrupa'da yetişmiş olurlar" diyerek Ali Yekta Bey'in aklını çelme girişimlerinde bile bulunmuştu. Ali Yekta Bey iki kızını gönül rahatlığıyla göndermiş ama Ömer'i vermemişti. Aradan bunca yıl geçmiş olmasına rağmen karı koca bir daha hiç görüşmemişlerdi. Arada bir Ömer iş seyahati için Almanya'ya gittiğinde buluştuklarını biliyor ve buna aldırmıyordu. Çünkü Ömer'in hayatında babasından daha önemli bir kişi olamazdı, annesi bile olsa hiçbir kadın Ömer'e babasından daha çok yaklaşamazdı.

Düşüncelerinin burasında yüreğine sivri bir bıçak saplanır gibi, Necla aklına geliyor. Galiba inanılmayacak şey oldu ve bu kuru maşa kız; bu çirkin, ucube, ihtiraslı fakir kızı, oğlunu etkisi altına almayı başardı.

Ali Yekta Bey yine de tam inanamıyor buna, mutlaka bir yanlışlık olmalı, diyor ama bir tarafı da doğru olduğunu söylüyor. Terden sırılsıklam olan çarşafları hizmetçiler tarafından her gün değiştiriliyor. İyi bakılıyor ama gel gelelim gönlü yaralı.

Bir ömrü sorumluluk taşıyarak geçirme alışkanlığı nedeniyle o derin bunalım anlarında bile yaşlı kadına verdiği sözü unutmuyor. Başucundaki telefondan, kadının verdiği numarayı çeviriyor, hırıltılı bir sesle ona hiçbir yardımı dokunamayacağını, umut bağlamamasını söylüyor. Bu haberin yaşlı kadını yıkacağını bilmesine rağmen doğruyu söylemesi ve zavallının boşu boşuna umutlanmasına engel olması gerekiyor. Çünkü kadıncağızın gözlerinde büyük bir çaresizlik ve kendisine bağlanan bir umut görmüştü. O küçük eve kaçamak bakışını yakaladığında, içindeki yaranın derinliğini anlamıştı. Bu umudun devam etmesine izin veremezdi. Ona, "Benim oğlum da gelinim de canavar olmuş, onlardan insanlık bekleme!" demek isterdi ama tabii ki söylemiyor bu sözleri.

Hizmetçi terden sırılsıklam olmuş yastık kılıfını değiştirmeye geliyor. Sırtına da kuru havlu koyuyor. Sonra, "Bunlar size geldi" diyerek sarı ambalaj kâğıdına sarılı bir paket bırakıyor yatağın üstüne. Ali Yekta Bey halsiz parmaklarıyla paketi açıyor ve yalıya bıraktığı Kuranıkerim ile kehribar tespihini görüyor!

Yusuf gazetede ellerini başının arasına almış düşünüyor. Çocukluğundan beri lodos onda baş dönmesiyle birlikte, kulaklarında uğultu da yapar. Şimdi de öyle, kulakları uğulduyor. Sanki derin bir suyun altında kalmış gibi. Bir yandan da çaresizlik elini kolunu bağlıyor, belini büküyor. Leyla Hanım için hiçbir şey yapamamış olmanın ezikliğini duyuyor.

Ömer Bey o kadar güçlü ve eli kolu o kadar uzun ki gazetede kendisine hiçbir şey yazdırmıyorlar, doğru dürüst para da vermiyorlar zaten. Adam yerine konulduğu yok. Şimdi evlenecek, çocuğu olacak ama bu parasızlıkla nasıl geçindirecek onları? Çocuğunu nasıl büyütecek? Acaba çekip gitse mi? İyi ama nereye? İşsizlikten kırılan memlekette kim kendisine iş verir ki? Burada, hiç olmazsa bir süre sonra maaşının artması ihtimali var. Ama Leyla ne olacak? Kadın ise Cihangir'de gözlerinin önünde üzüntüden eriyor, susuz kalmış bir çiçek gibi günden güne soluyor. Gerçi Roxy son günlerde ona karşı eskisinden daha dikkatli ve hatta (Aman Allah bozmasın!) daha şefkatli bile denebilir ama bu işin sonu nereye varacak?

Necla, şiddetli bir baş ağrısıyla yeni evindeki büyük odada yatıyor. Odaya girdiği zaman pencereye asılı, mahfazası içinde bir Kuran ile kehribar bir tespih bulmasın mı! İşte o menhus ihtiyarın bir planı daha. Kuranıkerim olmasaydı hepsini tutar denize atardı ama o uşak parçası yüzünden günaha girmeye niyeti yok. İkisini de kâhyaya teslim ediyor, Ali Yekta Bey'in unutmuş olduğunu, Kuran'ın ve tespihin konağa geri gönderilmesini emrediyor. Hem de derhal, derhal! Adam bunları alınca boş yere hayal kurduğunu anlayacak ve eğer aklı varsa bir daha kendilerine yaklaşmaya cesaret edemeyecek.

Necla başının bu kadar ağrımasında, dünkü ziyaretinin de etkisi olduğunu düşünüyor. Migrenini depreştiren bir ziyaret oldu bu. Kalkıp bunca zamandan sonra babasının annesinin evine gideceği, onlara bir iki hediye götüreceği tuttu.

Sonra annesinin ısrarlarına dayanamayıp akşam yemeğine de kaldı onlarda. Eğer Ömer'in o akşam önceden söz verilmiş bir iş yemeği olmasa böyle bir şey mümkün olmazdı ama sonunda bu rastlantı kendisinin de hoşuna gitti. Çünkü ne de olsa çocukluğunu ve genç kızlığını geçirdiği ev bir yandan içine sıkıntılar verse de bir yandan da eski hatıralarını canlandırıyor ve hayatta yaptığı bu muazzam sıçrayışın daha çok tadını çıkarmasını sağlıyordu. Yine de ne kadar uğraşırsa uğraşsın, giyimiyle, davranışıyla, kapıda bekleyen şoförü ve BMW'siyle o mahallede bir süperstar gibi görülüyor ama nedense annesiyle babasının bunu pek önemsemediği duygusuna kapılıyordu. Sanki hâlâ evin eski kızıydı o, "Necla Hanım" değildi. Durup durup rahat olup olmadığını, kocasının ona iyi muamele edip etmediğini sormaları ise sinir bozucu bir şeydi. Hatta yemekten sonra annesi mutfağa gittiğinde babası ona bir şeye ihtiyacı olup olmadığını sormuştu. Kendisini kocasının parasına muhtaç hissetmesinmiş, ne de olsa arkasında ailesi varmış, dara düşerse babasının biriktirdiği parayı kullanabilirmiş.

Necla bu sözlerden önce dehşete düştü, sonra da içine bir acıma duygusu yayıldı.

"Kaç para biriktirdin baba?" diye sordu.

Adam gururla, "bankada tam iki buçuk milyar lira"sı olduğunu söyledi.

Necla, "Acaba babam bunun İstanbul'un iyi lokantalarında bir akşam yemeği parası olduğunu biliyor mu?" diye düşündü. Önce bu uçurumdan dehşete düştü ama sonra nedense birdenbire babasının çelimsiz omuzlarına sarılıp ağlamaya başladı. "Sağ ol baba, sağ ol, teşekkür ederim!"

Annesi mutfaktan geldiğinde baba kızı birbirine sarılmış görünce bir anlam veremedi. Bunu Necla'nın evini özlemiş olduğuna yordu.

Necla dönüş yolunda "Zavallı iyi niyetli insanlar!" diye düşündü. Yürekleri temizdi ama başarısızlardı. Belki de bu yüzden tutturamamışlardı. Zayıflık yok dedi kendi kendine. Eğer kendini bırakırsan Ali Yekta Bey'e bile acımaya başlarsın sen. O ihtiyar kadına bile acırsın. Sert ol, zayıflık yok!

Hayatta bir baltaya sap olamamış, bütün ömrünü dar gelirli olarak geçirmiş bir adamın elindeki avcundaki tek parayı kızına vermek isteyişinde dokunaklı bir şey vardı, doğru, ama işte hepsi o kadar.

Ömer'in onu kurtarmış olduğu o fakir hayata bir daha dönmeye hiç niyeti yoktu. Bu hayatta iki tip insan vardı: Ezenler ve ezilenler! Kendisi bir daha hiçbir zaman ezilenlerden olmayacaktı. Okula giderken İstanbul'un pis gri yağmurları altında saatlerce otobüs beklemiş ve çamur sıçrata sıçrata önünden geçen otomobillerdeki insanların mutluluğunu gözlemişti. Her şey parayla oluyordu ve Ömer kendisine tapıyordu. Kocası, Ömer'i, her şeyi! Bu adamı o uşağa kaptırmayacaktı! Yarın o odanın eşyalarını taşıtacak ve orayı tamamen döşenmiş hale getirecekti. Kocasıyla gece gündüz sevişeceği "günah odası"nın kapısına kilit vuracaktı. Zaten yenilenme işlemleri de hemen hemen bitmiş sayılırdı.

Leyla Hanım odasının loşluğunda, sıcağa rağmen battaniyeyi çenesine kadar çekmiş yatıyor. Odanın karanlığı, kara düşüncelerini daha da koyulaştırmakta. Dışarıdan Cihangir'in bitmek tükenmek bilmeyen sesleri, uğultuları, müzikleri, kornaları, erkek ve kadın haykırışları geliyor. Musluklar uğulduyor, kapılar çarpılıyor. Burası onun ait olduğu bir yer değil. Yıllarca da yaşasa buraya alışamaz. Zaten alışması da gerekmiyor. Ama ne yapmalı? Sokağa mı düşmeli, Darülaceze'ye mi başvurmalı? Balkan gazisi dedesinin bu devlette hiç mi hatrı yok? Şehit dayısını hatırlayan kalmadı mı artık? Neredeyse gözyaşı dökecek, kendisini zor tutuyor. Lodosun kanatlandırdığı yüreğiyle hiçbir zaman olmadığı kadar kırılgan ve üzgün. Bir tek Roxy ona bebeği olacağı haberini verdiği zaman sevindi. Sahiden sevindi ve Roxy'nin boynuna sarılması yapmacık bir davranış değil, tam tersine yüreğinden taşan bir duyguydu. Aslında hayatı boyunca böyle gösterilerden kaçınarak yaşamıştı ama kız o kadar garip bakıyordu o da kendisini kıza o kadar yakın buluyordu ki ister istemez onun zayıf omuzlarına şefkatle sarıldı. Ama öte yandan biliyor ki bebek haberi onun evdeki konukluğunu daha da kısaltacak. Artık burada kendisine yer yok. Bunları düşünürken aklına Yusuf takılıyor. Daha bebekten haberi yok, baba olacağını bilmiyor. Ama zaten Yusuf'la Roxy evli değiller ki! Peki şimdi ne olacak? Bebek nüfusa nasıl kaydettirilecek? Leyla kendisinin garip nüfus kaydını düşünüyor. Bu kayıtta dedesinin çocuğu olarak görünmekte. Çünkü baba yok ortada. Bu babasızlık durumunun ona ömür boyu çektirdiği azabı da düşünmeden edemiyor. Çevresine örülen surları, onu topluma karıştırmayan, diğer insanlar gibi bir aile kurmasını engelleyen ve onu ömür boyu yalı bahçesindeki küçük evde yalnızlığa mahkûm eden lekeyi hatırlıyor. İngiliz'in işgal subayının piçi; böyle bir kıza kim yaklaşmak ister ki! Hangi aile gelip bu kızı oğluna isteyebilir? Elbette hiç kimse. Eğer kendisinin de normal bir babası olsaydı, belki o da zamanında Roxy gibi bir çocuk doğurabilirdi. O bebeğin kendi çektiği azabı çekmemesi için her şeyi yapacak ve Yusuf'a Roxy'yle hemen evlenmesini söyleyecek. Başka çareleri yok. Bebek için yapsınlar bunu.

Ömer otomobiliyle Boğaz Köprüsü'nü geçiyor, bu akşam Necla'yla yalıda buluşmayı kararlaştırdılar. Ortalığa karanlık çökmekte. Lodostan dolayı vapurlar çalışmıyor. Trafik başa çıkılacak gibi değil. Şoförü büyük bir ustalıkla şerit değiştirip boş bir geçiş bulmaya çalışsa da mümkün olmuyor.

Başını ovuşturarak "Ah baba" diye düşünüyor; "Ah baba, niye böyle yapıyorsun, niye hayatımı mahvetmeye çalışıyorsun? Sanki yarattığın kişiyi yok etmek ve ona verdiğin her şeyi geri almak ister gibisin." Babasının Necla'yı en başından beri hiç sevmediğini düşünüyor. Yoksa Necla haklı mı? Babası onu hiç kimseyle paylaşmak istemiyor mu? Necla'nın yerinde hangi kadın olursa olsun böyle mi davranacaktı? "Ah baba" diye düşünüyor, "baba, niye bizimle birlikte oturmak için ısrar ediyorsun? Artık eski devirlerde olmadığımızı, herkesin karı koca çocuk olarak bölündüğünü bilmiyor musun? Konularımız ayrı, zevklerimiz ayrı, dünyalarımız ayrı; niye beni güç duruma düşürüyorsun?"

Son günlerde babasına hiç telefon etmedi, hatırını sormadı. O da onu aramıyor. Baba oğul belki de hayatlarında ilk kez inatlaşıyorlar. Bakalım ilk telefonu kim açacak? Babasını haksız bulmasına rağmen içi parçalanıyor Ömer'in. Babasına saygısızlık yapmak istemiyor, onu taparcasına seviyor sevmesine, bir dediğini ikiletmemek ve onu yaşlılığında rahat ettirmek istiyor ama bu sefer Necla haklı. Kimse artık anasıyla babasıyla oturmuyor. Belki de Necla'yla konuşup onu biraz yumuşatabilir. Belki de ihtiyara o büyük odayı değil de yalıdaki başka bir odayı verebilirler. Hatta –o anda gelen bir düşünceyle heyecanlanıyor– bahçe dibindeki müştemilatı babama verebiliriz; çok mu acayip bir fikir, olamaz mı? Yaşlı kadın orada nasıl yaşıyor idiyse babam da öyle yaşar. Evin hem içinde hem dışında... Bu parlak fikre dört elle sarılıyor. Bu işe Necla'nın aklını yatırabilirse o küçük evi babasının zevkine göre döşeyebilir. Onun her isteğini yapar. Keşke bu işi başarabilse.

Roxy odasında yatağın üzerine uzanmış dalga geçiyor, hayal kuruyor. Lodosun etkisini pek hissetmiyor, çünkü zaten midesi bulanmakta. Aile denilen kavramdan nefret ettiği için hiçbir zaman kendisini bir anne olarak düşünmedi ama şimdi elini karnının üzerine koyup oradaki canlıyı duymaya çalışıyor. Tohum düşmüş bir toprak gibi kabaracak, mayalanacak, özsularıyla tohumunu besleyecek, büyütecek ve sonunda yarılıp filiz verecek. Aynen böyle düşünüyor kendi hamileliğini; heyecan verici bir doğa olayı gibi. Belki de hayatında ilk kez içi mutlulukla, huzurla dolu. Yusuf'un haberi ve evlenme teklifini duyduğu zaman nasıl da şaşırdığını hatırlıyor. Zaten yüzünde her zaman şaşkın bir anlatım vardır bu çocuğun. İlk görüşte saf biri olduğunu anlarsın. Roxy yine de onu tanıdığı herkesten fazla seviyor.

Kulübe gelip onunla röportaj yapmak istediğini söylediğinde Roxy'nin içini mutlulukla doldurmuş olan adam. Çünkü daha önce hiç kimse Roxy'ye böyle bir şey önermedi, onu bir sanatçı yerine koymadı. Orada burada çaldıkları zaman pek dinleyen de olmadı. Büyük hayallerle geldikleri İstanbul barlarında bir isim yapamadılar kendilerine. *Roxy and Other Animals* grubunu kimse duymadı. Bu yüzden parasız pulsuz da kaldılar tabii. Şimdi de paraları yok denecek kadar az; Leyla Hanım'ın verdiği parayla geçiniyorlar ama yakında Yusuf kadroya geçecek, tam bir gazeteci olacak.

Roxy bebeği Almanya'daki babası ile yolunmuş tavuk Ute'ye hiçbir zaman göstermeyecek, haber bile vermeyecek. Ne ona ne de diğer akrabalarına. Belki Leyla Hanım kendi çocuğuna ders verir ve bildiği dilleri, piyano çalmasını öğretir, kültürlü bir çocuk yetiştirmesine yardımcı olur. Kadın derya gibi. Sonra bu düşüncesine gülüyor. Kim bilir Leyla Hanım o yıllarda ne olur? Sonra onun söyledikleri aklına geliyor. Haklı! Yıllarca birlikte oturmalarına olanak yok ki. Hele bebekten sonra. Roxy artık bazı insanları seviyor olmanın sıcak mutluluğuna kaptırıyor kendisini. Leyla Hanım'ı seviyor, Yusuf'u seviyor, elbette en çok bebeğini seviyor. Acaba kızı mı olacak, oğlu mu? Birkaç aya kadar bunu öğrenir. Derken güzel oğlan ve kız isimleri düşünmeye başlıyor.

28

Ali Yekta Bey o akşam otobüse binemeyecek kadar halsiz ve yorgun. Son iki günü ateşler içinde geçirmek ve sürekli kusmak, bedeninde hal bırakmadı. Bu yüzden o akşam ilkelerini bozarak, konağın önünden hizmetçiye çağırttığı taksiye biniyor. Evdekiler onun bu durumda sokağa çıkmasına karşılar ama o kimseyi dinlemiyor, hırıltıyla nefes alıp vererek ve iki tarafa sallanarak herkesi endişe içinde bırakıp evden ayrılıyor.

Ali Yekta Bey Boğaz Köprüsü'nü geçip karşı kıyıya giderken ışıkları yanmış sahilhanelere bakıyor. O muazzam evlerin içindeki ailelerin hayatını düşünüyor. Başı cama dayalı, gözleri kan çanağı gibi, benzi solgun, saçı başı dağınık. O eski iyi giyimli, kendinden emin Ali Yekta Bey'den eser yok. O gitmiş, yerine hasta bir yaşlı adam gelmiş.

Geri gönderilen mushaf ile tespihi dün aldı ve o andan beri aklını kaçırmış gibi. Dedesinden babasına, ondan da kendisine geçen, babasının kendisine üç kez öperek teslim ettiği el yazması Kuranıkerim, kendisinden sonra da oğluna kalacaktı. Ama oğlu bunu geri gönderiyor, hem de niçin, bir oda yüzünden.

Bütün gece Ömer'i sayıkladı, ateşler içinde kendinden geçtiği anlardan birinde Ömer onun ellerini öpüyor ve ağlayarak özür diliyordu ama sabaha karşı onu yatakta korku içinde sıçratan başka bir kâbusta da Ömer ona tokat atıyordu; ona, yani babasına.

Ali Yekta Bey sabah uyandığında kendini ağlar bulmuştu. Ne garip bir şeydi bu. Hayatında daha önce hiç ağlayarak uyanmamıştı. Tam uyanmadan önce odaya karısının girdiğini sanmıştı. Panjurlardan süzülen günün ilk ışıklarında kadın ona, "Bak" demişti, "yaptığını gördün mü? Değdi mi bütün bunlara Ali Yekta Bey?"

Uyandığında hiç kimse yoktu. Garip olan bir başka şeyse aklına Leyla Hanım'ın takılıp kalmış olmasıydı. Kadının bahçeden ayrılırken o küçük eve fırlattığı ürkek bakış hiç gözünün önünden gitmiyordu. Ona yapılan kötülük yüreğini burkuyor, bunu oğlunun yapmış olması ise aklının sınırlarını zorlayacak hale getiriyordu onu. Sanki Leyla Hanım sırlarla dolu bir odanın kapısını açan anahtar olmuş ve oğluyla ilişkilerini bir anda değiştirmişti. Buna inanamıyordu. O kibar, iyi yetişmiş, terbiyeli oğlu. Kendi vücudunun bir uzantısı gibi kabul ettiği, anasız büyüttüğü, hem ana hem baba olduğu güzelim çocuk. Hasta olduğu gecelerde sabahlara kadar başında ona bakarak ve dua ederek beklemeleri. Her sınavdan önce okunmuş sular ve okunmuş pirinçlerle onu okula götürüp kapıda heyecan içinde dikilmesi. Aynı çocuk değil miydi bu, aynı insan değil miydi? Ali Yekta Bey ateşler içinde yanarken düşünceleri bu çıkmaza girdiği zaman öyle içten bir "Ooof!" çekiyordu ki adamın ciğerlerinin söküldüğünü sanan hizmetçi telaş içinde odaya koşuyordu. İkinci gün sırtına kupa çektiler, tendürdiyot sürdüler ama onlar da işe yaramadı. Adam yanıyordu.

Ali Yekta Bey oğlunun iş hayatını hiç bilmiyordu. Sadece, onu iyi eğitim görmüş, zeki, görgülü ve başarılı bir işadamı olarak tanıyor ve onunla gurur duyuyordu. Amerika'dan döner dönmez girdiği ilk şirketi dolandırması, o bankadan bu bankaya dolaşması ve portföy şirketlerinde yaptığı sahtekârlıklar hakkında hiçbir bilgisi yoktu. Zaten anlamazdı da bu işlerden.

Taksi onu yalının kapısında bıraktığında akşam karanlığı iyice çökmüş. El ayak çekilmiş ortalıktan. Bekçiler Ali Yekta Bey'i her zaman olduğu gibi saygıyla karşılıyorlar ama bir yandan da adamın bu perişan ve neredeyse kendilerini görmeyen halini şaşkınlıkla izliyorlar.

Ali Yekta Bey yalıya girdiğinde üst kattan konuşmalar geldiğini duyuyor. Oğlu ile gelininin sesleri bunlar. Yüksek sesle konuşuyorlar, bir şeyi tartışıyor olmalılar. Ali Yekta Bey sessizce merdivenlere yöneliyor, üst kata çıkıyor, büyük odanın kapısında içeri girmeden bekliyor. Çünkü içeride kendisi hakkında konuşulduğunu duyuyor. Kulakları uğulduyor. Necla'nın kendisinden uşak diye söz ettiğini işitiyor. Ömer'e uşak oğlu denmemeli, geçmişi unutturulmalı. Bu lanetli geçmişle bütün bağını koparması için yalıya taşınmaları bir fırsat. Hem orada bir sürü davetler verecekler, bütün İstanbul gelecek. Bu adam hep geçmişini hatırlatarak yanı başında mı duracak?

Necla'nın bağıran sesine karşılık oğlunun yumuşak ve ikna edici bir tonda konuştuğunu duyuyor.

Oğlu karısına onu anladığını söylüyor. Haklıymış, onu anlıyormuş ama bu iş böyle birdenbire olmazmış.

"Peki" diyor Ömer. "Haklısın. Senin dediğin gibi babamı eve almayalım, bu odayı da vermeyelim ama hiç olmazsa bahçedeki müştemilatı verelim. Orada otursun. Hem bizden ayrı yaşar, hem de gönlü kırılmamış olur."

"Ha orda oturmuş ha burda!" diyor Necla. "Ne fark eder? Mesele onunla ilişkini kesmende. Gizlice git, gör onu, ama insan içine çıkarma. Bir uşak sülalesinin çocuğu olduğunu bütün İstanbul'a ilan etme. Sen kendini yarattın, sülalenin kaderini değiştirdin, onlara hiçbir şey borçlu değilsin."

Bunu duyunca Ali Yekta Bey'in içine müthiş bir sükûnet çöküyor. "Uşak sülalesi" diye düşünüyor. Dedesi ve babası gözünün önüne geliyor. Halepli Cevher Ağa'yı hatırlıyor. Kalp çarpıntıları diniyor, beynindeki ateş sönüyor. Karar vermiş insanların gücüne kavuşuyor. Ne yaptığını çok iyi bilerek sakince cebinden emektar revolverini çıkarıyor, içeri giriyor. Oğlu ile gelini pencerenin önünde konuşuyorlar. Onu görünce oğlu "Baba!" diye haykırıyor.

Ali Yekta Bey babasının hediye etmiş olduğu emektar revolverle Necla'yı başından vuruyor. Necla, alnının sağ yanı yok olmuş biçimde yere düşüyor. Karısına çok yakın olan Ömer'in yüzüne kan sıçrıyor. Gözlerinin delirmiş bakışı kanla lekeleniyor. Kan yeni boyanmış duvara da sıçrıyor. Bekçiler silah sesine koşuyorlar.

Ali Yekta Bey sakince yatağa oturuyor. Çığlık atan oğlunu duymuyor bile. Tabancası hâlâ elinde. Mecalsiz kaldığını, kolunu kıpırdatacak hali olmadığını görüyorlar. Polisler gelinceye kadar orada öylece oturup yere bakıyor, oğlunun çığlıklarını, bekçilerin seslenmelerini, polislerin sorularını duymuyor. Canı çekilmiş gibi. Polisin biri, "Sanki odada bir değil iki ölü var" diye düşünüyor.

Bosnalılar Yalısı cinayeti Boğaziçi sakinleri tarafından yıllarca konuşuldu, çeşitli söylentiler türetildi, özellikle dağlıların hiç değişmeyen konusu oldu. Ali Yekta Bey mahkeme süresince hiç konuşmadığı, ifade vermediği, avukat tutmadığı ve baronun tayin ettiği avukatla da konuşmayı reddettiği için söylentiler alıp başını yürüdü.

Bu söylentilerin en çekici ve yaratıcı olanı, Bosnalılar Yalısı'nın lanetine dair çeşitlemelerdi. Yalı yeni sahiplerine de yaramamıştı. Kadınlar başlarını sallayıp, "Onca servet, onca debdebe neye yaradı şimdi?" diyor, "Azıcık aşım, kaygısız başım!" sözünü tekrarlayarak hallerine şükrediyorlardı. O İngiliz subayı, Müslüman kızı yalı bahçesinde kirlettiği gün yalı lanetlenmiş, Allah'ın gazabına uğramıştı. Bu olayın Bosnalı Abdullah Avni Paşa ailesini yok ettiği yetmiyormuş gibi, evi alan tüccar Salih Bey erken yaşta vefat etmiş, ailesi yalıyı satmak zorunda kalmış, yeni sahipleri Cevheroğlu ailesinin başına da gelebilecek felaketlerin en büyüğü gelmişti.

Kimi Ali Yekta Bey'in cinnet geçirdiğini ve sebepsiz bir cinayet işlediğini öne sürüyor, kimi baronun tuttuğu avukatın da iddiası olan, silahın temizlenirken patladığı, Necla'nın kaza sonucu öldüğü tezine inanıyor, kimi de Ali Yekta Bey'in bu cinayeti uzun zamandır planladığını, gelinini taammüden öldürdüğünü söylüyordu.

Ali Yekta Bey ağzını açıp kendini savunmadığı için tanıkların önemi büyüktü.

Bu tanıkların başında da bekçiler geliyordu elbette. Bekçi Mehmet, Ali Yekta Bey'in o akşam eve geldiğinde çok tuhaf olduğunu anlatıyordu. Hatta adam içeri girdikten sonra arkadaşıyla bunu konuşmuşlar ve onun hasta olup olmadığını tartışmışlardı. Ama akıllarına onu durdurmak gelmemişti tabii ki. Çünkü Ömer Bey'in babasıydı. Daha sonra silah sesi duydukları zaman içeri koşmuşlardı ve büyük yatak odasında gördükleri manzara şuydu: Necla Hanım kanlar içinde yerde yatıyor, Ali Yekta Bey sessizce yatağın üstünde oturuyordu. Onların içeri girişini ya fark etmemiş ya da buna aldırmamıştı. Elinden silahı alınırken bile onlara bakmamıştı. Ömer Bey aklını kaybetmiş gibi, "Ambulans, yalvarırım bir ambulans bulun!" diye bağırdığı için bekçi hemen telefon etmeye koşmuştu. Bu sırada mahalleli de kapının önüne toplanmış, ne olduğunu öğrenmeye çalışıyordu. Yarım saat kadar sonra ambulans geldiğinde Necla Hanım'ı götürmüşlerdi ama o sırada çoktan ölmüştü kadın. Ömer Bey de yarı ölü gibi, ambulansa binip onunla gitmişti.

Bir Yıl Sonra

Leyla bebek, o sabah gamzelerini iyice belirgin hale getiren büyük bir gülümsemeyle uyandı. Rukiye bayılıyordu bu çocuğun her sabah gülerek uyanışına. Zaten iyi huylu, geceleri fazla ağlamayan, huzurlu bir bebekti. Rukiye, kendisi gibi bir isyancıdan nasıl olup da böyle dingin bir çocuğun doğduğunu anlayamıyordu. Babasına, o iyi huylu Yusuf'a çekmiş olmalıydı. Roxy, çocuğu doğduğu gün ona Leyla adını verirken kendi adını da tekrar Rukiye'ye çevirmişti. Bu ismin bir anneye daha çok yakıştığına inanıyordu. Roxy, onun isyan dönemlerinin ismiydi.

Leyla, Rukiye'ye dünyanın en güzel bebeği gibi geliyordu, gamzeli bir çocuktu, Rukiye onun gamzelerine dokunmaya bayılıyordu. Annesinin parmaklarını yüzünde hisseden çocuğun gülüşü ise dayanılmayacak kadar güzeldi. Bu gülümsemeyi her gördüğünde Rukiye'nin içi mutlulukla kabarıyor ve sebepsiz bir ağlama isteği duyuyordu.

Şansa, uğura inanmazdı ama bu çocuğun her şeyi değiştirmesine bakılırsa galiba böyle şeyler vardı bu hayatta. Daha bebeğe hamile kalır kalmaz her şey değişmiş, hayatlarındaki bütün olumsuzluklar teker teker ortadan kalkmaya başlamıştı.

Kangrene dönmüş çözümsüz yalı sorununun kimsenin beklemediği bir biçimde çözülmesi, ufak bir mucize değil de neydi? Hatta ilk zamanlar bu mucizeye pek şaşıran Leyla Hanım bile İstanbul tılsımlarına ve mabetlerine yaptığı adakların işe yaradığına inanır olmuştu. Ama bu çözüm için Ali Yekta Bey'in zarar görmesine de çok üzülmüştü. Adamcağızın gelinini öldürüp hapislere düşeceği, karısıyla birlikte aklını da yarı yarıya yitirip çılgınlaşan Ömer Bey'in "Yalıyı bir daha gözüm görmesin!" diyeceği ve bir mucize sonucu "O küçük evi de yaşlı kadına iade edin" talimatı vereceği kimin aklına gelirdi.

Yoksa o da herkes gibi yalının uğursuzluğuna mı inanmıştı? Yaşlı kadını evinden atmalarının bu felakete neden olduğunu düşünüyor da olabilirdi.

Çünkü o sıralarda herkesin dilindeki özdeyiş şuydu: "Alma mazlumun ahını, çıkar aheste aheste."

Dağlılar bile böyle söylüyordu artık. Cinayetten sonra tamamen Ömer Beylerin aleyhine dönmüş, Leyla Hanım'ı destekler olmuşlardı.

"Canım" diyorlardı, "Leyla Hanım bir asilzade, soylu bir insan. Ömer Beyler gibi sonradan görme değil. Ne de olsa asil azmaz!"

Büyük Hanım'ın eve dönüşünü bir şölene çevirmişti mahalleli. Nereden haber aldılarsa kadın erkek, çoluk çocuk hepsi yalı kapısına birikmiş, orayı bir bayram yerine dönüştürmüşlerdi. Leyla Hanım'ı getiren taksi yanaşınca kapısını açmışlar ve hepsi teker teker elini öperek bahçe kapısından geçirmişlerdi. İçlerinde gözyaşı döken bile vardı.

Leyla onlara teşekkür ettikten sonra evinin kapısında bir iki dakika oyalandı. Neredeyse içeri girmeye korktuğu bile söylenebilirdi.

Yüzünün solduğunu, kapıyı açmaya çalışan ellerinin titrediğini, soluk soluğa kaldığını gördüler.

Daha sonra bu anı Rukiye'ye anlatırken "İnan bana, eve girmem, çıkmamdan daha zor oldu" diyecekti.

O evde göreceklerinden mi korkuyordu, yarım asrı aşkın

bir süre koruduğu mahremiyetinin hoyratça hırpalandığına tanık olmaktan mı ürküyordu, eve yabancı gibi girdiğini mi düşünüyordu, bilinmez.

Evde ilk fark ettiği şey, kokunun değişmiş olmasıydı. Orası artık kendisine ait olan tanıdık kokuları taşımıyor, daha farklı, daha ekşimtırak bir koku yayıyordu. Bunun dışında bir değişiklik yapılmamıştı henüz. Belki de oraya sıra gelmemişti. Evinde inşaat boyunca bekçilerin kaldığını biliyordu. "Zavallı adamlar" diye düşündü, "onların da bir kabahati yok."

Komodinin çekmecelerini açtığı zaman büyük bir hayal kırıklığına uğradı. Çünkü ne kadar hatırası varsa hepsi gitmişti. Ne Hicaz'dan gelen üzerine dualar işlenmiş ipekli örtü kalmıştı, ne annesinin şapkası, ne notaları ne işlemeli örtüleri, ne padişah fermanları, ne hatlar, ne de fotoğraflar. Leyla o anda kendisini bu evde son derece yabancı hissetti. Duvarlardaki yağlıboya tablolar bile götürülmüştü. Bu yüzden orası artık kendisine ait bir ev gibi durmuyordu. Daha doğrusu o öyle hissedemiyordu, büyük bir gönül yorgunluğuyla dışarı çıktı.

Girerken de çıkarken de kesilmiş manolya ağacına bakamamıştı. Yüreği götürmemişti bunu. Hele herkesin içinde böyle bir şeye cesaret edebileceğini hiç sanmıyordu.

Kalabalık sessizce bekliyordu. Yüzüne soru sorar gibi bakan Yusuf'a, "Hadi eve gidelim Yusuf" dediği anda buna kendisi de hayret etti. Çünkü ev olarak yalıyı değil artık Cihangir'i düşünüyordu.

Mahalleli sessizce, Yusuf ile Büyük Hanım'ın taksiye binip uzaklaşmasını seyretti. Sonra çekingen bir tavırla küçük evin kapısından içeri girdiler. Büyük Hanım'ın orada ne gördüğünü merak ediyorlardı. Yatakların üzerindeki kirli örtüleri, masaya bırakılmış kirli çay bardaklarını, üzerinde sigara söndürülmüş gümüş çay bardağı altlıklarını, tuvaletteki kahverengi kirli izleri görüp kapı ve pencere kulplarındaki yapış yapış kiri fark ettiler. Ve tabii bir de boşluğu, eksikliği. Büyük Hanım'ı Büyük Hanım yapan eşyanın hiçbiri yoktu. Bu haliyle ev geçmişine ihanet etmiş çıplak bir soytarıyı andırıyordu.

O akşam mahalleli büyük bir faaliyete girişti. Önce kadınlar girip evin her tarafını ova ova temizlediler. Yer tahtalarını arap sabunuyla siliyor, pencereleri parlatıyor, tuvaletlere kezzap döküyor ve bulaşıkları gıcır gıcır yıkıyorlardı. Gece yarısına gelmeden ev pırıl pırıl olmuştu ve sabun kokuyordu. Kadınlar vazoları bahçeden kopardıkları çiçeklerle doldurduktan sonra, evdeki ekşi koku yerini bayıltıcı leylak kokularına bıraktı. Sonra herkes evine çekildi.

Kimse böyle bir şeyi kararlaştırmamıştı. Her şey birdenbire, kendiliğinden oluyordu.

Sabaha karşı evin önünde bazı gölgeler görüldü. Birileri sessizce eve girip çıkıyordu ama hiç kimse birbirini görmüyordu, daha doğrusu görmemiş gibi davranıyor ve girmek için ötekinin evden çıkmasını bekliyordu. Daha çok kadınlardı bu işi yapanlar.

Büyük Hanım nasıl olsa gücünü kuvvetini toplayıp tekrar gelecekti.

Bu arada Cihangir'deki en büyük değişikliklerden biri de Yusuf'un gazetede kadroya geçmesi ve eskisine göre çok daha iyi bir maaş almasıydı. Bu iş Ali Yekta Bey'in gelinini vurmasından hemen sonra gerçekleşmiş, yazı işleri müdürü Yusuf'u çağırarak bu haberi kendisinin işlemesini istemişti. İstanbul bu cinayetle çalkalanıyordu. Cevheroğlu ailesinin başına gelen felaket basını onların aleyhine çevirmiş, manşetler günlerce cinayetin ayrıntılarına ayrılmıştı. Yazı işleri müdürü, diğer gazeteler uyanmadan önce Yusuf'un Leyla Hanım ile ailesinin hikâyesini yazı dizisi yapmasını da istiyordu. Ertesi günkü gazetede Leyla Hanım'ın resmi sürmanşet basılacak ve Cevheroğlu ailesinin nasıl büyük bir acımasızlıkla bu kadıncağızı aile evinden kovduğu, nasıl ah aldığı ballandıra ballandıra anlatılacaktı. Koskoca Osmanlı paşasının torununu sokağa atmışlardı ama kader de onları cezalandırmıştı. Halk bayıla bayıla okuyacaktı bu diziyi. Olayı en iyi bilen de Yusuf olduğuna göre gazete müthiş bir şans yakalamıştı. Yazı işleri müdürü, "Hadi gözünü seveyim Yusuf" diyordu, "müthiş bir iş çıkar. Kadının geçmişini, Paşa Dede'sini, evden kovuluşunu, perişan hale düşmesini güzelce anlat. Bulabildiğin eski fotoğrafları da getir. Şöyle üç beş gün sallayalım ortalığı."

Bu olay Yusuf'a, gazeteciliğin duyguyla yaklaşılmayacak kadar sert bir meslek olduğunu öğretti. Aynen doktorlar gibi. Her gün ölümle uğraşan, ameliyat sırasında onların iç organlarını kesip biçen doktorlar duygusal olurlarsa yaşayamazlar. Profesyonel işleri ile duyguları arasına bir mesafe koymaları gerekir. Yoksa onca ölüme ve acıya hiçbir insan dayanamaz.

Doktorlar gibi gazetecilerin de sert ve son derece profesyonel bir ortamda yaşamaları gerektiğini anlayan Yusuf, bu olaydan sonra ilk defa gazetecilik mesleğinin kendisine uygun olup olmadığını sorgulamaya başladı. Muhabirler Cihangir'deki evin önünde yatıp kalkıyor, Leyla Hanım'ın bir fotoğrafını ve olayla ilgili yorumunu almak için uğraşıyorlardı ama o kimseyle görüşmüyordu.

Bütün gazetelerin birinci sayfasında resmini yayımladıkları Ali Yekta ise o sırada gözlerini üst ranzanın tahtasına dikmiş, gözünü kırpmadan saatlerce bakıyordu.

Kader mi demeli rastlantı mı bilinmez ama Ali Yekta Bey'i Toptaşı Cezaevi'ne koymuş olmaları ilginç bir durumdu.

Çünkü bu tarihi cezaevi, büyük dedesi Halepli Cevher Ağa'nın ömrü boyunca kilercibaşı olarak çalıştığı konağın yanındaydı. Hatta bugünkü adliye binası, konağın bir parçasına yapılmıştı.

Ali Yekta Bey, 16. yüzyılda Mimar Sinan'a yaptırılmış olan bu taş binada yatıyordu. Kendisinden önce oraya ünlü yazar ve şairlerin konulmuş olduğunu biliyor, hatta zaman zaman duvarlarda onlara ait bazı yazılara da rastlıyordu.

Cezaeviyle bütün ilişkisi de bu kadardı işte. Mahkûmlarla konuşmuyor, hiçbir soruya cevap vermiyor, sabahtan akşama kadar ranzasında gözleri kapalı yatıyordu.

Önceleri bu kerli ferli adamla ilgilenen ve gelinini öldürmesinin hikâyesini öğrenmek isteyen mahkûmlar, adamın bu inadı karşısında yılgınlığa düşmüş ve onu kendi haline bırakmışlardı. Gazeteler günlerce bu cinayetle çalkalanmış olduğu için ne olup bittiğini hepsi biliyordu. Ayrıca ünlü bir banka sahibinin babası olduğu bilgisi daha o gelmeden önce hapishaneye ulaşmıştı. Bu yüzden para koparmak isteyen birkaç mahkûm bıkıp usanmadan ona yaltaklanmaya ve bazı hizmetlerini görmeye çalışıyor, ona sık sık çay getiriyor ama bunların karşılığında hiç yüz bulamıyorlardı.

Adam oğlunun ziyaretlerini kabul etmiyordu.

Mahkûmlar görüş günlerinde kapıya dayanan siyah Mercedes'ten inen korumaların arasında Ömer Bey'in gelip boynunu bükerek beklediğini görüyorlardı ama yaşlı adam inatla içeriden çıkmıyor, koğuşunu terk etmiyor, ranzasında gözleri kapalı öylece yatıyordu.

Bu kadar inat karşısında herkes yavaş yavaş adamı terk etti, onun istediği yalnızlığa çekilmesini sağladı.

Artık onu kimse rahatsız etmiyordu.

Ali Yekta Bey zihnine de engeller koymuştu. Gün boyu kafasında uçuşan düşünceler arasında Ömer yoktu, giremiyordu. Anıları da silinmiş gibiydi. Dış dünyayla ilişkisini kesmiş ve kafasının içine çekilmiş olan yaşlı adam, Ömer'i bir kez bile düşünmedi. Onu hatırlamadı.

Bunun yerine Ece ile Melike geldi aklına sık sık. Acaba ne yapıyorlardı? Nasıl insanlar olmuşlardı? Yüreğinde iki kızına karşı daha önce hissetmediği bir sıcaklık oluşmuştu. Düşündükçe garip bir şekilde onları unutmuş olduğu sonucuna varıyordu. Hiç düşünmemişti yıllardır.

Sonra aklı karısına takıldı; evliliklerinin ilk yılları, çocuklarının doğumu gözünün önüne geldi. Ama Ömer'in doğumu yoktu bunların arasında, Ece ile Melike'nin doğumları vardı.

Bir gün hapishane müdürü Ali Yekta Bey'i odasına çağırttı. Gitmemesi mümkün değildi. İki gardiyan onu dar koridorlardan, kubbeli bölümlerden geçirdiler ve müdürün odasına götürdüler. Müdür Ali Yekta Bey'i karşısına oturttu, ona hiç sormadan kahve söyledi, metal tabakasını açarak sigara ikram etti. Hal hatır sordu.

Ali Yekta Bey bu soruları bazı seslerle ve jestlerle geçiştirdi. Ağzından kısaca bir "Teşekkür ederim, iyiyim müdür bey" sözleri duyuldu. Kahvesi geldi, içmeye başladı. Müdür ona birtakım sorular soruyor, bir sohbet açmak istiyordu ama Ali Yekta Bey hiç oralı olmuyor, pencereden bahçeyi ve çiçekleri seyrediyordu. Bir ara gözü camda oynayan bir sineğe takıldı. Adamın kendisini dinlemediğini fark eden müdür, "Ama ayıp oluyor Ali Yekta Bey!" dedi. "Yaşınıza başınıza hürmeten sizi buraya davet ettim ama bakıyorum cevap verme tenezzülünde bile bulunmuyorsunuz."

Ali Yekta Bey, "Estağfurullah efendim" dedi.

Hapishane müdürü bu binadaki en yüksek otoriteydi ama karşısındaki zavallı mahkûma söz geçiremediğini hissediyor, buna müthiş sinirleniyordu. Adam ne de olsa bir uşaktı ama karşısında nasıl bir azametle duruyordu öyle. Sanki bir mahkûm değil de hapishaneyi teftişe gelmiş bir adalet bakanıydı.

Buna karşılık ömrü boyunca otorite önünde eğilmiş olan Ali Yekta Bey de ilk defa özgürleştiğini, artık başında bir efendi olmadan yaşadığını hissediyordu.

Hapishane koğuşu ona özgürlük getirmişti. Artık hayata

dair hiçbir talebi kalmadığı için hiç kimseden bir şey istemek zorunda değildi. Bu yüzden de özgür ve dik başlıydı. Uşaklık kaderinden onu yalı değil hapishane kurtarmıştı.

İnsanoğlunun kendi ihtiraslarının bir hapishane hücresinden daha korkunç bir esaret olduğunu anlamıştı Ali Yekta Bey.

İyice sinirlenmiş olan müdür kendini tutmaya çalışarak "Şu kapının arkasında bir ziyaretçin var Yekta Bey" dedi. "Şimdi ben onu içeri alacağım, kendim de çıkıp gideceğim, siz baba oğul biraz konuşun, hasret giderin."

Ali Yekta Bey irkildi, başını önüne eğdi, gözlerini sehpanın kenarına dikti.

Bir kapı gıcırtısı ve ayak sesleri duydu, daha sonra da Ömer'in sesi geldi kulağına.

"Baba!" diyordu ses, "Baba!"

Onun yüzüne hiç bakmadan kalktı, kapıya doğru yöneldi. Ömer gelip tuttu onu, boynuna sarılmak istedi.

Bir yandan da, "Baba niye yaptın bu akıl almaz işi? Benim, hayatımı nasıl mahvettiğini biliyor musun?" diyor ve ağlıyordu. "Yetiştirdiğin, emek verdiğin oğlun artık canlı bir cenaze baba. Her şeyini elinden aldın, yaşama sebebini yok ettin. Nasıl yapabildin bu canavarlığı?"

Sonra yine yüksek sesle ağlıyordu. "Her şeye rağmen babamsın ama beni öldürdün, bunu bil. Necla'yla birlikte öz oğlunu da öldürdün."

Ali Yekta Bey, Omer'in yüzüne hiç bakmadı, cevap da vermedi. Arkadan sarılmış olan oğlunun kolları gevşer gevşemez de kapıdan çıkıp gardiyanların yanına gitti. İçeriden Ömer'in hıçkırıkları geliyordu.

O gün tekrar koğuşuna gidip de yatağına uzanınca bu olayı aklından sildi. Ece ile Melike'yi gözünün önüne getirmeye çalıştı. Kim bilir nasıl büyümüşler, güzel kadınlar olmuşlardı.

O geceki sıkıntılı uykusu sırasında Ali Yekta Bey rüyasında kızlarını görmedi. Bunun yerine kendisini kan ter içinde soluksuz bırakacak başka bir rüya gördü ve korku içinde açtı gözlerini.

Yine eski konaktaydı. Büyük dedesi Halepli Cevher Ağa, babası ve kendisi el pençe divan durmuş, masada oturmakta olan beyefendiye hizmet ediyorlardı. Halepli Cevher Ağa elindeki billur sürahiden efendinin bardağına su dolduruyor, babası yemeğini koyuyor, kendisi de elindeki konyak kadehi ve puroyla sıranın ona gelmesini bekliyordu. Efendinin yüzü görünmüyordu. Ortalık sessizliğe gömülmüştü. Babasının yemek ikramından sonra masaya yaklaştı, elindeki konyak kadehiyle puroyu saygıyla sundu ve o anda efendinin yüzünü gördü. On yaşında bir çocuk oturuyordu orada. Kendisine hain gözlerle bakan takım elbiseli, kravatlı, saçları briyantinle sıkı sıkı yapıştırılmış bir oğlan çocuğu. Çocuk konyağı içmeye, puroyu da tüttürmeye başladı. Ali Yekta Bey çocuğa bir tokat attı. Çocuk, yüzünde hain bir sırıtışla kalktı ve ona doğru hamle etti. Ali Yekta geri çekilmek istedi ama çocuk birdenbire fırlayarak göğsüne çarptı ve onu yere devirdi. Sonra cebinden bir bıçak çıkararak Ali Yekta'ya saplamaya başladı. O bir yandan bıçak darbelerinden sakınmaya çalışıyor bir yandan da babasını ve dedesini kaçmaları için uyarmaya çalışıyor, âdeta onlara yalvarıyordu.

"Kaçın!" diyordu. "Bu, bildiğiniz kişi değil. Hepimizi öldürecek!"

Ama ne yazık ki arkası dönük olan babası ile dedesi onu duymuyordu. Avazı çıktığı kadar bağırmasına rağmen onları uyarmayı başaramıyordu. Bir hamleyle çocuğun elinden kurtuldu ve merdivenlere doğru kaçmaya başladı. Yaralarından kan akmasına rağmen hiçbir acı hissetmemesi tuhaftı. Bu arada Ali Yekta, çocuğun babasına ve dedesine yöneldiğini, elindeki bıçağı onlara da saplamaya başladığını gördü.

Avazı çıktığı kadar haykırmaya başladı ve bu haykırışlarla da uyandı.

Mahkûmlar başına toplanmış, onu acıyan gözlerle süzüyordu. İçerinden biri su getirdi ve başını tutarak bir bebek gibi yudum yudum ona içirmeye başladı.

Bu geceden sonra Ali Yekta ile diğer mahkûmlar arasındaki ilişkiler yumuşadı. Onlara sevecen gözlerle bakıyor, getirdikleri çayı hafif bir baş selamıyla kabul ediyor ama yine de ağzını açıp tek bir kelime söylemiyordu. Mahkûmlar da onu kendi haline bırakmanın doğru olduğunu anlamıştı zaten.

Ali Yekta Bey duruşmalarda da aynı tavrı sürdürdü. Hiç kimseyle konuşmadı, hiçbir soruya cevap vermedi. Baronun kendisine tuttuğu avukat onu birçok kez ziyarete geldi. Alacağı cezayı hafifletmek için ağır tahrik unsuru olabilecek sebepleri öğrenmek istedi. Ama taşta ses vardı, Ali Yekta Bey'de yoktu.

Amfizemden ölene kadar hapishanede kalacak ve revirde nesi olduğunu soran doktorlara bile cevap vermeyecekti. Böyle geçip gitti bu dünyadan koskoca Ali Yekta Bey.

Leyla Hanım Cihangir'deki evde kalamazdı artık. Zorlansa ve biraz ürkse, yabancı bulsa bile yalıya geri dönmek zorundaydı. İki gün sonra eşyasını topladı, hamileliği belli olmaya başlayan Rukiye'yle vedalaştı, Yusuf'un taşıdığı ağır kahverengi valizi de alarak yalıya gitti.

Boğaziçi koruları, sonbaharın kızıl kahverengi renklerine bürünmeye başlamıştı. Leyla Hanım yol boyunca bu koruları ve Boğaz'ın tanıdık akıntılarını seyretti. Hiç konuşmadı.

Bu kez eve Yusuf'la birlikte girdiler. Büyük Hanım eve adımını attığı anda içinden bir sıcaklık başına doğru yükseldi, bayılacak gibi oldu, sendeleyerek kapı pervazına tutundu. Evi neredeyse eskisinden de daha güzel hale gelmişti, mis kokuyordu, pırıl pırıldı ama Leyla Hanım'ı heyecanlandıran bunlar değildi. Ailesi geri gelmişti. Paşa Dedesi duvardaki eski yerinden kendisini süzüyor, anneannesi, dayısı kendisine bakıyorlardı. Hatta eskiden yalıda duran "Bu da geçer ya hu!" levhası bile bu eve gelmiş ve duvara asılmıştı.

Komodin çekmecelerindeki eski örtüler bir bir yerine konulmuştu. Leyla Hanım bunun da ayrı bir mucize olduğunu düşündü. İstanbul'un tılsımları ve mabetleri çok kuvvetli olmalıydı.

Bu arada mahalleli, sessiz bir dikkatle ve fazla yaklaşmadan olayı izliyordu. Gece boyunca kadınlar, Büyük Hanım'ın evinden aldıkları her şeyi gizlice getirip yerine koymuşlardı. Cemile bile yapmıştı bunu, çünkü hem Büyük Hanım'ın gâvurluğundan kuşku duymaya başlamıştı hem de gâvur malı yemenin doğru olduğundan o kadar emin değildi. Ayrıca, ne de olsa yılların Büyük Hanımıydı o, koskoca paşanın torunuydu. Herhalde o İngiliz subay lafını, onu çekemeyenler kara çalmak için çıkarmışlardı. Hem adı Leyla değil miydi? Müslüman adı değil miydi Leyla! "Ah bizim milletimiz" diye düşündü, "ah bizim iki yüzlü milletimiz!" Birileri herhalde onları kandırmıştı. Belki de o züppe, sonradan görme Cevheroğlu ailesi yapmıştı bunu.

Büyük Hanım'ın bundan sonraki günleri görünüşte eskisi gibiydi; yine aynı şekilde bahçede oturuyor, nakış işlerini yapıyor, gazeteleri ve televizyonları izliyor, mahallenin çocuklarına yasemin, incir, nar veriyordu ama içten içe hiçbir şeyin artık eskisi gibi olmadığı duygusuna kapılıyordu. Ev aynı olsa bile kendisi değişmişti. Ağaçların yapraklarında biriken sabah çiyi, martı çığlıkları, geceleri duymaya alışık olduğu büyük gemilerin ağır çalışan uskurları, saka kuşu ve bülbül ötüşleri, geceleri çatıda yürüyen albatrosların iriyarı bir insanınkini andıran ayak sesleri, hem aynıydı hem değildi. Evde tek başına sıkıldığını fark etti ve bu çok garip bir keşif oldu onun için.

Çevresine ördüğü yalnızlık zırhı kırılmış, içeri bir şeyler

sızmıştı. Bu "bir şeyler"in ne olduğunu tam olarak bilemiyordu ama artık kendi kendine yetemediğinin farkındaydı. Onun dışında bir dünya vardı ve Leyla artık o dünyayı tanımıştı. Hiç tanımadığı zamanlardaki gibi olamazdı.

Eve taşınmasının ikinci akşamı manolya ağacının kesik gövdesine bakmaya ilk kez cesaret edebilmiş, sonra gidip yanına oturmuştu. Sapasağlam kalın gövde dibinden kesilmişti, hatta kesik yeri yosun tutmaya başlamıştı bile. Bir insan ölüsü gibi yatıyordu orada. Toprağın altındaki kökleri kim bilir ne kadar derinlere gidiyordu ama yerin üstünde kısacık kesik gövde bir ağıt gibi yatıyordu işte. Kesik gövdenin üstünde elini gezdirdi. "Artık büyük kısmın toprağın altında olsa bile beni duyduğunu biliyorum" dedi. "Aynen ailem gibi. Senin ölümün, benim ölümümdür. Demek benim de bu dünyadan gitme vaktim geldi."

O gün bebek ilk kez evine gelecekti. Bu yüzden sabah çok erken kalktı, evi çiçeklerle süsledi, divanın üstüne bebeği yatıracakları bir yer yaptı, sonra bebeğin belki de arabasında yatacağını düşündü. Hava sıcak olursa bahçedeki hamakta bile sallayabilirdi onu. Hayatta en sevdiği varlık olan bebeğin hastalanmasını istemezdi elbette. Arada bir onları ziyarete gittiğinde sanki kendi yaşayamadığı her şeyi Rukiye aracılığıyla yaşıyor, bir çocuk büyütmenin, ondan yayılan süt kokusunu içine çekmenin mutluluğunu tadıyordu. Saatlerce bebeğin yüzüne hayran hayran bakıyor ve onun kendi torunu olduğu sanısına kapılıyordu. Uzun yılların yalnızlığından sonra ilk kez akraba sıcaklığı hissediyordu. Yusuf ile Rukiye kendi çocukları gibi olmuştu. Bu durumda, adını taşıyan bebek de torunu oluyordu.

Yusuf'un yazı dizisi büyük yankı uyandırmış, bütün Türkiye'nin konuştuğu bir olay haline gelmiş ve doğal olarak bir iki hafta içinde unutulup gitmişti. Ama Leyla Hanım bu dizinin Yusuf'a düzenli bir iş ve gelir sağlamasından çok memnundu. Hiç olmazsa kendisinin de bu vefalı çocuğa bir iyiliği dokunmuştu.

En eğlenceli günleri ise Beyoğlu Evlendirme Dairesi'nde Yusuf ile Rukiye'nin evlenme törenleri ve o günün Beyoğlu lokantalarından birindeki eğlenceyle noktalanan akşamıydı. Gelinliği olmayan Rukiye sade beyaz bir elbise giymiş, tekrar siyaha döndürdüğü saçlarıyla herkesin gözüne pek bir sade ve alımlı görünmüştü. Emrivakiyle gelen gelini gözleri pek tutmasa da Yusuf'un ailesi de katılmıştı törene. Cemile geline bir bilezik takmıştı.

Leyla Hanım tanıklardan biriydi. Öteki tanık, o Nietzche bıyıklı tiyatrocu çocuktu. O gün evden çıkmadan önce Leyla Hanım, aile mücevherlerinden elinde kalan son parça olan broşu Rukiye'nin göğsüne taktığı zaman kızın ağlamaktan gözleri şişmiş, törende herkesin ayıplayacağını söylemeleri üzerine zorlukla susmuştu.

Nikâh memurunun adını sorması üzerine gururla Rukiye demiş ve Büyük Hanım'a bir bakış atmıştı. Sanki, ismimle barıştım demek istiyordu. Artık anne oluyorum, deli değilim, ismimle barıştım. Büyük Hanım, ona şefkatle başını sallamıştı.

Rukiye bu kadar mutluluğun fazla olduğunu düşünüyor, başına gelenlere inanamıyor, bunu hak etmek için ne yaptığını düşünüp duruyordu. Çocukluğundan beri içine yerleşmiş olan "insanlar kötüdür!" inancı değişmeye başlamıştı; yine dünyanın kötü ve acımasız bir yer olduğunu düşünüyordu ama demek ki tek tük de olsa bazı iyi insanlar bulunabiliyordu.

Leyla Hanım küçük Leyla'nın evini ve bahçesini onurlandırdığı ilk günü bir bayram gibi yaşamaya hazırlanmıştı ama öyle olmadı. Bebeği bahçede iki ağaç arasındaki çocukluk hamağına yatırdı ve uzun uzun yüzünü seyretti.

Sevinçle karışık bir şaşkınlık kaplamıştı çocukları. Onca sıkıntıdan, üzüntüden ve evsiz kalma korkusundan sonra işte şimdi hepsi yalının bahçesindeydi. Rukiye bu huzurlu, sessiz bahçede oturur ve Leyla Hanım'ın küçük Leyla'ya duyduğu şefkatin yoğunluğunu hissederken bir yandan da bu evin herkesin yaşamını derinden etkilediği, değiştirdiği değerlendirmesini yapıyordu.

Zavallı Ali Yekta Bey'i hiç tanımamıştı; adamcağızın kötü kaderine üzülüyordu ama doğrusu yaptığı hareketle bir çırpıda hepsini kurtarmıştı. Bu iş bir cinayet olduğu halde nedense pek üzülemiyor, kendi çıkarına gelen bir suçu onayladığı için küçük bir suçluluk duysa da söylentilerden Necla'nın bunu hak etmiş olduğu sonucunu çıkarıp rahatlamaya çalışıyordu. Zaten pek çok kişinin rahatlama yöntemi de buydu.

Leyla'ya "Yalıda çok değişiklik yapmışlar mı?" diye sordu.

Leyla gözlerini bebekten ayırmadan "Bilmiyorum" dedi, "hiç içeri girmedim."

"Merak edip bakmadınız mı?"

"Hayır, bakıp da ne yapacağım! Nasıl olsa benim evim değil. O eski dünya yok oldu, bitti, tükendi. Ev hayalimdeki haliyle kalsın daha iyi."

Yusuf, "Ben gördüm" dedi. "Fena değil, çok değişiklik yapmamışlar."

"Olsun" dedi Leyla. "Yine de bizim evimiz değil. Zaten mülkiyeti de bizde değil. Yarın öbür gün yeni bir zengin çıkar ve yalıyı alır nasıl olsa. Görsem ne fark eder, görmesem ne fark eder."

Yusuf içinden, "Doğru söylüyor" diye düşündü. Artık eski sahiplerinde kalan tek bir yalı bile yoktu. Hepsi el değiştirmişti.

Son günlerde Leyla Hanım hep kederli görünüyordu. Herkes onun evine kavuştuğundan dolayı sevinç gösterileri yapmasını beklerken o giderek kendi içine kapanmış ve sanki bu işe hiç sevinmemiş gibi davranır olmuştu. Bunun sebebi neydi acaba?

Yaşlı kadın kendisine yapılanlara çok kırıldığı için bir türlü geçmişi unutamıyor olabilir miydi? Yoksa o evde bir cinayet işlenmiş olmasına mı içerliyordu?

O gün Yusuf bütün cesaretini toplayıp bunları kibar bir dille Leyla'ya sordu. Niye üzüldüğünü anlamak istedi. Leyla Hanım bir ağacı göstererek, "Bak Yusuf" dedi, "erik ne kadar da büyümüş. Buraya dikildiği günü sen hatırlarsın. Nasıl da cılız bir fidandı. Şimdi bak, nerelere uzanmış."

Bu cevap üzerine Yusuf sustu ve bir daha bu konuları açmadı.

Yalının kapıları ve panjurları kapalıydı. Çatısı elden geçmiş, ahşabı yenilenmiş, pencereleri değişmişti ama yine de sanki yıllardır içine girilmemiş gibi tarifsiz bir yalnızlık içindeydi.

Küçük Leyla'nın eve gelişini kutlama yemeği ise tam bir fiyaskoya dönüşmüş durumdaydı. Oysa güzel bir kutlama için bütün koşullar uygundu: Sıcak ve parlak bir yaz sonu güneşi, ıtır, taflan ve yasemin kokularıyla insanı sarhoş eden bir hava, vızıldayan arılar ve dekoru tamamlayan kelebekler, açık havanın etkisiyle hamakta mışıl mışıl uyuyan bebek.

Ama nedense Leyla'nın kederli hali bu yemeği kutlamadan çok yas havasına çevirmişti.

Yusuf ve Rukiye bu hale pek anlam veremiyorlardı, bu yüzden de saygılı bir sessizlik içindeydiler. Zaten Leyla Hanım evine taşındıktan sonra aralarına bir mesafe girmiş gibiydi. Cihangir'deki olağanüstü koşulların yarattığı içtenlik havası ve aralarında oluşan teklifsiz yakınlık kalmamıştı. Rukiye artık ona eskiden olduğu gibi Leyla diyemiyor, onun ısrarlarına rağmen hep Leyla Hanım diye hitap ediyordu. Bazen, tanıştıkları ilk günlerde kadına yaptığı küstahlıkları hatırlıyor, kıpkırmızı kesiliyordu. Leyla Hanım onlar üzerinde bir etki yaratmak için hiçbir şey yapmamıştı ama yine de varlığı ve kişiliği Rukiye'yi değiştirmiş, bambaşka bir insan haline getirmişti. Rukiye artık Leyla Hanım'ın çekim gücüne kapıldığını hissediyor ve farkında olmadan onun davranış ve sözlerini taklit ediyordu.

Leyla Hanım ise parlak ışıkta zaman zaman kapıldığı o amansız iç sıkıntılarından birini yaşıyordu.

Onca zaman hayalini kurduğu, özlemini çektiği sevgili evine dönmüş olma sevincini bile hissedemiyordu. Sanki içine saman doldurulmuş gibiydi.

Neydi bu?

Önemsenen bir amaç gerçekleştiği zaman insanın kapıldığı boşluk duygusu mu? Yaşlılara özgü bir karamsarlık mı?

Galiba bunların hiçbiri değildi sebep.

Leyla Hanım, gençliğinde olduğu gibi yine aşırı güzelliğin yarattığı bir huzursuzluk duygusuna kapılıyordu. O parlak eylül güneşi altında pırıldayan mavi Boğaz, kuşların ötüşü, ağaçlar ve hamakta uyuyan bebek o kadar güzeldi ki belki de bütün bunlar yaşam ile ölüm arasındaki en keskin zıtlığı oluşturuyor, her zaman olduğu gibi ona yine tuhaf bir boşluk duygusu ve üzüntü veriyordu.

Yaşamın anlamsızlığı, varoluşun geçiciliği, aşırı güzellik karşısında içine düştüğü dehşet duygusu.

Bu düşünceler yüzünden, gençlerin kutlama ve ortalığı neşelendirme gayretlerine rağmen yemek çok tatsız geçti, konuşacak söz bulamayan insanların uzun susuşlarıyla iyice sıkıcı bir hale geldi.

Çocuklar gittikten sonra Leyla tekrar yalnızlığına gömüldü. Yine dedeyi, anneanneyi, tanımadığı babayı, anneyi ve dayıyı düşünmeye koyuldu.

Onları düşünmeden geçirdiği her anın geçmişine ihanet olduğu duygusunu taşıyordu ama daha da önemlisi geçmişe gömülmek, onu bugünün sıkıntılarından kurtaran bir merhem gibiydi. Ne var ki bu da tek başına yetmiyordu artık. Yaşam dengesi bozulmuştu. Daha doğrusu kendisine ne olduğunu tam bilemiyordu.

Ertesi gün mahalleli, öğlene doğru Leyla Hanım'ın bir taksi çağırdığını, evden çıktığını gördü. Onun son günlerdeki hareketliliği hepsini şaşırtıyordu. Kadın sanki aceleyle bitirmesi gereken işleri varmış gibi davranıyordu.

Bütün bir gün ortalıkta görünmedi. Akşam hava kararırken geri döndüğünde bitkin, perişan bir haldeydi, nefes nefese kalmıştı. Taksiden zorlukla inip elini göğsüne koyarak bahçe kapısına tutunduğunu gören mahalleli ona yardım etmek için koştu ama o hiçbirini istemedi. "Biraz soluklanıyorum. Şimdi geçer" diye onlara gülümsedi.

Endişelenen erkekler akşam ona yardım etmesi için karılarını gönderdiler. Kadınlar giderken birer tabak yemek almışlardı ellerine. Onlara da teşekkür etti ve hemen yatacağını söyledi. Çok yorgundu, yemek yemeyecekti. Bahçedeki çamaşır ipine serili beyaz çarşafları toplamak istediler. Bırakmadı, yarın kendisinin kaldıracağını söyledi. Bir gece daha orada kalmalarında mahzur yoktu nasıl olsa. Leyla Hanım'la tartışılamayacağını bilen kadınlar dönüp evlerine gittiler. Ama çarşaf meselesindeki gariplik de gözlerinden kaçmadı. Bu çarşaflar neredeyse bir haftadır asılıydı orada. Leyla Hanım bunları bilerek kaldırmıyordu. Niye böyle yapıyordu acaba?

O gece Boğaziçi'nin göz gözü görmez yoğun sislerinden biri daha çöktü, ortalık süt beyaza kesti. Gemiler sabaha kadar dağ başındaki yaralı hayvanların çığlığını andıran, yürek hoplatan sis düdüklerini çaldılar. Asma köprüyü taşıyan ayaklar, gökyüzüne yükselmiş dev giyotinler gibi göründü.

Ertesi sabah da sis dağılmamış, hatta daha da yoğunlaşmıştı. Bahçedeki ağaçlar birer hayalet gibi görünüyordu. Sis o kadar yoğundu ki sanki gökyüzünün bulutları bahçeye inmiş gibiydi. Leyla Hanım toprağa değil de o bulutlara basarak yürüyormuş gibi bir duyguya kapıldı.

Çamaşır ipinde asılı duran beyaz çarşaflara doğru yürüdü. Beklediği gibi henüz ıslaktılar, dün öğleden sonra kurudularsa bile gecenin nemini çekmişlerdi. Her gün kuruyor, her gece tekrar ıslanıyorlardı. Ama o zaten kuru olmalarını beklemiyordu, anneannesi ve annesi gibi çarşaflara sarılmak ve o beyazlık içinde yitip gitmek istiyordu.

Bir gün önceki hapishane ziyareti aklına geldi. Zavallı Ali Yekta Bey ne kadar da çökmüştü öyle. Hapishanenin görüş bölümünün loşluğunda gözleri derine kaçmış, çekingen ve hasta haliyle oturmuş ve başlangıçta onunla konuşmamıştı. Duruşmalarda ifade vermediği, hiç ağzını açmadığı, mahkemenin tayin ettiği avukatla bile görüşmeyi reddettiği için hiç de garip değildi bu durum. Ama Leyla Hanım'ın ısrarlı soruları karşısında bir tek kere ağzını açmış ve "Neden Ali Yekta Bey?" sorusuna hırıltılı bir sesle, "Aile içi bir mesele!" demekle yetinmişti. Bu cevabın "Bir daha bu konuda soru sorma!" anlamına gelen bir ihtar olduğunu anlamıştı Leyla Hanım. Bu onurlu adamcağızı daha fazla üzmemek için ona götürdüğü hediyeleri nöbetçiye bırakarak ve "Allah'a emanet olun Ali Yekta Bey!" diyerek ayrılmıştı.

Bu ziyaret kendisine bir kez daha Şehzade Cihangir'in acı akıbetini hatırlattı. Kendisine taht hazırlamak uğruna onca gayret sarf edilen oğulun, Kanuni'nin gözbebeği çocuğunun akıbetini.

Ali Yekta Bey'in kendisini ziyarete gelen Ömer Bey'i reddettiği ve hiç görüşmediği yazılmıştı gazetelerde. Duruşmalarda da onun yüzüne bakmıyor ve oğlunu hiç görmüyordu.

Büyük Hanım, göğsünden sol koluna vuran şiddetli bir sancıyla sallandı ve çarşaflara tutundu. Arada sırada yoklayan ve son aylarda sıklaşan, bir gün önceki ziyaretleri sıra sında da sık sık koluna ve çenesine vuran ağrıların en şiddetlisiydi bu.

Ciğerlerine hava doldurmaya çalıştı. Bir an sallandı, sonra aynen anneannesi gibi çarşaflara sarınmış olarak düştü yere. Elleri serin çarşafta kaydı. Sis her yanını bulut gibi örttü. Yüzünde bahçe toprağının taze nemini ve sonbahar yapraklarını hissediyordu.

Son bir çabayla doğruldu, hamağın kenarına tutunarak kendini oraya doğru çekti ve uzandı. Bir eli nemli çarşafı bırakmamış, üstüne doğru çekmişti. Artık ölüm gelebilir, onu çocukluk hamağında teslim alabilirdi. Hayaller kurduğu, kitaplar okuduğu, yazın öğle sonları uykuya daldığı, ağaç yapraklarını ve beyaz bulutları seyrettiği hamağa uzanmak içine sonsuz bir huzur vermiş, korku namına ne varsa silip atmıştı.

Gözlerini kapadı, son duyduğu ses çatıdan bahçeye doğru pike yapan bir martının vahşi çığlığı oldu.

Leyla Hanım'ın çarşafa sarınmış cansız bedeni, o hamakta bütün gün ve bütün gece yattı. Çünkü mahalleli uzun yalnızlık dönemlerine gömülen Büyük Hanım'ın dışarı çıkmak istemediğini düşünüyor, rahatsız etmemek için onu yalnız bırakıyordu.

Ertesi gün elektrik sayacını okumak için gelen memur, demirli bahçe kapısından içeri baktığında, hamakta hiç kıpırdamadan yatan ve hiçbir seslenişine cevap vermeyen Leyla Hanım'ın durumundan kuşkulanarak durumu mahalleliye haber verdi.

Büyük Hanım'ın cenazesini, bir gün sonra mahalle camisinden kaldırıp aile kabristanına, dedesinin, anneannesinin, dayısının ve bahtsız annesinin yanına gömdüler. İmamın "Hatun kişi niyetine. Merhumeyi nasıl bilirdiniz?" sorusuna, canı gönülden, "İyi bilirdik!" diye cevap verdiler. Ellerini kaldırıp fatiha okudular. Cenaze töreninde mahallenin kadınları bol bol gözyaşı döktü, Leyla Hanım'ın iyiliklerini hatırladı, bulunmaz bir paşa torunu olduğunu tekrarladılar birbirlerine. En çok ağlayan ise Cemile'ydi; akşama kadar, ciğeri söküle söküle ağladı.

O zor ve acılı günün Yusuf açısından en şaşırtıcı olayı, cenaze töreninden sonra Leyla Hanım'ın evine gittiğinde masada kızının adına yazılmış bir zarf bulmasıydı.

Yusuf zarfın üzerinde Leyla Yılmaz adını okuyunca bir tuhaf oldu. Kızının adını ilk kez bir zarf üzerinde yazılı olarak görüyordu. Büyük Hanım'ın ölmeden önce kızına bir mektup bıraktığını anladı. Önce mektubu açıp açmamakta tereddüt etti, acaba doğru olur muydu? Mektubu saklayıp büyüdüğü zaman kızına vermesi mi gerekirdi? Ama Büyük Hanım böyle bir not bırakmamıştı, ayrıca o kadar beklemesine de imkân yoktu. Elleri titreyerek zarfı açtı.

"Sevgili kızım Leyla" diye başlıyordu mektup. Büyük Hanım'ın işlek el yazısıyla yazılmıştı. Yusuf mektubu sonuna kadar gözlerinden yaşlar akarak okudu, hatta gözyaşları mektuba da damladı...

Sevgili kızım Leyla,

Bu mektubu önce annenle baban açacaklar, büyüdüğün zaman da sana okuyacaklar.

Geçmişteki olayları gözünde canlandırman zor olacağı için ne demek istediğimi belki de tam olarak anlayamayacaksın. Çünkü bu ülke bu kadar büyük bir sarsıntı yaşamasaydı, temelleri çökmeseydi, belki de ailem ve ben bu boyutta bir trajedi yaşamayacaktık.

Onlar, bu bahçede, bu yalıda, bu küçük evde yaşayan iyi niyetli insanlardı. Hepsi birbirini çok sevdi ama annem ve babamın karşı konulamaz aşkı olayları çığırından çıkardı, ailenin başına gelen felaketlerin başlangıcı oldu. Buna rağmen o genç kızı ve o genç subayı suçlamak içimden gelmiyor. Ölümü göze alacak kadar âşık olmalarında yüreğe dokunan bir yan var. Sizin zamanınıza gelinceye kadar aşk kelimesi aynı anlamı koruyacak mı bilmiyorum ama onların bu duygusuna saygı duymak gerektiğini düşünüyorum.

Sevgili kızım, seni çok sevdim. Seni kucağıma aldığımda, teninin kokusunu içime çektiğimde, sanki bir zamanlar bu yalıda yaşamış olan insanların sende devam edeceği duygusuna kapıldım. Bosnalı ailesinin benim ölümümle birlikte tarihe karışmayacağı umudunu korudum.

Bu yüzden, noterde hazırladığım bir vasiyetle bu küçük evi sana bıraktım. Burada yaşamanı, mutlu olmanı ve bizi hatırlamanı istiyorum.

Son sözüm: Leyla'nın evi Leyla'ya.

Büyükannen Leyla Bosnalı

Teşekkür

Yayımladıkları anı ve tarih kitaplarındaki ayrıntılarla bilinçaltımı ve dolayısıyla bu kitabı zenginleştiren birçok değerli yazara teşekkür borçluyum.

Bu yazarlar ve eserleri arasında Müsahipzade Celal'in *Eski İstanbul Yaşayışı,* Yusuf Mardin'in *Kocataş Yalısı Anılarım,* Emine Çaykara'nın hazırladığı ve Mehmed Abud'un anılarına dayanan *Melek Annem ve Ben,* İbrahim Balâ'nın *Milli Mücadelede Boğaziçi,* Murat Belge'nin *Boğaziçi'nde Yalılar ve İnsanlar* kitapları da var.

Dostlarım Jonathan Beard ve Osman Okkan'ın değerli katkılarını da anmak istiyorum.

Ayrıca, romanın bir bölümünün yazılma aşamasında konuk olduğum Antalya Lara Concorde Otel'e ve çalışanlarına çok teşekkür ederim.

Zülfü Livaneli

EK

Biyografi

Söyleşi

Görüşler

Biyografi

Romanları 30 dilde yayımlanan Zülfü Livaneli, 1946 yılında doğdu. Ankara'da Maarif Koleji'nde okudu, Stockholm'de felsefe ve müzik eğitimi gördü.

1972 yılında fikirlerinden dolayı askeri cezaevinde yattı, 11 yıl sürgünde yaşadı.

Harvard ve Princeton gibi saygın üniversitelerde konferanslar ve dersler veren, romanları, fikirleri ve müziği ile dünya basınında övgülerle karşılanan bir sanatçı olan Livaneli, edebiyat, müzik ve sinema alanlarında 30'dan fazla ulusal ve uluslararası ödül sahibi.

Livaneli, 1999 yılında San Remo'da En İyi Besteci ödülüne layık görüldü. Müzik eserleri Londra, Moskova, Berlin, Atina, İzmir Senfoni orkestraları tarafından icra edildi ve Zubin Mehta, Simeon Kogan gibi şeflerce yönetildi.

Türkiye dışında Çin Halk Cumhuriyeti, İspanya, Kore ve Almanya'da da çok satanlar arasına giren romanlarıyla, Balkan Edebiyat Ödülü'ne, ABD'de Barnes and Noble Büyük Yazar Ödülü'ne, İtalya ve Fransa'da Yılın Kitabı Ödülü'ne, Türkiye'de ise Yunus Nadi Ödülü'ne ve Orhan Kemal Roman Ödülü'ne layık görüldü.

Livaneli, dünya kültür ve barışına yaptığı katkılardan ötürü 1996 yılında Paris'te UNESCO tarafından Büyükelçilikle onurlandırıldı ve Genel Direktör danışmanlığına atandı.

2002-2006 yılları arasında TBMM'de ve Avrupa Konseyi'nde milletvekilliği görevinde bulundu.

http://www.livaneli.gen.tr

http://www.livaneli.net

Zülfü Livaneli'ye *Leyla'nın Evi* için sorular

***"... [Leyla'nın] yalıda baş başa kaldığı anneannesi Üftade Hanım'dan başka, ona aile hikâyelerini aktaracak kimse yoktu. Leyla belki de bu yüzden kendisine anlatılanları kutsal bir aile emaneti olarak kabul etmiş, hiç unutmamıştı. Sanki bu olaylardan birini unutsa, yanlış hatırlasa ya da bir gün aklından geçirmese bütün aile yok olacaktı. Leyla'nın belleği, Bosnalı Abdullah Avni Paşa ailesinin yaşadığının tek kanıtı, onların görkemli geçmişinin tek yuvasıydı. Kendisi bu aileyi düşünmediği gün gerçekten ölmüş olacaklardı."* Bu alıntı ışığında, *Leyla'nın Evi*'ne "hatırlama"nın, daha doğrusu "unutmama"nın, özellikle de varlığı nerdeyse sadece geçmişine, ölmüşlerine bağlı olan insanlar için önemi üzerine bir roman da diyebilir miyiz?**

Bunu sadece Leyla karakteri için söyleyebiliriz. Çünkü o, gerçekten de hayatını, ailesinin geçmişini *unutmamak* üzerine kurmuş. Boğaz'da uçan yelkovan kuşlarının bile bir zamanlar orada yaşamış olan insanların ruhlarını taşıdığına inanıyor. Ama bildiğiniz gibi romanda birçok karakter var. Leyla dışındakilerin ise şimdiki zaman ve gelecekle ilgili hırsları daha ağır basıyor. Ali Yekta Bey de anılarına bağlı ama onun da gelecek planları bu bağlılığın ötesine geçmekte.

Romanda -parçadan bütüne gidersek- kişileri, sınıfları, kuşakları, soyları, kavimleri (Paşa torunu Leyla ile Almancı kızı Rukiye/Roxy ve müzisyen arkadaşlarını, Leyla ile Bizans hanedanı torunu Konstantin Paleolog'u, Konstantin Paleolog ile Roman öğrencisini...) hem ayıran hem de birleştiren başlı-

ca öğe müzik. Bütün yazdıklarınızda müzisyenliğinizden izler var ama, bu yanınızın en açık ve etkili biçimde göründüğü romanınız *Leyla'nın Evi* olmalı. Nietzsche'nin "Müziksiz bir hayat hatadır" dediği gibi "müziksiz bir roman" da mı hata yoksa?

Bilemiyorum, bilinçaltında olup biten şeyler bunlar. Evet, Nietzsche'ye katılmamak mümkün değil: "Müziksiz bir hayat hatadır!"; ama burada düşünürün "müzik" dediği şey, başta dostu Wagner olmak üzere görkemli bir müzik geleneği. Zaten Nietzsche de besteciydi, biliyorsunuz. O dönemlerde transistörler, hoparlörler olmadığı için müzik hayatınıza müdahale edemiyordu. Ama şimdi öyle değil ki... Her yerden, her köşeden bir ses saldırıyor üstünüze. Elias Canetti'nin *Kamaşma* romanındaki kahraman, niye insanların göz kapakları var da kulak kapakları yok, diye düşünür. Ben de o haldeyim ve diyorum ki: "Kötü müzikle geçen hayat, daha büyük bir hatadır."

Ali Yekta Bey, en az Leyla kadar sağlam çizilmiş bir karakter. Tuhaf bir ruh dengesi var: "Hizmetkâr" iken de, "Bey" olduktan sonra da, "manevi bağımsızlık" diyebileceğimiz hasletini korumayı bilmiş, "bey"liği de kendisine yakıştırmış. Anaakım medyada her gün haberlerine maruz kaldığımız, sayıları hiç de azımsanmayacak köle ruhlu "bey"leri gördükçe, Ali Yekta Bey için örneğinizin kim ya da kimler olduğunu merak etmemek elde değil.

Hizmet etme asaleti diye bir şey var. Bunu en iyi gösteren örnek Ishiguro'nun *Günden Kalanlar* romanıydı. Galiba imparatorluklara özgü bir durum bu. Osmanlı'da da "efendisine hizmet etmek"le gururlanan ama bunu mutlaka etik kurallar içinde, özsaygısını yitirmeden yerine getiren bir "asil uşak" tipi vardı. Şimdi yok elbette. Dediğiniz gibi uşaklaşan beyler dönemindeyiz. Ama bu, yanlış anlamalara çok açık bir konu.

Ya daha fazla konuşmak ya da burada susmak gerekiyor.

Romanda yalılar, konaklar, apartmanlar, bekâr evleri gibi pek çok tipte "ev", nerdeyse birer roman kişisi işlevinde. Sizin gibi ömrünün büyük bölümü yurdunun dışında geçmiş ve geçmekte olan biri için, yerleşikliğin yeri ve önemi nedir? Ev sadece bir barınak mıdır, yoksa bir kültürün taşınmaz taşıyıcısı mı?

Bu sorunuz romanın özünü açıklıyor: Ev olgusu. Çünkü Maslow ilkelerine göre "barınma" temel gereksinimini karşılamak çok önemli. Ama Türkiye'de tuhaf bir durum var. Çoğu kişi bir başkasının evini işgal etmiş ya da kendi evi işgal altında. 1915 olaylarında Ermenilerden kalan yüz binlerce evde şimdi kimler oturuyor acaba? Ya da 1922 mübadelesinde giden milyonun üstünde Rumun evinde? Aynı soruyu Balkanlardan gelen milyonlarca Türk için de sorabiliriz. Hiçbiri bir daha evini, bahçesini, kedisini göremedi. Büyük bir trajedi bu. 1970'li yıllarda Çeşme'de Aya Yorgi koyuna gitmiştim. Bomboştu, yıkık bir manastır vardı. O dönemin belediye başkanı da yanımdaydı. "Burası kimin?" diye sordum. "Bizim!" dedi. Biraz ısrar edince de atalarından kaldığını söyledi. Ben de kendimi tutamayıp "Dedenizin adı Aya Yorgi miydi?" diye sordum. Biliyorsunuz, Aya Yorgi bir Hıristiyan azizinin adıdır. Bodrum'daki ünlü "Türkbükü"nün adı, eski haritalarda "Rumbükü"dür. Ama orada eğlenenler bilmez bunu.

Bu anlattıklarımdan kimse milliyetçi yaklaşımlar çıkarmasın. Çünkü imparatorluk yıkılırken bütün Osmanlı tebaası acı çekti ve herkes birbirinin evine yerleşti.

Sinema sizin hayatınızın bir parçası; romanlarınızdan uyarlamalarla ya da yönetmenlikle, ya da müzikle, hep var. *Leyla'nın Evi* ise bilindiği kadarıyla tiyatro sahnesine aktarı-

lan ilk eseriniz. Roman-tiyatro ilişkisine bu bağlamda nasıl bakıyorsunuz? *Leyla'nın Evi*'ni sahnede nasıl buldunuz?

Leyla'nın Evi oyunu çok başarılı. Romandan daha komik olmuş. İzleyicilerin pek çok yerde güldüğüne, zaman zaman da ağladığına tanık oldum. Demek ki amaca ulaşılmış.

Görüşler

Zülfü Livaneli'nin yeni romanı *Leyla'nın Evi* birbirinden habersiz hayatların nasıl da iç içe geçebileceğini, etkileyip etkileneceğini gösteren bir yapıya sahip. Bir eski zaman yalısının etrafında çakışan hayatlar değişimlerin karşılıklı yaşanmasıyla iç içe geçer ve umudun insan durdukça var olacağını söyler. (...) Değişen zamanlar, değişen hayatlar... Ama bütün bunlara rağmen yazgıları birbirine bağlı insanlar. Bu, romanın temel düşüncelerinden birini oluşturur... Romanda göçmenlik, yurtsuzluk ve bunların getirdiği ötekilik, ait olamama duygusu özellikle bugünün gençleri ve yaşam biçimleri üzerinden tartışılır. (...) Romanda aşktan paraya, tutucu dünya görüşünden Kemalist bakışa, özgür seksten geleneklere, birçok konu tartışmaya açılır. Başka bir yazarın elinde tamamen düşünce notlarına dönüşebilecek tehlikede olan bu mevzular Livaneli tarafından ustalıkla hikâyelerin içine yedirilmiş.

Abidin Parıltı, *Radikal Kitap,* 12 Mayıs 2006

Bu kitapta anlatılan, biri yaşlı diğeri genç iki kadının birbirlerini keşfetme hikâyesi değil sadece... Zülfü Livaneli yeni romanında, insanoğlunun barınma ihtiyacını ele alıyor. Bunu da İstanbul gibi sürekli göçlerle sarsılan bir şehir üzerinden anlatıyor.

Buket Aşçı, *Vatan Kitap,* 15 Mayıs 2006

Beni en çok heyecanlandıran Zülfü Livaneli'nin bu kitabı yazarken dil sandığımızdan bulup çıkardığı, hazine değerindeki müthiş sözcükler...

Mustafa Mutlu, *Vatan,* 8 Mayıs 2006

Görüşler

Livaneli, "Çoğu kişi İstanbul Boğazı'nı yazın sever, ben kışına vurgunum" diye yazdıktan sonra tipik bir kış günü, motorlarıyla, köprüleriyle, insanlarıyla İstanbul Boğazı'nı anlatıyor ve o gün, motor yolculuğunda karşısına oturmuş, Osmanlı soylusu bir kadın, saçının bir bölümü maviye boyalı bir genç kız ve iyi giyimli, kravatlı yaşlı bir beyin yazarın yaşamına nasıl girdiğini betimliyor.

Tıpkı İstanbul'un tüm insanları gibi... Kendi diyarlarından kopmuş, birbirine karışmış insanlar, Leyla'nın Evi'nde ve Livaneli'nin kalemiyle müthiş bir öykü anlatıyorlar.

Nuray Soysal, *Tempo,* Kitap Dünyası, 18 Mayıs 2006

DK'da yayımlanmış diğer kitapları

Serenad

Serenad yaşam musikisinin gür eseri. Bir sevgi çağrısıyla başlıyor, bir dokunaklı sonat gibi gelişiyor, bir çağın güçlü senfonisi olarak okurlarını büyülüyor. Bir Livaneli klasiği...

Talât Halman

Mutluluk

Mutluluk, yalnızca harika kurgusuyla heyecanlı ve sürükleyici bir macera romanı değil; bunların ötesinde, gelenek ile modernlik, tarih ile bellek yitimi, din ile laiklik arasında bölünmüş Türk toplumu üzerine son derece güçlü bir analiz. Livaneli çok güçlü bir anlatıcı. *Mutluluk* ile okuru kavrıyor ve onu anlaması, tahammül etmesi zor gerçekliklerle yüz yüze getiriyor.

Martine Laval

Engereğin Gözü

Kitabı merakla ve son sayfasına kadar eksilmeyen bir zevkle okudum. İnsanın, düşsel, zalim ve bazen de umutsuz bir dünyayı keşfetmesini sağlıyor. Filmlerde romantik bir biçimde gösterilen harem evrenini ve genç kadınların yaşadığı hapis hayatını hiçbir kuşkuya yer bırakmayan bir gerçeklikle betimliyor.

Costa Gavras

Arafat'ta Bir Çocuk

Zülfü Livaneli'nin yıllara yayılan, yıllarla beslenen, zenginleşen deneyim ve gözlemlerinden, Almanya'da, İs-veç'te, Türkiye'de, sınırlar, sınır aşanlar, sürgünler, gurbetçiler üzerine, değerleri yıllarla sınanmış öyküler..

Bir Kedi, Bir Adam, Bir Ölüm

Gerçek bir şaheser! Teknik ve psikolojik olarak mükemmel! Öldürmek mi bağışlamak mı ikilemini en iyi veren roman.

Yaşar Kemal